dtv

Jonas erwacht. Es ist ein Morgen wie jeder andere. Kaffee zum Frühstück: Die Zeitung liegt nicht vor der Tür, wie letzten Monat schon einmal. Als in Radio, Fernsehen und Internet auch nur Rauschen kommt, beginnt die erste Irritation. Das Telefon bei seiner Freundin klingelt ins Leere. Jonas tritt auf die Straße. Jetzt ist keine Täuschung mehr möglich. Er ist allein.

Jonas irrt durch Wien, durch die vertrauten Straßen, durch die Wohnungen, die ihm bekannt sind, doch nichts gibt ihm Antwort: Ist er der einzige Überlebende einer Katastrophe? Haben die Einwohner die Stadt verlassen und sind woanders? Kann ein Mensch leben, wenn die Menschen verschwunden sind?

Thomas Glavinic erzählt mit ständig wachsender Spannung von einem Menschen der erfährt, was Menschsein heißt, wenn es keine Menschen mehr gibt. Suggestiv lotet Glavinic die Tiefen einer Welt aus, die wir nur zu kennen glauben.

Thomas Glavinic, geboren 1972, lebt als freier Schriftsteller in Wien. 1998 erschien sein vielbeachteter Debütroman ›Carl Haffners Liebe zum Unentschieden‹, der in mehrere Sprachen übersetzt und vom ›Daily Telegraph‹ zum Buch des Jahres gewählt wurde, 2001 folgte die Novelle ›Der Kameramörder‹, für die Glavinic mit dem Friedrich-Glauser-Preis ausgezeichnet wurde. Zuletzt erschienen die Romane ›Das größere Wunder‹ (2013), ›Der Jonas-Komplex‹ (2016) und ›Gebrauchsanweisung zur Selbstverteidigung‹ (2017). ›Die Arbeit der Nacht‹ (2006) wurde in zahlreiche Sprachen übersetzt.

Thomas Glavinic

Die Arbeit der Nacht

Roman

dtv

Von Thomas Glavinic
ist bei dtv außerdem lieferbar:
Carl Haffners Liebe zum Unentschieden (13425)
Wie man leben soll (13903)
Das Leben der Wünsche (13983)
Lisa (14251)
Unterwegs im Namen des Herrn (14280)
Das größere Wunder (14389)

**Ausführliche Informationen über
unsere Autoren und Bücher
www.dtv.de**

9. Auflage 2020
2008 dtv Verlagsgesellschaft mbH & Co. KG, München
© Carl Hanser Verlag München 2006
Umschlagkonzept: Balk & Brumshagen
Umschlaggestaltung: Wildes Blut, Atelier
für Gestaltung, Stephanie Weischer
Umschlagfoto: buchcover.com/Marc Steinmetz
Satz: Fotosatz Reinhard Amann, Memmingen
Druck und Bindung: Druckerei C.H.Beck, Nördlingen
Gedruckt auf säurefreiem, chlorfrei gebleichtem Papier
Printed in Germany · ISBN 978-3-423-13694-5

Leben, darin liegt kein Glück.
Leben: das schmerzende Ich durch die Welt tragen.
Aber sein, sein ist das Glück. Sein: sich in einen Brunnen,
in ein steinernes Becken verwandeln, in das wie
warmer Regen das Universum fällt.

Kundera, *Die Unsterblichkeit*

I

»Guten Morgen!« rief er in die Wohnküche.

Er trug das Frühstücksgeschirr zum Tisch, nebenbei drehte er den Fernseher auf. An Marie schickte er eine SMS. *Gut geschlafen? Habe von dir geträumt. Dann festgestellt, daß ich wach war. I. l. d.*

Der Bildschirm flimmerte. Er schaltete von ORF zu ARD. Kein Bild. Er zappte zu ZDF, RTL, 3sat, RAI: Flimmern. Der Wiener Lokalsender: Flimmern. CNN: Flimmern. Der französische, der türkische Sender: kein Empfang.

Vor der Tür lag statt des *Kurier* auf dem Fußabstreifer nur ein alter Reklamezettel, den er aus Faulheit noch nicht entfernt hatte. Kopfschüttelnd zog er aus dem Stapel im Flur eine Zeitschrift der Vorwoche und kehrte zu seinem Kaffee zurück. Abonnement kündigen, notierte er im Geist. Schon vergangenen Monat hatte er einmal keine Zeitung bekommen.

Er blickte sich im Zimmer um. Über den Boden verstreut lagen Hemden, Hosen und Strümpfe. Auf der Anrichte stand das Geschirr vom Vorabend. Der Müll roch. Jonas verzog das Gesicht. Er sehnte sich nach ein paar Tagen am Meer. Er hätte Marie begleiten sollen. Trotz seiner Abneigung gegen Verwandtschaftsbesuche.

Als er sich noch eine Scheibe Brot abschneiden wollte, glitt das Messer ab und fuhr ihm tief in den Finger.

»Mist! Ah! Da soll doch . . .«

Mit zusammengebissenen Zähnen hielt er die Hand unter kaltes Wasser, bis kein Blut mehr nachfloß. Er untersuchte die Wunde. Der Schnitt war bis auf den Knochen gegangen, schien jedoch keine Sehne verletzt zu haben. Auch Schmerzen fühlte Jonas nicht. In seinem Finger klaffte ein sauberes Loch, und er konnte den Knochen sehen.

Ihm wurde flau zumute. Er atmete tief durch.

Was er da sah, hatte noch nie ein Mensch gesehen. Auch nicht er selbst. Er lebte mit diesem Finger seit fünfunddreißig Jahren, doch wie es im Inneren aussah, wußte er nicht. Er wußte nicht, wie sein Herz aussah oder seine Milz. Nicht, daß er besonders neugierig darauf gewesen wäre, im Gegenteil. Aber unzweifelhaft war dieser blanke Knochen ein Teil von ihm. Den er erst heute sah.

Nachdem er den Finger verbunden und den Tisch abgewischt hatte, war ihm der Appetit vergangen. Er setzte sich an den Computer, um Mails abzurufen und die Weltnachrichten zu überfliegen. Die Startseite des Browsers war die Homepage von Yahoo. Statt dessen erschien eine Servererror-Meldung.

»Ja Himmeldonnerwetter noch einmal!«

Da ihm noch Zeit blieb, wählte er die Nummer von Telekabel. Das Band, das Anrufer weitervermittelte, schaltete sich nicht ein. Er ließ es lang läuten.

An der Bushaltestelle entnahm er dem Aktenkoffer die Wochenendbeilage der Zeitung, für die er an den Tagen zuvor keine Zeit gehabt hatte. Die Morgensonne blendete ihn. Er suchte in den Jackentaschen, doch dann erinnerte er sich, daß die Sonnenbrille auf dem Garderobenkästchen lag. Er sah nach, ob Marie schon zurückgeschrieben hatte. Er nahm die Zeitung wieder auf und blätterte zu den *Schöner wohnen*-Seiten.

Es fiel ihm schwer, sich auf den Artikel zu konzentrieren. Etwas irritierte ihn.

Nach einer Weile merkte er, daß er wieder und wieder denselben Satz las, ohne den Inhalt aufzunehmen. Die Zeitung unter den Arm geklemmt, machte er ein paar Schritte. Als er den Kopf hob, stellte er fest, daß außer ihm niemand zu sehen war. Daß kein Mensch da war und daß keine Autos fuhren.

Ein Scherz, kam ihm in den Sinn. Und: Es muß Feiertag sein.

Ja, das erklärte einiges: ein Feiertag. An einem Feiertag lassen sich die Techniker von Telekabel mehr Zeit, um eine defekte Leitung zu reparieren. Und die Busse fahren in längeren Intervallen. Und es sind weniger Leute auf der Straße.

Bloß war der 4. Juli kein Feiertag. Jedenfalls nicht in Österreich.

Er lief zum Supermarkt an der Ecke. Geschlossen. Er legte die Stirn gegen die Scheibe und beschattete die Augen mit den Händen. Niemand zu sehen. Also doch Feiertag. Oder ein Streik, dessen Ankündigung er verpaßt hatte.

Während er wieder auf die Haltestelle zuging, blickte er sich um, ob der 39A nicht doch um die Ecke bog.

Er rief Maries Mobiltelefon an. Sie meldete sich nicht. Nicht einmal das Band schaltete sich ein.

Er wählte die Nummer seines Vaters. Auch der meldete sich nicht.

Er versuchte es im Büro. Niemand hob ab.

Weder Werner noch Anne waren zu erreichen.

Verwirrt steckte er das Telefon in die Sakkotasche. In diesem Moment wurde ihm bewußt, daß es vollkommen still war.

Er ging zurück in die Wohnung. Er schaltete den Fernseher ein. Flimmern. Er schaltete den Computer ein. Server error. Er schaltete das Radio ein. Rauschen.

Er setzte sich auf die Couch. Er konnte keine Ordnung in seine Gedanken bringen. Seine Hände waren feucht.

Von einem fleckigen Zettel an der Pinnwand las er Zahlen ab, die Marie ihm schon vor Jahren notiert hatte. Die Nummer ihrer Schwester, die sie in England besuchte. Er wählte. Das Läuten klang anders als bei Anrufen in Österreich. Tiefer, und jedes Läuten bestand aus zwei kurzen Tönen. Nachdem er diese zum zehntenmal gehört hatte, legte er auf.

Als er wieder aus dem Haus trat, linste er nach links und rechts. Auf dem Weg zum Auto hielt er sich nicht auf. Ein paarmal blickte er über die Schulter zurück. Er blieb stehen und horchte.

Da war nichts. Keine davoneilenden Schritte, kein Räuspern, kein Atem. Nichts.

Die Luft im Inneren des Toyota war stickig. Das Lenkrad war heiß, und er konnte es nur mit den Handballen und mit dem verbundenen Zeigefinger berühren. Er kurbelte das Fenster herunter.

Draußen war nichts zu hören.

Er knipste das Radio an. Rauschen. Auf allen Kanälen.

Er fuhr über die leere Heiligenstädter Brücke, auf der die Autos gewöhnlich dicht an dicht standen, und nahm die Lände stadteinwärts. Er hielt nach Leben Ausschau. Oder wenigstens nach einem Zeichen, das ihm verriet, was hier geschehen war. Aber alles, was er sah, waren abgestellte Autos. Geparkt ganz vorschriftsmäßig, als seien ihre Besitzer nur für einen Moment in einen Hausflur verschwunden.

Er kniff sich in die Beine. Kratzte sich die Wangen.

»Hey! Hallo!«

Am Franz-Josef-Kai wurde er von einem Radarkasten geblitzt. Weil ihm die höhere Geschwindigkeit Sicherheit verlieh, fuhr er über siebzig. Er bog in die Ringstraße ein, die das Zentrum Wiens von den anderen Bezirken trennt, und beschleunigte weiter. Am Schwarzenbergplatz erwog er, anzuhalten und ins Büro hinaufzulaufen. Mit neunzig ging es vorbei an der Oper, am Burggarten, an der Hofburg. Im letzten Moment bremste er und fuhr durch das Tor auf den Heldenplatz.

Weit und breit kein Mensch.

An einer roten Ampel blieb er mit quietschenden Reifen stehen. Er stellte die Zündung ab. Nichts als das Knistern unter der Motorhaube war zu vernehmen. Er fuhr sich durchs Haar. Er wischte sich die Stirn ab. Er verschränkte die Hände ineinander und ließ die Fingerknochen knacken.

Plötzlich fiel ihm auf, daß nicht einmal Vögel zu sehen waren.

In hohem Tempo umrundete er den ersten Bezirk, bis er wieder am Schwarzenbergplatz ankam. Er bog rechts ab. Kurz nach der nächsten Ecke hielt er. Im zweiten Stock dieses Hauses lag die Firma Schmidt.

Nach allen Seiten sah er sich um. Er blieb stehen, horchte. Er lief ein paar Meter vor zur Kreuzung. Spähte in die umliegenden Straßen. Geparkte Autos. Sonst nichts.

Eine Hand an die Stirn legend, blickte er zu den Fenstern hinauf. Er rief den Namen seiner Chefin. Er drückte die schwere Haustür des Altbaus auf. Kühle, abgestandene Luft schlug ihm entgegen. Von der Helligkeit draußen geblendet, zwinkerte er. Der Flur war dunkel, schmutzig und verlassen wie je.

Die Firma Schmidt erstreckte sich über den gesamten zweiten Stock. Im Ganzen waren es sechs Zimmer, die Jonas durchlief. Er bemerkte nichts Ungewöhnliches. Die Bildschirme standen auf den Schreibtischen, daneben stapelten sich Papiere. An den Wänden hingen die grellen Bilder von Anzingers malender Tante. Martinas Zimmerpflanze war an ihrem Platz neben dem Fenster. In der von Frau Pedersen eingerichteten Kinderecke lagen Bälle, Bauklötze und Plastiklokomotiven wie gerade verlassen. Überall verstellten sperrige Pakete mit den vor kurzem gelieferten Katalogen den Weg. Auch der Geruch hatte sich nicht verändert. In der Luft lag jene Mischung von Holz, Stoff und Papier, an die man sich entweder sofort gewöhnte oder die einen nach wenigen Tagen kündigen ließ.

An seinem Schreibtisch fuhr er den Computer hoch. Er versuchte, eine Verbindung ins Netz zu bekommen.

Die Seite kann nicht angezeigt werden. Möglicherweise sind technische Schwierigkeiten aufgetreten, oder Sie sollten die Browsereinstellungen überprüfen.

Er klickte in die Adreßzeile und tippte:

www.orf.at

Die Seite kann nicht angezeigt werden.

www.cnn.com

Die Seite kann nicht angezeigt werden.

www.rtl.de

Die Seite kann nicht angezeigt werden.

Versuchen Sie folgendes: Klicken Sie auf Aktualisieren, oder wiederholen Sie den Vorgang später.

Unter seinen Schuhen knarrte der alte Holzboden, während er erneut von einem Zimmer ins nächste ging. Sorgfältig suchte er nach etwas, was Freitag abend noch nicht dagewesen war. An Martinas Telefon wählte er ein paar gespeicherte Nummern. Anrufbeantworter meldeten sich. Er redete wirr, stammelte, und zuletzt sagte er seine Telefonnummer. Mit wessen Anschluß er verbunden war, wußte er nicht.

In der Teeküche nahm er eine Limonade aus dem Kühlschrank. Er trank sie ohne abzusetzen leer.

Nach dem letzten Schluck drehte er sich abrupt um.

Es war niemand zu sehen.

Als er sich die zweite Dose nahm, wandte er den Blick nicht von der Tür. Zwischen dem einen und dem nächsten Schluck machte er Pausen, um zu lauschen. Er hörte jedoch nur das Zischeln der Kohlensäure in der Dose.

Ruf mich bitte sofort an! Jonas.

Er klebte das Post-it an den Bildschirm von Martinas Computer. Ohne noch einmal die anderen Zimmer zu kontrollieren, beeilte er sich, zur Tür zu kommen. Es war ein Schnappschloß, er sperrte nicht zu. Die Treppe hinab nahm er mit jedem Schritt drei Stufen auf einmal.

Seit Jahren wohnte sein Vater im fünften Bezirk, in der Rüdigergasse. Jonas mochte die Gegend. Die Wohnung jedoch hatte ihm von Anfang an mißfallen. Zu finster, zu tief gelegen. Er liebte es, von oben auf die Stadt hinunterzuschauen. Sein Vater zog es vor, sich von Spaziergängern ins Wohnzimmer gaffen zu lassen. Aber er war es ja von früher so gewohnt. Seit Mutter gestorben war, wollte Vater es sich überdies bequem machen. Er lebte neben dem Supermarkt, und im Stockwerk über ihm ordinierte ein praktischer Arzt.

Während der Fahrt in den fünften Bezirk kam Jonas der Einfall, Lärm zu schlagen. Er hupte wie im Autokonvoi einer Hochzeitsgesellschaft. Dabei zitterte die Tachonadel um die 20. Der Motor stotterte.

Bestimmte Straßenzüge durchfuhr er zweimal. Er schaute nach rechts und links, ob sich eine Haustür öffnete, ob ein Fenster aufging. Auf diese Weise brauchte er für die kurze Strecke fast eine halbe Stunde.

Vor dem Fenster seines Vaters stellte er sich auf die Zehenspitzen. Das Licht war aus. Der Fernseher lief nicht.

Er nahm sich Zeit, die Straße zu betrachten. Jener Wagen berührte den Randstein, dieser parkte zu nahe an der Fahrbahn. Aus einem Abfalleimer ragte eine Flasche. Auf dem Sattel eines Fahrrads bewegte sich ein übergestülptes Stück Plastik sanft im Wind. Er zählte die Motorräder und Mopeds vor dem Haus, und er versuchte sogar, sich den Stand der Sonne einzuprägen. Erst dann zog er die Zweitschlüssel hervor und drückte die Haustür auf.

»Papa?«

Rasch sperrte er das obere und das untere Schloß zu. Er machte Licht.

»Papa, bist du da?«

Bevor er einen Raum betrat, rief er. Er versuchte, seiner Stimme Kraft und Tiefe zu verleihen. Vom Flur ging es in die Küche. Von dort wieder durch den Flur ins Wohnzimmer. Dann ins Schlafzimmer. Er vergaß Bad und Toilette nicht. Er steckte den Kopf in die Speisekammer, in der es kalt nach Gärung roch, nach Äpfeln und Gemüse.

Sein Vater, der Sammler und Sparer, der schimmliges Brot mit Butter beschmierte und abgelaufene Konserven ins Wasserbad stellte, war nicht mehr da.

Wie alle anderen.

Und wie alle anderen hatte er keine Spur hinterlassen. Alles wirkte, als sei er eben hinausgegangen. Sogar seine Lesebrille lag wie üblich auf dem Fernseher.

Im Kühlschrank fand Jonas ein Glas Gurken, die noch genießbar schienen. Brot gab es keines. Dafür stand auf der Anrichte ein Paket Zwieback. Das mußte genügen. Er hatte keine Lust, ein zweites Mal die Tür zur Speisekammer zu öffnen.

Während er aß, versuchte er ohne große Hoffnung, einen Fernsehsender zu empfangen. Ganz verwerfen konnte er es nicht, denn ihm war eingefallen, daß der Apparat seines Vaters an eine Satellitenschüssel angeschlossen war. Vielleicht lag es ja nur am Kabelnetz, und die Sender waren über Satellit zu empfangen.

Flimmern.

Im Schlafzimmer schlug Vaters alte Wanduhr einen bedächtigen Takt. Er rieb sich die Augen. Streckte sich.

Er schaute aus dem Fenster. Soweit er erkennen konnte, hatte sich nichts verändert. Das Stück Plastik wehte im Wind. Keines der Autos hatte sich bewegt. Die Sonne hing am gewohnten Ort und schien ihrer Bahn zu folgen.

Er hängte Hemd und Hose über einen Kleiderbügel. Noch einmal lauschte er, ob etwas anderes zu hören war als die Wanduhr. Dann schlüpfte er unter die Decke. Sie roch nach seinem Vater.

Es war halb dunkel. Im ersten Moment wußte er nicht, wo er sich befand.

Im Halbschlaf vor dem Erwachen hatte ihn das Ticken der Uhr, das ihm seit seiner Kindheit vertraut war, in der Illusion gewiegt, er sei zu einer anderen Zeit an einem anderen Ort. Dieses Ticken hatte er als Kind gehört, wenn er auf dem Sofa im Wohnzimmer lag, wo er seinen Nachmittagsschlaf halten sollte. Selten hatte er ein Auge zugetan. Er war in Tagträume gesunken, bis ihn seine Mutter mit Kakao oder einem Apfel wecken gekommen war.

Er knipste die Nachttischlampe an. Halb sechs. Er hatte mehr als zwei Stunden geschlafen. Die Sonne stand offenbar so tief, daß ihre Strahlen nur mehr die obersten Stockwerke in der engen Gasse erreichten. In der Wohnung war es wie später Abend.

In Unterhosen schlurfte er ins Wohnzimmer. Es sah aus, als sei gerade noch jemand dagewesen. Als habe jemand die Wohnung auf Zehenspitzen verlassen, um seinen Schlaf nicht zu stören. Er spürte geradezu die Abdrücke, die dieser Jemand im Raum hinterlassen hatte.

»Papa?« rief er. Obwohl er wußte, daß er keine Antwort bekommen würde.

Beim Anziehen sah er aus dem Fenster. Das Stück Plastik. Die Motorräder. Im Abfalleimer die Flasche.

Keine Spur von Veränderung.

Zu Hause fand er in einem Regal eine Konservendose. Während sich der Teller in der Mikrowelle drehte, fragte er sich, wann er wieder in ein Restaurant gehen würde. Er sah zu, wie die Sekunden auf der Anzeige heruntergezählt wurden. Noch 60. Noch 30. 20. 10.

Er betrachtete das Essen. Hunger hatte er, aber keinen Appetit. Er deckte den Teller zu, schob ihn zur Seite und stellte sich ans Fenster.

Unter ihm lag die Brigittenauer Lände. Eine in saftigem Grün leuchtende Baumreihe verdeckte ein wenig die Sicht auf das trübe Wasser des Donaukanals, der leise vorbeiplätscherte. Auf der anderen Seite ragten die Bäume auf, die die Heiligenstädter Lände säumten. Rechts vom Gebäude von BMW Wien drehten sich nach wie vor die zwei großen Ö3-Logos auf dem Dach des ebenfalls verstummten Radiosenders. Am Horizont schlossen die bewaldeten Hausberge die Stadt ein: der Hermannskogel, der Dreimarkstein, der Exelberg. Und am Kahlenberg, wo Jan Sobieski vor über dreihundert Jahren gegen die Türken marschiert war, strebte die riesige Fernsehantenne empor.

Jonas überblickte das Panorama. Wegen dieses Ausblicks war er vor zwei Jahren hier eingezogen. Abends stand er hier und sah der Sonne zu, wie sie hinter die Berge sank und bis zuletzt Strahlen zu ihm heraufschickte.

Er kontrollierte, ob die Wohnung abgeschlossen war. Er schenkte sich einen Whisky ein. Mit dem Glas kehrte er ans Fenster zurück.

Viele Erklärungen gab es nicht. Eine Katastrophe war schuld. Aber wenn die Menschen etwa vor einem drohenden Angriff mit Nuklearraketen geflüchtet waren – wo blieben die Bomben? Und wer sollte sich die Mühe machen, so teure Technologie ausgerechnet an diese alte, nicht mehr wichtige Stadt zu verschwenden?

Ein Asteroideneinschlag. Jonas hatte Filme gesehen, in denen sich nach einem solchen Ereignis kilometerhohe Flutwellen landeinwärts wälzten. Waren die Leute davor geflüchtet? Etwa in die Alpen? Aber dann mußte irgendeine

Spur von ihnen geblieben sein. Man konnte doch nicht eine Millionenstadt innerhalb einer Nacht evakuieren und nur ihn vergessen. Und das alles, ohne daß er es merkte.

Oder er träumte. Oder war wahnsinnig geworden.

Mechanisch nahm er einen Schluck.

Er sah hinauf in den blauen Himmel. An Außerirdische, die jahrelang unterwegs waren, bloß um ausgerechnet alle Wiener bis auf ihn verschwinden zu lassen, glaubte er nicht. Er glaubte gar nichts von alldem.

Unter dem Telefon zog er sein Adreßbuch hervor. Er wählte jede Telefonnummer darin. Noch einmal rief er bei Werner an und bei Maries Verwandten in England. Er wählte die Nummern von Polizei, Feuerwehr, Rettung. Er versuchte die 911, die 160 604, die 1503. Es gab keinen Notruf. Kein Taxi. Keine Zeitansage.

In seiner Videosammlung suchte er nach Filmen, die er noch nicht oder lange nicht mehr gesehen hatte. Er baute einen Stapel Komödien vor dem Fernseher auf. Die Jalousien ließ er herunterfahren.

2

Er erwachte mit Halsschmerzen. Er befühlte seine Stirn. Fieber hatte er nicht. Er starrte an die Decke.

Nachdem er sich beim Frühstück davon überzeugt hatte, daß der Fernseher flimmerte und die Straße menschenleer dalag, setzte er sich ans Telefon. Marie meldete sich weder am Handy noch bei ihren Verwandten. Auch sonst erreichte er niemanden.

Er räumte das halbe Medizinkästchen aus, bis er ein Aspirin gefunden hatte. Während es sich in einem Glas Wasser zischend auflöste, ging er unter die Dusche. Er zog Sportkleidung an. Das Glas trank er in einem Zug leer.

Als er aus dem Schatten des Hauses trat, schaute er nach links und rechts. Er ging ein paar Meter, drehte blitzartig den Kopf. Er blieb stehen. Horchte. Nur das Plätschern des Donaukanals drang gedämpft an sein Ohr. Den Kopf reckend, suchte er hinter den Fenstern der Häuserzeile nach Bewegung.

Nichts.

Er lief zurück ins Haus und hinab ins Tiefgeschoß. In seinem Kellerabteil kehrte er im Werkzeugkasten das Unterste zuoberst, ohne etwas Passendes zu finden. Nach einer Weile erinnerte er sich an die Rohrzange, die er neben einem Reifenstapel deponiert hatte.

»Ist hier jemand?«

In der weiten Kassenhalle des Westbahnhofs klang seine Stimme lächerlich schwach.

Die Zange an der Schulter, stapfte er die Treppe hinauf zur Wartehalle. Die Wechselstube, der Zeitungsladen, die Stehcafés, alles war geschlossen.

Er ging hinaus zu den Bahnsteigen. Mehrere Züge standen da wie abfahrbereit. Er ging zurück in die Wartehalle. Wieder hinaus zu den Bahnsteigen.

Zurück.

Hinaus.

Er sprang in den Intercity nach Bregenz. Waggon um Waggon, Abteil um Abteil durchsuchte er den Zug. Die Zange hielt er fest in der Hand. Beim Betreten der muffigen Waggons rief er laut. Zuweilen hustete er, räusperte sich so kräftig, als sei er dreißig Kilo schwerer. Mit der Zange donnerte er gegen die Wand, um möglichst viel Krach zu machen.

Zu Mittag hatte er den letzten Winkel des Bahnhofs erforscht. Alle Züge. Alle Büros der Bundesbahnen. Die Lounge. Das Restaurant, in dem er ein paarmal miserabel gegessen hatte und in dem es noch immer nach Fett stank. Den Supermarkt. Das Tabakgeschäft. Das News & Books. Mit der Zange hatte er Scheiben und Glastüren eingeschlagen und heulende Alarmanlagen abgeklemmt. Hinterzimmer von Hinterzimmern hatte er durchsucht. Zwei Tage altes Brot wies darauf hin, wann zuletzt jemand dagewesen war.

Die große Tafel in der Mitte der Wartehalle zeigte weder ankommende noch abfahrende Züge an.

Die Uhren funktionierten.

Der Bankomat warf Geld aus.

Am Flughafen Schwechat machte er sich nicht die Mühe, den Wagen im Parkdeck abzustellen und den langen Weg zurückzulaufen. Er blieb direkt vor dem Haupteingang im Halteverbot stehen, wo gewöhnlich Polizisten und Spezialkräfte patrouillierten.

Hier draußen war die Temperatur etwas milder als in der Stadt. Fahnen flatterten geräuschvoll im Wind. Die Augen mit der Hand beschattend, hielt er am Himmel nach Flugzeugen Ausschau. Er spitzte die Ohren. Das Knattern der Fahnen war alles, was er hörte.

Mit der Zange über der Schulter marschierte er durch matt beleuchtete Gänge zur Abflugsebene. Auf den Tischen vor dem Café steckten Getränkekarten in ihren Halterungen. Das Café war geschlossen, ebenso wie das Restaurant und das Pub. Die Lifts funktionierten. Der Weg zu den Lounges war frei. Die Tafeln kündigten keine Flüge an. Die Bildschirme waren dunkel.

Er durchkämmte den ganzen Bereich. Als er eine Sicherheitsschleuse passierte, ging der Alarm los. Auch einige Hiebe mit der Zange beendeten das Heulen nicht. Unruhig sah er sich um. An der Wand hing ein Schaltkasten. Er drückte einige Knöpfe. Endlich kehrte Stille ein.

Auf der Ankunftsebene machte er sich an einem Computerterminal zu schaffen. Er versuchte herauszufinden, wann das letztemal ein Flugzeug gestartet oder gelandet war. Doch entweder ging er ohne jeden Sachverstand an das Problem heran, oder der Computer war defekt. Auf dem Bildschirm flimmerten nutzlose Tabellen, und kein Manöver an Maus und Tastatur vermochte das zu ändern.

Er verirrte sich einige Male, bis er das Treppenhaus fand. Er lief hinaus aufs Rollfeld.

Die meisten an den Brücken hängenden Flugzeuge gehörten den Austrian Airlines. Eine Lauda war da, eine Lufthansa, eine Maschine aus dem Jemen, eine aus Belgien. Weiter hinten stand eine 727 der El-Al. Von allen interessierte ihn dieses Flugzeug am meisten. Wieso stand es so weit draußen? War es im Begriff gewesen zu starten?

Als er bei der Maschine ankam, hockte er sich hin. Er blickte schnaufend nach oben und dann zurück zum Gebäude. Er war enttäuscht. So weit draußen stand sie gar nicht, da hatten ihm die Dimensionen des Rollfelds einen Streich gespielt. Auch sonst wies nichts darauf hin, daß der Pilot auf dem Weg zur Startbahn gewesen war.

Jonas begann zu rufen. Er schleuderte die Zange hoch, wobei er sich bemühte, zunächst das Cockpit, dann ein Fenster im Passagierbereich zu treffen. Als die Zange zum achten- oder neuntenmal scheppernd auf den Asphalt prallte, zerbrach sie in zwei Teile.

Alle Hallen durchstöberte er, alle Lounges, alle Räume, die ihm zugänglich waren. In jenem Bereich, in dem das Gepäck verladen wurde, machte er einen Fund, der ihn elektrisierte: Dutzende Koffer und Reisetaschen.

Gespannt öffnete er den ersten Koffer. Unterwäsche. Socken. Hemden. Badezeug.

Weder dieser noch einer der anderen Koffer enthielt einen Hinweis, was mit seinem Besitzer geschehen war. Auch handelte es sich nicht um eine so große Anzahl an Gepäckstücken, daß er vermuten konnte, sie gehörten zu einem einzigen Flug. Wahrscheinlicher war es, daß diese Taschen und Koffer vergessen oder noch nicht abgeholt worden waren. Sie konnten von wer weiß wann stammen. Weiter halfen sie ihm nicht.

In der Karolinengasse, vor dem Haus an der Ecke zur Mommsengasse, stieg er aus. Durch das offene Seitenfenster griff er ins Innere des Wagens und hupte. Er sah zu den Fenstern der Umgebung hoch. Keines öffnete sich, kein Vorhang wurde zur Seite geschoben, obwohl er ohne Unterlaß hupte.

Er machte sich gar nicht die Mühe, an der Gegensprechanlage zu läuten. Die Haustür bestand zum größten Teil aus Glas, das er durch ein paar Hiebe mit einem Zangenarm erledigte. Den Kopf einziehend, stieg er durch den Türrahmen ins Haus.

Werner wohnte im ersten Stock. Unter dem Spion klebte

das Foto eines stark beladenen Yaks. Auf der Fußmatte wurde dem Besucher eine schmutzige Rolling Stones-Zunge entgegengestreckt. Er mußte daran denken, wie oft er mit einer Flasche Wein hier gestanden und die sich nähernden Schritte Werners gehört hatte.

Er hämmerte mit der Zange gegen die Tür. Aufzubringen war sie nicht. Ihrem Schloß war allenfalls ein Brecheisen gewachsen. In den Taschen suchte er nach Papier und Stift, um eine Nachricht unter den Spion zu klemmen. Er fand nur ein gebrauchtes Taschentuch. Beim Versuch, mit dem Bleistift einige Worte an die nackte Tür zu kritzeln, brach die Mine ab.

Als er am Südbahnhof ankam, merkte er, wie hungrig er war.

In der Kassenhalle trottete er von Schalter zu Schalter, von Geschäft zu Geschäft. Mit dem Zangenarm schlug er die Scheiben ein. Die Alarmanlagen stellte er diesmal nicht ab. Nachdem er die Fenster der Wechselstube zertrümmert hatte, wartete er eigens, ob sich der Alarm einschaltete oder ob er sein Zerstörungswerk fortsetzen mußte. Vielleicht gab es noch jemanden, der sich um Recht und Ordnung kümmerte und einschritt, wenn Sparkassen überfallen wurden.

Unter der ohrenbetäubenden Musik der Sirenen fuhr er mit der Rolltreppe zu den Bahnsteigen hinauf. Zunächst erforschte er den östlichen Abschnitt mit den Bahnsteigen 1-11. Dort war er selten gewesen. Er nahm sich Zeit. Dann stellte er sich auf die zweite Rolltreppe.

Auch die Auslagen der Geschäfte vor den südlichen Bahnsteigen schlug er ein. Sie waren nicht mit Alarmanlagen ausgestattet, was ihn verwunderte. Aus dem Kiosk holte er sich eine Tüte Chips und eine Limonade, dazu ein Päckchen Taschentücher für seine laufende Nase. Im Zeitschriftenladen packte er einen Stoß Zeitungen von vor zwei Tagen.

Ohne erst Waggon um Waggon zu durchsuchen, betrat er im Zug mit dem Bestimmungsort Zagreb das erste Abteil.

Der Sitz war heiß, die Luft stickig. Mit einem Ruck zog er das Fenster herunter. Er setzte sich. Die Beine legte er auf den Sitz gegenüber, ohne die Schuhe auszuziehen.

Während er sich wie automatisch Chips in den Mund stopfte, durchblätterte er die Zeitungen. Er fand nicht den kleinsten Hinweis, daß ein besonderes Ereignis bevorstand. Innenpolitik Querelen, Ausland Krisen, Chronik Schauriges und Banales. Auf den Fernsehseiten Serien, Talkshows, Filme, Magazine.

Beim Lesen fielen ihm beinahe die Augen zu.

Gedämpft drang das gleichmäßige Heulen der Alarmanlagen in den Waggon.

Er wischte die Zeitung von seinem Schoß. Eine Minute Ruhe durfte er sich gönnen. Eine Minute mit geschlossenen Augen daliegen, die verschwimmenden Töne der Sirenen im Ohr. Eine Minute daliegen –

Er sprang auf. Rieb sich heftig das Gesicht. An der Tür suchte er die Verriegelung, bis ihm einfiel, daß es die nur im Schlafwagen gab.

Er trat hinaus auf den Gang.

»Hallo? Jemand da?«

Mit den Fingerspitzen prüfte er die Beschaffenheit des Vorhangs im Abteil. Ein schmutziges, verrauchtes Stück, das er unter anderen Umständen nicht angefaßt hätte. Er hängte sich mit seinem ganzen Gewicht daran, bis ein helles Geräusch ertönte und er mit dem Stoff in der Hand zu Boden stürzte. Mit Hilfe dessen, was von der Zange übrig war, gelang es ihm, den Vorhang in einige Streifen zu reißen. Diese knüpfte er um den Türgriff sowie um das Gitter der Gepäckablage.

Nachdem er aus den sechs Sitzen ein Bett gebaut hatte, trank er die Dose leer. Legte sich hin.

Er war nun wieder etwas munterer. Mit offenen Augen lag er da, den Arm als Kissen unter dem Kopf. Er strich mit den

Fingern über den samtenen Sitzbezug. Er ertastete ein Brandloch.

Er mußte an die Zeit denken, als er mit Freunden im Sommer durch Europa gereist war. Auf einem fahrenden Matratzenlager wie diesem hatte er viele tausend Kilometer hinter sich gebracht. Von einem fremden Geruch zum anderen. Von einem Ereignis zum nächsten. Von einer aufregenden Stadt in eine noch verlockendere. Fünfzehn Jahre lag das zurück.

Wo waren die Leute, mit denen er damals auf Bahnhöfen und in Parks übernachtet hatte, in diesem Augenblick?

Wo waren die Leute, mit denen er erst vor zwei Tagen geredet hatte, in diesem Augenblick?

Wo war er? – Im Zug. Es war unbequem. Er fuhr nicht.

Er mochte eine halbe Stunde geschlafen haben. Aus seinem Mundwinkel war Speichel geronnen. Reflexartig wischte er ihn mit dem Ärmel vom Sitz. Er blickte zur Tür. Sein improvisiertes Schloß war unversehrt. Er machte die Augen zu und lauschte. Kein Ton hatte sich verändert. Die Alarmanlagen heulten keine Nuance anders als zuvor.

Er schneuzte sich die Nase, die von der Erkältung und vom Staub im Abteil verstopft war. Dann ging er daran, die Vorhangstreifen von der Tür zu lösen. Es stellte sich heraus, daß er seine Sache zu gut gemacht hatte. Er nestelte an den Knoten, doch er war zu ungeduldig und hatte keine geschickten Finger. Er versuchte es mit Kraft. Die Tür bewegte sich einen Zentimeter. Dann saßen die Knoten endgültig fest.

Es blieb ihm nichts anderes übrig, er mußte sich gewaltsam befreien. Mit dem Zangenarm zerschlug er die Scheibe in der Tür. Vorsichtig kletterte er hinaus. Er warf einen Blick ins Abteil, um sich das Bild einzuprägen, für den Fall, daß er aus irgendeinem Grund zurückkehren würde.

Er plünderte den Supermarkt.

Getränke und Suppendosen packte er ein, Knabbereien, Schokolade, Äpfel und Bananen. Er lud Fleisch und Wurst in den metallenen Einkaufskorb. Bald würde die Ware verdorben sein. Wann er wieder zu einem frischen Steak kommen würde, wagte er nicht abzuschätzen.

Ehe er in sein Auto stieg, umrundete er es. Er war sich nicht sicher, ob er es genau so abgestellt hatte.

Er blickte sich um. Er ging ein paar Schritte, kehrte zum Wagen zurück.

3

Er erwachte in Straßenkleidung.

Er glaubte sich zu erinnern, am Abend den Pyjama angezogen zu haben. Und selbst wenn nicht, so trug er daheim doch stets etwas Bequemes. Jedenfalls hatte er sich am Vorabend umgezogen.

Oder nicht?

In der Küche fand er fünf leere Bierdosen. Das Bier hatte er getrunken, daran erinnerte er sich.

Nach dem Duschen warf er ein paar T-Shirts und Unterhosen in eine Tasche, noch ehe er sich der deprimierenden Erkundungstour zum Fenster, zum Fernseher und zum Telefon unterzog. Hunger hatte er, aber sein Appetit ließ ihn im Stich. Er beschloß, irgendwo unterwegs zu frühstücken. Er schneuzte sich, schmierte eine Salbe auf die entzündeten Stellen unter der Nase. Aufs Rasieren verzichtete er.

Irritiert blickte er auf die Garderobe. Etwas hatte sich seit gestern verändert. Als hänge eine Jacke zuviel da. Aber das war nicht möglich. Überdies hatte er abgesperrt. Niemand war hiergewesen.

Er stand schon auf dem Fußabstreifer vor der Tür, da drängte es ihn noch einmal zurück. Er starrte auf die Garderobenhaken. Er kam nicht darauf.

Die Luft war klar, der Himmel geradezu unwirklich wolkenlos. Von Zeit zu Zeit lebte Wind auf. Dennoch schien im Auto das Armaturenbrett zu schmelzen. Er kurbelte alle Fenster hinunter. Mutlos drückte er einige Knöpfe am Radio. Etwas anderes als Rauschen, mal lauter, mal gedämpft, entlockte er ihm nicht.

In der Wohnung seines Vaters fand er alles unverändert. Die Wanduhr tickte. Das Wasserglas, aus dem er getrunken hatte, stand halb gefüllt auf dem Tisch. Das Bett war zerwühlt. Als er aus dem Fenster sah, fiel sein Blick auf das Fahrrad, dessen Sattel nach wie vor mit dem Plastik bedeckt war. Die Flasche ragte aus dem Abfalleimer, die Motorräder standen an ihrem Platz.

Er wollte wieder gehen, da fiel ihm das Messer ein.

Lange mußte er nicht suchen. In der Schublade neben der Hausbar bewahrte der Vater seine Andenken an den Krieg auf. Das EK I, das EK II, die Nahkampfspange. Sturmabzeichen, Verwundetenabzeichen, Gefrierfleischorden, Jonas kannte das alles, als Kind hatte er seinem Vater oft beim Reinigen zugeschaut. Ein Adreßbuch, Ausweise, Briefe von Feldkameraden. Drei Fotos, auf denen der Vater mit anderen Soldaten in dunklen Räumen hockte und ein so fremdes Gesicht hatte, daß sich Jonas nicht erinnern konnte, ihn je so gesehen zu haben. Und das Messer lag auch in der Lade. Er nahm es an sich.

Das letztemal hatte er den Tiergarten Schönbrunn anläßlich eines Betriebsausfluges besucht. Es war recht fröhlich zugegangen. Viele Jahre lag das zurück. Er konnte sich nur noch vage an schmutzige Käfige erinnern und an ein Café, in dem sie nicht bedient worden waren.

In der Zwischenzeit hatte sich viel verändert. In den Zeitungen las man, Schönbrunn sei der schönste Zoo Europas. Jährlich kam eine neue Sensation hinzu. Zwei Koalas etwa oder andere rare Tiere, die alle Wiener, die ein Kind im begeisterungsfähigen Alter hatten, zwangen, in den Tierpark zu pilgern. Jonas war es nie eingefallen, sich am Sonntag vor dem Raubtiergehege oder dem Insektarium anzustellen. Nun hielt er hinter den Kassen bei den Metallsperren, an denen es für den Wagen keine Durchfahrt gab, weil er sich vergewissern wollte, ob außer den Menschen auch die Tiere verschwunden waren.

Er stieg erst aus, nachdem er einige Minuten lang gehupt hatte. Er steckte das Messer ein. Auch den Zangenarm nahm er mit.

Auf dem Kiesweg knirschten seine Schritte. Die Luft war eine Spur klarer als im Stadtzentrum. Der Wind fing sich in den die Anlage umstehenden Bäumen. Hinter dem Zaun, der laut Beschilderung das Giraffengehege begrenzte, regte sich nichts.

Seine Füße trugen ihn nicht weiter als bis zu der Stelle, an der er seinen Wagen gerade noch sehen konnte. In einen der Seitenwege abzubiegen war ihm unmöglich. Der Wagen war seine Heimat, seine Versicherung.

Die Faust um den Zangenarm geballt, fuhr er abrupt herum. Er stand da, den Kopf gesenkt, und horchte.

Nur Wind.

Die Tiere waren weg.

Er rannte zum Auto zurück. Kaum saß er am Steuer, zog er die Tür zu und drückte die Verriegelung hinunter. Dann erst legte er den Zangenarm und das Messer auf den Beifahrersitz. Trotz der Hitze ließ er die Fenster geschlossen.

Die A1 hatte er oft befahren. In Salzburg lebte eine Tante, und in Linz hatte er für die Firma regelmäßig neue Kollektionen begutachten müssen. Es war die Autobahn, die er am wenigsten mochte. Die A2 war ihm lieber, weil sie ihn nach Süden brachte, Richtung Meer. Und weil weniger Verkehr herrschte.

Ohne vom Gas zu gehen, klappte er das Handschuhfach auf und begann den Inhalt auf den Beifahrersitz zu leeren. Seine Halsschmerzen hatten sich zu einer Erkältung ausgewachsen, die ihm zunehmend lästig war. Auf seiner Stirn lag ein Schweißfilm. Die Lymphknoten am Hals waren geschwollen. Die Nase war so verstopft, daß er fast nur durch den Mund atmete. Marie führte meistens Medikamente gegen kleinere Beschwerden mit. Im Handschuhfach jedoch hatte sie nichts zurückgelassen.

Je weiter er sich von Wien entfernte, desto häufiger schaltete er das Radio ein. Wenn der Sucher durch alle Frequenzen gelaufen war, drehte er wieder ab.

An der Raststation Großram nährten einige geparkte Autos seine Hoffnung. Er hupte. Er stieg aus, sperrte sorgsam ab. Lief zum Eingang des Restaurants. Summend öffnete sich die automatische Tür.

»Hallo?«

Er zögerte. Das Restaurant lag im Schatten eines Tannenwäldchens. Obwohl die Sonne strahlte, herrschte drinnen fahles Licht, als sei es kurz vor Abend.

»Jemand da?«

Die Tür schloß sich. Er sprang zurück, um nicht eingeklemmt zu werden, da ging sie wieder auf.

Er holte das Messer aus dem Auto. In alle Richtungen hielt er Ausschau, ob ihm etwas auffiel. Aber es gab nichts. Es war eine gewöhnliche Raststation an der Autobahn. Mit abgestellten Autos vor dem Restaurant, mit Autos an der Tankstelle. Nur Menschen waren keine zu sehen. Und zu hören war nichts.

Erneut klappte die automatische Tür zur Seite. Ihr Summen, tausendmal gehört, war plötzlich wie eine Nachricht an sein Unterbewußtsein. Er passierte das Drehkreuz, das den Shop und den Kassenbereich vom Restaurant trennte, und stand schon zwischen den Tischen. In der tiefen Tasche seiner Jeans hielt seine Hand das Messer umspannt.

»Was ist los?« rief er überlaut.

Die Tische waren gedeckt. Am Selbstbedienungsbüfett, wo sonst Töpfe mit Suppen und Saucen standen und Körbe mit Gebäck, kleine Schüsseln mit Brotwürfeln und große mit Salaten, da stand gar nichts. Eine Reihe von großen, mit weißen Tüchern bedeckten Tischen.

In der Küche entdeckte er in einem Regal einen ange-schnittenen Laib Brot. Es war hart, aber noch zu beißen. Ein paar Aufstriche fand er in einem Kühlschrank. Vor sich auf den gefliesten Boden starrend, stillte er im Stehen seinen Hunger. Zurück im Restaurant, machte er sich an der Es-pressomaschine einen Kaffee. Der erste schmeckte bitter. Er ließ einen zweiten durchrinnen, der nicht besser war. Erst den vierten stellte er auf die Untertasse.

Er setzte sich auf die Terrasse. Die Sonne stach. Er spannte einen Schirm über seinen Tisch. Auch an den Ti-schen draußen fiel ihm nichts Ungewöhnliches auf. Ein Aschenbecher stand da, die Eiskarte, die Speisekarte, Salz- und Pfefferstreuer, Zahnstocher. Genau so hätte es ausgese-hen, wenn er vor ein paar Tagen hier vorbeigekommen wäre.

Er schaute sich um. Niemand war da.

Nachdem er eine Weile auf das graue Band der Autobahn gestarrt hatte, fiel ihm ein, daß er hier schon einmal geses-sen hatte. Mit Marie. Sogar am gleichen Tisch. Er erkannte es am Blickwinkel, der ihm erlaubte, einen kleinen, recht versteckten Gemüsegarten einzusehen, an den er sich erin-nerte. Sie waren unterwegs zu ihrem Urlaubsort in Frank-reich gewesen. Hier hatten sie gefrühstückt.

Er sprang auf. Vielleicht stimmte etwas mit den Tele-fonen in Wien nicht. Vielleicht konnte man von hier aus jemanden erreichen.

Ein Telefon fand er an der Kasse. Mittlerweile wußte er die Nummer von Maries englischen Verwandten auswendig. Dasselbe ungewohnte Freizeichen im Hörer.

Auch in Wien hob niemand ab. Nicht bei Werner, nicht im Büro, nicht bei seinem Vater.

Er nahm ein Dutzend Ansichtskarten von einem Ständer. Briefmarken entdeckte er in einer Mappe, die in einer Schublade unter der Kasse lag. Er schrieb seine eigene Adresse auf eine Karte.

Die Nachricht lautete: *Raststation Großram, 6. Juli.*

Er klebte eine Marke auf. Neben dem Eingang befand sich ein Briefkasten. Ein kleines Schild verriet, der Kasten werde um 15 Uhr geleert. An welchem Tag, stand nicht da. Trotzdem warf er die Karte ein. Die übrigen und die dazugehörigen Marken nahm er mit.

Als er das Auto aufsperren wollte, fiel ihm ein in der Nähe abgestellter Sportwagen auf. Er lief hin. Natürlich steckte kein Schlüssel.

An der nächsten Ausfahrt fuhr er von der Autobahn ab. Er hielt in der ersten Ortschaft vor dem erstbesten Haus. Er läutete, klopfte.

»Hallo? Hallo!«

Die Tür war nicht abgeschlossen.

»Jemand da? He! Hallo!«

Er kontrollierte alle Räume. Kein Mensch, kein Hund, kein Kanarienvogel. Nicht einmal ein Insekt.

Er fuhr so lange hupend durch den Ort, bis er das Geräusch nicht mehr ertragen konnte. Dann durchsuchte er das Dorfgasthaus. Nichts.

Die Orte, durch die ihn der Zufall in den nächsten Stunden führte, lagen abseits der Hauptstraßen, bestanden nur aus ein paar verfallenen Häusern, so daß er sich fragte, ob hier zuletzt überhaupt jemand gewohnt hatte. Eine Apotheke gab es nirgends. Ein Autohaus schon gar nicht. Er bereute es, nicht in der Nähe einer größeren Stadt von der Autobahn abgefahren zu sein. Und wie es aussah, hatte er sich sogar verirrt.

Nach alter Gewohnheit fuhr er rechts ran. Es dauerte eine Weile, bis er sich auf der Straßenkarte zurechtfand. Es hatte ihn in den Dunkelsteiner Wald verschlagen. Zur nächsten

Autobahnauffahrt waren es mehr als zwanzig Minuten. Dorthin wollte er, denn dort ging es schneller voran. Aber nun war er müde.

Im nächsten Ort, in dem es wenigstens einen Lebensmittelladen gab, steuerte er das Haus mit der teuersten Fassade an. Es war abgeschlossen. Sein Zangenarm leistete ihm an einem Fenster wieder gute Dienste. Jonas kletterte hinein.

In der Küche fand er eine Schachtel Aspirin. Während sich eine Tablette geräuschvoll in einem Glas Wasser auflöste, durchstöberte er das Haus. Gediegen eingerichtet, mit Möbeln aus dunklem Vollholz. Einige Stücke erkannte er. Sie gehörten der schwedischen 99er-Serie an, mit der er selbst eine Saison lang gute Geschäfte gemacht hatte. An den Wänden hingen Geweihe. Den Boden hatte man mit jenen dicken Teppichen ausgelegt, die sie im Büro als Milbenspeck bezeichneten. Auch von ihnen erkannte er einige. Nichts Billiges, aber auch nichts Geschmackvolles. Kinderspielzeug lag herum.

Er schlenderte wieder in die Küche. Trank sein Aspirin.

Zurück im Wohnzimmer, schloß er die Augen. Aus der Küche drang matt das Ticken einer Uhr. Im Kamin knisterte herabrasselnder Ruß, den der Wind aus den Ritzen trieb. Es roch nach Staub, nach Holz, nach nassem Stoff.

Die Treppe, die zum Obergeschoß führte, knarrte. Im ersten Stock lagen die Schlafzimmer. Das erste war offenkundig das eines Kindes. Hinter der zweiten Tür entdeckte er ein Doppelbett.

Er zögerte. Doch er war so müde, daß ihm die Augen zufielen. Einem Impuls folgend, streifte er alle Kleider ab. Er zog die schweren dunklen Vorhänge zu, bis nur noch eine Nachttischlampe das Zimmer schwach erhellte. Nachdem er sich vergewissert hatte, daß die Tür abgeschlossen war, legte er sich aufs Bett. Das Laken war weich, die Decke aus überraschend feinem Stoff. Unter anderen Umständen hätte er sich wohl gefühlt.

Er knipste die Lampe aus.

Am Kopfende des Bettes tickte fast unhörbar ein Wecker. Das Kissen roch nach einem Menschen, dem Jonas nie begegnet war. Über ihm fuhr der Wind durch den Dachstuhl. Der Klang des Weckers war sonderbar heimelig.

Es ging hinab ins Dunkel.

Er fühlte sich weniger benommen als zuvor. Als er sich aufsetzte, fiel sein Blick auf goldgerahmte Fotos, die in einer Vitrine standen. Wie ein Schlafwandler, ein Taschentuch unter die laufende Nase gepreßt, tappte er hin.

Das erste zeigte eine Frau um die Vierzig. Obwohl sie nicht lächelte, spielte ein heiterer Zug um ihre Augen. Sie wirkte nicht wie jemand, der in einem Haus wie diesem wohnte.

Einige Zeit überlegte er, was sie von Beruf war. Sekretärin? Angestellte? Oder gehörte ihr eine Boutique in einem der größeren Orte in der Nähe?

Auf dem nächsten Foto der Mann. Etwas älter. Ergrauender Schnauzer, stechend dunkle Augen. Er sah aus wie jemand, der den ganzen Tag von Berufs wegen mit einem Geländewagen unterwegs war.

Zwei Kinder. Blond. Acht oder neun das erste, das zweite ein paar Monate alt. Beide sahen einfältig aus.

Das Bild der Frau verfolgte ihn bis zum Autobahnzubringer. Noch als er kurz vor Linz an den Knöpfen des Radios drehte, dachte er zuweilen an das Haus. Dann konzentrierte er sich, um nicht die Ausfahrt zu verpassen.

Von weitem machte er die riesigen Fabrikschlote aus. Aus ihnen stieg kein Rauch empor.

Ohne auf die Geschwindigkeitsbeschränkung zu achten, fuhr er in die Stadt. Er wünschte sich, von einem Polizisten gestoppt zu werden. Aber sofort war er sich gewiß, daß auch hier etwas nicht stimmte.

Es gab keine Fußgänger.

Die Geschäfte rechts und links der Straße waren menschenleer.

Ampeln sprangen auf Rot, doch auf den Querverkehr wartete er vergebens.

Er hupte. Er ließ den Motor aufheulen. Trat auf die Bremse, daß die Reifen quietschten und Gummigestank aufstieg. Er hupte dreimal lang, dreimal kurz, dreimal lang. Mehrmals fuhr er dieselben Straßenzüge ab. Keine Tür öffnete sich, kein Auto kam ihm entgegen. Dafür roch es weniger unangenehm als bei seinem letzten Besuch in der Stadt. Gewitterdunst lag in der Luft.

Als er vor einer Apotheke ausstieg, fragte er sich, wieso es so ungewöhnlich kühl war. Seit Wochen hatte er unter der Hitze gelitten, nun fröstelte ihn. Aber vermutlich war daran nicht das aufziehende Gewitter schuld, sondern die Erkältung.

Er schlug die Glastür zur Apotheke ein. Aus dem Regal nahm er eine Packung Aspirin, dazu noch Pastillen gegen Halsschmerzen. Auf dem Weg nach draußen entdeckte er den Vorrat an Echinacin. Ein Fläschchen steckte er ein.

Nach kurzem Suchen fand er ein Gasthaus, dessen Tür unversperrt war. Er rief. Antwort bekam er nicht, hatte er auch nicht erwartet.

Im Gastzimmer fiel ihm nichts Besonderes auf. Es roch nach altem Fett, nach Dunst, nach kaltem Rauch.

Noch einmal rief er.

In der Küche stellte er einen Topf mit Wasser auf und warf die Kartoffeln hinein. Die Wartezeit überbrückte er im Gastzimmer mit der Zeitung vom 3. Juli. An diesem Tag waren noch Menschen hiergewesen, das bewiesen Sauceflecken und Brotkrümel auf dem Papier. Die Zeitung selbst war genauso unverdächtig wie jene, die er tags zuvor am Südbahnhof gelesen hatte. Nichts wies auf ein bevorstehendes Ereignis von außergewöhnlicher Dimension hin.

Er trat vor die Tür. Die ersten Blitze zuckten. Der Wind nahm an Stärke zu. Leere Zigarettenschachteln und anderer Müll fegten über die Straße. Er legte den Kopf in den Nacken und massierte sich die von der Fahrt verspannten Schultern. Schwarze Wolken trieben ineinander. In der Ferne grollte es. Wieder ein Blitz. Und noch einer.

Gerade wollte er ins Gastzimmer zurückkehren, da ertönte schräg über ihm ein Krachen. Ohne sich umzusehen, rannte er hinaus zum Auto. Von innen verriegelte er die Tür. Er zog das Messer aus dem Köcher. Einige Minuten wartete er. Die Scheiben beschlugen.

Er kurbelte das Fenster hinunter.

»Was willst du?« schrie er.

Abermals krachte es, schwächer als beim erstenmal. Gleich darauf wieder.

»Komm raus!«

Schwere Tropfen klatschten auf das Blech, auf die Straße. Es rumpelte.

Während er durch den Regen auf den Eingang des Gasthauses zulief, sah er nach oben, doch Bäume verstellten ihm die Sicht. Er stürmte ins Gastzimmer. Öffnete die Tür zum Treppenhaus. Mit gezücktem Messer trampelte er nach oben. Er gelangte in einen langen, schmalen Gang, in den von draußen kaum Licht einfiel. Den Schalter fand er in der Eile nicht.

Er kam an eine Tür. Sie war nur angelehnt. Mit gleichförmigem Tack-tack stieß der Luftzug sie gegen das Schloß. Jonas drückte sie ganz auf und stach mit dem Messer nach vorn.

Das Zimmer war leer. Nicht einmal Möbel standen darin. Ein großes Fenster schlug im Wind.

Sich mehrmals um die eigene Achse drehend, das Messer zum Zustechen bereit in der Faust, ging er auf das Fenster zu. Er sah kurz hinaus, warf einen Blick über die Schulter ins Zimmer, sah wieder hinaus. Das Fenster lag schräg über dem Eingang des Gasthauses.

Als er den Kopf zurückzog, fuhr ein Windstoß ins Zimmer. Der Fensterflügel knallte gegen seinen Arm. Er schloß ihn. Auf dem Weg nach unten behielt er das Messer in der Hand.

Im Gastzimmer ließ er sich auf eine Bank sinken. Noch eine Weile ging sein Atem flach und schnell. Er starrte gegen die Holzvertäfelung der Garderobe. Bis ihm die Kartoffeln einfielen.

Das Gewitter endete, als er Messer und Gabel zur Seite legte. Den Teller ließ er auf dem Tisch stehen. Über schlammige Pfützen hinweg hüpfte er zum Auto.

Er fuhr zum Bahnhof.

Die Wartehalle und der lange, schummrige Gang, der zu den Bahnsteigsaufgängen führte, waren ebenso verlassen wie der Vorplatz und die Bahnsteige selbst. Er schlug die Scheibe eines Kiosks ein. Er nahm sich eine Dose Limonade, die er sofort leer trank und dann in einen Abfalleimer warf.

Den Briefkasten entdeckte er am Vorplatz. *Linz Hauptbahnhof, 6. Juli,* schrieb er. Nach kurzem Bedenken adressierte er die Karte an seinen Vater.

Er war an einigen Autohäusern vorbeigekommen, doch ein Opel oder Ford entsprach nicht seinen Vorstellungen. Eine gute Gelegenheit, seinen klapprigen Toyota einzutauschen, ergab sich erst am Stadtrand, wo er endlich auf einen Händler stieß, dessen Sortiment sich nicht auf Familienautos beschränkte.

Er war kein Autonarr. Gerade die schnellen Marken hatte er nie gemocht. Doch nun erschien es ihm widersinnig, nicht schneller als 160 zu fahren. Also mußte er seinem alten Wagen den Abschied geben. Er hatte mehr gekostet, als er wert war, und Jonas verband mit ihm keine sentimentalen Erinnerungen.

Zu seiner Verwunderung hielt das Glas der Schauräume, hinter dem die Wagen auf Käufer warteten, seinem Zangenarm stand. Mit Sicherheitsglas hatte er es bislang nicht zu tun gehabt. So fuhr er mit dem Toyota in die Auslage. Krachend ergoß sich ein Splitterregen über den Wagen. Jonas setzte zurück. Das Loch in der Glaswand war groß genug.

Seine Wahl fiel auf einen roten Alfa Spider. Die Schlüssel fand er an einem Haken hinter dem Verkaufspult. Schwieriger war es, jenen zur großen Doppeltür aufzutreiben, die den einzigen Ausgang darstellte. Schließlich fand er auch diesen. Er ging zum Toyota, räumte alle persönlichen Gegenstände aus.

Ehe er einstieg, drehte er sich doch noch einmal um und winkte seinem alten Wagen zu. Gleich darauf kam er sich albern vor.

Hundert Meter nach dem Autohaus hielt er an einer Tankstelle. Der Zapfhahn ließ sich ohne Schwierigkeiten bedienen. Er tankte voll.

Auf der Strecke nach Salzburg testete er das Potential des Spider. Die Beschleunigung preßte ihn in den Sitz. Er streckte die Hand in Richtung des Autoradios aus. Es war keines eingebaut. Statt dessen griff er nach den Halspastillen auf dem Beifahrersitz.

Hinter Wels lag am Straßenrand, wie weggeworfen, ein Gitarrenkoffer.

Jonas fuhr zurück. Aus einiger Entfernung warf er mit Steinen nach dem Koffer. Er traf, nichts geschah. Er stieß mit den Füßen danach. Schließlich öffnete er ihn. Eine elektrische Gitarre lag darin. Wasser war in den Koffer eingedrungen. Offenbar hatte es auch hier stark geregnet.

Eine Weile ging er umher. Im Gras wurden seine Hosenbeine bis zu den Knien feucht. Er befand sich in der Nähe der Autobahnauffahrt. Es war nicht unwahrscheinlich, daß diese Stelle von Anhaltern genützt wurde. So rief er, drückte energisch die Hupe. Er entdeckte weggeworfene Getränkedosen, Kippen, Präservative. Unter seinen Schuhen quatschte die nasse Erde.

Er lehnte sich gegen die Beifahrertür.

Alles konnte, nichts mußte Bedeutung haben. Vielleicht war dieser Koffer von einem Autodach gefallen. Vielleicht war er Gepäck eines Menschen gewesen, der an dieser Stelle verschwunden war. Warum und wie auch immer verschwunden war.

Die Sonne sank hinter die Festung, als er am Salzburger Hauptbahnhof vorbeikam. Hupend rollte er über den Bahnhofsplatz, dann fuhr er zur Wohnung seiner Tante nach Parsch. Er brauchte einige Zeit, um den Weg zu finden. Als er endlich in der Apothekerhofstraße ankam, läutete er, und als sich niemand meldete, stieg er wieder ins Auto. Aufschlußreiches würde er in der Wohnung der Tante nicht finden, und so ersparte er sich die Mühe, die Tür aufzubrechen.

Er fuhr nach Freilassing.

Niemand.

Niemand.

Weil er es kaum glauben konnte, kreiste er eine Stunde durch den Ort. Insgeheim war er davon ausgegangen, spätestens auf deutschem Boden Menschen zu treffen. Er hatte Militär erwartet. Vielleicht Zelte mit Flüchtlingen. Möglicherweise sogar Panzer oder Menschen in ABC-Schutzanzügen. Auf alle Fälle Zivilisation.

Er stellte den Motor ab. Auf die Hinweisschilder starrend, die den Weg zur Autobahn nach München beschrieben, trommelte er mit den Fingern gegen das Lenkrad.

Wie weit sollte er denn fahren?

Am Mobiltelefon wählte er die Nummer einer Möbelfirma, die nahe Köln ansässig war. Es läutete. Dreimal, viermal, fünfmal. Ein Anrufbeantworter schaltete sich ein.

Als er vor dem Salzburger Marriott-Hotel parkte, war es dunkel geworden. Er nahm sein Gepäck, warf den Zangenarm hinein. Steckte das Messer in die Hosentasche. Er sperrte ab, spähte nach allen Seiten. Er horchte. Kein Laut. Ganz in der Nähe mußten Sträucher stehen. Es roch frisch nach Blüten, doch er erkannte den Duft nicht.

Durch die Drehtür stolperte er ins Hotel. Es war so finster, daß er mit den Füßen an den schweren Läufern hängenblieb und mit der Tasche einen Stehaschenbecher umwarf.

An der Rezeption brannte ein Lämpchen. Er stellte die Tasche ab, zückte das Messer, starrte in die Dunkelheit der Lobby. Ohne hinzusehen, tastete er mit der freien Hand nach dem Lichtschalter.

Er zwinkerte.

Nachdem sich seine Augen an das Licht gewöhnt hatten, fiel ihm die Stereoanlage auf, die neben einem Breitbildfernseher in einem Schrank stand. Auf dem Deck lag eine leere CD-Hülle. Natürlich Mozart. Jonas drückte die Playtaste. Es dauerte eine Weile, bis die ersten Töne erklangen.

Er nahm die Anlage in Augenschein. Ein wertvolles Gerät, teurer, als er es sich je hätte leisten wollen, mit allen erdenklichen Extras. Die CDs wurden automatisch gereinigt. Außerdem hatte die Anlage einen Repeat-Knopf. Er drückte ihn und drehte die Lautstärke hoch. Er zog den Kopf ein.

Auf einen Zettel schrieb er: *Hier ist jemand. 6. Juli.* Gut sichtbar befestigte er ihn neben der Eingangstür. Dann schob er einen Fauteuil in die Tür, so daß sie sich nicht mehr schließen konnte und die Musik auf die Straße drang.

Während er an der Rezeption wahllos Zimmerschlüssel einsammelte, hatte er das Gefühl, gleich vom Schall aus den Boxen umgeworfen zu werden. Eine solche Kraft aus einer gewöhnlichen Heimanlage hatte er noch nie erlebt. Sein Herz pochte wie nach einem Dauerlauf. Ihm wurde ein wenig übel. Er war froh, als ein Dutzend Schlüssel und Anhänger in seiner Tasche gegeneinanderklapperten und er sich diesem Lärm entziehen konnte.

Das Zimmer zum Übernachten fand er im obersten Stock, den er zu Fuß erreicht hatte, weil er sich dem knarrenden Lift nicht anvertrauen wollte. Es war eine Suite mit drei durch Zwischentüren voneinander getrennten Räumen und einem weitläufigen Bad, in dem er über geheizte Marmorkacheln tappte. Von der Musik aus der Lobby war bei geschlossener Tür nichts zu hören. Öffnete er sie jedoch, konnte er die Einsätze verschiedener Instrumentengruppen voneinander unterscheiden.

Er sperrte ab. Ließ sich ein Bad ein.

Während das Wasser in die Wanne lief, schaltete er den Fernseher an. Wieder und wieder wählte er Maries Handynummer, auch probierte er es zum hundertstenmal bei ihren Verwandten.

Er ging durch die Suite. Seine Füße versanken in einem orientalischen Teppich, unter dem leise der Boden knarrte. Vermutlich hätte er dieses Knarren früher nicht wahrgenommen. Aber seit Tagen quälte seine Ohren diese unnatürliche Stille, und schon geringste Geräusche ließen ihn herumfahren.

In der Zimmerbar wartete eine Flasche Champagner. Es erschien ihm zwar nicht sehr passend, aber er legte sich mit einem Glas in die Wanne. Er nahm einen Schluck, schloß die Augen. Es roch nach Badezusätzen und ätherischen Ölen. Rund um ihn knisterte der Schaum.

Am Morgen fand er seine Schuhe übereinander vor. Und zwar in einer Stellung einander zugekehrt, die ihn an die Art erinnerte, wie Marie und er von Zeit zu Zeit ihre Mobiltelefone übereinanderlegten: Als umarmten sie einander. Nur eben ohne Arme.

Er war sich ziemlich sicher, daß er die Schuhe nicht übereinandergestellt hatte.

Er kontrollierte die Tür. Von innen abgesperrt.

Er bereute, am Abend zuvor weder Brot noch Semmeln aus dem Gefrierraum in der Hotelküche genommen zu haben. Er fand ein paar Kiwis, die er vor dem Obstregal stehend auslöffelte.

Noch immer beschallte die Anlage das ganze Haus. Mit eingezogenem Kopf eilte er zur Rezeption. Eilig schrieb er auf ein Stück Papier seinen Namen und seine Handynummer. Sowie eine Notiz, daß jeder, der dies lese, ihn unbedingt anrufen möge. Diesen Zettel klebte er am Empfangsschalter fest. Ehe er das Hotel verließ, deckte er sich mit Papier und Klebestreifen ein.

Salzburg, Marriott, 7. Juli, schrieb er auf die Karte, die er draußen in den Briefkasten warf.

Um zwölf Uhr mittags fuhr er durch das verlassene Villach, um halb eins hupte er vor dem Lindwurm in Klagenfurt. In beiden Orten schrieb er Postkarten, in beiden Orten ließ er Zettel mit seiner Telefonnummer zurück. Mit der Durchsuchung von Häusern hielt er sich nicht auf.

Mehrmals hielt er in der Mitte großer Plätze an, wo er gefahrlos aussteigen konnte, um mit freiem Rücken ein paar Schritte zu machen. Er rief. Horchte. Starrte zu Boden.

Die Kraft seines Wagens und der Umstand, daß er sich nicht um Gegenverkehr kümmern mußte, brachte ihn in wenigen Minuten über den Loiblpaß zur Grenze. Die Station war verlassen, der Schlagbaum offen.

Er durchsuchte die Amtsstuben. Wählte Nummern, die in den Telefonen gespeichert waren. Niemand meldete sich. Auch hier hinterließ er eine Nachricht. Ebenso verfuhr er an der slowenischen Grenzstation ein paar hundert Meter weiter. Er tankte, deckte sich mit Mineralwasser und Trockenwurst ein, schluckte ein Aspirin.

Für die knapp achtzig Kilometer nach Ljubljana benötigte er kaum eine halbe Stunde. Die Stadt war leer. Ebenso wie die Städte Domzale, Celje, Slovenska Bistrica, Maribor.

Überall ließ er auf englisch und deutsch Nachrichten zurück. Er warf mit slowenischen Wertzeichen versehene Postkarten ein. An Tankstellen wählte er gespeicherte Telefonnummern, an Mautstellen bemühte er interne Kommunikationseinrichtungen. Er löste Alarm aus. Wartete einige Minuten. Hinterließ seine Visitenkarte, weil ihm das Papier des Marriott ausgegangen war.

Kurz vor der slowenisch-ungarischen Grenze passierte er einen umgestürzten Lkw. Er bremste so abrupt, daß er beinahe die Herrschaft über den Wagen verloren hätte. Das Führerhaus des Transporters war auf der Seite zu liegen gekommen. Es bedurfte einigen Kletterns, um von oben die Fahrertür zu öffnen. Der Führerstand war leer.

Er untersuchte die Umgebung. Bremsspuren waren zu sehen. Eine Leitplanke war beschädigt, ein Teil der Ladung – Werkstoff – lag im Straßengraben. Alles sprach dafür, daß es sich um einen normalen Unfall gehandelt hatte.

Auch in Ungarn traf er keine Menschenseele.

Er kam bis nach Zalaegerszeg. Von dort aus nahm er die Schnellstraße Richtung Österreich. Bei Heiligenkreuz fuhr er über die Grenze. Er hatte das absurde Gefühl, wieder zu Hause zu sein.

4

Am Vorabend hatte er eine Streichholzschachtel gegen die Wohnungstür gelegt, wie er es in Filmen gesehen hatte. Als er am Morgen die Tür kontrollierte, lag die Schachtel noch da. An der exakt gleichen Stelle.

Nur daß die Seite mit dem Adler nach oben schaute, nicht mehr die mit der Fahne.

Die Tür war versperrt. Es war ein Sicherheitsschloß, ohne Zweitschlüssel konnte niemand hier eingedrungen sein. Außerdem lag die Schachtel an der Tür an. Niemand war hiergewesen, niemand. Es war unmöglich.

Aber wie sollte er sich dann die Schachtel erklären?

Als er sich Kaffee anrichtete, klumpte die Milch. Er feuerte die Tasse gegen die Wand. Sie zersplitterte; braune Spritzer landeten auf der Tapete.

Zögernd führte er die Milchflasche zur Nase. Er zuckte zurück und verzog das Gesicht. Die Flasche stopfte er in den Abfalleimer. Er füllte eine neue Tasse mit Kaffee.

Im Flur riß er beinahe den Garderobenschrank um. Mit der Tasse stürmte er hinunter, wobei er die Hälfte des Inhalts verschüttete. Er stellte sie vor dem Eingang zum Supermarkt auf den schmutzigen Bürgersteig. Ein paarmal trat er gegen die gläserne Automatiktür. Als sie sich nicht bewegte, packte er ein Fahrrad und warf es gegen die Scheibe. Sie bekam ein paar Kratzer.

Er fuhr mit dem Spider durch die Tür. Ein Krachen ertönte, es regnete Glas. Auf dem Weg nach hinten legte er ganze Reihen von Regalen um. In einem Berg von Dosen hielt er. Er holte die Tasse und ging damit zum Milchregal.

Er schraubte die erste Flasche auf, schnupperte. Er war unsicher. Er schleuderte sie von sich. Öffnete die zweite, warf sie der ersten hinterher. Die dritte Flasche roch unverdächtig. Er schenkte ein. Keine Klumpen.

Er lehnte sich gegen das summende Tiefkühlregal. Genußvoll, Schluck für Schluck trank er seinen Kaffee.

Er fragte sich, wie oft er noch solchen Kaffee trinken würde. Nicht mit Milchpulver oder Haltbarmilch versetzt, sondern mit Milch, die nur Tage zuvor einer Kuh abgemolken worden war.

Wie lange noch frisches Fleisch? Wie lange noch frisch gepreßten Orangensaft?

Die Flasche nahm er mit nach oben. Er ließ den Wagen, wo er war.

Nachdem er die dritte Tasse getrunken hatte, versuchte er, Marie zu erreichen. Nur das englische Läuten war zu hören. Er drosch den Hörer auf die Gabel.

Er rannte wieder hinunter und kontrollierte den Briefkasten. Leer.

Er ließ Wasser in die Wanne laufen.

Er zog den schmutzigen Verband vom Finger. Die Wunde sah passabel aus. Viel mehr als ein roter Strich würde nicht zurückbleiben. Er krümmte den Finger. Es tat nicht weh.

Er badete, spielte mit seinen aus dem Schaum ragenden Zehen, rasierte sich, beschnitt sich die Nägel. Ab und zu huschte er aus dem Bad, weil er meinte, ein Geräusch gehört zu haben. Er hinterließ nasse Abdrücke auf dem Parkett.

Zu Mittag unternahm er mit dem zerkratzten Spider eine Tour durch die Stadt. Menschen traf er nicht. An jeder Kreuzung hupte er, eher aus Pflichtbewußtsein.

Er bezweifelte, daß man ein Brecheisen in einem gewöhnlichen Baumarkt bekam, doch das hinderte ihn nicht, die gläsernen Eingangstüren einiger Märkte mit dem Spider zu demolieren. Auch für die Suche nach dem Eisen stieg er nicht aus. Es war ein seltsames Gefühl, mit einem Auto durch die Gänge zu fahren, wo sonst schweigsame Männer mit breiten Händen ihre Einkaufswägen schoben und für die Lektüre von Etiketten ihre Lesebrillen aufsetzten.

Ich brauche etwas Stabileres, dachte er, als er sich nach der vierten Rundfahrt die Frontpartie des Spider besah.

Fündig wurde er in einem altmodisch eingerichteten, muffigen Werkzeugladen nahe dem Volkstheater. Er mußte daran denken, daß Marie vor Jahren, als sie zusammengekommen waren, hier in der Nähe gewohnt hatte. In Erinnerungen versunken, lud er das Eisen ins Auto. Als er die Beifahrertür zuwarf, hörte er hinter sich ein Geräusch. Es klang, als würde ein Stück Holz gegen ein anderes geschlagen.

Steif stand er da. Unfähig, sich umzudrehen.

Er hatte das Gefühl, es sei jemand da, zugleich wußte er, daß niemand da war. Und ihn quälte der Gedanke, daß beides stimmte.

Mit hochgezogenen Schultern wartete er.

Er drehte sich um. Da war niemand.

Es dauerte eine Weile, bis er ein Waffengeschäft entdeckte, aber jenes am Lerchenfelder Gürtel ließ keine Wünsche offen. An den Wänden lehnten Gewehre aller Arten und Größen. In Vitrinen waren Revolver und Pistolen ausgestellt. Es gab Wurfmesser und sogar Wurfsterne, am Verkaufstisch stand das Tränengasspray für die Damenhandtasche, und in den Schränken weiter hinten hingen Sportbögen und Armbrüste. Schutz-, Kampf- und Tarnanzüge gab es, Gasmasken, Funkgeräte und anderes Utensil.

Mit Waffen kannte er sich aus. Beim Militär hatte man ihn vor die Wahl gestellt, entweder normalen Präsenzdienst zu leisten oder sich gleich für fünfzehn Monate zu verpflichten.

In letzterem Fall dürfe er sich aussuchen, welcher Einheit er nach der Grundausbildung zugeteilt wurde. Keine Sekunde hatte er gezögert. Er marschierte nicht gern, und um der Infanterie zu entkommen, war ihm alles recht. So wurde er zuerst Kraftfahrer, später Feuerwerker. Zwei Monate hatte er in den Tiroler Bergen Lawinen gesprengt.

Er streifte durch den Laden. Im Grunde konnte er Waffen nicht leiden. Lärm aller Art verabscheute er. Silvester hatte er in den letzten Jahren mit Marie, Werner und dessen Freundin Simone auf einer Berghütte verbracht. Aber es gab Situationen, in denen der Besitz eines Gewehrs Vorteile bot. Nicht einer beliebigen Flinte. Das beste Gewehr der Welt, wenigstens vom psychologischen Standpunkt, war eine Pumpgun. Wer einmal gehört hatte, wie dieses Gewehr durchgeladen wurde, vergaß den Klang nicht.

Ein von Pollern verschont gebliebener Seiteneingang bot Gelegenheit, auf das Gelände des Praters zu fahren. Sein erster Weg führte ihn zu einem Würstelstand. Er drehte das Gas unter der Bratfläche an, bepinselte das Blech mit Öl. Als die Temperatur paßte, legte er eine Reihe Würstchen auf.

Während ihm der Duft vor sich hin garender Würste in die Nase stieg, betrachtete er das erstarrte Riesenrad, das unweit von ihm aufragte. Oft war er damit gefahren. Das erstemal als Junge, zusammen mit seinem Vater, der von der ungewohnten Höhe vielleicht ebenso eingeschüchtert gewesen war wie der Sohn, so daß nicht sicher war, wer wessen Hand festgehalten hatte. Später war er immer wieder mitgefahren. Mit Freundinnen. Mit Kollegen. Meist am Ende eines Betriebsausfluges, in schon recht kräftiger Stimmung.

Er drehte die Würstchen auf dem Blech. Es zischte, Rauch stieg auf. Er zog den Ring von einer Bierdose. Mit zurückgelegtem Kopf, den Blick auf das Riesenrad gerichtet, trank er.

An jenem Tag, an dem Marie von den Austrian Airlines als Flugbegleiterin angestellt worden war, hatte sich Jonas zu einem Opfer durchgerungen. Für Marie und sich hatte er drei Stunden lang eine Gondel gemietet. Allzu romantische Gesten waren ihm fremd, Kitsch verabscheute er, doch er wußte, daß er damit Marie viel Freude bereiten würde.

Ein gedeckter Tisch erwartete sie. Im Eiskübel stand eine Flasche Champagner. Eine langstielige rote Rose steckte in einer Kristallvase. Sie nahmen Platz, die Vorspeisen wurden aufgetragen, der Kellner zog sich mit einer Verbeugung zurück. Mit einem leisen Ruck setzte sich das Rad in Bewegung.

Zwanzig Minuten dauerte eine Umdrehung. Hoch oben genossen sie den Ausblick über die Stadt, deren Ampeln, Laternen und Scheinwerfer den späten Abend erhellten. Sie wiesen einander auf Sehenswürdigkeiten hin, die sie seit jeher kannten, die aber durch die Perspektive neu an Reiz gewannen. Jonas schenkte nach. Als sie unten angekommen und die Teller gegen die secondi piatti ausgetauscht worden waren, schimmerten Maries Wangen schon rötlich.

Ein Jahr später erwähnte Marie in einem Gespräch mit unterdrückter Ironie seine romantische Ader. Erstaunt fragte er nach, wo diese liege. Sie erinnerte an den Abend auf dem Riesenrad. Und so erfuhr er, daß sie für Dinner im Kerzenschein hoch über Wien ebenfalls wenig übrig hatte. Um ihm Freude zu bereiten, hatte sie die wunderbare Atmosphäre gepriesen, in Wahrheit hatte sie sich nach einem Hocker in der Kneipe mit einem Glas Bier gesehnt.

Er biß in ein Würstchen. Es schmeckte fade. Er suchte nach Ketchup und Senf.

Zu seiner Überraschung machte es kaum Schwierigkeiten, die Gerätschaften der umliegenden Stände in Betrieb zu setzen.

Mit dem Gewehrgriff schlug er die Scheibe des Kassenhäuschens ein. Er entnahm ein paar Chips und setzte sich in ein Kart-Auto. Als er das Gaspedal drückte, reagierte das Fahrzeug nicht. Er steckte einen Chip in den Schlitz. Nun funktionierte es. Die Pumpgun auf den Schenkel gestützt, die freie Hand am Steuer, brauste er über den Kurs. Einige Runden drehte er so, das Gaspedal am Anschlag, bemüht, in den Kurven nicht die Fahrbahnbegrenzung zu streifen.

Bei der alten Hochschaubahn mußte er, nachdem er sich Zugang zum Kassenhäuschen verschafft hatte, nur einen Knopf drücken, und schon rollten die hölzernen Wagen vor die Einstiegsbrücke. Jonas setzte sich in die erste Reihe. Die Fahrt verlief ereignislos. Als sei er ein gewöhnlicher Gast an einem gewöhnlichen Tag.

Er schleuderte Wurfpfeile gegen Ballons, warf Ringe über Statuetten, zielte mit Pfeil und Bogen auf eine Scheibe. Kurz widmete er sich dem Automatencasino, doch Geld zu gewinnen hatte keinen Reiz.

Er betrachtete die leeren Sitzreihen des Fliegenden Teppichs. Ihm kam ein Gedanke. Er zog sein Hemd aus und knüpfte es an einem der Sitze in der riesigen Schaukel fest. Im Kassenhäuschen fand er den Regler, mit dem der Motor bedient wurde. Er schaltete auf AUTO. Heulend setzte sich der Teppich in Bewegung. Anders als sonst kreischten keine Mädchen auf, niemand außer Jonas blickte nach oben.

In der ersten Reihe flatterte das Hemd. Die flache Hand gegen die Stirn gelegt, verfolgte er mit zusammengekniffenen Augen das Schicksal des Kleidungsstücks. Nach drei Minuten hielt der Teppich an, die Sicherheitsbügel schnappten automatisch auf.

Er band das Hemd los. Er fragte sich, ob man von Aussicht sprechen konnte, wenn niemand da war, der sie bestaunte. Genügte ein Hemd, um die Aussicht zu einer solchen werden zu lassen?

Mit einer neuen Dose Bier begab er sich ins Haus der Abenteuer. Es war auf die Bedürfnisse von Kindern ausgerichtet. Mit dem Gewehr auf dem Rücken hatte er Mühe, sich zwischen Sandsäcken hindurchzuzwängen und pendelnde Holzbrücken zu überwinden. Er trat auf Treppen, die unter Getöse nachgaben, durchquerte abschüssige Räume, tastete sich durch lichtlose Gänge. Wenn er nicht gerade einen entsprechenden Mechanismus auslöste, war alles still. Ab und zu knarrte ein Balken unter seinem Gewicht.

Im dritten Stock angekommen, stellte er sich an die Balustrade, von der aus man den Vorplatz überschauen konnte.

Unten rührte sich nichts.

Er trank.

Durch ein Netz aus Tauen, das wie eine Wendeltreppe angelegt war, tappte er wackelnd nach unten.

Am Schießstand konnte er dem auf dem Pult liegenden Luftdruckgewehr nicht widerstehen. Beim Zielen ließ er sich Zeit. Er drückte ab, lud nach. Er zielte, drückte ab, lud wieder. Sechsmal knallte es, sechsmal folgte fast im selben Moment das satte Geräusch des Projektils beim Einschlag. Er untersuchte die Scheibe. Das Ergebnis war nicht unbefriedigend.

Er hängte eine neue Scheibe auf. Zielte. Langsam krümmte er den Finger.

Schon immer hatte er sich vorgestellt, man könne durch Langsamkeit sterben. Indem man die Ausführung einer alltäglichen Handlung zeitlich dehnte – ins »Unendliche« oder eben doch Endliche: weil man in diesem Dehnen und Ausdehnen diese Welt verließ. Ein Winken mit dem Arm, ein Schritt, ein Drehen des Kopfes, eine Geste: Verlangsamte man diese Bewegung mehr und mehr, ging, gewissermaßen von selbst, alles zu Ende.

Sein Finger krümmte sich um den Abzug. In erstaunlicher Klarheit war ihm bewußt, daß er den Druckpunkt längst erreicht haben mußte und doch nicht erreichte.

Er nahm die Pumpgun vom Rücken, lud sie durch, schoß. Ein befriedigend tiefes Krachen ertönte. Zugleich fühlte er einen Schlag gegen die Schulter.

In der Zielscheibe klaffte ein Loch, groß genug, die Faust hindurchzustecken. Daneben blinkte die Sonne durch weitere, kleinere Löcher.

Mit der Liliputbahn, deren Diesellokomotive sich einfach bedienen ließ, drehte er eine Runde durch den Prater. Der Motor schnurrte. Es roch nach Wald. Im Schatten der Bäume war es weit kühler als zwischen den Ständen des Vergnügungsparks. Er schlüpfte in sein Hemd, das er nach dessen Ausflug mit dem Fliegenden Teppich um die Hüften gebunden hatte.

Am Heustadlwasser stieg er schwankend in eines der dort angebundenen Boote. Er warf das Seil auf den Steg und stieß sich ab. Er ruderte mit kräftigen Schlägen. Als die Hütte des Bootsverleihers außer Sicht war, hob er die Hölzer ins Boot.

Er legte sich auf den Rücken. Ließ sich treiben. Über ihm blinkte die Sonne durch die Bäume.

Er schrak aus einem Alptraum auf.

Er zwinkerte in die Dunkelheit. Allmählich erkannte er Umrisse der Möbel. Er verstand, daß er zu Hause im Bett lag. Mit dem Ärmel wischte er sich über das feuchte Gesicht. Er schlug die dünne Leinendecke zurück, mit der er sich im Sommer zudeckte, und lief ins Bad. Seine Nase war verstopft, seine Kehle rauh. Er trank ein Glas Wasser.

Am Wannenrand sitzend, tastete er sich in den Traum zurück.

Er hatte von seiner Familie geträumt. Das Besondere daran war gewesen, daß alle so alt gewesen waren wie er selbst. Er hatte mit seiner Großmutter gesprochen, die bei seiner Geburt siebzig gewesen und mit achtundachtzig gestorben war: Im Traum war sie fünfunddreißig. Er hatte sie nie so gesehen, doch er wußte, daß sie es war. Er staunte über ihr faltenloses Gesicht und ihr volles dunkles Haar.

Auch sein Großvater kam vor, auch er fünfunddreißig. Seine Mutter, sein Vater, sein Onkel, seine Tanten, sie alle waren so alt wie er.

David, der Sohn seiner Cousine Stefanie, der vergangenen Februar seinen elften Geburtstag gefeiert hatte: Er trug einen Schnauzbart und hatte kalte blaue Augen.

Die siebzehnjährige Paula, Tochter eines Cousins, der er zuletzt um Neujahr zufällig in der Mariahilfer Straße begegnet war, blickte ihn über die Schulter an und sagte: »Na?« Ihr Gesicht war ausdrucksvoller, älter, ein wenig verhärmt, kein Zweifel, sie war fünfunddreißig. Neben ihr stand das Kind, das sie letzten Herbst bekommen hatte. Ein Mann mit teilnahmslosem Blick und braunen Handschuhen.

Außerdem war da noch etwas gewesen. Etwas Beunruhigendes, zu dem Jonas keinen Zugang fand.

Alle hatten auf ihn in einer Sprache eingeredet, die er nur bruchstückhaft verstand. Seine tote junge Großmutter hatte ihm die Wange getätschelt und etwas wie »UMIROM, UMIROM, UMIROM« gemurmelt, jedenfalls hatte er es so gehört. Danach hatte sie nur mehr die Lippen bewegt. Sein Vater, der ähnlich aussah wie auf den Fotos aus dem Krieg, war hinter ihr auf einem Hometrainer gelaufen. Angesehen hatte er Jonas nicht.

Noch etwas war da gewesen.

Er wusch sich das Gesicht kalt ab. Er blickte nach oben, wo sich an der Decke seit Monaten ein Wasserfleck breitmachte. In letzter Zeit waren seine Ausmaße gleichgeblieben.

Gleich wieder ins Bett zu gehen war ausgeschlossen. In der ganzen Wohnung schaltete er die Lampen an. Den Fernseher. Mittlerweile nahm er das Flimmern als normal hin. Er schob eine Videokassette ein, drehte jedoch den Ton ab. Es war ein Zusammenschnitt der Berliner Love Parade von 1999. Er hatte das Band im Supermarkt unbesehen in den Einkaufswagen geworfen.

Er schneuzte sich, dann drückte er eine Pastille gegen Halsschmerzen aus der Verpackung. Er machte Tee. Mit der Tasse setzte er sich auf die Couch. Während er das Getränk schlürfte, verfolgte er die Bewegungen der jungen Leute auf den Lasttransportern, die im Schrittempo an der Siegessäule vorbeirollten. Halbnackte Menschen schüttelten sich zu einer unhörbaren Musik.

Er wanderte umher. Sein Blick fiel auf die Garderobe. Wieder hatte er das Gefühl, etwas stimme nicht. Diesmal erkannte er, woran es lag. An einem Haken hing eine Jacke, die ihm nicht gehörte. Die er vor einigen Wochen bei *Gil* in der Auslage gesehen hatte. Sie war ihm zu teuer gewesen.

Wie kam sie hierher?

Er schlüpfte hinein. Sie paßte.

Hatte er sie doch gekauft? Und es vergessen?

Oder war es ein Geschenk von Marie?

Er kontrollierte die Tür. Abgesperrt. Er rieb sich die Augen. Ihm wurde heiß. Je länger er über die Jacke nachdachte, desto unwohler fühlte er sich. Er beschloß, sie einstweilen in den Schrank zu sperren. Er würde von selbst auf die Lösung kommen.

Er öffnete das Fenster. Die Nachtluft erfrischte ihn. Er sah auf die Brigittenauer Lände hinab. Früher hatte das gleichmäßige Rauschen von Autos die Nacht erfüllt. Stille lastete nun auf der Straße, und sie schien ihn hinunterziehen zu wollen.

Er blickte nach links, Richtung Innenstadt, wo da und

dort Fenster erleuchtet waren. Der Kern Wiens. Hier hatte sich einmal Weltgeschichte ereignet. Aber sie war weitergezogen, in andere Städte. Geblieben waren breite Straßen, edle Häuser, Denkmäler. Und die Menschen, die nur schwer gelernt hatten, zwischen der alten und der neuen Zeit zu unterscheiden.

Jetzt waren auch sie weg.

Als er wieder geradeaus auf den neunzehnten Bezirk schaute, sah er in einigen hundert Metern Entfernung ein Licht flackern. Es drang aus einem Fenster. Um Morsezeichen handelte es sich nicht. Aber womöglich dennoch um eine Nachricht.

Nie zuvor hatte er solche Dunkelheit erlebt. Ein fensterloser Raum konnte sehr dunkel sein. Aber es war gewissermaßen eine geborgte, eine unnatürliche Dunkelheit, eine ganz andere als jene, die hier auf der Straße herrschte. Kein Stern blinkte am Himmel. Die Laternen waren ausgefallen. Wie schwarze Klumpen standen Autos am Straßenrand. Alles glich einer schweren Masse, die sich vergeblich bemühte, vom Fleck zu kommen.

Auf den wenigen Metern vom Haustor zum Spider blickte er sich mehrmals um. Er rief mit tiefer Stimme.

Jenseits der Lände plätscherte der Donaukanal.

Er ahnte nur vage die Richtung, in der das gesuchte Haus lag. Trotzdem fand er es rasch. Er hielt drei Wagenlängen davor. Als er, die Pumpgun in den Händen, ausstieg, bestrahlten die Scheinwerfer den Eingang.

Er hockte sich neben die Fahrertür. Eine Minute horchte er angestrengt in die Stille. Ab und zu legte sich Wind gegen seine Ohren.

Er sperrte den Wagen ab. Die Scheinwerfer ließ er brennen. Er zählte die Stockwerke bis zum erleuchteten Fenster.

Mit dem Lift fuhr er in den sechsten Stock. Der Flur war finster. Er tastete nach dem Lichtschalter.

Es gab keinen. Oder er fand ihn nicht.

Das Gewehr vor dem Körper, tappte er über den Flur. Immer wieder blieb er stehen, lauschte. Kein Laut. Nichts verriet, wo er suchen mußte. Erst nachdem sich seine Augen an die Dunkelheit gewöhnt hatten, nahm er ein paar Meter weiter am Boden einen Lichtschein wahr. Es war die Tür. Als er, im Glauben zu läuten, daneben einen Knopf drückte, erstrahlte grell die Gangbeleuchtung. Er kniff die Augen zusammen und fuchtelte mit dem Gewehr herum.

Der Flur war leer. Ein gewöhnlicher Flur.

Jonas wandte sich der Tür zu, an der kein Namensschild haftete. Eine Tür, die wie auch das Haus gut dreißig Jahre alt war. Spion hatte sie keinen.

Er läutete.

Nichts regte sich.

Er läutete wieder.

Nichts.

Mit dem Griff des Gewehrs hämmerte er gegen die Tür. Er rüttelte an der Klinke. Die Tür ging auf.

»Ist hier jemand?«

Er betrat eine Wohnküche. Couch, Fauteuil, Glastisch, Teppich, Fernseher, dahinter die Küchenzeile. Die Einrichtung hatte eine verwirrende Ähnlichkeit mit der in seiner eigenen Wohnung. Auch hier stand eine Topfpflanze in der Ecke. Hingen Lautsprecher einer Stereoanlage an Haken neben dem Fenster. Standen auf dem Heizkörper in kleinen Töpfen Küchenkräuter. Gab es einen mannshohen Wandspiegel.

Er betrachtete sich darin. Das Gewehr hielt er in beiden Händen. Hinter ihm eine Couch, die aussah wie seine eigene, eine Küchenzeile wie seine eigene. Eine Stehlampe wie seine. Ein Lampenschirm wie zu Hause.

Das Licht flackerte. Er umwickelte die Hand mit einem Stück Stoff und drehte an der Birne. Das Flackern hörte auf. Ein Wackelkontakt.

Er ging durchs Zimmer. Berührte Gegenstände, verrückte Stühle, rüttelte an Regalen. Er las Buchtitel, drehte Schuhe um, zog Jacken von der Garderobe. Er durchsuchte Bad und Schlafzimmer.

Je genauer er schaute, desto mehr Unterschiede entdeckte er. Die Stehlampe war nicht gelb, sondern grau. Der Teppich war braun, nicht rot. Der Fauteuil abgewetzt, die Couch verschlissen, die gesamte Einrichtung abgewohnt.

Nochmals ging er von Zimmer zu Zimmer. Er konnte sich nicht von der Ahnung lösen, daß er etwas übersah.

Hier war niemand. Es gab keinen Hinweis, wann zuletzt jemand dagewesen war. Einiges sprach dafür, daß die Lichter brannten, seit es begonnen hatte. Das Blinken im Fenster war ihm nicht aufgefallen, weil er erst heute gewagt hatte, nachts auf die Straße zu sehen.

Eine normale Wohnung. CDs lagen herum, Wäsche war aufgehängt, im Abtropfbecken stand Geschirr, im Mülleimer lag zerknülltes Papier. Eine ganz gewöhnliche Wohnung. Hier war keine Botschaft versteckt. Oder er verstand sie nicht.

Auf einen Block schrieb er seinen Namen und die Handynummer. Er fügte seine Adresse hinzu, für den Fall, daß das Mobilfunknetz zusammenbrach.

Vom Fenster aus sah er in einigen hundert Metern ein kleines Rechteck leuchten.

Dieses Licht, das dort brannte, war seine eigene Wohnung.

Stand dort in diesem Augenblick alles an seinem Platz? Die Teetasse auf dem Couchtisch? Lag die Decke auf dem Bett? Tanzten die jungen Leute im Fernseher still auf den Transportern?

Oder war dort nichts? Bis er hinkam?

5

Morgens schaute er in den Briefkasten, dann fuhr er mit dem Spider in die Innenstadt, um Spuren zu suchen und zu hinterlassen. Mittags brach er in ein Gasthaus ein und aß etwas. Nachmittags suchte er weiter. Am Abend legte er sich mit einem Bier auf die Couch und sah den Berlinern beim stummen Tanz zu. Ans Fenster ging er nicht.

Er forschte in nahezu jedem öffentlichen Gebäude zwischen Ringstraße und Franz-Josef-Kai. Er durchkämmte Wiens Ämter, Museen, Banken. Die Pumpgun in der Linken, lief er über die Bühne des Schauspielhauses, durch die Gänge der Hofburg, vorbei an den Exponaten des Naturhistorischen Museums. Er lief durch die Albertina, die Universität, die Redaktionen von *Presse* und *Standard*. Allerorts verteilte er Zettel mit seiner Adresse und der Mobiltelefonnummer. Draußen war es heiß, drinnen kühl und dämmrig. In Lichtkegeln vor den Fenstern schwebten Staubpartikel. Seine Schritte auf den steinernen Böden hallten in den weitläufigen Gebäuden wider.

Im Bemühen, Spuren zu hinterlassen, beförderte er mit einer Schubkarre Gegenstände aus der Requisite auf die Hauptbühne des Burgtheaters. Er türmte alles aufeinander, Mäntel, Statuen, Fernseher, Plastikhämmer, Fahnen, Stühle, Schwerter. Einem Kunststoffsoldaten pinnte er seine Visitenkarte wie einen Orden an die Brust.

Er besuchte jedes einzelne Ringstraßenhotel. An der Rezeption wählte er gespeicherte Nummern, rief bei Marie in England an. Er studierte das Gästebuch. Es gab Reservierungen für die Zeit nach dem 3. Juli. An der Bar schenkte er sich einen Drink ein. In der Lobby reihte er Schnapsflaschen wie Slalomstangen auf. Seine Nummer schrieb er groß auf Flipcharts, die er in den Seminarräumen fand und am Hoteleingang aufstellte.

Die Sezession umwickelte er so dicht mit schwarzem Klebeband, daß man es für ein Werk von Christo halten konnte. Mit der Dose eines Grafittomalers sprayte er Telefonnummer und Namen in grellem Gelb auf das Band.

Im Parlament löste er Alarm aus, als er mit dem Gewehr die Metalldetektorschleuse passierte. Er stellte ihn nicht ab. Im Plenarsaal des Nationalrats schoß er auf Tische und Bänke. An Rednerpult und Mikrophon sowie am Sitz des Präsidenten befestigte er je einen Zettel.

Er überprüfte das Innenministerium, die Kasernen, den ORF. Er drang bis ins Bundeskanzleramt vor, wo er am Schreibtisch des Regierungschefs einen seiner Zettel ablegte.

Mit schwarzer Farbe schrieb er in riesigen Buchstaben das Wort HILFE auf den Boden des Heldenplatzes.

Er sah in den Himmel hoch.

Seit Tagen keine Wolke.

Alles blau.

Schon am Südtiroler Platz, Hunderte Meter entfernt vom Südbahnhof, hörte er die Alarmanlagen. Er hatte an einer roten Ampel angehalten und den Motor abgestellt. Er setzte sich auf das Dach des Wagens. Das Gewehr hielt er in den Händen.

Mit dem Mobiltelefon rief er den Anschluß in seiner Wohnung an. Er ließ es lang läuten.

Er drehte sich so, daß ihm die Sonne ins Gesicht schien. Mit geschlossenen Augen überließ er sich den Strahlen. Er fühlte, wie seine Stirn, seine Nase, seine Wangen heiß wurden. Es war fast windstill.

Er rief seine eigene Handynummer an.

Besetzt.

Unberührt lagen die Scherben der zerschlagenen Schaufenster am Boden der Kassenhalle. Nichts schien sich innerhalb einer Woche verändert zu haben. Die Anzeigetafel wies keine ankommenden oder abfahrenden Züge aus. Die Alarmanlagen pumpten ihr gleichmäßiges Heulen in die Halle.

Das Gewehr im Anschlag, stieg Jonas in den Zug nach Zagreb. Sein Abteil fand er vor, wie er es verlassen hatte. Das Fenster in der Tür war zerbrochen. Die Tür konnte er nicht öffnen, noch immer hielten die Vorhangstreifen. Auf dem Bett, das er aus den Sitzen gebaut hatte, lagen die Zeitungen vom 3. Juli. Die Limonadendose stand neben der leeren Tüte Chips.

Die Luft war stickig.

Draußen regte sich nichts. Zwei Bahnsteige weiter stand ein anderer Zug. Auf den freien Schienen dazwischen lag allerhand Müll verstreut.

Nach zwei Minuten Arbeit mit dem Brecheisen stand Werners Wohnungstür offen. Im Schlafzimmer war das Bett zerwühlt, die Decke zurückgeschlagen. Im Bad lag ein Handtuch, offensichtlich benützt, vor der Duschkabine. In der Küche stapelte sich schmutziges Geschirr. Im Wohnzimmer fand er ein Glas mit Rückständen von Rotwein.

Wonach suchen? Er wußte nicht einmal, was er wissen wollte. Sicher, er wollte erfahren, wohin die Menschen verschwunden waren. Aber wie sollte so ein Hinweis aussehen? Konnte er ihn in einer Wohnung entdecken?

Eine Weile ging er durch die Räume. Zum erstenmal seit langem begegnete er Vertrautem. Auch wenn es nur etwas so Banales war wie der lederne Geruch von Werners Couch, berührte es ihn. Er hatte oft hier gesessen. Als alles noch in Ordnung gewesen war.

Er öffnete den Kühlschrank. Ein Stück Käse, Butter, eine Packung Haltbarmilch, Bier und Limonade. Werner hatte fast nie zu Hause gegessen. Bisweilen hatte er sich eine Pizza liefern lassen.

In einer Schublade stieß Jonas auf die Medikamente.

Er hatte etwas Wichtiges gefunden, ohne danach gesucht zu haben. Diese Medikamente in dieser Schublade bedeuteten, daß sein Freund nicht freiwillig verschwunden war. Ohne Tabletten und Spray war Werner nicht einmal in den Keller gegangen, um Wein zu holen.

Er erinnerte sich. Am Abend des 3. Juli hatte Werner ihn angerufen. Sie hatten ein paar Minuten über Belangloses gesprochen und dann für das Wochenende darauf vage ein Treffen abgemacht. Werner hatte ihn angerufen.

Er drückte an Werners Telefon die Wahlwiederholung. Die Nummer seiner Wohnung in der Brigittenauer Lände schien auf.

In der Rüdigergasse versuchte er sich in Erinnerung zu rufen, wie die Straße bei seinem letzten Besuch ausgesehen hatte. Auf Anhieb erkannte er das Stück Plastik auf dem Fahrradsattel wieder. Er sah die Flasche, die aus dem Abfalleimer ragte. Auch die Stellung der Fahrräder und Roller schien sich nicht verändert zu haben.

Der Briefkasten. Leer.

Die Wohnung. Unverändert. Alle Gegenstände da, wo sie beim letztenmal gewesen waren. Sein Wasserglas auf dem Tisch, die Fernbedienung. Es herrschte die übliche niedrige Temperatur. Altmännergeruch lag in der Luft. Die Displays an den technischen Geräten leuchteten.

Dieselbe Stille.

Die Federn des Bettes knackten bedrohlich, als er sich hinlegte. Er legte sich auf den Rücken und verschränkte die Hände auf der Brust. Sein Blick schweifte durch den Raum.

Alles, was er hier sah, kannte er seit seiner Kindheit. Es

war das Schlafzimmer seiner Eltern gewesen. Jenes Bild, das Porträt einer unbekannten jungen Frau, hatte gegenüber dem Bett gehangen. Das Ticken der Wanduhr hatte ihn in den Schlaf begleitet. Es war dieselbe Einrichtung wie vor dreißig Jahren. Nur die Wände waren falsch. Bis zu Mutters Tod vor acht Jahren war dieses Bett in einer Wohnung im zweiten Bezirk gestanden. In der er aufgewachsen war.

Er schloß die Augen. Die Wanduhr schlug die halbe Stunde. Zwei Schläge. Ein tiefer, satter Klang.

In der Hollandstraße wäre er beinahe am Haus vorbeigefahren. Es war gestrichen worden. Auch hatte man an der Fassade einiges repariert. Es machte einen anständigen Eindruck.

Mit dem Brecheisen öffnete er unter Getöse die Briefkästen im Flur. Viele Reklamezettel, hier und da ein Brief. Ausnahmslos stammten die Poststempel aus der Zeit vor dem 4. Juli. Das Fach mit der Nummer 1, das seiner Familie gehört und aus dem er selbst oft Post genommen hatte, war leer. Den Namen des Nachmieters las er an einem Schildchen ab, das oben im Fach baumelte: Kästner.

Während er die Stufen zum Hochparterre emporstieg und den alten, verwinkelten Gang entlangging, erinnerte er sich, wie ihm als Junge sein Onkel Reinhard die Freude bereitet hatte, ihm vom Schildermacher ein eigenes Namensschild prägen zu lassen. Es wurde an der Tür befestigt. Jedem Besucher führte Jonas stolz das Plättchen vor, auf dem sein Vor- und Nachname stand und das sogar noch über dem Familienschild hing.

Wie erwartet, waren beide Schilder entfernt. Familie Kästner hatte das ihre angeschraubt.

Er drückte die Klinke.

Es war offen.

Er blickte um sich. Er mußte dem Drang widerstehen,

die Schuhe auszuziehen. Behutsam setzte er einen Schritt vor den anderen.

Im Flur hing ein Plakat, auf dem mit kindlicher Handschrift *Herzlich willkommen!* geschrieben stand. Jonas stutzte. Es kam ihm bekannt vor. Er untersuchte es genauer. Er schnupperte sogar daran, so verwirrt war er. Er kam zu keinem Schluß.

Er ging durch die vertrauten Räume, in denen fremde, unpassende Möbel standen. Oft blieb er stehen, verschränkte die Arme, versuchte sich in Erinnerung zu rufen, wie es hier früher ausgesehen hatte.

Das winzige Zimmer, das er mit zehn bezogen und in dem seine Mutter zuvor Handarbeiten verrichtet hatte, war in ein Büro verwandelt. Das große Zimmer, das zugleich als Schlafzimmer der Eltern und als Wohnzimmer gedient hatte, war noch immer ein Schlafzimmer, allerdings abscheulich eingerichtet. Hier stieß er zu seinem Unmut auf eine Sitzgarnitur aus der armseligen holländischen 98er-Serie, die zu verkaufen Martina ihn beinahe hatte zwingen müssen. Die zeitweilige Anwesenheit von Kindern bewiesen Bälle und Spielzeuggewehre, die er in einer Ecke hinter der Tür fand. Bad und Toilette waren unverändert geblieben.

In der Toilette entdeckte er an der Wand neben dem Spülkasten in Kinderschrift die Sätze: *Ich und der Fisch. Der Fs. Der* sowie das *F* und das *s* von Fisch waren durchgestrichen.

Er erinnerte sich gut. Er hatte das geschrieben. Doch er wußte nicht mehr, warum. Acht war er gewesen. Vielleicht neun. Sein Vater hatte mit ihm wegen des Gekrakels an der Mauer geschimpft, es aber zu löschen vergessen. Wohl auch, weil es an einer so unauffälligen Stelle stand, daß Monate vergangen waren, bis Vater darauf gestoßen war.

Jonas ging auf und ab. Er lehnte sich an Türrahmen,

nahm bestimmte Positionen ein, um sich besser zu erinnern. Mit geschlossenen Augen betastete er Türgriffe, die sich gleich anfühlten wie damals.

Er legte sich in das fremde Bett. Als er an die Decke blickte, wurde ihm schwindlig. So oft hatte er an dieser Stelle gelegen, hatte nach oben gesehen, und nun tat er es nach so vielen Jahren wieder. Er war weggegangen, die Decke war dageblieben. Für sie war alles einerlei, sie hatte gewartet. Hatte anderen Menschen bei ihren Verrichtungen zugeschaut. Jetzt war er zurück. Sah die Decke an. Wie früher. Dieselben Augen blickten auf dieselbe Stelle an der Decke. Zeit war verstrichen. Zeit war kaputtgegangen.

Dem Lift im Donauturm vertraute er sich nur zögernd an. Er wollte sich nicht ausmalen, was geschah, wenn der Aufzug steckenblieb. Doch es war unmöglich, sich der Technik ganz zu verweigern, es hätte bedeutet, sich viele Wege zu blockieren. Also stieg er ein, drückte den Knopf und hielt den Atem an.

Bis zur Spitze maß der Donauturm zweihundertzwanzig Meter. Als sich die Lifttür wieder öffnete, befand sich Jonas hundertfünfzig Meter über dem Erdboden. In dieser Höhe war die Aussichtsterrasse. Eine Treppe führte hinauf zum Café.

Dort fand er sich sofort zurecht. Er nahm sich eine Limonade. Oft war er mit Marie hergekommen, die die Aussicht liebte und besonders die Kuriosität, daß sich das Café langsam um den Turm herum drehte. Ihm war das immer etwas seltsam erschienen, Marie hingegen hatte sich dafür wie ein Kind begeistert.

In der Betriebszentrale konnte man einstellen, wie lange das Café für eine Umdrehung benötigte: 26, 40 oder 52 Minuten. Marie hatte es jedesmal fertiggebracht, daß der zuständige Techniker den Regler auf die 26 stellte. Einmal war der Mann mit der Uniform von ihr so hingerissen gewesen, daß er mit Anekdoten aufgetrumpft hatte, nur damit sie blieb. Jonas' Anwesenheit schien ihn nicht zu irritieren. Er erzählte, man konnte das Café schneller, viel schneller um den Turm drehen. Während der Bauarbeiten hätten die Beschäftigten, unter denen sein Onkel gewesen ist, der wiederum ihm davon berichtet habe, mit dem Mechanismus gespielt. Der Rekord sei bei elf Sekunden für eine Umdrehung gestanden, als sie erwischt worden waren. Seither verhindere eine Sicherheitssplinte, daß jemand Unfug trieb. Die schnellen Umdrehungen kosteten viel Strom, waren darüber hinaus gefährlich. Abgesehen davon, daß jedem im Lokal schlecht wurde und man sich bewegte wie auf einem Schiff bei hohem Seegang.

Und das soll ich Ihnen glauben, hatte Marie gefragt. Aber sicher, hatte der Techniker mit zweideutigem Lächeln geantwortet. Daran erkennt man, daß alle Männer Kindsköpfe sind, hatte Marie gesagt. Darauf waren sie und der Techniker in Gelächter ausgebrochen, und Jonas hatte sie fortgezogen.

Er ging in die Zentrale. Zu seiner Überraschung entdeckte er tatsächlich eine Sicherheitssplinte. Nachdem er sich überzeugt hatte, daß er nicht aus Versehen den Lift außer Betrieb setzte oder es mit den Umdrehungen übertrieb wie der Onkel, schaltete er den Drehkessel ein und schob den Regler auf die 26.

Ohne nach unten zu sehen, lehnte er sich auf der Terrasse gegen die Brüstung, unter der ein Schutzgitter aus der Mauer ragte. Es sollte spektakulären Selbstmorden vorbeugen.

Wind blies ihm heftig ins Gesicht. Die Sonne stand tief. Es war so hell, daß er eine Weile die Augen zusammenkniff. Als er sie öffnete und in die Tiefe blickte, machte er unwillkürlich einen Schritt zurück.

Was war es, das ihn hier herauftrieb? Die Aussicht? Die Erinnerung an Marie?

Oder war es gar nicht sein freier Wille? War er wie ein Hamster in einem Laufrad, wurden seine Handlungen von jemand anderem bestimmt?

War er gestorben und in die Hölle gekommen?

Er trank seine Flasche leer, holte weit aus und warf sie in die Tiefe. Sie fiel lange. Dann schlug sie geräuschlos unten auf.

Im Café setzte er sich an jenen Tisch, den er mit der Erinnerung an die Besuche mit Marie verband. Er las alle ihre Kurznachrichten, die er im Speicher des Handys aufbewahrt hatte. *Ich bin gerade über dir, ein paar Kilometer nur. – Schlecke gerade ein Tüteneis und denke an dich. :-) – Bitte F M H! – You are terrible! *hic* :-) – Ich liebe liebe liebe liebe dich.*

Er schloß die Augen. Er versuchte, ihr eine telepathische Mitteilung zukommen zu lassen. Ich lebe, bist du da?

Er stellte sich ihr Gesicht vor, ihre Wangen, ihren hellen Blick. Ihr schönes dunkles Haar. Die Lippen mit den leicht nach unten gezogenen Mundwinkeln.

Es fiel ihm nicht leicht. Das Bild zerrann, wurde blaß. Er konnte ihre Stimme in seinem Kopf hören, doch es klang wie ein Echo. Ihren Duft hatte er schon verloren.

Am Internet-Terminal fuhr er den Computer hoch und warf einige Eurostücke ein. Er stützte das Kinn auf die Fäuste. Während sich vor seinen Augen die Aussicht auf die Stadt langsam veränderte, spann er seine Gedanken weiter.

Vielleicht hatte er eine Prüfung zu bestehen. Einen Test, in dem es eine korrekte Antwort gab. Eine richtige Reaktion, die ihn aus seiner Lage erlöste. Ein Paßwort, ein Sesamöffnedich, eine Mail an Gott.

www.marie.com

Die Seite wurde nicht gefunden.

www.marie.at

Die Seite wurde nicht gefunden.

www.marie.uk

Die Seite wurde nicht gefunden.

Wenn es eine Art Paßwort gab, sollte es mit ihm selbst zu tun haben, das erschien logisch.

www.jonas.at

Die Seite wurde nicht gefunden.

www.hilfe.at

Die Seite wurde nicht gefunden.

www.help.com

Die Seite wurde nicht gefunden.

www.gott.com

Die Seite wurde nicht gefunden.

Er holte sich noch eine Flasche, trank, blickte hinaus auf die vorüberziehende Stadt.

www.wien.at

Die Seite wurde nicht gefunden.

www.welt.com

Die Seite wurde nicht gefunden.

Weitere Dutzende bekannte und erdachte Websites versuchte er zu erreichen. Er überprüfte, welche Seiten im Verlauf gespeichert waren, und wählte diese an. Vergebens.

www.umirom.com

Die Seite wurde nicht gefunden. Versuchen Sie es später noch einmal, oder überprüfen Sie die Systemeinstellungen.

Die Flasche in der Hand, ging er ohne Eile durch alle Räume. In der Kinderecke stieß er auf Malutensilien. Als Kind hatte er gern mit Farben gespielt. Seine Eltern hatten ihm bald alle Pinsel und Stifte weggenommen, weil er kleckste und einige von Mutters Handarbeiten ruiniert hatte.

Sein Blick fiel auf das weiße Tischtuch.

Er zählte die Tische im Café. Es waren zwölf oder mehr. Dazu kamen noch jene aus der oberen Etage.

Er machte sich daran, alle Tische abzudecken. Von der oberen Etage kehrte er mit vierzehn Tüchern zurück. In einem Regal fand er Ersatztücher. Als er fertig war, lagen dreiunddreißig Stoffstücke vor ihm.

Er verknotete die Enden so, daß er ein Rechteck aus dreimal elf Tüchern erhielt. Um beim Knüpfen Bewegungsfreiheit zu haben, mußte er Tische und Stühle zur Seite schieben. Es dauerte eine halbe Stunde, bis er die Farbtuben holen konnte. Er entschied sich für Schwarz.

Seinen Namen? Die Telefonnummer? Bloß *Hilfe*?

Eine Sekunde zögerte er, ehe er zu malen begann. Dann führte er die Arbeit zügig durch. Einfach war es nicht, weil die Tücher Falten warfen. Überdies galt es, Abstände zu messen und die Farbe dick und breit genug aufzutragen.

Mit dem Rest aus den Tuben schrieb er seine Telefonnummer an Wände, auf Tische, auf den Boden.

Da das Panoramafenster nicht zu öffnen war, schoß er es mit der Pumpgun links und rechts von einem Rahmen kaputt. Dem Knall aus dem Gewehr folgte Sekunden später das Klirren, mit dem das geborstene Glas unten auf die Terrasse regnete. Starker Wind fuhr ins Café, fegte Speisekarten von den nackten Tischen und ließ Geschirr an der Bar erzittern.

Mit dem Gewehrkolben entfernte Jonas im Rahmen steckengebliebene Scherben. Als er sich mit den Enden der Tuchfahne ans Fenster stellte, wurde ihm mulmig. Er merkte, daß er den Drehkessel hätte abschalten sollen. Die Fahrt des Cafés rund um den Turm erleichterte die Aufgabe nicht gerade. Der Wind peitschte ihm ins Gesicht. Seine Augen tränten. Er hatte das Gefühl, er werde jeden Moment ins Leere stürzen. Dennoch gelang es ihm, die Enden der drei Außentücher fest an den Fensterrahmen zu binden. Immerhin bestanden sie aus dünnem Stoff, und er war überzeugt, daß die Konstruktion halten würde.

Er raffte die Tuchfahne zusammen und warf sie aus dem Fenster. Sie hing schlaff hinab. Bald blähte sie der Wind, doch die Aufschrift war noch immer nicht deutlich zu erkennen. Damit hatte er gerechnet.

Er nahm das Gewehr, warf noch einen Blick auf die Verwüstung, die er hinterließ, und hastete in die Zentrale. Dort war Handwerkszeug leicht zu finden, weil die Hausmechaniker von hier aus ihrer Arbeit nachgingen. Schnell stand er mit einem Hammer beim Drehkessel und schlug auf die Sperrsplinte ein. Nach dem dritten Hieb löste sie sich. Eine Alarmsirene ertönte. Er schob den Regler gegen geringen Druckwiderstand über die 26 hinaus.

Nach einer Weile hörte er ringsum ein tiefes Brummen. Was vor sich ging, konnte er nicht sehen, weil es in der Zentrale kein Fenster gab. Das Geräusch verriet ihm jedoch genug.

Er drehte den Regler so lange weiter, bis dieser endgültig anstieß und durch keinerlei Gewalteinwirkung mehr weitergeschoben werden konnte. Dann packte er sein Gewehr und stürzte zum Aufzug.

Ohne nach oben zu schauen, lief er zum Auto. Erst nachdem er einige hundert Meter gefahren war, blickte er zurück. Das Café rotierte um den Turm. Die Tuchfahne flatterte daran. Mit der weithin lesbaren Aufschrift:

UMIROM.

6

Am Morgen fand er zwischen der Brotdose und der Kaffeemühle ein Polaroidfoto. Es zeigte ihn. Er schlief.

Erinnern konnte er sich an dieses Bild nicht. Wann und wo war es aufgenommen worden? Er hatte auch keine Ahnung, warum er es hier fand. Am wahrscheinlichsten war, daß es Marie absichtlich oder unabsichtlich dahin gesteckt hatte.

Nur: Er hatte nie eine Polaroidkamera gehabt. Und Marie ebenfalls nicht.

Mit dem größten Beil aus dem Baumarkt kam er bei der Elternwohnung in der Hollandstraße an. Durch die Räume gehend, machte er sich ein Bild. Straßenseitig vor dem Haus Sperrmüll abzuladen war keine gute Idee, da der Zugang zum vorderen Fenster frei bleiben sollte. Den Hinterhof hingegen brauchte er nicht. Er entschied, den Hof als Müllhalde zu verwenden.

Was nicht durchs Küchenfenster paßte, mußte kleingehackt werden. Um Platz zu schaffen, beförderte er zunächst Stühle und andere handliche Gegenstände durchs Fenster in den Hof. Dann nahm er sich die Sitzgarnitur vor. Nachdem er mit Hilfe eines Teppichmessers die Stoffbezüge von den Sitzflächen gerissen und die Polster herausgenommen hatte, begann er das Möbelstück zu zerkleinern. Das tat er so energisch, daß das Beil durch das Holz hindurchfuhr und den Fußboden beschädigte. Daraufhin hielt er sich etwas zurück.

Nach der Sitzgarnitur waren die Bücherregale an der Reihe. Es folgten ein wuchtiger Wäscheschrank, ein Fauteuil, ein Zierschrank, eine Kommode. Sein T-Shirt klebte ihm auf der Haut, als er die letzten Trümmer aus dem Fenster warf. Er schnaufte.

Auf dem mit Spänen und Holzstaub bedeckten Boden hockend, sah er sich im Wohnzimmer um. Obwohl es kahl war, wirkte es wärmer als zuvor.

Um Einbahnen und rote Ampeln kümmerte er sich längst nicht mehr. Gegen die vorgeschriebene Fahrtrichtung fuhr er mit hoher Geschwindigkeit über die Ringstraße. Er bog in die Babenberger Straße ein, die in die Mariahilfer Straße mündete.

Diese Haupteinkaufszeile der Stadt war ihm nie sympathisch gewesen. Trubel und Hektik stießen ihn ab. Als er nun vor einem Einkaufszentrum hielt, war nichts zu hören als das Knistern unter der Motorhaube. Die einzige Bewegung weit und breit stammte von einem Stück Papier, das der Wind an der nächsten Kreuzung über den Asphalt sausen ließ. Es war heiß. Er trottete zum Eingang des Kaufhauses. Die Drehtür setzte sich in Gang.

Mit zwei Reisekoffern, die er in einem Laden im ersten Stock aus einem Schrank gezogen hatte, fuhr er auf der Rolltreppe hinauf zum Elektrogeschäft. Es fiel ihm schwer zu atmen, so stickig war die Luft. Seit Tagen schien die Sonne auf das Glasdach, ohne daß im Haus ein Fenster geöffnet worden war.

Im Elektrogeschäft ließ er hinter den Kassen die Koffer aufschnappen. Einige Reihen weiter fand er eine digitale Videokamera, mit deren Gebrauch er vertraut war. Von dieser Marke standen acht Exemplare im Regal. Das genügte. Mit den Kartons, in denen die Kameras verpackt waren, ging er zu den Koffern.

Schwieriger war die Suche nach Stativen. Mehr als drei waren nicht aufzutreiben. Er legte sie in den zweiten Koffer.

Darin fanden auch zwei kleine Radios mit Kassettendeck und ein Anrufbeantworter Platz, zudem bespielbare Audio- und Videokassetten. Er schloß den Koffer, hob ihn. Es ging.

Bei den Funkgeräten und den Weltempfängern benötigte er einige Zeit, um die leistungsstärksten Modelle ausfindig zu machen. Dazu nahm er sich eine Sofortbildkamera und noch eine als Ersatz. Zuletzt fielen ihm noch die Polaroid-filme ein.

Die Luft war so abgestanden, daß er sich davonmachen wollte. Er streckte sich. Von der Arbeit in der Elternwohnung und vom Tragen und Bücken hier war sein Rücken verspannt. Er mußte an seine Masseurin denken, Frau Lindsay, die gelispelt und von ihrem Kind erzählt hatte.

Er schlang den Tiefkühlfisch hinunter. Dazu löffelte er Kartoffelsalat aus dem Glas. Ohne große Sorgfalt spülte er den Teller und die Pfanne ab. Danach packte er aus. Er merkte, daß nicht genügend Steckdosen für die Netzadapter der Kameras in der Wohnung waren. Aber er hatte ohnehin mit den Radios in die Nachbarwohnungen gehen wollen.

Die morsche Tür seines direkten Nachbarn brach er ohne Schwierigkeiten auf. Mit ihm hatte er wegen dessen Angewohnheit, spätnachts Musik zu spielen, oft gestritten. Folgerichtig erwartete er, eine Junggesellenbude zu betreten, in der sich Pizzakartons und CD-Hüllen stapelten und der Müll überquoll. Doch zu seiner Überraschung war die Wohnung leer. In einem der Zimmer lehnte eine Leiter an der Wand. Daneben stand ein Wassereimer, über den ein zerschlissenes Putztuch gehängt war.

Er fühlte Unruhe, als er durch die Räume ging. Von einem Auszug hatte er nichts bemerkt.

Je länger er darüber nachdachte, desto besorgter wurde er. Hatte diese leere Wohnung etwas zu bedeuten? War sie ein Hinweis, daß ihm etwas Entscheidendes entgangen war?

Er untersuchte die übrigen Wohnungen auf der Etage. Zu seiner Überraschung waren die meisten Türen nicht abgeschlossen. Offenbar hatte er unter vertrauensseligen Menschen gelebt. Nur zwei Sicherheitstüren konnte er nicht einmal mit dem Eisen beikommen. Hinter jeder der anderen fand er ein gewöhnliches Heim vor. Als seien die Bewohner zum Einkaufen weggegangen.

Mit den Adaptern und den Akkus kehrte er in die leere Wohnung zurück. Sieben Steckdosen gab es. An sechs davon hängte er ein Netzteil, die letzte ließ er für einen der neuen Kassettenrekorder frei. Der Strom war nicht abgedreht, die Displays blinkten.

Er schaltete das Funkgerät ein. Mit diesem Modell sollte er in der Lage sein, Gespräche bis in die Türkei und nach Skandinavien abzuhören. Er wählte eine Frequenz, wartete. Er funkte einen Hilferuf, nannte seinen Aufenthaltsort, er sprach auf deutsch, englisch und französisch. Still zählte er bis zwanzig, dann wechselte er die Frequenz und bat erneut um Kontaktaufnahme.

Nach einer Stunde hatte er sich davon überzeugt, daß es in Europa keinerlei Funkverkehr gab.

Er steckte den Weltempfänger an.

Von BBC World bis Radio Oslo: Rauschen. Von Mitteleuropa bis tief in den Osten hinein: Rauschen. Von Deutschland bis nach Marokko, Tunesien und Ägypten: Kein Empfang. Nur Rauschen.

Die Sonne stand nun so tief, daß er im Zimmer Licht machen mußte. Er knipste den Fernseher an. Startete die Videokassette mit der Love Parade. Den Ton drehte er wie üblich ab. Dafür stellte er den Weltempfänger auf die Wellenlänge von Radio Vatikan. Rauschen.

Gegen Mitternacht erwachte er, weil er von der Couch gerutscht und schmerzhaft aufs Knie gefallen war. Der Bildschirm zeigte Flimmern. Das Radio rauschte. Im Zimmer war es heiß.

Das schwere Gewehr gegen die Schulter gelehnt, den Kassettenrekorder in der freien Hand, trat er in den Hausflur. Er horchte. Irgend etwas mißfiel ihm. Eilig machte er das Treppenlicht an. Er horchte wieder.

Barfuß tappte er über den kühlen Steinboden zur Nachbarwohnung. Die ausgehängte Tür drückte er mit der Schulter zur Seite. Er starrte in das Dunkel vor ihm. In diesem Moment hatte er das Gefühl, er spüre einen Luftzug.

»Hallo?«

Vom Hausflur fiel ein schmaler Lichtstreifen auf die Verbindungstür zwischen Vorraum und Wohnzimmer. Sie schien angelehnt.

Wieder spürte er einen Luftzug, diesmal im Nacken.

Er ging zurück in seine Wohnung, stellte den Rekorder ab. Ehe er wieder auf den Flur trat, sah er nach links und rechts. Er lauschte. Die Tür versperrte er. Das Gewehr in den Händen, schlich er über die Treppe nach unten.

Als er im dritten Stock ankam, erlosch das Licht.

Er stand starr. Von Dunkelheit umgeben, hörte er einzig seine eigenen, unruhigen Atemzüge. Ob Sekunden oder Minuten vergingen, konnte er nicht einmal schätzen. Nur allmählich fand er aus seiner Bewegungslosigkeit zurück. Den Rücken an die Mauer gelehnt, tastete er nach dem Lichtschalter. Die Birne flammte matt auf. Er verharrte an seinem Platz. Angestrengt horchte er.

Er fand die Haustür geschlossen. Obgleich sie von außen ohnedies nicht anders als mit dem Schlüssel zu öffnen war, sperrte er zu. Durch die Glasscheibe blickte er hinaus auf die Straße. Kein Laut. Schwärze.

Zurück im sechsten Stock, machte er in der Nachbarwohnung alle Lichter an. Die Waffe ließ er dabei nicht los.

Er konnte sich nicht erinnern, die Verbindungstür zwischen Vorraum und Wohnzimmer angelehnt zu haben. Aber er stieß auf nichts Verdächtiges. Alles schien zu sein, wie er es verlassen hatte. Die Fenster waren geschlossen. Woher der Luftzug gekommen war, konnte er sich nicht erklären.

Vielleicht hatte er sich beides eingebildet. Den Luftzug und die Stellung der Verbindungstür.

Er holte den Rekorder, legte eine Leerkassette ein. Die Uhrzeit notierend, drückte er die Aufnahmetaste. Auf Zehenspitzen verließ er die Wohnung.

Die Nachbarn auf der Etage hatten eigene Rekorder, so daß er den zweiten nicht verwenden mußte. In sieben weiteren Wohnungen steckte er eine Kassette in einen Rekorder, schaltete die Aufnahme ein und schrieb sich die Uhrzeit sowie die Türnummer in ein Notizheft. Die Kassetten hatten eine Laufzeit von 120 Minuten.

Zu Hause verschloß er die Tür. Er spulte das Videoband zurück. Der Ton blieb abgedreht. Den verbliebenen Rekorder machte er bereit, den am Fenster summenden und krachenden Weltempfänger steckte er ab. Mit einem Glas Wasser sowie Notizheft und Stift legte er sich auf die Couch. Teilnahmslos verfolgte er, wie die Berliner stumm der Siegessäule entgegentanzten.

Als ihm die Lider schwer wurden, blickte er auf die Uhr. Eine Minute nach halb eins. Er schrieb es auf, dann drückte er die Record-Taste.

Wieder war der Himmel wolkenlos.

Die Videokameras und alles Zubehör lud Jonas in den Wagen. Er hatte die Fenster des Spider über Nacht offengelassen, so war die Luft im Inneren nicht so unerträglich wie sonst.

Während der Fahrt versuchte er, jemanden telefonisch zu erreichen. Marie in England, Martina zu Hause und im Büro, die Polizei, den ORF, seinen Vater. Er stellte sich die Wohnung vor, in der es gerade läutete.

Das Telefon seines Vaters stand im Flur auf einem kleinen Kästchen, über dem ein Spiegel hing, wodurch man sich beim Telefonieren beobachtet fühlte. In diesem schummrigen Flur, in dem jetzt, in dieser Sekunde, das Telefon läutete, war es eine Spur kühler als in der übrigen Wohnung. In diesem Flur standen die abgetragenen Schuhe seines Vaters. Über der Garderobe hing seine altmodische Lodenjacke, die noch die Mutter an den Ellbogen geflickt hatte. In diesem Flur roch es nach Metall und Plastik. Gerade jetzt.

Aber läutete es wirklich, wenn niemand da war, der es hörte?

Vor der Millennium-City hielt er nicht an, sondern fuhr direkt in das Gebäude ein. Im Schrittempo ging es vorbei an den Boutiquen, dem Buchladen, dem Juwelier, dem Drogeriemarkt, den Cafés und Restaurants. Wie an einem normalen Arbeitstag war alles offen. Er verzichtete darauf zu hupen.

Bei den Imbißständen und Snackbars fiel ihm auf, wie gründlich zusammengeräumt sie waren. Kein altes Brot lag herum, keine Früchte verschimmelten, alles war geputzt und geordnet. Die meisten Lokale in der Stadt sahen so aus.

Vor dem Millennium-Tower, den die Hallen der City umschmiegten, mußte er aussteigen, da es in der unteren Etage keinen öffentlichen Zugang gab. Bepackt mit dem Gewehr, dem Brecheisen und der Kamera mit ihrem Zubehör, fuhr er auf der Rolltreppe nach oben. Einer der Lifte brachte ihn in den zwanzigsten Stock des Turms, dort stieg er um. Die Fahrt nach ganz oben dauerte eine Minute.

Die Büros, die im obersten Stock untergebracht waren, standen offen. Er wählte eines, in dem ein Panoramafenster den besten Ausblick auf die Stadt bot. Er lud seine Last ab und versperrte die Tür.

Als er knapp vor der Fensterscheibe stand, verschlug ihm

der Ausblick den Atem. Vor ihm ging es zweihundert Meter abwärts. Die geparkten Autos auf der Straße waren winzig, die Mülleimer und Zeitungsständer daneben als solche kaum noch zu erkennen.

Das Stativ hatte er umsonst heraufgetragen, ein ans Fenster gerückter Tisch tat es auch. Er stapelte einige Bücher darauf. Als er die Unterlage für stabil hielt, legte er eine Leerkassette ein. Die Kamera plazierte er so auf den Büchern, daß ihr Objektiv auf die in der Sonne glänzenden Dächer der Stadt gerichtet war. Mit einem Blick auf den kleinen Bildschirm überprüfte er, ob alles paßte. Ort, Datum, Uhrzeit schrieb er in sein Notizheft. Dann startete er die Aufnahme.

Ein Stativ benötigte er für die zweite Kamera. Er stellte sie am Eingang des Stephansdoms auf, so daß sie dem Haas-Haus zugewandt war, vor dem früher Akrobaten den Touristen ihre Kunststücke vorgeführt hatten. Solchen Spektakeln hatte er nichts abgewinnen können. In der Furcht, gar von einem der Künstler angespielt oder angesungen zu werden, war er mit gesenktem Kopf vorübergehastet.

Als alles bereit war, wollte er einschalten, doch er erinnerte sich, daß er noch nicht in der Kirche gewesen war. Der Stephansdom war eines der wenigen wichtigen Gebäude in der Innenstadt, die er noch nicht untersucht hatte, eine Gedankenlosigkeit. Denn wenn es noch Menschen in der Stadt gab, sprach einiges dafür, daß sie im größten Gotteshaus Zuflucht suchen würden.

Er öffnete die schwere Tür einen Spalt und schlüpfte hinein. Das erste, was ihm auffiel, war der schwere Geruch von Weihrauch, der sich auf seine Brust legte.

»Hallo? Jemand hier?«

Unter dem riesigen Gewölbe des Doms entfaltete seine Stimme nur geringe Kraft. Er räusperte sich. Rief erneut.

Die Mauern warfen den Klang zurück. Er blieb stehen, bis es wieder still war.

Kerzen brannten nicht. Die Kirche war in das grobe Licht getaucht, das einzeln von der Decke herabhängende Lampen verströmten. Die zahlreichen Lüster waren nicht erleuchtet. Der Hauptaltar war kaum auszumachen.

»Ist jemand hier?« schrie er.

Das Echo war so schrill, daß er beschloß, nicht mehr zu rufen. Laut mit sich selbst sprechend, ging er umher.

Nachdem er die Kirche durchsucht hatte und sicher sein konnte, keine Gesellschaft zu haben, widmete er seine Aufmerksamkeit dem Altar der Jungfrau Maria. In Not Geratene richteten ihre Fürbitten meist an sie. Hier steckten die meisten abgebrannten Kerzenstümpfe, hier hatte er früher Dutzende einander fremde Menschen Seite an Seite beten gesehen, Rosenkränze zwirbelnd, die Lippen auf Heiligenbilder pressend, weinend. Von diesem Anblick war ihm unwohl geworden. Er hatte sich kaum auszumalen gewagt, welche Schicksalsschläge die armen Leute hierhergeführt hatten.

Vor allem die weinenden jungen Männer verstörten ihn. Frauen sah man auch in der Öffentlichkeit gelegentlich weinen. Der Anblick von Männern jedoch, die so alt waren wie er und die an einem Andachtsort vor aller Augen ihren Gefühlen freien Lauf ließen, erschütterte ihn. Ihn quälte es, ihnen nahe zu sein, und dennoch mußte er sich zusammennehmen, nicht zu einem von ihnen hinzutreten und ihm über den gesenkten Kopf zu streichen. War einer ihrer Lieben krank? Hatte jemand sie verlassen? War jemand gestorben? Waren womöglich sie selbst todgeweiht? Hier saß das Leiden, und ringsum schlichen japanische und italienische Touristen und blitzten mit ihren Fotoapparaten, so hatte er es empfunden.

Er blickte auf die leeren Bänke vor dem unbeleuchteten

Altar. Er hätte sich gern gesetzt, aber er hatte das Gefühl, beobachtet zu werden. Als wartete jemand gerade darauf.

Das Gewehr über der vom Gurt schmerzenden Schulter, schlich er durch das Kirchenschiff. Er betrachtete die Heiligenfiguren an den Wänden. Unwirklich sahen sie aus. Fahl und glanzlos. Mit ihren starren Fratzen erinnerten sie ihn an die Menschen von Pompeji.

Aus der Schule wußte er, daß unter ihm die Gebeine von zwölftausend Menschen moderten. Im Mittelalter hatte hier der Stadtfriedhof Platz gefunden. Später waren die Gräber aufgelassen worden. Strafgefangenen war die Aufgabe zugekommen, die Knochen zu putzen und an den Wänden zu stapeln. Er erinnerte sich, daß es in der Klasse bei dieser Erzählung sehr ruhig geworden war.

Er überwand eine Absperrung, um zum Hauptaltar zu gelangen, wo er eine Nachricht hinterließ. Eine weitere hängte er an den Altar der Muttergottes. Er kontrollierte die Sakristei. Er fand bloß ein paar leere Flaschen Meßwein. Nichts wies darauf hin, wann zuletzt jemand dagewesen war.

Gegenüber der Sakristei befand sich der Abgang zu den Katakomben. Um drei Uhr werde die nächste Führung stattfinden, kündigte ein Stundenzeiger an, der auf einer Art Parkscheibe angebracht war. Als Voraussetzung wurde eine Mindestpersonenanzahl von fünf genannt.

Sollte er hinuntersteigen? Der Gedanke lockte ihn nicht besonders. Außerdem fiel ihm mittlerweile das Atmen schwer, der Geruch von Weihrauch betäubte ihn.

Am Ausgang blickte er sich noch einmal um. Wie eingefroren lag der Ort vor ihm. Derbes Licht aus kleinen Lampen, das auf verlassene Holzbänke strahlte. Die grauen Säulen. Die Nebenaltäre. Die Heiligenstatuen mit den unnahbaren Gesichtern. Die hohen, schmalen Fenster, durch die kaum Sonnenstrahlen drangen.

Das Knirschen seiner Schuhsohlen als einziges Geräusch.

Weitere Kameras stellte er vor dem Parlament auf, vor der Hofburg, im Burgtheater, auf der Reichsbrücke, in einer Straße im Bezirk Favoriten. Die Kamera im Burgtheater positionierte er so, daß sie auf das von ihm angehäufte Gerümpel auf der Bühne gerichtet war. Jene auf der Reichsbrücke blickte auf die Donau hinab. In Favoriten filmte er eine Straßenkreuzung. Mit der letzten Kamera fuhr er in die Hollandstraße.

Nachdem er etwas gegessen hatte, arbeitete er weiter. Das Schlafzimmer war an der Reihe. Wieder beförderte er zunächst kleineres Mobiliar aus dem Fenster, um Platz zu schaffen. Er entfernte Blumenständer, Stühle, Pflanzen, warf den Inhalt von Vitrinen in Müllsäcke. Als das Bett in Stücke gehackt vor ihm lag, fand er, es sei für diesen Tag genug. Die Kamera legte er auf den Boden. Er notierte die Daten, dann drückte er die Aufnahmetaste.

Zu Hause sammelte er die Audiokassetten ein.

Mit einem Glas Saft und einer Tüte Kartoffelchips setzte er sich auf die Couch. Den Kassettenrekorder hatte er in Griffweite auf dem Glastisch abgestellt.

Die erste Kassette stammte aus der leeren Nachbarwohnung. Eine Stunde lauschte er ohne Unterbrechung der Stille, die in den verlassenen Räumen nebenan geherrscht hatte. Zuweilen meinte er, etwas zu hören. Doch es handelte sich wahrscheinlich um Geräusche, die er selbst in den anderen Wohnungen verursacht hatte. Oder schlicht um Einbildung.

Als er aus dem Fenster schaute, bemerkte er, daß zum erstenmal seit zwei Wochen Gewitterwolken aufgezogen waren. Er beschloß, mit der nächsten Kassette zu warten und statt dessen die im Freien postierten Kameras in Sicherheit zu bringen.

Während er durch die Stadt fuhr und von Zeit zu Zeit einen nervösen Blick in den sich immer mehr verdunkelnden Himmel richtete, erinnerte er sich, wie er als Kind mit einer Mischung aus Aberglauben und Abenteuerlust spiritistische Experimente unternommen hatte, die von einer halbverrückten Nachbarin inspiriert gewesen waren.

Die alte Frau Bender, zu der er geschickt wurde, wenn Mutter etwas erledigen mußte, erzählte ihm häufig von ihren Erlebnissen mit »dem Jenseits« und »der anderen Seite«. Vom Tischrücken, bei dem das Holztischchen mit ihr und ihren Freundinnen durch die ganze Wohnung gesaust sei, ohne daß sie die Finger von der Platte zu lösen vermochten, oder von den Klopfgeistern, von denen ihre Familie eineinhalb Jahre heimgesucht worden war, weil sie und ihre Freundinnen über deren Existenz gespottet hatten. Nachts seien versperrte Schranktüren knarrend aufgegangen, in der Wand habe es geklopft, am Fenster sei ein Schaben zu hören gewesen. Nicht alles zur gleichen Zeit. Einmal dieses Phänomen, einmal jenes.

Mit besonderer Leidenschaft brachte sie die Unterhaltung auf das Jenseits, über dessen Beschaffenheit medial begabte Bekannte ihr berichtet hatten.

ICH STEHE HIER MIT EINER ROSE IN DER HAND. GERADE STACH ICH MICH AN EINEM DORN, habe ihre verstorbene Mutter durch den Mund des Mediums gesagt.

WIR LEBEN IN EINEM SCHÖNEN HAUS MIT EINEM PRÄCHTIGEN GARTEN, habe eine tote Freundin ausgerichtet.

ES IST ALLES WEITE, UND ES GIBT VIELE RÄUME, so ein Onkel. IM INNEN NOCH EIN AUSSEN, UND IM OBEN FINDET MAN EIN UNTEN.

Er halte einen Hut in Händen und blicke bekümmert, schilderte das Medium. Ob es mit dem Hut eine Bewandtnis habe.

Und dann hatte Frau Bender wohl hundertmal erzählt, daß dieser Hut auf seiner Leiche gelegen habe. Woran er gestorben war, wisse niemand. Er selbst habe darüber keine

Auskunft geben wollen. Das verblüffendste daran sei gewesen, daß niemand außer ihr und den übrigen Verwandten von dem Hut gewußt hätte.

Bereitwillig war Jonas Mutters Aufforderung gefolgt, eine Stunde bei Frau Bender zu spielen, obwohl er sich danach ein paar Tage noch mehr vor den Winkeln im Haus gefürchtet hatte. Viel Interessantes und Abgründiges hatte er dort gehört. So die Warnung, wenn man nachts einen Kassettenrekorder laufen lasse, speichere das Band die Stimmen Toter. Oder daß Verstorbene ab und zu für den Bruchteil einer Sekunde im Raum sichtbar würden. Oft denke man sich, da war doch gerade etwas. Ein Schatten, eine Bewegung. Man sei gut beraten, nicht auszuschließen, daß man einen Geist gesehen hatte. Es geschehe nicht selten.

Außerdem hatte sie ihm versprochen, ihm nach ihrem Tod zu erscheinen, um zu berichten, wie es im Jenseits sei. Er solle auch auf kleine Zeichen achten. Sie wisse nicht, ob sie die Möglichkeit hätte, ihn als Gestalt zu besuchen.

Sie war 1989 gestorben.

Von ihr gehört hatte er seither nicht.

In der Ferne rumpelte es heftig. Er trat fest aufs Gas.

Nach einigem Widerstreben blickte er in den Rückspiegel. Da saß niemand. Er wandte den Kopf. Niemand war hinter ihm.

Das Unwetter brach los, kurz nachdem er die letzte im Freien stehende Kamera ins Auto gelegt hatte. Weil er nicht noch einmal fahren wollte, entschied er sich, trotz des Sturms auch die anderen gleich zu holen. Zuerst fuhr er zum Burgtheater, dann in die Hollandstraße. Dort machte er die Fenster zu, damit der Regen, der nahezu waagrecht gegen die Scheibe prasselte, in der Wohnung keinen Schaden anrichten konnte.

Zuletzt hielt er vor dem Millennium-Tower. Das Gewehr in den Händen, lief er über die Rolltreppe nach oben. Schon wollte er in den Lift steigen, da ertönte ein gewaltiges Krachen. Es mußte ganz in der Nähe eingeschlagen haben. Vor seiner Nase schloß sich die Lifttür. Er drückte den Rufknopf kein zweites Mal. Das Risiko, daß der Strom ausfiel und er in der Kabine zwischen dem zehnten und dem zwanzigsten Stock festsaß, war ihm zu hoch.

Im *Nannini* machte er sich einen Espresso. Mit der Tasse setzte er sich an einen der Tische vor der Tür. Rechts von ihm lag das zweistöckige Elektrogeschäft. Links sah er die Übergänge zu weiteren Einkaufszeilen. Direkt vor ihm führte die Rolltreppe nach unten, und dahinter ragte der Turm auf.

Jonas legte den Kopf in den Nacken, um zur Spitze hinaufzublicken. Sie war kaum zu sehen, alles war verschwommen. Knisternd spielte der Regen auf dem Glasdach, das das ganze Einkaufszentrum bedeckte.

Mit Marie hatte er oft an einem dieser Tische gesessen. Obwohl die Läden der Millennium-City nicht die vornehmste Kundschaft anzogen, hatten sie hier gern eingekauft.

Er lief ins Café. Vom Telefon hinter der Theke rief er bei Maries Verwandten in England an. Nichts als das fremde Läuten war zu vernehmen.

Wenn sich wenigstens die Mailbox ihres Handys einschaltete. Er könnte ihre Stimme hören. Aber es gab nur Läuten, Läuten.

Nachdem er die dritte Audiokassette abgespielt hatte, war er so müde, daß er sich zur Erfrischung unter die kalte Dusche stellte. Auf keinem der Bänder hatte er etwas gefunden. Dennoch wollte er nicht ins Bett gehen, er war zu neugierig. Er konnte ja am nächsten Tag ausschlafen.

Längst lag die Stadt im Dunkeln. Das Gewitter hatte geendet, bald war auch der Regen weitergezogen. Jonas hatte die Jalousien heruntergelassen. Auf dem Fernsehschirm tanzten stumm die jungen Berliner.

Er bereitete sich einen Imbiß. Ehe er sich mit dem Teller wieder auf die Couch setzte, streckte er sich und kreiste mit den Schultern. Ein stechender Schmerz zuckte vom Rücken bis in seinen Kopf. Sehnsuchtsvoll dachte er an Frau Lindsay.

Kurz nach ein Uhr früh legte er Kassette Nummer fünf ein. Die sechste folgte eine Stunde später. 3.11 Uhr zeigte der Radiowecker an, als Jonas zum siebentenmal die Playtaste drückte.

Nachdem er sich diese Kassette angehört hatte, befand er sich im Zustand schwerer Überreizung. Bei der sechsten Kassette war er dazu übergegangen, im Wohnzimmer herumzuspazieren und gymnastische Übungen zu machen. Ständig die Ohren zu spitzen und dennoch nichts zu hören war zermürbend. Er wurde das Gefühl nicht los, eine Flüssigkeit sickere aus seinem Gehörgang. Alle paar Minuten faßte er sich ans Ohr und kontrollierte darauf, ob Blut an seinen Fingern klebte.

Mehr automatisch als bewußt legte er die Kassette ein, die seinen Schlaf aufgezeichnet hatte.

Er ging zum Fenster. Mit zwei Fingern drückte er die Lamellen der Jalousien auseinander. Vereinzelt waren Fenster erleuchtet. Jenes dort drüben kannte er, es gehörte zu jener Wohnung, die er besucht hatte.

Ob in diesem Moment dort drüben alles an seinem Platz war?

Um halb fünf Uhr früh hörte er auf der Kassette Geräusche.

7

Zwei Stunden arbeitete er, bis er das Gurgeln und Brummen seines Magens nicht mehr ignorieren konnte. Er aß und arbeitete weiter. Er dachte nicht viel nach.

Am Abend stank er nach Schweiß und ärgerte sich über einen langen Riß in seiner Hose. Dafür erinnerte in Wohn- und Kinderzimmer nichts mehr an Familie Kästner. In der Küche hingegen hatte er nichts angerührt.

Die Hände hinter dem Rücken verschränkt, ging er lang- sam durch die Wohnung. Ab und zu nickte er. In diesem Zustand hatte er sein altes Heim nie gesehen.

Zu Hause knurrte sein Magen wieder. Er aß Tiefkühl- fisch. Damit waren seine Vorräte zu Ende.

Nach einem ausgedehnten Bad rieb er sich die rechte Schulter mit Creme ein. Durch die Last des Gewehrs hatte er die Haut aufgerieben. Um die rechte Seite zu entlasten, trug er den Gurt seit dem Vortag auf der linken Schulter, heute bei der Arbeit hatte er die Stelle jedoch strapaziert.

Er zog die feuchte Wäsche aus der Maschine. Während er Stück um Stück auf den Ständer klemmte, fiel sein Blick zu- weilen auf den Kassettenrekorder. Er sah schnell weg.

Als keine Arbeit mehr zu finden war und er bereits von einem Fuß auf den anderen trat, fiel ihm der neue Anrufbe- antworter ein. Die Bedienungsanleitung war kurz und ver- ständlich. Er konnte gleich den Ansagetext aufnehmen.

»Guten Tag! Wer immer dies hört: Kommen Sie her! Meine Adresse lautet ... Meine Mobiltelefonnummer ... Wenn Sie nicht kommen können, sagen Sie mir, wo ich Sie finde.«

Vom Handy aus wählte er die Festnetznummer. Das Tele- fon läutete. Er ließ es klingeln. Nach dem viertenmal schaltete sich der Anrufbeantworter ein. Das Handy am Ohr, hörte er in Stereo:

»Guten Tag! Wer immer dies hört: Kommen Sie her!«

Schon da, dachte er.

Mit einem Glas von Maries Eierlikör sah er sich auf der Couch die Love Parade an. Durch die halbgeschlossenen Jalousien blitzten die letzten Sonnenstrahlen des Tages.

Er wußte, wenn er sich die Kassette noch einmal anhören wollte, sollte er es jetzt tun.

Er spulte zurück, vor, wieder zurück. Durch Zufall traf er genau die Stelle, an der das erste Geräusch ertönte. Ein dumpfes Rascheln.

Minuten darauf vernahm er ein Murmeln.

Es war seine eigene Stimme. Es mußte seine Stimme sein. Welche sonst? Doch er erkannte sie nicht. Fremd, hohl drang ein kurzes »Hepp« aus den Boxen. Danach wieder Stille. Minuten später hörte er ein weiteres Mal Murmeln. Diesmal dauerte es länger. Es klang wie ein zusammenhängender Satz.

Er ließ die Kassette zu Ende laufen. Mit geschlossenen Augen lauschte er. Es kam kein Ton mehr.

War es seine Stimme?

Und wenn, was redete er da?

Es hatte abgekühlt. Die Sonne war hinter dichten grauen Wolken verborgen. Eine kräftige Brise wehte, für die er nicht undankbar war. Jedes Jahr das gleiche: Er freute sich monatelang auf den Sommer, und als es endlich heiß wurde, hatte er davon nach ein paar Tagen genug. Ein Sonnenanbeter war er nie gewesen. Er konnte nicht nachvollziehen, wieso man sich stundenlang grillen ließ.

Im Supermarkt legte er mechanisch Lebensmittel in den Einkaufswagen. Er versuchte sich einen Traum der vergangenen Nacht in Erinnerung zu rufen.

Von einem bösartigen kleinen Jungen hatte er geträumt.

Dieser Junge hatte südländisch ausgesehen, war angezogen gewesen wie in den Dreißigerjahren und hatte mit der Stimme eines Erwachsenen gesprochen. Immer wieder war er bedrohlich vor Jonas' Gesicht aufgetaucht. Aus dem Nichts. Feindseligkeit ging von ihm aus.

Sosehr sich Jonas bemühte, er konnte nur das Gefühl, nicht aber die Handlung einfangen. Erkannt hatte er den Jungen nicht.

Früher hatte er seinen Träumen keine Bedeutung beigemessen. Nun lagen neben seinem Bett Papier und Stift, damit er sich Notizen machen konnte, wenn er nachts hochschrak. An diesem Morgen hatte er nichts gefunden. Einzige Ausbeute bis jetzt war ein Satz aus der vorvergangenen Nacht. Den aber hatte er nicht lesen können.

An der Tür warf er noch einen Blick zurück. Alles war unverändert. Die Kühlaggregate der Gefriertruhen und des Molkereischranks summten. Mehrere Gänge lagen in heilloser Unordnung. Da und dort lugte eine Milchflasche unter einem Regal hervor. Die Luft war frisch. Frischer als in anderen Läden.

Nachdem er zu Hause die Tiefkühlkost im Dreisternefach und die Konserven im Schrank verstaut hatte, schloß er eine der Videokameras an. Ohne zu achten, um welches es sich handelte, startete er das Band.

Das Bild zeigte die Bühne des Burgtheaters. Zu hören war das Zippen eines Reißverschlusses. Schritte wurden leiser. Dumpf fiel eine Tür ins Schloß.

Kein Laut.

Ein Haufen Gerümpel aus der Requisite. Ein Pappsoldat, an dessen Revers eine Visitenkarte haftete. Von rechts oben beleuchtete ein Scheinwerfer die Szene.

Jonas wandte den Blick nicht vom Bildschirm ab. Er erwog, den Schnellvorlauf zu aktivieren. Aus Angst, etwas zu versäumen, irgendeine wichtige Kleinigkeit, ließ er es sein.

Er wurde zappelig.

Er holte sich Wasser, rieb sich die Füße.

Eine Stunde starrte er schon auf den Schirm, beobachtete die Bewegungslosigkeit toter Objekte, da offenbarte sich ihm die Erkenntnis, daß er in dieser Situation schon einmal gewesen war. Schon einmal hatte er stundenlang unverwandt auf eine sinnlose Anhäufung von Gegenständen gestarrt. Vor Jahren zusammen mit Marie, die dergleichen mochte, im Theater: ein modernes Stück. Danach hatte sie ihn gescholten, er sei bar jeder Bereitschaft, sich Neuem zu öffnen.

Er konnte nicht stillsitzen. Er hatte das Gefühl, sein Bein schlafe ein. Überall juckte es ihn. Er sprang auf, holte sich erneut Wasser. Ließ sich auf die Couch fallen. Wand sich, fuhr mit den Beinen in der Luft Rad. Den Blick kehrte er nicht vom Schirm ab.

Das Telefon läutete.

Mit einem gewaltigen Satz über den Glastisch hinweg stand er am Telefon. Sein Herz setzte aus. Der nächste Schlag tat weh. Es rumpelte in seiner Brust, und er rang nach Atem.

»Ha ... – hallo?«

»Lo?«

»Wer ist da?«

»Sta?«

»Können Sie mich verstehen?«

»Ehn?«

Wer immer ihn anrief, er sprach nicht von Österreich aus. Die Verbindung war so schlecht, die Stimme so leise, daß er an einen Anruf aus Übersee denken mußte.

»Hallo? Können Sie mich verstehen? Sprechen Sie meine Sprache? English? Français?«

»Seh?«

Etwas mußte geschehen. Es gelang ihm nicht, ein Gespräch herzustellen. Er wußte nicht, ob ihn der andere überhaupt hörte. Wenn nicht, würde es bald in der Leitung klicken.

»I am alive!« schrie er. »I am in Vienna, Austria! Who are you? Is this a random call? Where are you? Do you hear me? Do you hear me?«

»Ih?«

»Where are you?«

»Ju?«

Er stieß eine Verwünschung aus. Er hörte sich selbst, den anderen gar nicht.

»Vienna! Austria! Europe!«

Er wollte nicht wahrhaben, daß kein Kontakt zustande kam. Eine innere Stimme sagte ihm, es sei zwecklos, doch er weigerte sich aufzulegen. Er machte Sprechpausen. Lauschte. Schrie in den Hörer. Bis ihm der Gedanke kam, der andere könnte gemerkt haben, daß es Probleme gab, und gleich noch einmal anrufen. Und gegebenenfalls war die Verbindung dann besser.

»I do not hear you! Please call again! Call again immediately!«

Er mußte die Augen schließen, so schwer fiel es ihm, den Hörer auf die Gabel zu legen. Er öffnete sie nicht gleich wieder. Den Kopf auf die ausgestreckten Arme hinabgebeugt, die Hände auf dem Telefonhörer, so saß er auf dem Drehhocker.

Bitte wieder anrufen.

Bitte ein Läuten.

Er atmete tief ein und aus. Zwinkerte.

Er lief ins Schlafzimmer, um Papier und Stift zu holen und die Uhrzeit aufzuschreiben. Nach einigem Zögern setzte er das Datum hinzu. Es war der 16. Juli.

Die Arbeit in der Hollandstraße, die er sich vorgenommen hatte, mußte warten. Er wagte keinen Schritt aus der Wohnung. Besorgungen verschob er, erledigte nur das Nötigste. Er schlief auf einer Matratze vor dem Telefon.

Dreimal täglich änderte er den Ansagetext auf dem Anrufbeantworter. Er überlegte, welche Informationen am wichtigsten waren. Dazu zählte er den Namen, das Datum, die Handynummer. In bezug auf den Ort und die Zeit war er unschlüssig. Zu lang durfte der Text nicht werden. Außerdem mußte er verständlich sein.

So wurde Jonas mit jedem Anhören des Bandes unzufriedener. Mit unausgesetzter Konsequenz stellte er in neuen Aufnahmen die Reihenfolge der Informationen auf den Kopf. Das alles für den Fall, daß das Telefon in jenen sechs bis sieben Minuten läutete, die er im Supermarkt brauchte, um Apfelsaft, tiefgekühlten Dorsch und Toilettenpapier einzuladen.

Vielleicht war der Anruf eine Belohnung. Dafür, daß er sich nicht seinem Schicksal ergab, sondern aktiv blieb. Nach Hinweisen suchte.

Mit frischer Willenskraft unterzog er sich der Mühe, die Videoaufzeichnungen auszuwerten. Er beließ es nicht dabei, sich das Video aus dem Millennium-Tower einmal anzuschauen. Nachdem er nichts entdeckt hatte, spulte er zurück. Sah sich das Band in Zeitlupe an.

Eine Weile meinte er, die Zeitlupenfunktion des Rekorders sei kaputt. Sie war es nicht. Es bestand kein sichtbarer Unterschied zwischen einer normalen Aufnahme der erstarrten Dächer Wiens und einer, die diese Dächer verlangsamt zeigte. Bäume, die der Wind hätte schütteln können, waren nur vereinzelt zu sehen, zu klein und zu weit entfernt, um an ihnen Bewegung wahrzunehmen.

Er drückte den Knopf für ein Standbild. Er schloß die Augen, spulte vor, drückte wieder auf Standbild, machte die Augen auf.

Kein Unterschied.

Er schloß die Augen, spulte vor, drückte den Knopf für das Standbild, öffnete die Augen.

Kein Unterschied.

Er spulte das Band bis fast ans Ende und startete den Rückwärtslauf. Im Zeitraffer lief das Bild zurück.

Kein Unterschied.

Er ließ sich nicht beirren. Tags darauf analysierte er das Video von der Favoritener Straßenkreuzung auf die gleiche Weise.

Mit dem gleichen Resultat.

Stunde um Stunde starrte er auf die totale Bewegungslosigkeit, ohne etwas Ungewöhnliches zu bemerken. Die einzige Veränderung betraf den Schatten. Diesem Unterschied war er auf die Spur gekommen, als er ein Standbild vom Anfang mit einem vom Ende verglich. Doch nichts wies auf Abnormität hin. Es war der Lauf der Sonne.

Kein Ereignis bargen auch die Videos, die er vor dem Parlament, vor dem Stephansdom und vor der Hofburg aufgezeichnet hatte. Mehrere Tage beschäftigte er sich mit ihnen. Er spulte vor, spulte zurück, blickte zum Telefon, griff in die Tüte mit den Kartoffelchips, wischte die salzigen Finger an der Zierdecke der Couch ab. Er drückte auf Standbild und Fast Forward. Er fand nichts. Es gab keine geheime Botschaft.

Als er das Video aus der Hollandstraße einlegte, zuckte der Schirm kurz auf und wurde dunkel.

Er stemmte die Faust gegen die Stirn. Kniff die Augen zusammen. Die Leerkassette. Er hatte sie ausgewickelt und in die Kamera geschoben. Er hatte alle – alle! – nötigen Knöpfe gedrückt. Deutlich hatte das Symbol REC aufgeleuchtet.

Er tauschte die Kameras aus. Nichts. Das Band war leer. Leer, jedoch nicht unbespielt. Er wußte, was eine unbespielte Kassette anzeigte. Flimmern. Diese hier zeigte Dunkelheit.

Er rieb sich das Kinn. Er legte den Kopf schief. Fuhr sich durchs Haar.

Es mußte sich um Zufall handeln. Um einen technischen Defekt. Er war nicht gewillt, allerorts Zeichen zu sehen.

Um seine Phantasie zu beruhigen, machte er mit der betreffenden Kamera, in die eine andere Kassette eingelegt war, eine Testaufnahme. Beim Abspielen erwartete er Dunkelheit. Zu seiner Verwirrung war die Aufnahme tadellos.

Also mußte es an der Kassette liegen.

Er steckte die Kassette in die Kamera, die in der Hollandstraße gelaufen war. Er filmte nur einige Sekunden, stoppte, sah sich die Aufnahme an. Nichts zu beanstanden. Bild von bester Qualität.

Obwohl heller Tag, ließ er die Jalousien hinunter, so daß nur zwei schmale Lichtstreifen auf den Teppich fielen und die Wohnung wie im Dämmer lag. Das Gewehr lehnte er neben sich. Er sah sich die Kassette vom Anfang bis zum Ende an. An keiner Stelle wurde das Band lebendig. Nichts, wirklich nichts war zu sehen. Aber es war aufgezeichnet worden.

In der Mitte drückte er auf Standbild. Mit der Sofortbildkamera knipste er den Fernseher. Gespannt wartete er, daß das Bild erschien.

Es zeigte den Schirm. So dunkel, wie er war.

Beim Anblick des Fotos erinnerte er sich an seinen Gedanken, die fortschreitende Langsamkeit könne töten. Wenn dies stimmte, wenn man durch eine endlose Bewegung, die in der Bewegungslosigkeit endete, an der Ewigkeit anstreifte – überwog darin das Tröstende oder das Entsetzliche?

Noch einmal richtete er die Kamera auf den Bildschirm. Das Auge am Sucherfenster, legte er den Finger auf den Auslöser. Sachte drückte er ihn hinunter. Er bemühte sich, langsamer zu drücken.

Bald, fühlte er, war der Druckpunkt erreicht.

Er drückte noch langsamer. Ein Kribbeln erfaßte seinen Finger. Stieg in seinen Arm. Seine Schulter. Er spürte, daß sich der Druckpunkt näherte, daß jedoch zugleich die Geschwindigkeit seiner Annäherung abnahm.

Das Kribbeln war auf seinen ganzen Körper übergegangen. Ihn schwindelte. Von weither glaubte er ein Pfeifen zu hören, das am Ort seiner Entstehung tosend laut sein mußte.

Er hatte den Eindruck, daß etwas begonnen hatte. Verschiedene Konstanten der Wahrnehmung, wie Raum, Materie, Luft, Zeit, schienen sich miteinander zu verbinden. Alles floß ineinander. Wurde zäh.

Ein Entschluß zuckte in ihm auf. Er drückte den Auslöser durch. Ein Klicken, ein Blitz. Surrend schob sich ein Stück Pappe aus dem Apparat. Rücklings fiel Jonas auf die Couch zurück. Er roch scharf nach Schweiß. Seine Kiefer krampften sich aufeinander.

Das Foto in seiner Hand zeigte den dunklen Bildschirm.

Auf der Reichsbrücke war das letzte Video aufgenommen worden. Zu sehen war das gleichmäßige Fließen der Donau und die Erstarrung der Donauinsel, in deren Lokalen Jonas gern gefeiert und wo er sich Marie zuliebe vor vier Wochen dem bierseligen Trubel des Donauinselfestes ausgesetzt hatte.

Nach einigen Minuten weiteten sich seine Augen. Ohne es bewußt wahrzunehmen, erhob er sich Zentimeter um Zentimeter von der Couch und beugte sich vor, als wollte er in den Fernseher hineinkriechen.

Ein Objekt trieb auf dem Wasser. Ein rotes Bündel.

Er spulte zurück. Es war nicht auszumachen, worum es sich handelte. Am ehesten glich es einem Wanderrucksack. Allerdings war nicht anzunehmen, daß ein Rucksack auf dem Wasser trieb, er mußte untergehen. Mehr sprach für ein Stück Plastik. Vielleicht ein Behälter aus Kunststoff. Oder eine Tasche.

Mehrmals spulte er zurück, um zuzusehen, wie am linken oberen Bildrand ein kleiner roter Fleck auftauchte, der größer wurde, allmählich Konturen gewann, für einen Moment gut zu erkennen war und dann im unteren Bildrand verschwand. Sollte er gleich hinfahren, die Stelle sowie das gesamte Ufer der Donauinsel absuchen oder die Kassette fertig ansehen?

Er blieb. Mit jagendem Puls saß er auf der Couch, die Beine untergeschlagen, und starrte gierig auf das Wasser der Donau. Er war nicht enttäuscht, als er am Ende des Bandes auf keine weitere Besonderheit gestoßen war. Pflichtschuldig sah er sich die Kassette noch einmal von Anfang bis zum Schluß an, machte die üblichen Untersuchungen mit Standbild und langsamem Rückwärtslauf, ehe er die Autoschlüssel einsteckte und das Gewehr in die Hände nahm.

Im Vorbeigehen fiel sein Blick auf das Telefon.

Ach was, dachte er. Es würde nicht gerade jetzt läuten.

Weil er vor allen Dingen den Standort der Videokamera in Augenschein nehmen wollte, hielt er auf der Reichsbrücke. Gleich als er ausstieg, merkte er, daß etwas anders war.

Er spazierte umher. Mal zwanzig Meter in diese Richtung, mal in jene. Wind blies ihm ins Gesicht. Es war so kühl, daß er bedauerte, keine Jacke übergestreift zu haben. Er stellte den Hemdkragen auf.

Etwas stimmte nicht. Er war sich sicher.

Ungefähr an der Stelle, an der er die Kamera postiert hatte, stützte er die Arme auf das Brückengeländer. Er blickte auf die Donau hinab, die mit mattem Rauschen vorüberfloß. Dieses Rauschen hatte früher der Lärm der Autos und der Lastwagen auf der Brücke verschluckt. Sogar nachts. Doch nicht das Rauschen war es, was ihn irritierte.

Sein Blick suchte auf dem Wasser die ungefähre Bahn, die das Objekt genommen hatte. Dort hinten war es ins Bild gekommen. Was befand sich dort? Und hier war es aus dem Bild getrieben. Wohin war es geschwommen?

Er wechselte auf die andere Seite der Brücke. Soweit er sehen konnte, zog sich die Insel nach Nordwesten, rechts und links umspült von der Donau. Hier steckten keine Siebe oder Gitter im Flußbett. Es gab keine bedeutenden Buchten, keine Landzungen. Demnach war es nicht wahrscheinlich, daß das rote Objekt irgendwo festgehalten oder ans Ufer gespült worden war. Suchen mußte er dennoch.

Wie er so am Brückengeländer stand, die Hände in den Taschen, sich mit dem Bauch anlehnend, fiel ihm ein, was er sich früher häufig ersehnt hatte. Er hatte ein Überlebender sein wollen.

Oft hatte er sich vorgestellt, wie es wohl sein mochte, um ein Haar einen Zug zu verpassen, der dann im Gebirge verunglückte.

Alle Details sah er vor sich. Die Bremsen versagten. Der Zug stürzte in einen Abgrund. Waggons krachten ineinander, wurden zermalmt. Wenig später gab es im Fernsehen die ersten Luftaufnahmen vom Schauplatz. Sanitäter bemühten sich um Verletzte, Feuerwehrleute liefen herum, allerorts Blaulicht. Er sah die Bilder in einem Fernseher, der in der Auslage eines Elektrogeschäfts stand. Unausgesetzt mußte er Freunde, die um ihn bangten, am Telefon beruhigen. Marie weinte. Selbst sein Vater war einem Zusammenbruch nahe. Tagelang mußte er erzählen, wie es zu der glücklichen Fügung gekommen war.

Irrtümlich wurde er zu einem früheren Flug aufgerufen. Eigentlich befand er sich bloß so früh am Flughafen, um Besorgungen zu machen und für Marie etwas Hübsches im

Duty-free-Shop auszusuchen. Doch dann ergab es sich, daß er in einem zeitigeren Flugzeug Platz finden könnte. In einer Variante der Phantasie brachte er die Abflugzeiten durcheinander, meldete sich versehentlich für den falschen Flug, durfte aufgrund eines Computerfehlers jedoch einsteigen. Allen Abwandlungen dieser Illusion folgte der Absturz des Fliegers, für den sein Ticket gegolten hatte. In den Nachrichten wurde sein Tod gemeldet. Wieder mußte er verzweifelte Freunde beruhigen. »Ein Irrtum, ich lebe.« Gebrüll im Hörer. »Er lebt!«

Ein Autounfall, bei dem er einem zerstörten Wagen mit ein paar Schrammen entstieg, während ringsum Leichen lagen. Ein Ziegelstein, der neben ihm einschlug und einen Wildfremden tötete. Eine Geiselnahme in einer Bank, bei der eine Geisel nach der anderen erschossen wurde, bis die Polizei das Gebäude stürmte und ihn rettete. Der Amoklauf eines Verrückten. Ein Terroranschlag. Eine Messerstecherei. Gift im Restaurant.

Er hatte sich gewünscht, vor aller Augen durch eine Gefahr gegangen zu sein. Die Auszeichnung zu tragen, eine harte Prüfung bestanden zu haben.

Er hatte ein Überlebender sein wollen.

Ein Auserwählter hatte er sein wollen.

Der war er jetzt.

Mit dem Auto auf der Donauinsel voranzukommen war nicht schwierig, doch er fürchtete, etwas Wichtiges zu übersehen. So machte er sich zu Fuß auf den Weg. Bald stieß er auf ein Geschäft, das Fahrräder und Mofas verlieh. Er erinnerte sich, hier zusammen mit Marie eine jener Fahrradkutschen gemietet zu haben, mit denen man durch italienische Badeorte fuhr.

Abgesperrt war nicht. Die Schlüssel für die Mofas hingen an der Wand. An jedem klebte ein Zettel mit der Kennzeichennummer.

Er setzte sich auf eine dunkelgrüne Vespa, die er mit sechzehn gern gefahren wäre. Seine Eltern hatten keine Ersparnisse gehabt. Das Geld aus seinem ersten Ferienjob hatte nur für eine alte Puch DS 50 gereicht. Und als er sich mit zwanzig einen gebrauchten Mazda gekauft hatte, war er nach Onkel Reinhard der zweite Autobesitzer der Familie gewesen.

Das Gewehr zwischen die Unterschenkel geklemmt, rollte er über die asphaltierten Straßen der Insel. Wieder hatte er das Gefühl, etwas stimme nicht. Nicht allein die Menschen fehlten. Noch etwas vermißte er.

Er stieg ab, ging zum Ufer. Trichterförmig legte er die Hände an den Mund.

»Hallo!«

Er schrie nicht, weil er glaubte, jemand könne ihn hören. Doch für einen Moment nahm es Druck von seiner Brust.

»Hallo!«

Er kickte Steine vor sich her. Kies knirschte unter seinen Sohlen. Er wagte sich zu nahe zum Wasser. Sank ein, die Schuhe wurden naß.

Seine Begeisterung für die Suche nach dem roten Objekt war dahin. Es erschien ihm sinnlos, nach einem Plastikfetzen zu fahnden, der hier vor Tagen vorbeigeschwommen war. Es war kein Zeichen. Es war ein Stück Müll.

Es wurde zunehmend kalt. Dunkle Wolken flogen rasch heran. Wind peitschte in die hohen Gräser am Wegrand. Jonas mußte an das Telefon zu Hause denken. Als ihm die ersten Tropfen ins Gesicht klatschten, wendete er.

8

Er fuhr hoch aus einem Alptraum. Einige wirre Sekunden dauerte es, bis er begriff, daß früher Morgen war und er vor dem Telefon lag. Er sank auf die Matratze zurück.

Geträumt hatte er, daß die Leute wieder in die Stadt strömten. Er ging ihnen entgegen. Einzeln und in kleinen Gruppen kamen sie des Weges. Wie Menschen, die von einem Fußballspiel nach Hause zurückkehrten.

Er wagte nicht zu fragen, wo sie gewesen waren. Sie beachteten ihn nicht. Er hörte ihre Stimmen. Wie sie lachten, wie einer dem anderen einen Witz zurief. Näher als zehn Meter kam er ihnen nicht. Er marschierte in der Mitte der Straße. Sie gingen links und rechts an ihm vorbei. Jedesmal, wenn er auf sich aufmerksam machen wollte, hatte seine Stimme versagt.

Er fühlte sich zerschlagen. Nicht nur, daß er wieder vor dem Telefon übernachtet hatte, er hatte es auch nicht mehr geschafft, sich auszuziehen.

Er kontrollierte, ob der Telefonhörer korrekt aufgelegt war.

Als er in der unteren Küchenlade nach Vollkornbrot suchte, stieß er mit dem Gesäß heftig gegen den Kühlschrank. Das Mobiltelefon in seiner Hosentasche bekam einen Schlag. Zwar war es unwahrscheinlich, daß es Schaden genommen hatte, doch er zog es dennoch heraus, um die Funktionen zu kontrollieren. Unter allen Umständen mußte es heil bleiben. Zumindest die SIM-Card durfte er nicht einbüßen.

Schon hatte er das Gerät wieder eingesteckt, da überkam ihn ein fürchterlicher Verdacht. Mit zitternden Fingern rief er die Ruflisten auf. Er drückte »Gewählte Nummern«. Der oberste Eintrag zeigte seine Festnetznummer an. Gewählt am 16.07. um 16.31 Uhr.

Er stürzte zum Telefon. Auf der Matratze herumtrampelnd, wühlte er in einem Papierstapel, ehe er den Zettel gut sichtbar auf dem Adreßbuch entdeckte.

16.42 Uhr. 16. Juli.

Obwohl er sich vorgenommen hatte, in der Wohnung seines Vaters zu arbeiten, fuhr er richtungslos durch die Stadt. Er nahm den Handelskai Richtung Süden. Als er am Millennium-Tower vorbeikam, blickte er nach oben. Die Sonne blendete ihn. Er verriß das Steuer. Der Wagen schlenkerte kurz. Er stieg hart auf die Bremse. In ruhigerem Tempo glitt er dahin. Sein Herz schlug hart.

Von weitem sah er, daß sich sein Transparent noch immer um den Donauturm drehte. Er fuhr bis an den Eingang. Aus dem Auto wagte er sich nicht. Sein Blick suchte nach einem Anzeichen, daß jemand von seiner Fahne angelockt worden war. Über ihm erdröhnte das rotierende Café. Ein rhythmisches Heulen, das in regelmäßigen Abständen von einem Knacken übertönt wurde. Er ahnte, es würde nicht mehr lange dauern, bis dort oben alles auseinanderflog.

Über die Reichsbrücke gelangte er in die Lassallestraße. Keine zwei Minuten später hielt er vor dem Riesenrad. Das Gewehr in Händen, machte er einen flüchtigen Rundgang. Es war heiß. Wind blies nicht. Wolken waren keine zu sehen.

Überzeugt, daß ihm von außen keine Überraschungen drohten, ging er am Café vorbei in die Geschäftsstelle des Riesenrads. Die technische Zentrale befand sich hinter einer unauffälligen Tür im Shop, wo den Touristen die Miniausführung des Riesenrads und anderer Plunder angeboten worden war.

Er blickte auf den schultafelgroßen Schaltkasten. Anders als im Donauturm fehlte hier jede Beschriftung. Gleichwohl verstand er bald, daß der gelbe Knopf die Stromversorgung des gesamten Systems ein- und ausschaltete. Nachdem er ihn gedrückt hatte, leuchteten Lampen auf. Eine elektrische Anzeige blinkte. Er drückte einen anderen Knopf. Die unterste Gondel, auf die er von seinem Platz an den Pulten durch ein Schaufenster freie Sicht hatte, setzte sich in Bewegung.

Auf einem der Tische lag ein Plakatschreiber. Damit schrieb er seine Telefonnummer auf den Bildschirm eines Computers. Auch auf der Tür hinterließ er eine Nachricht. Den Schreiber steckte er in die Brusttasche seines Hemds.

Er spazierte zum nächsten Würstelstand. Demselben, an dem er bei seinem letzten Besuch gegessen hatte. Aus einem Regal zog er eine Tüte Knabbergebäck. Den Blick nicht von den Gondeln abwendend, aß er sein Frühstück.

Ob er einsteigen sollte?

Zu Fuß durchkämmte er das Gelände des Wurstelpraters. Er schaltete ein, was es einzuschalten gab. Nicht immer gelang es ihm, Kontrolle über das Betriebssystem zu erlangen, aber doch so oft, daß der Vergnügungspark bald von Musik und Gebimmel erfüllt war. Mit der Lautstärke von früher war es freilich nicht zu vergleichen. Dazu hatte er nicht genügend Karusselle und Fliegende Teppiche in Gang bekommen. Und zudem fehlten die Menschen. Doch wenn er die Augen schloß, konnte er sich mit etwas gutem Willen der Illusion hingeben, alles sei wie eh und je. Er stünde in der Nähe des Brunnens, umgeben von angeheiterten Unbekannten. Gleich würde er sich gekochten Maiskolben kaufen. Und am Abend käme Marie aus Antalya zurück.

Die Matratze schaffte er zurück ins Schlafzimmer. Er wechselte den Bettbezug. Am Boden vor dem Telefon mußte er aufräumen. Er stopfte die leeren Chipspackungen und die offen herumliegenden Schokoladeriegel in einen Müllsack. Auch die Getränkedosen warf er dazu. Er kehrte auf. Zuletzt schrubbte er die klebrigen Schmutzränder der Gläser vom Parkett. Während der Arbeit nahm er sich vor, sich nicht mehr derart gehen zu lassen. Wenigstens in seinen vier Wänden mußte er die Ordnung aufrechterhalten.

Er baute die Videokamera vor dem Bett auf. Schaltete ein. Der Bildausschnitt war nicht günstig. Zwar würde er später jedes Detail seines Mienenspiels beobachten können, aber Nutzen würde er aus diesem Video nur ziehen, wenn er die Herausforderung meisterte, die ganze Nacht über starr dazuliegen.

Er stellte den Zoom auf maximale Weite. Es genügte nicht. Er rückte das Stativ einen Meter zurück. Wieder blickte er auf den kleinen Bildschirm. Mit dem Ausschnitt war er zufrieden. Das Bett war in voller Länge im Bild. Nun prüfte er die Funktion der Kamera und der Kassette. Noch eine Überraschung wollte er nicht erleben.

Weil er noch nicht ruhig genug war, um schlafen zu gehen, setzte er sich mit einer Tüte Popcorn vor den Fernseher. Die Kassette, die die Love Parade zeigte, hatte er durch eine Komödie ersetzt. Seit den ersten Tagen seiner Einsamkeit hatte er keinen Film mehr gesehen und somit keine sprechenden, agierenden Menschen.

Mit den ersten Worten der weiblichen Hauptfigur packte ihn solches Entsetzen, daß er abschalten wollte. Er überwand sich. Hoffte, es würde vorbeigehen.

Es wurde schlimmer. Seine Kehle schnürte sich zusammen. Er bekam Gänsehaut. Ihm zitterten die Hände. Seine Beine waren zu schwach, um aufzustehen.

Mit der Fernbedienung schaltete er ab. Auf allen vieren

kroch er zum Rekorder. Die Filmkassette tauschte er gegen jene der Love Parade aus. Er robbte zurück. Zog sich auf die Couch hoch.

Drückte auf Wiedergabe.

Drehte den Ton ab.

In der Nacht erwachte er. Wie im Halbtraum wandelte er ins Schlafzimmer. Aufs Zähneputzen verzichtete er. Ausziehen konnte er sich nicht mehr. Aber er schaltete noch die Kamera an, drückte

REC

und fiel aufs Bett.

Auf dem Weg zum Frachtenbahnhof Matzleinsdorf, wo sich der Maschinenpark Süd befand, kam er an der Kirche am Mariahilfer Gürtel vorbei. Im Vorbeifahren las er das Transparent, das an ihrer Außenfront festgemacht war:

Es gibt einen, der dich liebt – Jesus Christus.

Er stieg fester auf das Gaspedal.

Der Maschinenpark Süd war neben dem Zentralfriedhof das weiteste von Mauern umschlossene Gelände Wiens. Jonas war nie zuvor hiergewesen. Er benötigte fünf Minuten, um das Tor zu finden. Als er um die Ecke bog, staunte er. Noch nie hatte er so viele Lkws, in regelmäßigen Abständen geparkt wie für ein Werbefoto, an einem Ort gesehen. Es mußten Hunderte sein.

Es gab viele Sattelzüge mit Auflieger. Doch zum einen brauchte man für sie eine gewisse Übung, zum anderen mußte erst der Ladecontainer auf den Auflieger befördert werden. Er wollte einen gewöhnlichen Lkw. Einen geräumigen Transporter.

Während er zwischen den Lastautos hindurchschlenderte, ärgerte er sich darüber, sich nicht eingecremt zu haben. Er hatte solche Angst vor einem Sonnenbrand, daß er mehrmals seine Suche unterbrach, um sich im gekühlten Spider das Gesicht abzutrocknen und Mineralwasser zu trinken. Er nahm einen Schluck, spielte mit den Fingern am Lenkrad. Schaute in die Rückspiegel.

Endlich meinte er seinen Wagen gefunden zu haben. Einen DAF von etwa sechzig Tonnen. Leider steckten die Schlüssel nicht. Da er keine Lust hatte, in den Büros danach zu suchen, entschied er sich für ein etwas älteres, aber noch größeres Modell, das ebenfalls mit allen unverzichtbaren Extras ausgestattet war. Es hatte ein Radio, einen kleinen Fernseher, eine Klimaanlage, es gab Strom, und in der geräumigen Bettstatt hinter dem Fahrersitz stand eine Kochplatte.

Als er den Motor anließ, stieg seine Stimmung. Seit langem hatte er nichts Vergleichbares gehört. Der Wagen hatte Kraft. Auch der Ausblick vom Führerstand gefiel Jonas. Im Spider hatte er das Gefühl, wenige Zentimeter über der Fahrbahn zu sitzen, dieser Platz hingegen vermittelte ihm den Eindruck, er befinde sich im ersten Stock eines Hauses mit Panoramafenstern.

Im Handschuhfach lagen die Papiere. Hier stieß er auch auf Habseligkeiten des früheren Fahrers. Unbesehen entsorgte er alles durch das Fenster. Zwei T-Shirts, die in der Koje lagen, warf er ebenfalls hinaus.

Von einem Reparaturlager in der Maschinenhalle holte er sich zwei Metallschienen. Mit dem Plakatschreiber aus dem Büro des Riesenrads schrieb er auf einen betriebsinternen Aushang an der Wand: *Lieber Jonas, 21. Juli. Dein Jonas.*

Er fuhr zum Spider. Erneut ließ er die Hebebühne hinunter. Er schätzte die Entfernung zwischen den Rädern, legte die Schienen an die Ladefläche. Sekunden darauf stand der Spider im Lkw.

Den Lastwagen stellte er vor dem Haus seines Vaters ab. Mit Hilfe der Metallschienen beförderte er den Spider unter

Getöse auf die Straße. Aus Pflichtgefühl kontrollierte er die Wohnung. Alles war wie bei seinem letzten Besuch. Auch der Geruch. Es roch nach seinem Vater.

Im Flur betrachtete er das Telefon.

Hatte es geläutet, vor ein paar Tagen? Als er angerufen und sich vorgestellt hatte, wie es läutete? War tatsächlich dieses Telefon hier gestanden? War das Läuten durch die Wohnung gedrungen?

Durchs Schlafzimmerfenster schaute er auf die Straße hinaus. Der Lastwagen versperrte die Sicht auf die Zweiräder. Auf den Mülleimer, aus dem die Flasche ragte.

Hinter ihm tickte die Wanduhr.

Er spürte den Impuls, die Stadt zu verlassen. Für eine Weile. Sich endlich darüber klarzuwerden, ob er wirklich nirgendwo auf Menschen traf. Und selbst wenn er in Berlin oder Paris auf niemanden stieß, vielleicht fand sich dennoch ein Weg, nach England zu gelangen. Andererseits jedoch konnte er sich nicht vorstellen, sich länger in unvertrauter Umgebung aufzuhalten. Er hatte das Gefühl, um jeden Meter kämpfen, sich jeden Ort, an den er kam, mühsam aneignen zu müssen.

Er hatte nie verstanden, wie Menschen sich zwei Wohnungen halten konnten. Eine Woche oder einen Monat hier zu leben und dann wieder dort, wie konnte man dies auf Dauer ertragen? Er würde in der neuen Wohnung an die alte denken, und nach einem Monat wäre die neue die alte, und er würde sich in der Wohnung, in die er zurückkehrte, nicht mehr zurechtfinden. Er würde durch die Zimmer gehen und Dinge sehen, die falsch waren. Einen falschen Wecker, eine falsche Garderobe, ein falsches Telefon. Die Tasse, aus der er den Morgenkaffee trank, würde zwar ihm gehören, aber er würde dennoch an die Tasse denken müssen, die er am Vortag benützt hatte. Und wo sie sich in diesem Moment befand. In einem Geschirrschrank. Oder in einem nicht ausgeräumten Spüler.

Der Badezimmerspiegel, in dem er sich nach dem Duschen betrachtete, würde ihm nichts anderes zeigen als jener, in den er am Vortag geblickt hatte. Gleichwohl hätte er das Gefühl, etwas an diesem Bild stimme nicht.

Er könnte auf dem Balkon liegen und Zeitschriften durchblättern. Er könnte fernsehen oder Staub saugen. Er könnte etwas kochen. Er würde an das andere Zuhause denken, an den anderen Balkon, an den anderen Fernseher, an den anderen Staubsauger, an die andere Pfeffermühle im anderen Küchenschrank. Er könnte abends auf dem Sofa liegen und ein Buch lesen. Zugleich würde er an die Bücher denken, die in den Regalen des anderen Zuhauses standen. An die Buchstaben in den geschlossenen Büchern. An die Geschichten, die diese Buchstaben für denjenigen bedeuteten, der sie deuten konnte.

Und vor dem Einschlafen würde er im Bett liegen und an sein Bett im anderen Zuhause denken, und er würde sich fragen, ob er nun zu Hause einschlief oder ob er am Vortag zu Hause geschlafen hatte.

Er schloß die Videokamera an den Fernseher an. Während die Kassette zurückspulte, ließ er die Jalousien herunter, um von der untergehenden Sonne nicht geblendet zu werden. Das Zimmer lag in dämmriger Abendstimmung.

Er drückte auf Start. Den Ton drehte er auf maximale Lautstärke.

Er sah sich, wie er an der Kamera vorbeiging und ins Bett fiel. Wie üblich drehte er sich auf den Bauch. In einer anderen Lage schlief er nicht ein.

Das gedämpfte Licht der Nachttischlampe genügte, um alles gut erkennen zu lassen. Mit geschlossenen Augen lag der Schläfer da. Er atmete tief und regelmäßig.

Jonas gehörte nicht zu den Menschen, die öfter als zweimal täglich in den Spiegel schauten. Doch er kannte sein

Äußeres, er hatte eine vage Vorstellung von dem Ausdruck, der für gewöhnlich auf seinem Gesicht lag. Aber sich zu betrachten, wenn alle Züge entspannt waren, machte ihn ein wenig nervös.

Er zog das Handy aus der Gesäßtasche und legte es auf den Tisch, um sich nicht wieder selbst anzurufen. Er blickte auf das Display. Ausnahmsweise hatte er daran gedacht, die Tastatursperre zu aktivieren.

Nach einigen Minuten wandte der Schläfer das Gesicht von der Kamera ab. Den Kopf vergrub er unter dem Kissen. Dabei war ein Rascheln zu hören. Eine Weile später tauchte er wieder auf. Er drehte sich auf die Seite. Kurz darauf legte er sich auf den Rücken. Er wischte sich mit der Hand über die Augen.

Dann und wann stoppte Jonas das Band und horchte in Richtung Tür. Er ging durchs Zimmer, schlenkerte mit den Armen. Goß sich ein Glas Wasser ein. Es kostete ihn Überwindung, zu der Aufnahme zurückzukehren.

Zwölf Minuten vor Ende des Bandes wälzte sich der Schläfer wieder herum, so daß er das Gesicht der Kamera zukehrte.

Für einen Moment hatte Jonas das Gefühl, ein Auge öffne sich. Der Schläfer blicke in die Kamera. Blicke in vollem Bewußtsein, gefilmt zu werden, in die Kamera, und schließe das Auge rasch wieder.

Als er sich die Stelle ein zweites Mal ansah, wurde er unsicher. Nach dem viertenmal war er überzeugt, sich getäuscht zu haben. Es ergab auch keinen Sinn.

Nach neunundfünfzig Minuten murmelte der Schläfer einige Sätze. Ihr Wortlaut war nicht zu verstehen. Er ruderte mit den Armen. Drehte sich von der Kamera weg. Der Bildschirm wurde dunkel, die Kassette surrte auf, und Jonas ärgerte sich, nur ein Einstundenband eingelegt zu haben.

Er spulte zurück. Sah sich die letzte Minute in Zeitlupe an. Ihm fiel nichts Ungewöhnliches auf. Er lauschte den vier Sätzen. Am verständlichsten war noch der zweite. Aus diesem meinte er drei Worte herausfiltern zu können, »Kaiser«, »Holz«, »beenden«. Was nicht sehr aufschlußreich war.

Er schaute sich das Band noch einmal von vorn an.

Fast fünfzig Minuten vergingen ereignislos. Dann kam die Stelle, die ihn beim erstenmal irritiert hatte.

Es geschah erneut.

Für den Bruchteil einer Sekunde war da ein scharfer Blick aus dem Auge des Schläfers. Ohne ein Zeichen von Schlaftrunkenheit blickte er in die Kamera. Das Auge schloß sich wieder.

Jonas suchte auf dem Tisch die Fernbedienung. Fand sie jedoch nicht, weil er sie in der Hand hielt. Es dauerte eine Weile, bis sein zitternder Daumen den Knopf traf, der die Kassette abschaltete.

Er durfte sich nicht verrückt machen. Wenn er wollte, konnte er bestimmt weitere befremdliche Details auf der Kassette finden. So wie er sich auf den Audiokassetten Geräusche einbilden konnte. Wenn er wollte, konnte er sofort ein Dutzend vermeintliche Hinweise auf dieses und jenes finden. Warum hatte ihn der Buschauffeur am 1. Juli so seltsam gegrüßt? Worüber hatten Martina und der sonderbare neue Kollege beim Betriebsfest getuschelt? Wieso hatte am 3. Juli an allen Wohnungstüren im Haus der Reklamezettel eines Pizzazustellers gehängt, nur an seiner nicht? Wieso regnete es fast nie? Wieso hatte er zuweilen nach zehn Stunden Schlaf das Gefühl, kein Auge zugemacht zu haben? Wieso meinte er, beobachtet zu werden?

Er mußte sich unter allen Umständen an das halten, was da war. Was eindeutig belegbar, nicht zu bestreiten war.

Er zog die Jalousien hoch. Öffnete das Fenster. Er überprüfte, ob die Wohnungstür geschlossen und abgesperrt war.

Nachdem er alle Räume kontrolliert hatte, warf er einen Blick in den Wandschrank.

Das Gewehr neben sich, sah er sich die gesamte Aufnahme noch einmal an, im Zeitraffer. An der Stelle, die ihn verwirrte, schaute er aus dem Fenster. Vor den gemurmelten Sätzen schaltete er in die normale Wiedergabe zurück.

Mehr als die drei Worte waren nicht zu verstehen. Er hatte nicht das Gefühl, daß ihm der Schläfer etwas sagen wollte. Trotzdem fühlte er, daß er etwas Wichtiges beobachtete.

Im Schlafzimmer bereitete er zwei Kameras vor. Die eine postierte er einige Meter vom Bett entfernt. Die andere richtete er so ein, daß sie das Kopfende des Bettes filmte. Zwar bestand die Gefahr, daß er sich im Schlaf aus dem Bild wälzte, aber er wollte sein Gesicht unbedingt aus der Nähe sehen, und wenn es nur für Minuten war.

Er legte Dreistundenbänder ein.

9

Er erwachte mit einem Tick in der Hand. In seinem Daumenballen zuckte es. Er schlug auf das Kopfkissen, rieb über die Stelle. Das Zucken hörte nicht auf.

Er drehte sich auf die Seite. Auf dem Kissen neben ihm lag ein T-Shirt von Marie. Sie hatte es keine einzige Nacht angehabt. Er hatte am 3. Juli die Betten überzogen, nachdem er ihrem Taxi hinterhergewunken hatte. Dennoch haftete noch schwach ihr Geruch daran.

Er blickte auf ihren Bademantel, der an einem Haken an der Wand hing. Auf ihren Wäscheschrank, aus dem ein eingeklemmter Slip herauslugte. Auf die Bücher, die sich auf ihrem Nachttisch stapelten.

Auf dem Weg in den fünften Bezirk aß er einen Apfel. Weder Äpfel noch eine andere Sorte Steinobst mochte er besonders. Seine Mutter hatte sie ihm aufgezwungen. Was gesund war und was nicht, was gegessen und worauf verzichtet werden sollte, darüber hatte er mit ihr bis zu ihrem Tod gestritten. Er vertrat die Ansicht, was für den einen gesund sei, müsse dem anderen nicht guttun. Sie widersprach. In ihrer Welt hatte alles einen Platz. Als Kind hatte sie ihm den Sommerurlaub in Kanzelstein verleidet, indem sie mit ihm jeden Tag durch den Garten gestreift war und ihm Äpfel, Birnen, Beeren und sogar Gewächse wie Sauerampfer zu kosten gegeben hatte. Sein Vater hatte dazu auf seinem Liegestuhl den Kopf geschüttelt, sich aber doch lieber zurückgelehnt und seine Zeitschrift umgeblättert.

Als er in die Wienzeile einbog, erinnerte er sich, daß er keine Umzugskartons besorgt hatte. Hier in der Nähe wußte er keinen Laden, der sie führte. Er boxte gegen das Lenkrad und wendete. Zum zweitenmal an diesem Vormittag kam er an der Pfarrkirche Maria vom Siege vorbei, an deren Fassade ihm ein Transparent versicherte, er würde von Jesus geliebt. Er hupte.

Die Automatiktür des Baumarkts am Lerchenfelder Gürtel surrte ruckartig auf. Ohne irgendwo anzustreifen, steuerte er den Spider durch die Gänge. Die Umzugskartons fand er im hintersten Bereich des Markts. Wie viele er brauchte, konnte er nicht abschätzen, daher packte er den Wagen mit ihnen voll.

Noch bevor er in die Wohnung ging, machte er in der Rüdigergasse einen Spaziergang. Er läutete an Gegensprechanlagen, ohne auf Antwort zu warten. In der Schönbrunner Straße schoß er auf Fensterscheiben.

Überall Statuen.

Allerorts Statuetten, Figuren, Wandschmuck mit Gesichtern.

Nie zuvor war es ihm aufgefallen. Wohin er schaute, fast an jedem Haus entdeckte er steinerne Gestalten. Keine davon blickte ihn an. Alle jedoch hatten Gesichter. An diesem Haus ragte aus einer Erkerverkleidung ein geflügelter Hund, an jenem spielte ein fetter Knabe eine stumme Flöte. Hier starrte eine Fratze aus einer Mauer, dort predigte ein kleiner Greis mit Bart zu einem unsichtbaren Publikum. Nichts davon hatte er früher wahrgenommen.

Er zielte auf den predigenden Alten. Sein Arm schwankte. Mit einer drohenden Handbewegung ließ er das Gewehr sinken.

Er wollte bereits in die Wehrgasse einbiegen, da sah er das Symbol der Post. Ihm fiel auf, daß er noch kein einziges Postamt durchsucht hatte. Er hatte zwar Ansichtskarten eingeworfen, die nie in seinem Briefkasten gelandet waren.

Aber sich mit einem Postamt genauer zu beschäftigen war ihm nicht in den Sinn gekommen.

Diese Automatiktür öffnete sich nicht, als er vor den Sensor trat. Er schoß sie kaputt. Wie auch ein paar Meter weiter eine zweite, durch die er in den Kassenraum gelangte.

Wenig Geld lag in den Kassen, gewiß nicht mehr als zehntausend Euro. Vermutlich lagerte der Hauptteil in einem Tresor, auf den er in einem Hinterzimmer stoßen würde. Doch Geld spielte für ihn keine Rolle.

Er setzte sich an einen der breiten Sackwaggons, in denen die unsortierte Briefpost lag. Aufs Geratewohl riß er eines der Kuverts auf. Ein Geschäftsschreiben. Eine nicht bezahlte Rechnung für eine Ladung Werkstoff wurde eingemahnt.

Der nächste Brief war privat. Die eckige Handschrift verriet eine Frau hohen Alters, die einer gewissen Hertha nach Wien schrieb. Hertha solle eifrig, aber nicht zu eifrig studieren und nicht das Leben an sich vorbeiziehen lassen. Deine Omi.

Er betrachtete das Kuvert. Es war in Hohenems abgestempelt.

Er schlenderte durch das Postamt. Anzeichen für einen überstürzten Aufbruch der Beamten entdeckte er nicht.

Er durchwühlte die Taschen eines blauen Arbeitsmantels, der im Hinterzimmer an der Garderobe hing. Sie enthielten Münzen, Streichhölzer, Zigaretten, eine Packung Taschentücher, einen Kugelschreiber, einen ausgefüllten, doch nicht abgestempelten Lottoschein.

In einer Frauenjacke daneben steckte eine Schachtel Kondome.

In einem Aktenkoffer fand er nichts als eine unappetitlich aussehende Wurstsemmel.

Ehe er ging, schrieb er mit seinem Plakatschreiber auf jeden Kundenschalter die Nummer seines Mobiltelefons. Er trat auf den Alarmknopf. Nichts geschah.

Er packte einen Umzugskarton nach dem anderen. So schnell, wie er berechnet hatte, kam er jedoch nicht voran. Mit vielen Stücken, die durch seine Hände gingen, verband er Erinnerungen. Mitunter konnte er sich nur noch dunkel entsinnen, was es mit jenem Buch, jenem Hemd auf sich hatte. Er stand da, sich über das Kinn streichend, den Blick auf einen Punkt in der Ferne gerichtet. In der Regel half es ihm, an dem Gegenstand zu riechen. Der Duft löste tiefere Erinnerungen aus als der Anblick.

Des weiteren hatte er wenig Geschick darin, zu verpacken und zu schlichten. Es machte ihn ungeduldig, jede Porzellantasse einzeln in Zeitungspapier wickeln zu müssen, schon weil ihm die Berührung mit Zeitungspapier seit jeher unangenehm war. Ihm verursachte das Geräusch des wetzenden Papiers Gänsehaut, so wie Marie vom Klang der Kreide auf einer Schultafel oder von klirrendem Eßbesteck gemartert worden war. Er konnte eine Zeitung zwar lesen, aber jedes andere Rascheln ließ ihn flüchten.

Am späten Nachmittag brach er in eine benachbarte Spelunke ein. In der Kühltruhe fand er etwas zu essen. Dazu zapfte er sich Bier. Es schmeckte schal. Kaum hatte er fertig gegessen, schlurfte er zur Tür hinaus. Der Weg zurück schien ihm weiter, seine Beine waren schwer.

Beim Betrachten der Kartons, die sich in allen Zimmern stapelten, schwand ihm endgültig die Lust, an diesem Tag noch etwas in Gang zu bringen. Immerhin war die Hälfte der Schränke und Regale ausgeräumt. Zu hetzen brauchte er nicht.

Er legte sich ins Bett. Ringsum lagen Kleberollen, Zeitungspapier, Scheren. Unbenützte Schachteln, noch nicht auseinandergefaltet, lehnten an der Wand.

Er schloß die Augen.

An der Wand tickte die Uhr. Der Geruch seines Vaters lag noch immer in der Luft. Dennoch hatte er nicht mehr das wohlige Gefühl, in eine versunkene Welt einzutauchen. Über den Räumen lag eine Atmosphäre des Aufbruchs.

An ihm war es nun, das Alte wiederherzustellen. Falls er etwas auf der Welt sein eigen nennen wollte. Denn wenn er über alles verfügen, auf jeden Wagen, jede Vase, jedes Glas in Wien zugreifen konnte, blieb ihm nichts, was ihm gehörte.

Vom Fenster aus verfolgte er, wie die Sonne hinter den Horizont sank. Um den 21. Juni hatte sie die ausgedehnteste Bahn erreicht, ging hinter einem dichten Waldstück auf dem Exelberg unter. Seit damals rückte dieser Punkt kaum merklich nach links.

An einem Abend wie diesem hatte er sich vor sechzehn oder siebzehn Jahren auf seinen ersten eigenen Urlaub vorbereitet. Den Rucksack gepackt, das neue Zweimannzelt vom Schrank geholt, beim Nachbarn den Sturzhelm ausgeborgt. Um vier Uhr morgens läutete der Wecker, doch Jonas war längst wach gelegen.

Während der achtstündigen Fahrt nach Oberösterreich an den Mondsee fror er schaurig, weil er die Nachtkälte unterschätzt und sich zu dünn angezogen hatte. Das Abenteuer war es aber wert. Die im Dunkeln liegenden Dörfer, durch die man fuhr. Am Straßenrand Häuser, in denen gerade aufgestanden, geduscht, rasiert, Kaffee gekocht oder doch noch geschlafen wurde, während man selbst unterwegs war. Die fremden Gerüche. Das Morgengrauen an einem Ort, den man nie zuvor gesehen hatte. Allein. Romantischer Wagemut.

Er ließ die Jalousien herunter.

Vor der Schlafzimmertür hielt er inne. Die Hand, die schon auf der Klinke lag, zog er zurück. Er beugte sich hinab und blickte durch das Schlüsselloch ins Schlafzimmer.

An der Wand gegenüber sah er die Stickerei, die Maries

Mutter ihnen geschenkt hatte. Darunter stand die Wäschekommode. Rechts erahnte er das Fußende des Bettes.

Die Stickerei zeigte eine Frau, die an einem Ziehbrunnen
stand und ein Hemd in den Händen hielt. Sie trug ein Kopf-
tuch. Im Hintergrund war ein traditionelles Bauernhaus zu
sehen. Während die anderen Farben matt blieben, war die
Tür in auffälligem Rot gestrichen. Über dem Eingang fand
sich die Inschrift K+M+B. Lesen konnte Jonas dies durch
das Schlüsselloch allerdings nicht.

Auf der Wäschekommode stand eine Obstschale aus Ke-
ramik. Daneben lehnten zwei nachgebildete Duellpistolen
an einem Bücherstapel. Sein Vater hatte sie ihm geschenkt.

Er fühlte einen schwachen Luftzug im Auge.

Zwischen ihm und dem Bild mit der Wäscherin befand
sich eine Tür. Er hielt sich außerhalb auf und sah doch, was
sich in dem leeren Zimmer ereignete. Strenggenommen gab
es niemanden, der auf diese Wäschekommode schauen
konnte. Es war ja niemand da. Für das Zimmer war niemand
da. Somit sah er, was in einem Buch geschah, wenn es zuge-
schlagen war.

Doch irrte er nicht? Überschritt er mit dem Blick durchs
Schlüsselloch nicht eine Grenze? Wurde wieder zu einem
Teil des Zimmers?

Er startete die Kassette. Das ganze Bett war im Bild. Wie
beim letztenmal sah er sich an der Kamera vorbeigehen und
ins Bett fallen. Minuten später drang leises Schnarchen des
Schläfers aus den Lautsprechern.

Während er den Schläfer beobachtete, überlegte er, ob er
nicht parallel zu dieser Aufnahme die andere Kassette ansehen sollte. Jene, die das Gesicht des Schläfers in der Totalen
zeigte. Dazu müßte er allerdings einen zweiten Fernseher
und Videorekorder besorgen. In den umliegenden Wohnungen waren diese Geräte jedenfalls aufzutreiben. Aber nun,

bequem auf der Couch ausgestreckt, spürte er, wie angeschlagen er von der Arbeit war. Er winkte ab. Wahrscheinlich würde es nichts ändern.

Auch der Schläfer mußte in der vergangenen Nacht müde gewesen sein. Regungslos lag er da. Nach über dreißig Minuten wälzte er sich zum erstenmal auf die andere Seite. Das war einerseits recht günstig, denn dadurch, daß sich der Schläfer kaum bewegte, blieb er auch für die zweite Kamera im Bild, und Jonas würde später sein Mienenspiel studieren können. Andererseits befeuerte diese Ereignislosigkeit seine Nachforschungen nicht gerade.

Er spürte ein Kratzen im Hals. Nein, das konnte nicht sein. Normalerweise war er höchstens einmal im Jahr erkältet. Er konnte doch nicht kurz nach einer überstandenen Erkältung schon wieder krank werden. Am besten, er sorgte vor.

Den Blick nur kurz vom Bildschirm abwendend, bereitete er sich einen Grog zu. Vitamintabletten beschaffen, notierte er im Geist.

Erneut wälzte sich der Schläfer herum. Ihm schien heiß zu sein. Er strampelte sich frei, so daß seine weißen, behaarten Beine unter der Decke herausschauten. Ein Seufzen war zu hören. Eine Minute später drehte er sich so weit, daß er aus dem Sichtfeld der zweiten Kamera gerutscht sein mußte. Mit dem Oberkörper lag er auf der anderen Betthälfte. Neben Maries unbenutztem T-Shirt für die Nacht.

Jonas verzog den Mund. Mit dem Zucker hatte er es zu gut gemeint. Ihm war vorhin etwas gewärmter Whisky übriggeblieben. Er goß nach. Auch Zitronensaft schüttete er noch dazu.

Nach eineinhalb Stunden drückte sich der Schläfer Maries Kissen auf das Gesicht.

Das da ist die vergangene Nacht, dachte Jonas, und die heutige wird die gleiche sein. Ich werde liegen und schlafen, und es wird keinen Unterschied geben.

Diesmal hatte er es mit dem Whisky übertrieben. Er stellte die Tasse weg. Der Grog war ohnehin schon ausgekühlt.

Er rieb sich die Augen.

Er wusch Gesicht und Nacken kalt ab. Im Spiegelschrank fand er ein Aspirin. Es war in Wasser aufzulösen, doch er ließ es auf der Zunge zergehen. Es prickelte.

Zurück im Wohnzimmer, drehte er alle Lampen an. Das übliche dämmrige Fernsehlicht lullte ihn ein. Er braute sich einen gehaltvollen Kaffee.

Der Schläfer schlief.

Ich sollte das sein, dachte Jonas. Ich sollte das jetzt sein.

Zwei Stunden und 58 Minuten nach Beginn der Kassette öffnete der Schläfer halb die Augen. Er wälzte sich herum. Stand auf. Zielstrebig ging er auf die Wand zu. Er prallte dagegen.

Die Augen noch immer halb geöffnet, tastete er die Mauer ab. Er schien hineinzuwollen. Weder versuchte er es einen Meter weiter rechts oder links, noch streckte er sich oder beugte sich hinab. Er drückte die Hände gegen eine bestimmte Stelle an der Wand. Als wollte er hineinschlüpfen. Mit der Schulter stemmte er sich dagegen.

Damit endete das Band.

Nie zuvor war Jonas in seiner Wohnung so schnell von einem Zimmer ins andere gelaufen. Er untersuchte die Wand. Zu entdecken gab es nichts. Keine Zeichen, keine Geheimtür. Eine gewöhnliche Wand.

Seine Müdigkeit war gewichen. Mit ein paar Sätzen stand er vor dem Fernseher. Er spulte zurück.

Der Schläfer öffnete die Augen wie jemand, der durch ein Geräusch oder durch Liegen in unbequemer Stellung geweckt worden war. Erst wand er sich. Warf die Decke ab, stand auf. Die Wirklichkeit schien nicht zu ihm durchzudringen. Wie in einem Traum gefangen tappte er zur Wand und begann mit seinen Anstrengungen. Er gab keinen Laut von sich, und in die Kamera blickte er nie.

Jonas betrachtete seine Hände. Die Nägel waren kalkig.

Noch einmal ging er nach nebenan. Er legte sich aufs Bett, sah zur Wand. Auf demselben Weg wie der Schläfer wackelte er mit ausgestreckten Armen zu jener Stelle. Er drückte. Stemmte sich mit der Schulter dagegen.

Er ließ den Blick schweifen. Nichts hatte sich verändert. Es war sein Schlafzimmer.

Die zweite Kassette sah er sich im Schnelldurchlauf an. Wie erwartet enthielt sie nichts Interessantes. Nach einer Stunde wälzte sich der Schläfer aus dem Bild. Von den rätselhaften Geschehnissen am Ende war nichts aufgezeichnet.

Alles in ihm sträubte sich, dennoch machte er eine Kamera für die Nacht aufnahmebereit. Auf die Kopfkissenkamera verzichtete er. Er trank den Rest des kalten Grogs.

10

Er zwinkerte. Die Nachttischlampe blendete ihn. Er tastete nach dem Schalter, knipste sie aus, öffnete die Augen. Zwanzig vor zwölf. Die zweite Bettdecke lag auf dem Boden. Unter ihr befand sich die mit dem Stativ umgestürzte Kamera. Er hatte keine besondere Lust, darüber nachzudenken, was das nun wieder bedeutete. Er ließ alles liegen und machte sich Frühstück.

Ehe er ins Bad ging, legte er eine leere Audiokassette in den Rekorder und drückte die Aufnahmetaste. Den Apparat drehte er so, daß dieser vom Badezimmer abgewandt war. Er duschte, putzte sich die Zähne, rasierte sich sorgfältig.

Im Wohnzimmer zog er sich an. Er blickte auf die Uhr an der Mikrowelle. 12.30 Uhr. Seit zwanzig Minuten lief das Band.

Direkt vor dem eingebauten Mikrophon des Rekorders sagte er:

»Hallo, Jonas.«

Mit geschlossenen Augen zählte er bis fünf.

»Ich freue mich, mit dir zu sprechen. Wie geht es dir?«

Drei, vier, fünf.

»Bist du ausgeschlafen? Verspannt?«

Fast eine Dreiviertelstunde sprach er. Er bemühte sich, gleich wieder zu vergessen, was er gesagt hatte. Ein Klicken des Rekorders verriet, daß die Kassette zu Ende war. Er spulte zurück. Unterdessen zog er sich fertig an.

Vom Festnetz aus wählte er die Nummer seines Mobiltelefons. Dieses läutete, er hob ab. Den Hörer des Festnetztelefons legte er seitwärts auf den Boden. Er stellte den Rekorder dicht davor. Drückte die Wiedergabetaste. Einen zweiten

Rekorder postierte er daneben. Er legte eine Kassette ein, drückte die Aufnahmetaste. Das Gewehr über der Schulter, das Handy in der Linken, zog er die Wohnungstür zu.

Er kreuzte durch Döbling. Fuhr durch Straßen, die er nie zuvor betreten hatte. Das Handy preßte er ans Ohr, um nichts zu versäumen. Mit der anderen Hand lenkte und schaltete er. Ihm fiel ein, daß er damit gegen einen Paragraphen der Straßenverkehrsordnung verstieß. Zunächst erheiterte ihn dieser Gedanke. Doch er führte ihn zu einer Grundsatzfrage.

Gesetzt den Fall, er war wirklich allein, bedeutete das, er konnte eine neue Rechtsprechung erlassen. Gesetze galten so lange, bis sich die Mehrheit auf neue einigte. Wenn er die Mehrheit war, durfte er eine ganze Gesellschaftsform verwerfen. Ihm, dem Souverän, stand es frei, Diebstahl und Totschlag theoretisch straffrei zu stellen oder, auf der anderen Seite, Malerei zu verbieten. Die Herabwürdigung religiöser Lehren wurde in Österreich mit Freiheitsentzug bis zu einem halben Jahr bedroht. Er konnte dieses Gesetz aufheben oder verschärfen. Ein schwerer Diebstahl trug bis zu drei Jahre Haft ein, im Gegensatz zum nicht qualifizierten Diebstahl, und die relevante Summe betrug zweitausend Euro und mehr. Er konnte das ändern.

Er konnte sogar gesetzlich festschreiben lassen, daß jeder Mensch täglich eine Stunde spazieren ging und dabei mittels eines Discman Volksmusik hörte. Er durfte allerhand Törichtes in den Rang eines Grundgesetzes befördern. Er hatte die Möglichkeit, eine andere Staatsform zu wählen. Ja sogar eine neue zu erfinden. Obgleich das System, in dem er lebte, faktisch Anarchie, Volksherrschaft und Diktatur zugleich war.

»Hallo, Jonas.«

Beinahe streifte er mit dem Wagen einen Müllcontainer am Straßenrand.

»Ich freue mich, mit dir zu reden. Wie geht es dir?«

»Danke, den Umständen entsprechend.«

»Bist du ausgeschlafen? Verspannt?«

Wen er da hörte, das war er. Vor einer Stunde hatte er diese Sätze gesprochen. Und nun geschahen sie, geschahen wieder. In diesem Moment wurden sie zu etwas, das sich ereignete. Das konkrete Auswirkungen hatte auf die Gegenwart.

»Ausgeschlafen und nicht verspannt«, murmelte er.

Ihm fiel der Unterschied auf zwischen der Stimme aus dem Hörer und jener, die er in sich vernahm. Die im Hörer klang höher und weniger einnehmend.

»Es ist 12.32 Uhr. Und bei dir?«

»Bei mir ist es 13.35 Uhr«, antwortete er nach einem Blick auf die Armaturen.

Er erinnerte sich, wie er in seiner Wohnküche vor dem Rekorder gekniet und diese Sätze auf das Band gesprochen hatte. Er sah vor sich, wie er mit dem Ring an seinem Finger spielte, das Muster auf seiner Kaffeetasse betrachtete, das Hosenbein umstülpte. Er entsann sich, was er gedacht hatte, als diese Sätze gesprochen worden waren. Jenes war vergangen, dieses war jetzt. Und doch hatte das eine mit dem anderen zu tun.

»An der nächsten Kreuzung fährst du nach links. Dann gleich nach rechts. Bei der übernächsten Gelegenheit wieder links. Vor dem zweiten Haus auf der rechten Straßenseite hältst du.«

Die Anweisungen führten ihn in eine kleine Straße in Oberdöbling. Sein Kommandant hatte sein Tempo unterschätzt, und so trommelte Jonas eine Minute lang gegen das Lenkrad und rutschte auf dem Sitz hin und her.

»Du steigst aus, nimmst das Gewehr mit, sperrst ab. Du gehst zu dem Gebäude. Handelt es sich um ein mehrstöckiges Haus, ist die unterste Wohnung dein Ziel. Dein Brecheisen benötigst du nicht, du steigst durch ein Fenster ein.

Wenn du klettern mußt, mußt du eben klettern. Sei sportlich!«

Er stand vor einer Villa. Am Gatter warnte ein Schild vor einem Schäferhund. Es war versperrt. Er kletterte über das Hindernis und lief zum Gebäude. In der Garageneinfahrt parkte ein Audi. Die Fenster am Haus waren mit Blumenkisten geschmückt. Dem Rasen links und rechts des gekiesten Gehwegs sah man an, daß er bis vor kurzem gepflegt worden war.

Auf dem Türschild las er: *Hofrat Bosch.*

»Achte auf die Scherben! Nun geh in die Küche.«

»Langsam!«

Er spähte durchs Fenster. Alarmanlage sah er keine. Mit dem Gewehrgriff schlug er die Scheibe ein. Glas regnete innen auf einen Teppich. Wirklich war kein Alarm zu hören. Eilig säuberte er den Fensterrahmen und kletterte ins Haus.

»Mach den Kühlschrank auf. Findest du eine ungeöffnete Flasche Mineralwasser, dann trink!«

»Hetz mich nicht!«

Die erste Tür führte ins Bad, die zweite in die Abstellkammer, die dritte nach unten in den Keller. Die vierte war die richtige. Atemlos öffnete er den Kühlschrank, der in einen Verbau aus Buchenholz eingelassen war. Tatsächlich entdeckte er eine Flasche Mineralwasser, und sie war nicht angebrochen. Er trank.

Während er auf neue Anweisungen wartete, ließ er den Blick schweifen. Die Möbel bestanden aus Vollholz. An der Wand hing ein Kunstdruck von Dalí, der schmelzende Uhren zeigte. Kochhitze und Dämpfe hatten ihm bereits zugesetzt.

Die Kombination verwirrte ihn. Beschaffenheit und Wert der Einrichtung sprachen für ältere Besitzer, derartige Drucke hingegen fanden sich in Studentenwohnungen. Vermutlich gab es Nachwuchs, der diesen Stilbruch durchgesetzt hatte.

Neben dem Bild hing ein Abreißkalender. Das oberste Blatt zeigte den 3. Juli an. Unter der Ziffer las er den Sinnspruch des Tages:

Das Wahre weiß seinen Wert aus sich heraus. (Herbert Rosendorfer)

Er riß das Blatt ab, steckte es ein.

»Du suchst jetzt einen Kugelschreiber und ein Stück Papier.«

»Darf es auch ein Bleistift sein?«

Einen Kugelschreiber fand er in einer der Schubladen. Ein Notizblock lag auf dem Küchentisch. Das erste Blatt war mit einer Einkaufsliste beschrieben. Er klappte es nach hinten. Er schloß die Augen, summte eine Melodie, bemühte sich, an nichts zu denken.

»Du schreibst das erste Wort auf, das dir in den Sinn kommt.«

Obst, schrieb er.

Na toll, dachte er. Jetzt sitze ich in einer fremden Küche und schreibe *Obst*.

»Steck den Zettel ein. Nun sieh dich im Haus um. Halte die Augen offen. Zweimal hinsehen ist besser als etwas zu übersehen.«

Er wunderte sich über die Banalität der Weisheiten, die sein Kommandant von sich gab. Schon die ganze Zeit über hatte sich Jonas bemüht, auf seiner Seite der Geschichte zu bleiben. Nicht an das zu denken, was er auf die Kassette gesprochen hatte, um nichts vorwegzunehmen. Nun tat er einen kurzen Schritt aus dieser Perspektive heraus. Er dachte nach. Er konnte sich nicht erinnern, den letzten Satz gesprochen zu haben. Er kehrte wieder auf seine Seite zurück. Löschte alle Gedanken, so gut es möglich war.

Im Wohnzimmer stieß er auf eine Art altägyptische Statue. Von Kunstgeschichte verstand er wenig, er konnte den Fund nicht deuten. Es schien sich um eine Frauenfigur zu

handeln. Das Gesicht war ausdruckslos und wenig vertrau-
enerweckend. Womöglich sollte die lebensgroße Plastik
Nofretete darstellen. Ihn erinnerte sie mit dem mächtigen
Schädel und der breiten, schleierartigen Frisur mehr an
einen schwarzen Rapper auf MTV. Er fragte sich, wer sich so
etwas ins Wohnzimmer stellte. Kunden mit so einem Geschmack hatte er nie gehabt.

Er ging durch alle Räume. Nebenbei sprach er ins Telefon.
Er berichtete von der Ausstattung des Schlafzimmers, von
den Teppichen im Flur, vom leeren Vogelkäfig, vom Aqua-
rium, in dessen sanft plätscherndem Wasser keine Fische
schwammen. Er schilderte den Inhalt der Kleiderschränke.
Er zählte die Aktenordner im Arbeitszimmer. Befühlte einen
schweren Aschenbecher, der aus einem ihm unbekannten
Material gefertigt war. Er durchstöberte Schubladen. Er
tappte hinab in den Keller und in die Garage, wo es betäubend scharf nach Benzin roch.

Gerade als er ein Jungmädchenzimmer verließ, in dem
Ordnung und Sauberkeit keine hervorragende Rolle gespielt hatten, sagte die Stimme im Telefon:

»Hast du das gesehen?«

Er blieb stehen. Schaute über die Schulter zurück.

»Hast du es bemerkt? Da war etwas. Du hast es ganz kurz
gesehen.«

Er hatte nichts gesehen.

»Für einen Moment war es da.«

Eine innere Stimme warnte ihn, nicht in dieses Zimmer
zurückzugehen. Die Stimme im Hörer trieb ihn an. Er
schwankte. Er schloß die Augen und legte die Hand auf die
Klinke. Langsam drückte er sie hinunter. Der Druck seiner
Hand ließ nach, nur ein wenig, so wenig, daß er es bloß
wußte, nicht aber spürte. Er drückte, und zugleich drückte
er langsamer.

Ihn packte das Gefühl, die Zeit friere unter seinen Händen ein. Das Metall der Klinke fühlte sich weich an. Es schien mit der Umgebung zu verschmelzen. Dabei war es weder heiß noch kalt, es hatte überhaupt keine Temperatur. Ohne einen Ton zu hören, hatte er das Gefühl, grollenden Lärm zu erleben, Lärm, der stofflich war und der aus keiner bestimmten Richtung drang. Zugleich wurde ihm bewußt, daß er aus nichts weiter bestand als der Bewegung, die seine Hand gerade vollzog.

Er ließ los. Tief atmend starrte er auf die Tür.

»Aber bring es nicht mit nach Hause«, sagte die Stimme im Hörer.

Den Rest des Tags räumte er einem Roboter gleich Umzugskartons ein. Von einer Pause abgesehen, in der er sich im Gasthaus wie am Vortag Würstchen briet, arbeitete er bis zum frühen Abend durch.

Nicht das Erlebnis auf dem Flur der Villa verstörte ihn. Vielmehr lag ihm auf der Seele, was es mit der umgestürzten Videokamera auf sich hatte. Und gab es einen Zusammenhang mit dem seltsamen Verhalten des Schläfers? Lohnte es sich nachzuforschen, was sich in dieser Mauer befand? Sollte er etwa die Wand aufstemmen?

Nachdem er den letzten Karton verklebt hatte, betrachtete er die leeren Schränke und Regale. Es waren nicht so viele wie ehemals. Wohin war all der Hausrat gekommen, mit dem sie in der Hollandstraße gelebt hatten? War alles weggeworfen worden? Wo war das Bild, in das er von Kindheit an jeden Tag im Flur versunken war?

Jetzt, da er darüber nachdachte, fielen ihm weitere Gegenstände ein, die er vermißte. Das rote Fotoalbum. Das Schiff in der Flasche. Der Linolschnitt. Das Schachbrett.

Je nach Gewicht beförderte er die Kartons auf die Straße, indem er sie entweder trug oder über den Boden schleifte.

Als alle Kartons verstaut waren, setzte er sich mit schweren Gliedern auf die Ladefläche des Pickup. Die Arme nach hinten gestützt, blickte er hoch. Da und dort stand ein Fenster offen. Statuen, die aus den Wänden ragten, starrten unnahbar über ihn hinweg. Der blaue Himmel war von unerbittlicher Makellosigkeit.

Der Abgang zum Keller war eng. In allen Ecken klebten Spinnennetze. Staubfäden hingen von der Decke. Die Wände waren schmutzverschmiert, der Verputz bröckelte ab. Jonas fröstelte. Obwohl er gebeugt die Stufen hinabging, schlug er sich zweimal den Kopf an. Panisch wischte er sich über Gesicht und Stirn, ob etwas Ekliges an ihm kleben geblieben war.

An der Kellertür haftete ein altes, verbogenes Schild, das mit einer drastischen Zeichnung vor Rattenködern warnte. Der obere Teil der Tür schloß vier Lichtfenster ein. Eines war zerbrochen. Der Gang dahinter lag im Dunkeln. Jonas schlug Geruch von Moder und Holz entgegen.

Er brachte das Gewehr in Anschlag. Ein kräftiger Tritt öffnete die Tür. Laut singend knipste er mit einer raschen Bewegung Licht an.

Es war ein alter Gemeinschaftskeller. Als Wände hatten die Abteile Holzzäune, die oben und unten eine Handbreit frei ließen. Der Boden war nicht gezimmert, sondern bestand aus festgetretener Erde, die mit einigen faustgroßen Steinen durchmischt war.

Jonas war nie hier unten gewesen. Das Abteil seines Vaters fand er dennoch sofort. Er erkannte einen handgeschnitzten Spazierstock wieder, der zwischen zwei Holzlatten hindurch auf den Gang strebte und mit dem sein Vater einst in Kanzelstein durch die Wälder gestreift war. Die Schnitzereien hatte nicht er selbst angefertigt. Sie stammten von einem zahnlosen Altbauern, der in dieser Kunst geübt war und bei dessen Hof Jonas allmorgendlich frische Kuh-milch holte. Er fürchtete den Alten. Eines Tages rief dieser ihn zu sich und schenkte ihm einen kleinen geschnitzten Spazierstock. Nach all den Jahren konnte sich Jonas noch er-innern, wie jener Stock ausgesehen hatte. Stolz war er damit umherspaziert, und den schweigsamen Greis hatte er von da an verehrt.

Er vergewisserte sich, daß er allein war und ihm aus den trüb beleuchteten Gängen ringsum keine Überraschung drohte. Aus einem davon drang so intensiver Ölgeruch, daß sich Jonas den Ärmel seines Hemds vor das Gesicht hielt. Einer der Tanks, in denen die Bewohner das Heizöl für ihre Zimmeröfen speicherten, mußte undicht sein. Gefahr be-stand indes sicher nicht, solange er nicht mit Feuer han-tierte.

Er zog den Schlüsselbund seines Vaters aus der Tasche. Der zweite Schlüssel paßte. Ehe Jonas das Abteil betrat, lauschte er hinter sich. Ab und zu war gedämpft das Tropfen eines Wasserhahns zu vernehmen. Die verstaubte Glüh-birne an der Wand flackerte. Es war kühl.

Mit einem Ermunterungsruf wandte er sich dem Abteil zu. Er prallte zurück.

Das Kellerabteil seines Vaters war zum überwiegenden Teil mit den Kartons verstellt, die er gerade in den Lastwa-gen geladen hatte.

Das Gewehr schußbereit, drehte er sich im Kreis. Dabei streifte der Lauf einige Töpfe und Schalen aus einem Regal, die unter Getöse auf den Boden prallten. Er ging in Deckung. Im Schutz der Latten spähte er nach draußen auf den Gang. Er horchte. Nichts als der kaputte Wasserhahn war zu hören.

Er kehrte sich wieder den Kartons zu. Aus weit geöffne-ten Augen starrte er auf den Firmenaufdruck.

Bis ihm bewußt wurde, daß es andere Kartons waren.

Ähnliche, aber nicht dieselben. Je länger er schaute, desto klarer wurde ihm, daß in Form und Farbe zwischen den Modellen nur entfernte Ähnlichkeit bestand.

Er riß den ersten Karton auf. Griff in einen Packen Fotos. Er riß den zweiten auf. Nichts als Fotos. Den dritten. Dokumente und Fotos. Der vierte enthielt Bücher. Ebenso wie die nächsten drei, die er erreichen konnte, ohne in großem Ausmaß zu stapeln und umzuschlichten.

Allerorts stieß er auf Vertrautes. Zusammengerollt lehnte in der Ecke die Weltkarte, die im Schlafzimmer der Eltern so oft seine Gedanken auf Reisen geschickt hatte. Ganz oben auf einem Kartonstapel stand der Globus. Dieser hatte ihm in seiner Kindheit als Schreibtischlampe gedient. Der Feldstecher seines Vaters fand sich in einem splitternden Holzregal, daneben standen seine Wanderschuhe. Als Kind hatte Jonas über das Riesenformat dieser Schuhe gestaunt.

Er mußte blind gewesen sein. Er hatte eingeräumt und verpackt und geordnet, ohne das Fehlen des halben Hausrats zu bemerken.

Verwunderlich jedoch auch, daß sein Vater diese Gegenstände im Keller aufbewahrte. Bei einem Spazierstock konnte er das nachfühlen, und auch der Globus mußte nicht im Wohnzimmer herumstehen. Doch daß sein Vater die Fotos und Bücher im Keller vermodern ließ, war für Jonas unbegreiflich.

Das Licht erlosch.

Er atmete tief ein und aus und zählte bis dreißig.

Das Gewehr mit beiden Händen haltend, tastete er sich zum Ausgang. Ein penetranter Geruch von Getreide stieg ihm in die Nase. Vermutlich lagerte in einem der Abteile eine kleine Ladung Werkstoff, mit dem die alten Leute trotz allem noch immer gern im Winter ihre Fenster abdichteten.

Er legte den Telefonhörer zurück auf die Gabel. Die Kassetten spulte er zurück. Die eine beschriftete er mit LEER, auf der anderen notierte er: »Villa Bosch, 23. Juli.«

In der einen Hand einen Apfel, suchte er in dem Stapel von Kameraverpackungen, den er aus reiner Nachlässigkeit noch nicht entsorgt hatte, nach den dazugehörigen Unterlagen. Er war zu unkonzentriert. Hastig und mit demonstrativen Kaubewegungen aß er fertig. Das Kerngehäuse schleuderte er aus dem Fenster. Er wischte sich die Finger am Hosenbein ab. Sie klebten, er hielt sie unter die Wasserleitung. Kehrte zu den Verpackungen zurück. Endlich fiel ihm ein, daß er die Bedienungsanleitungen zum Altpapier geworfen hatte.

Er hatte richtig vermutet. Es war möglich, an den Kameras wie bei einer Kaffeemaschine oder einem Heizstrahler eine Zeitschaltung zu aktivieren. Vorausgesetzt, man hatte einen leistungsstarken Akku eingelegt, konnte man Aufnahmen um bis zu 72 Stunden verzögert starten.

Im Tiefkühlfach fand er eine Portion Fisch. Er wärmte sie und aß dazu Bohnensalat aus dem Glas, was nicht zueinanderpaßte. Er spülte ab, dann sah er mit dem Mobiltelefon in der Hand zu, wie die Sonne unterging.

You are terrible. *hic* :-)
Ich liebe liebe liebe liebe dich.

Wo war sie in diesem Moment? In England? Sah sie gerade auch die Sonne?

Diese Sonne?

Vielleicht erlebte nicht nur er diesen Alptraum. Vielleicht waren mit einemmal alle Menschen allein, stolperten durch eine verlassene Welt, und der Spuk wich, wenn zwei, die zusammengehörten, zur selben Zeit am selben Ort auftauchten. Das würde bedeuten, er mußte Marie suchen. Was die Gefahr aufwarf, sie zu versäumen, weil sie in ihrer Welt wohl alles unternahm, um zu ihm zu gelangen. Klüger war es, hier zu warten.

Außerdem war die Theorie totaler Unsinn. Wie mutmaßlich alles, was er sich zu dem Ereignis, das über ihn hereingebrochen war, bisher überlegt hatte.

Er hob die Decke auf und warf sie aufs Bett. Er richtete das Stativ mit der Kamera auf. Die Kassette nahm er heraus. Er legte sie in die Kamera, die im Wohnzimmer mit dem Fernseher verbunden war. Er ließ sich ein Bad ein.

Das Wasser war heiß. Vor ihm trieb ein Schaumberg, der aussah wie ein kniender Elefant. Deutlich erkannte er das Hinterteil, die Beine, die Ohren, den Rüssel. Er pustete. Der Elefant segelte ein Stück davon. Er pustete erneut. Er pustete dem Elefanten ein Loch in die Backe.

Eine Geschichte fiel ihm ein, die ihm seine Mutter mit ihrer Vorliebe für Lehrstücke in seiner Kindheit erzählt hatte.

Ein Mädchen sitzt weinend im Wald. Eine Fee erscheint, fragt nach dem Grund. Das Mädchen antwortet, es habe die Tonsammlung seines Vaters zerbrochen und fürchte nun die Strafe. Die Fee gibt dem Mädchen eine Garnspule. Zieht man daran, geht die Zeit schneller vorbei. Einige Zentimeter bedeuten einige Tage. Vorsicht sei also geboten. Doch wenn das Mädchen dem Gezeter und den Prügeln und dem Schmerz zu entgehen trachte, solle es sich mit dem Garn behelfen.

Das Mädchen ist mißtrauisch. Dann kommt es zum Schluß, es habe nichts zu verlieren, und zieht. Im nächsten Moment befindet es sich auf dem Weg zur Schule, deren Sommerpause erst in einigen Wochen zu Ende hätte gehen sollen. »Das ist ja fein«, sagt das Mädchen, »so habe ich mir den Stock erspart.«

Es entdeckt eine Narbe am Knie, deren Herkunft rätselhaft bleibt. Zu Hause sieht es später im Spiegel die langsam verblassenden Striemen auf dem Rücken.

Von da an zieht es oft am Garn. So oft, daß es, ehe es sich

versieht, alt ist, das Mädchen. Es sitzt weinend im Wald, dort, wo alles begonnen hat, unter einer großen Trauerweide, die im Wind rauscht. Die Fee erscheint. Das alte Mädchen klagt, es hat sein Leben vergeudet, es hat zu oft gezogen und auf diese Weise gar nichts erlebt. Jung sollte es noch sein, aber es ist schon alt.

Die Fee hebt mahnend den Finger – und macht alles rückgängig. Das Mädchen sitzt wieder als kleines Mädchen im Wald. Doch es fürchtete sich nicht mehr vor der Strafe, es läuft singend nach Hause und läßt sich freudig vom Vater verprügeln.

Für Jonas' Mutter stand die Moral der Geschichte außer Streit. Man mußte sich auch den dunklen Stunden stellen. Sie und vor allem sie machten den Menschen zu dem, was er war. Ihm hingegen war die Wahrheit in der Geschichte keineswegs so klar erschienen. Folgte man Mutters Argumentation, würde sich jeder einer Operation ohne Narkose unterziehen müssen. Und daß das Mädchen plötzlich alt im Wald saß, konnte er nicht als Resultat einer Fehleinschätzung des Mädchens interpretieren. Es warf eine andere Frage auf: Was für ein gräßliches, an Prügeln und Mißgeschicken reiches Leben mußte die Kleine gehabt haben, daß sie so häufig an ihrer Garnspule zog?

Seine Mutter, sein Vater, die Lehrerin in der Schule, die die Geschichte auch einmal erzählte, sie alle schienen das Verhalten der Kleinen nur töricht zu finden. Daß sie ihr Leben wegwarf, es wegspulte, nur um ein paar unangenehmen Momenten zu entfliehen. Niemand machte sich die Mühe zu fragen, ob die Kleine nicht doch richtig gehandelt hatte. Für Jonas schien alles nachvollziehbar. Sie hatte die Hölle auf Erden erlebt und mit vollem Recht an ihrer Spule gezogen. Nun, im Alter, redete sie sich eben die Vergangenheit schön, wie das alle taten. Sie würde ihre Wunder erleben, wenn sie von vorne anfing.

Seine Mutter hatte diesen Gedankengang nicht verstanden.

Das Wasser war lau. Der Elefant zergangen.

Ohne sich abzuspülen, schlüpfte Jonas in den Bademantel. Im Kühlschrank fand er drei Bananen, deren Schalen schon dunkelbraun waren. Er schälte sie, zerdrückte sie in einer Schüssel, gab eine Prise braunen Zucker dazu. Setzte sich vor den Fernseher. Aß.

Der Schläfer ging an der Kamera vorbei, legte sich ins Bett, deckte sich zu.

Der Schläfer schnarchte.

Jonas erinnerte sich, wie oft ihm Marie sein Schnarchen vorgeworfen hatte. Er säge die halbe Nacht, sie könne kaum schlafen. Er hatte es bestritten. Alle Menschen leugneten zu schnarchen. Obwohl niemand wissen konnte, was er im Schlaf tat.

Der Schläfer drehte sich um. Schnarchte weiter.

Jonas spähte durch die Jalousien nach draußen. Das Fenster in der Wohnung, die er vor Wochen besucht hatte, war erleuchtet. Er trank einen Schluck Orangensaft, prostete dem Fenster zu. Er rieb sich über das Gesicht.

Der Schläfer richtete sich auf. Ohne die Augen zu öffnen, packte er die zweite Bettdecke und schleuderte sie auf die Kamera. Der Bildschirm wurde dunkel.

Jonas spulte zurück und drückte auf Wiedergabe.

Das Band lief seit einer Stunde und einundfünfzig Minuten, als der Schläfer unter seiner Decke hervorkroch. Seine Augen blieben geschlossen. Die Gesichtszüge waren entspannt. Dennoch konnte sich Jonas nicht von dem Gefühl freimachen, der Schläfer wisse genau, was er da tat. Sei sich in jeder Sekunde seines Handelns bewußt, und Jonas sehe etwas, ohne das Wesentliche zu sehen. Er verfolge ein Geschehen, das er nicht verstand, hinter dem jedoch eine Antwort existierte.

Zum dritten-, vierten-, fünftenmal richtete sich der Schläfer auf, packte die Decke, stellte den rechten Fuß auf den Boden, warf.

Jonas ging nach nebenan. Er betrachtete das Bett. Legte sich hinein. Erhob sich, packte die Decke, warf sie.

Er empfand nichts. Er hatte den Eindruck, es das erstemal zu tun. Er spürte nichts Fremdartiges. Eine Decke. Er warf sie. Aber warum?

Er ging zur Wand und betrachtete die Stelle, an der der Schläfer gedrückt hatte. Er klopfte. Es klang dumpf. Kein Hohlraum.

Er lehnte sich an die Wand. Die Hände in den Ärmeln des Frotteebademantels vergraben, die Arme vor der Brust verschränkt, dachte er nach.

Das Verhalten des Schläfers war absonderlich. Steckte mehr dahinter? War er nicht als Kind oft schlafgewandelt? War es nicht einleuchtend, daß er in dieser außergewöhnlichen Situation wieder damit begann? Vielleicht hatte er schon früher dann und wann im Schlaf, von Marie unbemerkt, seltsame Ausflüge unternommen.

Im Wohnzimmer schrie jemand.

Es war nicht so sehr Erschrecken, das ihn durchzuckte. Unglaube war es, Staunen. Ein Gefühl von Ohnmacht angesichts einer Art neuen Naturgesetzes, das er nicht verstand und dem er nichts entgegenzusetzen hatte.

Noch ein Schrei ertönte.

Er ging hinüber.

Zunächst begriff er nicht, woher die Schreie kamen.

Sie drangen aus dem Fernseher. Der Bildschirm war dunkel.

Die Schreie klangen spitz, nach Furcht und Schmerz, als würde jemand mit Nadeln gefoltert. Als würde sein Körper kurz einer Qual ausgesetzt und dann wieder für einige Sekunden geschont.

Der nächste Schrei. Er war laut, scharf. Es klang nicht nach Spaß. Es klang nach fürchterlichen Vorgängen.

Er spulte vor. Schreie. Spulte weiter. Schreie. Spulte ans Ende des Bandes. Röcheln, Stöhnen, ab und zu ein Schrei.

Er ließ die Kassette bis zu jener Stelle zurücklaufen, an der der Schläfer aufstand und die Decke über die Kamera warf. Er forschte in seinem Gesicht. Er versuchte, irgendeinen Hinweis darauf zu finden, was ihm bevorstand. Er sah nichts. Der Schläfer schleuderte die Decke, die Kamera fiel um, der Bildschirm wurde dunkel.

Dunkel, nicht schwarz. Jetzt merkte er es. Die Kassette war weitergelaufen, aber eben blind. Er hatte gesehen, wie sich der Bildschirm verdunkelte, und automatisch die Möglichkeit ausgeschlossen, daß das Band weiter aufzeichnete.

Die ersten Schreie ertönten zehn Minuten nach dem Sturz der Kamera. Davor waren keinerlei Geräusche zu hören. Keine Schritte. Kein Klopfen. Keine fremden Stimmen.

Nach zehn Minuten der erste. Als würde dem Opfer ein spitzes Eisen ins Fleisch fahren. Es war ein plötzlicher Schrei, dem man anhörte, daß ihm weniger Schmerz denn Entsetzen zugrunde lag.

Er rannte ins Schlafzimmer und fuhr aus dem Bademantel. Vor dem Wandspiegel drehte er sich, machte Verrenkungen, hob die Füße, um die Sohlen zu kontrollieren. Seine Gelenke knackten. Wunden sah er keine. Keine Schnitte, keine Nähte, keine Verbrennungen. Nicht einmal einen blauen Fleck.

Er ging dicht an den Spiegel heran. Er streckte die Zunge heraus. Sie war nicht belegt. Verletzungen waren keine zu entdecken. Er zog die Unterlider hinunter. Die Augen waren gerötet.

Er gönnte sich auf der Couch ein paar Minuten mit den stummen Tänzen der Berliner Love Parade. Er aß Eis. Er schenkte sich Whisky ein. Nicht zuviel. Er mußte nüchtern bleiben. Klar mußte er bleiben.

Er bereitete die Kamera für die Nacht vor. In der Aufregung hatte er vergessen, wie man die Zeitschaltung aktivierte. Es an diesem Abend noch einmal nachzulesen, war er zu müde. Er begnügte sich mit der normalen Aufzeichnung von drei Stunden.

Er drückte die Klinke der Wohnungstür. Abgesperrt.

11

Die Kamera stand an ihrem Platz.

Er blickte sich um. Nichts schien sich verändert zu haben.

Er warf die Decke ab. Er war unverletzt.

Er lief zum Spiegel. Auch sein Gesicht schien unversehrt.

Den Baumarkt in der Adalbert-Stifter-Straße kannte er schon gut. Er fuhr den Spider in die Halle, bis der Gang zu eng wurde. Zu Fuß machte er sich auf die Suche. Taschenlampe und Handschuhe fand er gleich. Länger brauchte er für den Möbelschlitten. Forsch lief er durch die stille Halle. Eine halbe Stunde dauerte es, bis er auf die Idee kam, es anstatt beim Verkauf hinten im Lager zu versuchen. Es gab Schlitten zu Dutzenden. Er lud einen in den Kofferraum.

Kreuz und quer fuhr er durch den 20. Bezirk, lenkte den Wagen durch die engen Gassen im Karmeliterviertel des 2., wechselte in den 3., drehte in der Landstraße um, durchkämmte wieder den 2. Er ahnte, daß er hier am ehesten finden würde, was er suchte.

Zumeist mußte er nicht aussteigen, um festzustellen, daß das Gefährt am Straßenrand für ihn nicht taugte. Eine Vespa nützte ihm nichts, ebensowenig ein Maxi oder ein Kleinmotorrad oder gar eine Honda Goldwing. Er wollte eine Puch DS aus den Sechzigern, 50 Kubikzentimeter, 40 km/h Höchstgeschwindigkeit.

Er entdeckte eine in der Nestroygasse, doch der Schlüssel steckte nicht. Eine andere stand in der Franz-Hochedlinger-Gasse. Wieder kein Schlüssel. Auch in der Lilienbrunngasse hatte jemand eine Vorliebe für alte Mopeds gehabt. Kein Schlüssel.

Er kam am Haus in der Hollandstraße vorbei. Er hielt in der Wohnung Nachschau. Alles unverändert. Durch das Schlafzimmerfenster blickte er nach hinten in den Hof. Es sah aus wie auf einer Müllhalde.

Ihm fiel ein, was er vergangene Nacht geträumt hatte.

Der Traum hatte nur aus einem Bild bestanden. Ein gefesseltes Skelett lag rücklings auf dem Boden. Beide Füße steckten gemeinsam in einem übergroßen, alten Lederstiefel. Das Skelett wurde an einem Lasso langsam durch die Wiese geschleift. Dieses war am Sattel eines Pferdes befestigt, dessen Kopf nicht zu erkennen war. Vom Reiter sah man nur die Beine.

Deutlich stand das Bild vor ihm. Das Skelett, um dessen Oberkörper ein dickes Seil gewickelt war, an dem das Pferd zog. Die Füße, die im Stiefel steckten. Langsam bewegte sich das Skelett durch das Gras.

Er fuhr durch die Obere Augartenstraße, da sah er wieder eine. Genau was er suchte. Eine DS 50, an der der Schlüssel steckte. Hellblau, wie er sie damals gefahren hatte. Das Baujahr schätzte er auf 1968 oder 69.

Er drehte den Benzinhahn auf, schwang sich auf den Sattel und trat den Kickstarter. Zuerst gab er zuwenig, dann zuviel Handgas. Beim drittenmal knatterte der Motor auf, viel lauter, als er erwartet hatte. Die ersten Meter legte er wackelig zurück, doch als er durch das Eingangstor des Augartens rollte, hatte er das Moped im Griff.

Es war ein sonderbares Gefühl, auf einer DS über die staubigen Wege des Parks zu fahren. Mit sechzehn hatte er einen Vollvisierhelm getragen und nie den Fahrtwind im Gesicht gespürt, jedenfalls nicht in diesem Ausmaß. Und nie hatte das Tuckern des Motors eine solche Stille durchschnitten.

Auf der langen Geraden, die im Schatten kräftiger Bäume

am Parkcafé vorbeiführte, gab er Vollgas. Die Tachometernadel stand bei 40 Stundenkilometern an. Mindestens 65 fuhr das Moped. Sein Besitzer war im Frisieren geschickter gewesen als Jonas zu seiner Zeit. Er war damals bloß auf die Idee gekommen, die Lamellen aus dem Auspuff zu nehmen, was das Moped unwesentlich schneller, dafür jedoch sehr laut gemacht hatte.

Nach einer Umrundung des Flakturms wich er von den Gehwegen ab und kurvte durch die Wiesen. Die Bereiche mit den hohen Hecken mied er. Hecken waren ihm unsympathisch. Besonders wenn sie übertrieben gepflegt wurden. Und das sah man ihnen noch immer an. Baum, Strauch, Hecke, alles korrekt gestutzt und geschnitten.

Ich bin gerade über dir, ein paar Kilometer nur.

Er drang ins Café ein. Nachdem er sich einen Überblick über die kleine Örtlichkeit verschafft hatte, machte er sich Kaffee. Mit der Tasse setzte er sich in den Gastgarten.

Obwohl ihm der Augarten nicht besonders gefiel, war er hier einige Male gesessen. Mit Marie, die er zum *Kino unter Sternen* begleiten mußte. Eine Veranstaltungsreihe, die an Sommerabenden unter freiem Himmel auf einer Großleinwand Filme zeigte, in denen er verstohlen gähnte und auf seinem Stuhl rutschte. Marie zuliebe ging er hin. Trank Bier oder Tee, aß am Multikultibuffet, ließ sich von Stechmücken quälen. Gestochen hatten sie ihn so gut wie nie, doch ihr Summen hatte ihn mehr als einmal aus der Fassung gebracht.

Hier im Café, hundert Meter vom Kino und dem nur während der Kinowochen aufgebauten Buffet entfernt, hatte er auf Marie gewartet. Hatte den Spatzen zugesehen, die sich frech auf den Tischen niederließen und nach Eßbarem pickten. Hatte Wespen verscheucht und den kläffenden Pudeln alter Frauen gehässige Blicke zugeworfen. Aber in Wahrheit hatte ihn kein richtiger Ärger erfüllt. Weil er gewußt hatte, gleich würde Marie ihr Fahrrad an einen der Kastanienbäume vor dem Gastgarten lehnen und sich lächelnd zu ihm setzen und ihm von den vergangenen Tagen am Strand von Antalya erzählen.

Mit dem Moped fuhr er in die Brigittenauer Lände. Er wußte, daß in keinem Auto ringsum Schlüssel steckten. So holte er Maries Fahrrad aus dem Keller. Die Strecke zurück zum Spider bewältigte er in fünf Minuten. Er war nicht schlecht in Form. Er fuhr in die Hollandstraße, um zu arbeiten. Das Gefühl, Zeit vertrödelt zu haben, trieb ihn an.

Am Nachmittag aß er in einem Gasthaus in der Preßgasse, das für seine hundertfünfzig Jahre alte Schank bekannt gewesen war. Auf der Tafel, auf der Getränke und Preise standen, löschte er die Schrift. Mit Kreide notierte er: *Jonas, 24. Juli.*

In den Keller nahm er das Gewehr mit und die Taschenlampe. Er knipste sie an. Gleich darauf schaltete er das Kellerlicht ein.

»Jemand da?« rief er mit Baßstimme.

Der Wasserhahn gluckerte.

Die Waffe im Anschlag, die Taschenlampe gegen den Lauf geklemmt, tappte er zum Abteil seines Vaters. Wieder stieg ihm der beißende Geruch von Öl und Werkstoff in die Nase. Er mochte sich täuschen, aber ihm war, als habe sich der Duft in den vergangenen vierundzwanzig Stunden verstärkt.

Wieso stand die Abteiltür offen? Hatte er sie vergessen zu schließen?

Ihm fiel ein, daß das Licht ausgefallen war und er sich aus dem Keller getastet hatte, ohne sich um das Abteil zu kümmern. Mit der offenen Tür hatte es wohl seine Richtigkeit.

Die Taschenlampe befestigte er in Kopfhöhe an einem

Wandhaken, so daß sie das ganze Abteil bestrahlte, wenn die fünfzehn Minuten der Zeitschaltung abgelaufen waren. Ehe er das Gewehr in die Ecke stellte, warf er einen Blick über die Schulter.

»Hallo?«

Der Wasserhahn machte *pling*. An der Wand flackerte das Kellerlicht. Die Staubfäden und Spinnweben rund um die Lampe zitterten in einem Luftzug.

Er zog einen Stapel Fotos aus dem ersten Karton. Es waren Schwarzweißbilder. Schienen aus den fünfziger Jahren zu stammen. Seine Eltern in der Natur. Auf Wanderungen. Zu Hause. Bei Firmenfeiern. Mutter als Hexe verkleidet, Vater als Scheich. Manche klebten zusammen, als sei Saft darüber ausgeschüttet worden.

Ein Foto, das er aus dem zweiten Karton zog, zeigte ihn selbst. Fünf oder sechs mochte er sein, angezogen wie ein Cowboy. Ein Schnurrbart war ihm aufgeschminkt. Rings um ihn grinsten drei kostümierte Jungen in die Kamera. Einer von ihnen, ihm fehlten die oberen Vorderzähne, präsentierte lachend einen Degen. Jonas erinnerte sich an ihn. Mit Robert hatte er den Kindergarten besucht. Demnach war dieses Bild dreißig Jahre alt.

Einige weitere Fotos aus der Kindergartenzeit. Auf einigen mit seiner Mutter. Mit seinem Vater selten. Auf diesen war zumeist ein Kopf oder ein Paar Beine abgeschnitten. Seine Mutter hatte ungern fotografiert.

Ein Bild von seinem ersten Schultag. In Farbe, es war vergilbt. Er hatte eine Schultüte im Arm, die nicht viel kleiner war als er selbst.

Das Ganglicht fiel aus.

Er richtete sich auf. Das Gesicht halb dem Gang zugekehrt, lauschte er. Er schüttelte den Kopf. Wenn er nun Geräusche hörte, würde er sie ignorieren. Sie waren nichts, sie bedeuteten nichts.

Ein Foto von ihm, wie er ein Tigerjunges auf dem Arm hielt und gezwungen in die Kamera lächelte: Urlaub am Meer.

Noch immer erinnerte er sich an die jährlichen Ferien in norditalienischen Badeorten an der Adria. Die ganze Familie mußte mitten in der Nacht aufstehen, weil der Bus um drei abfuhr. Er sah die Wanduhr vor sich, die halb eins anzeigte, und fühlte deutlich das Gefühl von Abenteuer und Glück, mit dem er seinen kleinen karierten Rucksack gepackt hatte.

Von einem Freund seines Vaters, der ein Auto besaß, wurden sie zum Busbahnhof gebracht. Urlaub am Meer war eine Unternehmung der ganzen Familie, und deshalb begrüßte er am Bahnsteig Tante Olga und Onkel Richard, Tante Lena und Onkel Reinhard, die er in der Finsternis nur an den Stimmen erkannte. Zigaretten glommen auf, jemand schneuzte sich, die Verschlüsse von Bierdosen knackten, fremde Männer schlossen Wetten darauf ab, wann der Bus bereitgestellt würde.

Die Fahrt. Die Stimmen der übrigen Reisenden. Das Schnarchen einiger. Rascheln von Papier. Allmählich wurde es hell, konnte er Gesichter ausmachen.

Eine Rast auf einem Parkplatz, in einer ihm unvertrauten Umgebung. Hügel, auf denen das Gras im Tau glänzte. Vogelgezwitscher. Grelles Licht und tiefe, fremdländische Stimmen in einer Toilette. Der Fahrer, er hatte sich als Herr Fuchs vorgestellt, machte mit ihm Scherze. Er mochte Herrn Fuchs. Herr Fuchs brachte sie an einen Ort, wo alles anders roch, wo die Sonne anders strahlte, wo der Himmel eine Spur dicker, die Luft zäher erschien.

Die zwei Wochen am Meer waren wunderbar. Er liebte die Wellen, die Muscheln, den Sand, das Essen im Hotel und die Fruchtsäfte. Er durfte Tretboot fahren. Er schloß Freundschaft mit Jungen aus anderen Ländern. Auf dem Korso wurde er wie alle anderen Touristenkinder mit einem Tiger-

jungen auf dem Arm fotografiert. Er bekam Spielzeugpisto-
len und Hubschrauber geschenkt. Mit der ganzen Familie
unterwegs zu sein machte Spaß. Niemand war mißgelaunt,
niemand stritt, und abends wurde es beim Lambrusco so
spät, daß auch er nicht zu zeitig zu Bett mußte. Es waren herr-
liche Ferien gewesen. Und doch galt seine liebste Erinnerung
jenen wenigen Stunden des Aufbruchs. Das Ankommen war
schön. Der Urlaub war schön. Aber nicht so schön wie das
Gefühl, daß es nun losging. Daß jetzt alles passieren konnte.

Wenige Monate nach jenem Urlaub hatte er Herrn Fuchs
auf dem Weg zur Schule getroffen. Er grüßte. Herr Fuchs
antwortete nicht. Von seinem freundlichen Lächeln war
nichts zu sehen. Er hatte Jonas nicht erkannt.

Als er die Videokassette einlegte, krampfte sich sein Magen
zusammen.

Der Schläfer ging an der Kamera vorbei, legte sich ins
Bett, schlief.

Seit wann gelang es ihm so leicht, einzuschlafen? Früher
hatte er oft eine Stunde ins Dunkel gestarrt. So heftig hatte
er sich herumgewälzt, daß er Marie aufgestört hatte, worauf
auch sie warme Milch trinken ging oder sich die Füße badete oder Schäfchen zählte. Und nun legte er sich hin und
klappte weg wie betäubt.

Der Schläfer drehte sich auf die andere Seite. Jonas
schenkte sich Grapefruitsaft ein. Versonnen blickte er auf
das aufgestempelte Ablaufdatum. Er leerte Pistazien in eine
Schüssel und stellte sie auf den Couchtisch. Von der Ablage
darunter nahm er die Bedienungsanleitung der Kamera.

Kompliziert war es nicht. Einen Schalter auf A drehen,
eine Taste drücken, dann die gewünschte Beginnzeit der
Aufnahme eintippen. Um nicht doch noch einmal nach-
schlagen zu müssen, schrieb er den Vorgang in Stichworten
auf die Rückseite eines herumliegenden Kuverts.

»Na, haben wir eine unruhige Nacht«, sagte er in Richtung Bildschirm, als sich der Schläfer zum drittenmal herumwarf.

Er trank einen Schluck und lehnte sich zurück. Er legte die Beine auf den Tisch, dabei stieß er die Schüssel mit den Pistazien um. Im ersten Moment wollte er sie einsammeln, dann winkte er ab. Er rieb sich die vom Tragen des Gewehrs schmerzende Schulter.

Der Schläfer setzte sich auf. Das Gesicht bedeckte er mit den Händen. Er stellte sich hin, den Rücken zur Kamera, und hob die Arme. Die ausgestreckten Zeigefinger wiesen auf die Schläfen.

So blieb er stehen.

Bis das Band endete.

Jonas mußte zur Toilette, doch er hatte das Gefühl, mit der Couch verwachsen zu sein. Nicht einmal zu seinem Glas gelangte er. Die Fernbedienung in der Hand wie ein schweres Gewicht, spulte er zurück. Sah sich den Hinterkopf des Schläfers ein zweites Mal an. Ein drittes Mal.

Ihn packte das Verlangen, alle Kameras aus dem Fenster zu werfen. Nur die Einsicht, daß dies nichts ändern, ihn bloß jeder Möglichkeit berauben würde, seine Lage zu verstehen, hielt ihn davon ab.

Irgendwo gab es eine Antwort, mußte es eine geben. Die Welt draußen war groß. Er war nur er. Die Antwort draußen würde er vielleicht nicht finden können. Aber jene an ihm und in ihm, nach der mußte er suchen. Immer weiter.

Allmählich gewann er die Gewalt über seine Glieder zurück.

Auf direktem Weg, ohne zuvor die Toilette anzusteuern, ging er ins Schlafzimmer und bereitete eine neue Kassette vor. Er stellte den Wecker. Es war neun. In dieser Nacht brauchte er keine Zeitschaltung.

Er drückte die Aufnahmetaste. Er ging zur Toilette, putzte

sich die Zähne und duschte. Nackt lief er an der dumpf summenden Kamera vorbei. Er wickelte sich in die Decke. Er hatte sich nicht gründlich abgetrocknet. Das Laken unter ihm wurde feucht.

Gleichförmig drang das Summen der Kamera an sein Ohr. Er war müde. Aber seine Gedanken rasten.

12

Das Läuten des Weckers erklang von fern. Es war ein peini-
gendes Geräusch, das sich langsam in sein Bewußtsein fraß.
Er tastete nach rechts, nach links. Griff ins Leere. Er öffnete
die Augen.

Er lag in der Wohnküche auf dem blanken Boden.

Ihn fror. Decke hatte er keine. Ein Blick zur Anzeige an
der Mikrowelle verriet ihm, daß es drei Uhr morgens war.
Auf diese Zeit hatte er den Wecker gestellt. Dessen Piepen
schallte beständig durch die Wohnung.

Er ging ins Schlafzimmer. Auf dem Bett lag seine Decke.
Zurückgeschlagen, als sei er eben mal ins Bad gegangen.
Die Kamera stand da. Auf dem Boden getragene Wäsche. Er
schlug auf den Wecker. Der verstummte endlich.

Er sah sich im Wandspiegel, nackt. Für einen Moment
war ihm, als sei er kleiner geworden.

Er drehte sich um und lehnte sich gegen die Wand. Er
kniff die Augen zusammen, legte den Kopf zurück. Das
letzte, an das er sich erinnerte, waren Bilder und Gedanken
kurz vor dem Einschlafen. Wie er ins Wohnzimmer geraten
war, konnte er sich nicht erklären.

Als er auf der knatternden DS die Stadt Richtung Westen
verließ, erinnerte er sich an jene Nacht vor achtzehn Jahren, in der er die gleiche Reise angetreten hatte. Ebenso
dunkel war es gewesen, ebenso kalt. Allerdings waren ihm
damals regelmäßig zwei parallele Lichter entgegengekom-
men und mit einem Rauschen an ihm vorbeigesaust. An
diesem Morgen fuhr er über einsame Straßen. Er hatte nur
einen Rucksack auf dem Rücken getragen, Pumpgun hatte

er keine dabeigehabt. Und seinen Kopf hatte ein Helm geschützt.

Er zog den Reißverschluß der Lederjacke hoch. Er bereute, keinen Schal umgebunden zu haben. Er erinnerte sich noch gut, wie jämmerlich er bei jener ersten Fahrt die ganze Strecke über gefroren hatte, und er wollte mit den Ähnlichkeiten nicht bis zum Letzten gehen.

Der Mond war riesig.

Er hatte den Mond noch nie so groß gesehen. Eine volle, makellose, leuchtende Kugel, fast bedrohlich nahe über ihm am Himmel. Als sei sie der Erde näher gerückt.

Er schaute nicht mehr nach oben.

Mit gleichbleibender Geschwindigkeit schnurrte das Moped über die Straße. Sein damaliges Gefährt war auf Steigungen beinahe liegengeblieben. Dieses bewältigte jeden Anstieg, ohne merklich an Tempo zu verlieren. Er hatte ein von seinem Vorbesitzer so auffrisiertes Modell erwischt, daß es bei einer Polizeikontrolle sofort aus dem Verkehr gezogen worden wäre.

Er lehnte sich in die Kurven. Das Tempo, mit dem die DS den Berg hinabsauste, beeindruckte ihn. Seine Augen tränten so stark, daß er sich seine alte Skibrille aufsetzen mußte.

Ging es eine Weile abwärts, kuppelte er aus und stellte den Motor ab. Lautlos rollte er durch die Nacht. Die zwei Mützen, die er zum Schutz vor der Kälte übereinander trug, zog er vom Kopf. Er hörte nichts als den Wind, der ihm um die Ohren pfiff. Da der Scheinwerfer nur strahlte, wenn der Motor lief, lag die Straße vor ihm im Dunkeln. Von diesen Eskapaden ließ er erst ab, als er fast eine Straßenbiegung übersehen hätte und nur mit knapper Not auf dem Bankett geblieben war.

In St. Pölten waren seine Finger so steifgefroren, daß er den Tankdeckel erst nach einigen Versuchen aufbekam. Er wünschte sich eine Rast im Warmen, bei einer Tasse Kaffee. Er trank im Tankstellenshop eine Flasche Mineralwasser.

Er steckte Kaugummi und einen Schokoladeriegel ein. Am Zeitschriftenständer hingen die Tageszeitungen vom 3. Juli. Die Kühltruhe summte. Im hinteren Bereich des Shops blinkte eine offenbar defekte Neonlampe. Auch hier war es kühl.

Über diese Straße bin ich gefahren, sagte er zu sich, als er wieder auf dem Moped saß. Der hier fuhr, das war ich.

Er dachte an den Jungen, der er vor achtzehn Jahren gewesen war. Er erkannte sich nicht. Die Zellen eines Körpers erneuerten sich alle sieben Jahre zur Gänze, hieß es, wodurch man alle sieben Jahre physisch ein neuer Mensch wurde. Und die geistige Entwicklung schuf eine Person zwar nicht neu, veränderte sie jedoch in einem Ausmaß, daß man getrost ebenfalls von einem anderen Menschen sprechen konnte nach so vielen Jahren.

Was war es also, ein Ich? Denn dieses Ich, das er gewesen war, das war noch immer er.

Hier war er wieder. Auf einem Moped wie jenem, auf demselben Asphalt. Mit denselben Bäumen und Häusern ringsum, mit denselben Verkehrsschildern und Ortstafeln. Seine Augen hatten all dies schon einmal gesehen. Es waren seine Augen, auch wenn sie sich in der Zwischenzeit zweimal erneuert haben mochten. Der Apfelbaum am Straßenrand, er hatte schon beim letztenmal dagestanden. Jenen Apfel damals hatte Jonas gesehen. Jetzt fuhr er wieder an einem vorbei, gerade jetzt. Vorbeigesaust! Er konnte ihn nicht sehen in der Dunkelheit, doch der Baum war da, und das Bild des Apfels stand deutlich vor ihm.

Manche Erlebnisse, die Jahre zurücklagen, empfand er so gegenwärtig, daß er meinte, sie könnten keinesfalls zehn oder fünfzehn Jahre her sein, so nah und so wahrhaftig erschienen sie ihm. Als würde die Zeit Kurven beschreiben, sich zurückwinden, so daß Zeitpunkte, die Jahre auseinanderlagen, plötzlich nur einen Schritt voneinander entfernt waren. Als hätte Zeit eine räumliche Konstante, die man sehen und fühlen konnte.

Es dämmerte.

Etwas war anders als Minuten zuvor. Es hatte mit ihm zu tun. Er stellte fest, daß er mit den Zähnen klapperte.

Kurz nach Melk an der Donau, als sich die Landschaft vor ihm öffnete, näherte er sich einem Haus, das in ihm das Gefühl wachrief, hier schon einmal gewesen zu sein. Aus der Entfernung wirkte es renovierungsbedürftig. Der Verputz fehlte. Auch das kam ihm bekannt vor. Mit diesem Haus hatte es etwas auf sich.

Ein großes Gebäude mit einem weiträumigen Parkplatz davor, auf dem ein einziges Auto stand. Ein eierschalenfarbener Mercedes aus den Siebzigern.

Jonas kippte das Moped daneben auf den Ständer. Er spähte durch die Seitenscheibe. Auf dem mit Fell bezogenen Beifahrersitz lagen eine Schachtel Himbeerbonbons und eine Dose Bier. Am Rückspiegel hing ein Duftbaum. Der Aschenbecher war herausgezogen, enthielt jedoch nur Münzen.

Er machte sich auf die Suche nach dem Hauseingang. Beim Gehen stach es in seinen Sehnen so heftig, daß er lief wie eine Ente. Er blieb stehen, rieb sich die Knie. So wurden auch seine klammen Finger durchblutet. Auf den Feldern hinter dem Haus lag Frühnebel. Der Wind raschelte in einer Plane, die einen Holzstoß abdeckte.

Über dem Eingang prangte ein Schild: *Jausenstation Landler-Pröll*. Der Name war ihm fremd.

Er nahm das Gewehr vom Rücken und stellte den Rucksack ab. Hier stimmte etwas nicht. Er wußte mit Sicherheit, daß er erst in Steyr Rast gemacht hatte. Und ebenso gewiß war er, hier nie wieder durchgekommen zu sein. Woher kannte er also diese Jausenstation? Bildete er sich das nur ein?

Zudem wunderte ihn, daß der Eingang auf der der Straße

abgewandten Hausseite zu finden war. Auch am Straßenrand wies kein Schild auf das Lokal hin.

Das Haustor war nicht abgesperrt. Im Flur lagen ohne jede Ordnung Pantoffeln und lehmverkrustete Straßenschuhe herum. Links sah er durch eine Milchglastür die Umrisse einer Schank. Ein Aufgang rechts schien zu privaten Räumlichkeiten zu führen.

»Jemand hier?«

Die Tür zur Schankstube knarrte. Er stampfte mit den Füßen auf, räusperte sich. Verharrte auf der Stelle. Kein Laut zu vernehmen. Ab und zu drückte Wind gegen die Fenster.

Er schaltete Licht an. Die Birnen, ohne Schirm nackt von der Decke hängend, waren grell. Er drehte wieder ab. Mittlerweile tauchte die Morgensonne den Raum in ein unwirkliches Halblicht. Es genügte, um sich zurechtzufinden.

Das Gastzimmer war aufgeräumt. Bronzene Aschenbecher standen auf karierten Tischtüchern. Jeder Tisch war mit Strohblumen geschmückt. Auf den Bänken lagen Zierkissen mit aufgestickten Mustern. Eine Wanduhr zeigte die Zeit falsch an. Die oberste Zeitung auf dem Stapel neben der Kaffeemaschine war jene vom 3. Juli.

Er kannte diesen Ort. Oder zumindest einen, der diesem ähnlich sah.

Seinen Plan, die Reise von damals exakt nachzuzeichnen und erst in Steyr haltzumachen, ließ er fahren. Er stellte die Espressomaschine an. Im Kühlschrank fand er Eier und Speck. Er machte eine Pfanne heiß.

Zum Essen trank er Fruchtsaft und Kaffee. Er schaltete das alte Radio über der Schank an. Rauschen. Er knipste es aus. Mit einem Tuch löschte er die Schrift auf der Menütafel. Er nahm ein Stück Kreide und schrieb: *Jonas, 25. Juli.*

Er trampelte die Holzstiege empor. Wie erwartet führte sie ihn in eine Privatwohnung. Er sah Jacken an einer Garderobe, wieder Schuhe, leere Weinflaschen.

»Hooo!« rief er mit rauher Stimme. »Hooo!«

Eine enge Küche. An der Wand tickte eine Uhr. Es roch abgestanden. Unter seinen Schuhen klebte der Boden, wodurch jeder Schritt ein schmatzendes Geräusch verursachte. Er ging nach nebenan. Ein Schlafzimmer. Ein einzelnes Bett darin. Zerwühlt. Auf dem Boden lag eine Unterhose.

Ein weiteres Zimmer. Augenscheinlich wurde es als Abstellraum benützt. In aberwitzigem Durcheinander fanden sich darin Leitern, Bierkisten, Töpfe mit Wandfarbe, Pinsel, Zementsäcke, ein Staubsauger, alte Zeitungen, Toilettenpapier, ölverschmierte Arbeitshandschuhe, eine löchrige Matratze. Erst nach einer Weile merkte er, daß kein Boden verlegt war. Er stand auf dem Estrich.

Am Fenster eine halbvolle Kaffeetasse. Er roch. Wasser, vielleicht auch Schnaps, dessen Alkohol verdunstet war.

Das Wohnzimmer, ebenfalls unaufgeräumt. Die Luft war feucht. Die Temperatur lag um mehrere Grad unter jener in den anderen Zimmern. Auf der Suche nach einer Erklärung blickte er um sich. Bilder an der Wand zeigten Stilleben und Landschaften. Über dem Fernseher hing ein Hirschgeweih. Alle Möbel waren rot, das fiel ihm erst jetzt auf. Eine rote Couch, ein Schrank mit rotem Samtbezug, ein karminroter Teppich. Sogar der alte Holztisch hatte nicht nur ein rotes Ziertuch, sondern auch rote Beine.

Jonas stieg die Treppe zum Dachboden hoch. Sie knarrte. Er gelangte zu einer Tür aus gedelltem Leichtmetall. Sie war unversperrt.

Kühle, klare Luft umwehte ihn. Zunächst dachte er, die Fenster seien geöffnet, doch dann sah er die zerschlagenen Scheiben.

In der Mitte des Raumes ein Holzstuhl, dessen Rückenlehne abgerissen war. Darüber baumelte von einem Querbalken ein Strick mit Schlinge.

Nachdem er sich in Attersee-Ort ein kleines Zelt und eine Matte besorgt hatte, gelangte er an den Mondsee. Zwei Irrfahrten führten ihn über Feldwege, doch dann entdeckte er den Platz, an dem er damals gezeltet hatte. Er lag dreißig Meter vom Ufer des Mondsees entfernt, damals Unterholz, nun ein Rasen, der zu einem öffentlichen Badeplatz gehörte. Jonas warf das Gepäck ab und erkundete auf dem Moped die Gegend.

Moderne Zeiten hatten Einzug gehalten. Der Badeplatz bestand aus einer mit Bäumen gesäumten Wiese, die groß war wie ein Fußballfeld. Neben Umkleidekabinen und Toiletten bot der Ort Freiduschen, einen Kinderspielplatz, einen Bootsverleih und einen Kiosk. Jenseits des Parkplatzes lockte die Terrasse eines Gasthauses.

Er baute das Zelt auf. Die Bedienungsanleitung war unverständlich. Müde taumelte er mit Planen und Stangen über die Wiese. Schließlich glückte das Werk doch, und er warf die Matte ins Innere des Zelts. Den Rest des Gepäcks stellte er neben den Eingang. Er ließ sich ins Gras fallen.

Uhr hatte er keine dabei. Die Sonne stand hoch, es mußte nach Mittag sein. Er zog sich das T-Shirt über den Kopf. Streifte Schuhe und Strümpfe ab. Blickte auf den See hinaus.

Hier war es schön. Die Bäume, deren Laub im Wind sanft rauschte. Die Wiese in sattem Grün. Die Sträucher am Ufer. Der See, auf dessen Oberfläche Sonnenstrahlen blitzten. In der Ferne die Berge, die in einen tiefblauen Himmel aufragten. Dennoch mußte er sich bewußtmachen, daß er eine zauberhafte Aussicht genoß. Vermutlich fehlte ihm Schlaf.

Er erinnerte sich an einen Gedanken, mit dem er sich früher oft beschäftigt hatte, mit dem er gespielt und dem er sich in den verschiedensten Ausformungen hingegeben hatte, besonders an idyllischen Orten wie diesem. Er hatte daran gedacht, daß eine beliebige Person der Geschichte, etwa Goethe, nicht mehr Zeuge des Tages wurde, den Jonas gerade erlebte. Denn er war weg.

Tage wie diesen hatte es auch früher gegeben. Goethe wandelte über die Wiesen, sah die Sonne und betrachtete die Berge und badete im See, und es gab keinen Jonas, und für Goethe war all das gegenwärtig. Vielleicht dachte er an die, die nach ihm kamen. Womöglich stellte er sich vor, was sich ändern würde. Goethe hatte einen Tag wie diesen erlebt, und es hatte keinen Jonas gegeben. Den Tag hatte es trotzdem gegeben, ob Jonas oder nicht. Und nun gab es den Tag mit Jonas, aber ohne Goethe. Goethe war weg. Oder besser: Er war nicht da. So wie Jonas nicht dagewesen war an Goethes Tag. Nun erlebte Jonas, was Goethe erlebt hatte, sah die Landschaft und die Sonne, und für den See und die Luft spielte es keine Rolle, ob ein Goethe da war oder nicht. Die Landschaft war dieselbe. Der Tag war derselbe. Und würde in hundert Jahren derselbe sein. Dann aber ohne Jonas.

Dies hatte ihn beschäftigt. Daß es Tage geben würde ohne ihn, daß es Tage geben würde, die ohne ihn wahrgenommen würden. Landschaft und Sonne und Wellen im Wasser, ohne ihn. Jemand anderer würde es sehen und daran denken, daß schon Frühere hier gestanden waren. Dieser Jemand würde vielleicht sogar an Jonas denken. An seine Wahrnehmung, so wie Jonas an Goethe gedacht hatte. Und dann stellte sich Jonas den Tag in hundert Jahren vor, der ohne seine Wahrnehmung verstrich.

Doch nun?

Würde in hundert Jahren jemand den Tag wahrnehmen? War jemand da, der durch die Landschaft spazierte und an Goethe und Jonas dachte? Oder würde der Tag Tag sein ohne Beobachtung, seiner reinen Existenz überlassen? Und – war es dann noch ein Tag? Gab es etwas Sinnloseres als so einen Tag? Was war die Mona Lisa an so einem Tag?

Vor Jahrmillionen hatte dies hier schon existiert. Es mochte anders ausgesehen haben. Der Berg mochte ein Hügel oder gar ein Loch gewesen sein und der See die Spitze eines Berges. Einerlei. Es war gewesen. Und niemand hatte es gesehen.

Aus dem Rucksack zog er eine Tube Sonnenmilch. Er cremte sich ein und legte sich auf ein Handtuch, das er vor dem Zelt auf dem Boden ausgebreitet hatte. Er schloß die Augen. Seine Lider zuckten nervös.

Im Halbschlaf vermischten sich das Rauschen der Blätter und der sirrende Klang, mit dem der Wind über die Plane des Zelts strich. Gedämpft drang das Plätschern des Sees an sein Ohr. Zuweilen schrak er hoch, weil er meinte, den Ruf eines Vogels vernommen zu haben. Auf allen vieren blickte er zwinkernd um sich. Seine Augen gewöhnten sich nicht an das Licht. Er legte sich wieder auf den Bauch.

Später meinte er menschliche Stimmen zu hören. Wanderer, die die Aussicht lobten und ihren Kindern etwas zuriefen. Er wußte, daß es Einbildung war. Er sah ihre Rucksäcke und ihre karierten Hemden vor sich. Er sah die Lederhosen der Kinder. Die Wanderschuhe mit den langen Bändern. Die grauen Strümpfe.

Er verkroch sich vor der Sonne ins Zelt.

Erst am späten Nachmittag fühlte er sich ausgeschlafen. Im Gasthaus aß er eine Kleinigkeit. Auf dem Rückweg kam er an einem Opel mit ungarischem Kennzeichen vorbei. Auf dem Rücksitz lagen Badetücher und Luftmatratzen. Er erneuerte am Zelt seinen Sonnenschutz, dann spazierte er zum Bootsverleih.

Starr lagen verschiedene Modelle auf dem Wasser. Er stemmte einen Fuß gegen ein Tretboot. Dumpf prallte es gegen das Nachbarboot. An ihren Kielen gluckste es. Ihr Boden war eine Handbreit hoch bedeckt mit Regenwasser, auf dem Blätter und leere Zigarettenschachteln trieben.

Zunächst sah er nur die Tretboote. Als er das erste betrat, verlor er das Gleichgewicht und wäre beinahe über Bord gegangen. Einen Fuß auf dem Sitz des Lenkers, den anderen auf jenem des Beifahrers, hielt er nach Alternativen Ausschau. So entdeckte er das Elektroboot. Der Schlüssel hing im Schuppen des Verleihers an einem Haken.

Die Bedienung war einfach. Er stellte einen Schalter auf 1, drehte das Steuer in die gewünschte Richtung, und der Kahn summte hinaus auf den See.

Das Gebäude des Bootsverleihs und der Kiosk daneben wurden kleiner und kleiner. Sein Zelt auf der Wiese war nur noch ein heller Punkt. Die Berge auf der anderen Seite des Sees rückten näher. Leise schnitt das Boot eine schäumende Spur ins Wasser.

Etwa in der Mitte des Sees stoppte er. Hoffentlich würde der Motor wieder anspringen. Um es schwimmend zu erreichen, war das Ufer womöglich zu fern. Er wollte es nicht auf einen Versuch ankommen lassen.

Er ging mit sich zurate, wie tief der See an dieser Stelle sein mochte. Er malte sich aus, wie das Wasser durch Hexerei mit dem Schnippen eines Fingers verschwunden sein würde. In jenem Moment, ehe es mit dem Boot abwärts ging, würde es von oben gewiß eine wunderbare, interessante neue Landschaft zu betrachten geben. Die nie zuvor jemand gesehen hatte.

In einem Fach neben dem Fahrersitz fand er neben Mullbinden und Heftpflastern eine staubige Damensonnenbrille. Er reinigte sie und setzte sie auf. Die Sonne blinkte auf dem sich kräuselnden Wasser. Das Boot tanzte schwach, lag schließlich still da. Weit entfernt, am seinem Badeplatz gegenüberliegenden Ufer, parkten Autos unter einem schroffen Felsen. Eine Wolke schob sich vor die Sonne.

Er erwachte von der Kälte.

Er setzte sich auf. Er rieb sich Schultern und Arme. Er keuchte, seine Zähne schlugen aufeinander.

Der Morgen graute. Nur mit einer Unterhose bekleidet, saß Jonas in der Wiese. Zehn Meter entfernt vom Zelt, in dem er sich am Abend schlafen gelegt hatte. Das Gras war feucht vom Morgentau. Zwischen den Bäumen hing Nebel. Der Himmel war grau in grau.

Das Zelt stand offen.

Er umrundete es in sicherer Entfernung. Die Wände flatterten im Wind. Die Hinterseite war ausgebeult. Niemand schien sich darin aufzuhalten. Dennoch zögerte er.

Er fror so schlimm, daß er aufstöhnte. Er hatte sich ausgezogen, weil es im Schlafsack warm gewesen war. Der Schlafsack befand sich noch im Zelt. Zumindest vermutete er es. Seine Kleider lagen neben ihm, ebenso das Gewehr. Am Abend hatte er es mit ins Zelt genommen, das wußte er mit Bestimmtheit.

Er streifte T-Shirt und Hose über, gefolgt von Strümpfen und Stiefeln. Er schlüpfte in den Pullover. Er beeilte sich, mit dem Kopf aus dem Ausschnitt zu kommen.

Er ging zum Moped. Sofort sah er, daß der Benzinhahn offenstand. Im günstigsten Fall bedeutete das, daß sein Gefährt erst nach zehn oder fünfzehn Tritten auf den Kickstarter anspringen würde. Schon als Junge hatte er mitunter vergessen, den Hahn zu schließen.

Er suchte die Gegend nach Spuren ab. Er fand nichts. Keine Abdrücke von fremden Schuhen oder Reifen in der Wiese, kein niedergedrücktes Gras, keine Veränderung ringsum. Er blickte zum Himmel auf. Der Wetterumschwung war unvermittelt gekommen. Die Luft war so feucht wie im Spätherbst. Der Nebel, der über der Wiese lag, schien immer dichter zu werden.

»Hallo?«

Er rief in Richtung des Parkplatzes, dann quer über die Wiese. Er rannte zum Ufer und schrie aus voller Kehle über den See.

»Hooo!«

Kein Echo. Der Nebel schluckte jeden Laut.

Jonas konnte das andere Ufer nicht ausmachen. Er kickte einen Stein ins Wasser, der mit sattem Platschen versank. Unschlüssig tapste er unter den Bäumen am Ufer entlang. Er blickte zum Zelt. Hinüber zum Bootsverleih, auf dessen Dach ein Wimpel flatterte. Hinaus aufs Wasser. Es begann zu nieseln. Zunächst hielt er es für Nebelreißen. Dann merkte er jedoch, daß die Tropfen dichter fielen. Er schaute hinüber zum Bootsverleih. Kaum war noch der Steg zu sehen. Mehr und mehr hüllte der Nebel alles ein.

Den Blick keine Sekunde vom Zelt abwendend, begann er den Rucksack zu packen. Die Unterseite war naß. Jonas fluchte. Er griff hinein. Zu seinem Unglück steckte ganz unten der zweite Pullover. Feuchtigkeit war durchgesickert. Er fragte sich, woher sie kam. Vom Morgentau und dem Regen allein konnte sie nicht stammen. Und er hatte nichts ausgeschüttet.

Er schnupperte daran. Es roch nach nichts.

Als er sich auf das Moped setzte, hatte der Nebel die Bäume am Ufer verschluckt. Auch das Gasthaus war nicht mehr zu sehen. Ein heller Fleck auf dem Parkplatz, so ahnte Jonas, war der Opel, aus dem er die Luftmatratze genommen hatte.

Er trat so oft auf den Kickstarter, bis ihm kalter Schweiß von der Stirn lief. Der Motor war in Benzin ertränkt. Jonas hüpfte wild auf die Kurbel, glitt ab, kippte mit dem Moped um. Stellte es wieder auf, versuchte es von neuem. Der Regen wurde stärker. Die Reifen rutschten durch das durchtränkte Gras. Jonas war von Nebel eingehüllt. Wenige Meter vor ihm prasselte der Regen auf das Zelt. Was dahinter war, sah er nicht mehr. Er wischte sich über das Gesicht.

Während er verbissen auf den Starter trat und sein Herz immer heftiger klopfte, dachte er über einen Ausweg nach. Ihm kam nur der Opel in den Sinn. Aber er hatte keinen Schlüssel gesehen. Er erwog, das Moped zu einem Hang zu schieben, von dem er hinunterrollen und dann den Gang einkuppeln konnte, was eine gewisse Chance bot, den Motor zu starten. Ihm fiel allerdings in der Nähe keine passende Stelle ein. Von seinem Standort sank die Wiese zwar in Richtung Ufer ab, das Gefälle war jedoch viel zu schwach.

Schließlich brummte der Motor auf. Ein Gefühl von Glück und Dankbarkeit erfüllte Jonas. Rasch gab er im Leerlauf Gas. Es klang kräftig und verläßlich. Dennoch nahm er die Hand nicht vom Griff, damit der Motor nicht wieder abstarb. Er mußte ein Akrobatenstück vollführen, um sich den Rucksack umzuschnallen. Das Gewehr hängte er sich einstweilen über. Schmerz zuckte in ihm auf, als der Riemen voll auf der Schulter lastete.

Nach allen Seiten zwinkerte er in den Regen, ob er etwas stehengelassen hatte. Es blieb einzig das Zelt mit dem Schlafsack darin. Allerdings endete seine Sicht an den Zeltstangen.

Er wendete, fuhr zwanzig Meter in die Richtung der Umkleidekabinen, drehte wieder um. Das Zelt war nicht mehr zu erkennen. Er mußte seiner Reifenspur folgen.

Vorsichtig gab er Gas. Der Hinterreifen brach aus, fing sich wieder. Jonas erhöhte das Tempo. Er sah das Zelt und hielt darauf zu.

Das Geräusch beim Anprall war überraschend leise. Aus dem Boden gerissene Heringe flogen ihm um die Ohren. Eine Ecke des Überdachs verhedderte sich an der Fußraste, wurde einige Meter mitgeschleift. Im schlierigen Gras hatte er Mühe, einen Sturz zu vermeiden. Als er das Moped unter Kontrolle hatte, bremste er.

Er blickte zurück. Der Nebel war so dicht, daß vom Zelt

nichts zu sehen war. Selbst die Reifenspuren lösten sich im Regen auf, so rasch, daß er zusehen konnte, wie sie dünner und dünner wurden, ehe sie nur noch eine Ahnung waren. Mit dem Jackenärmel wischte er sich über das Gesicht. Kurz roch er den Duft, den das nasse Leder verströmte.

Er fuhr zurück zum Zelt. Es war nicht da. Er kreuzte umher, fand nichts. Nun wußte er nicht mehr genau, wo auf der Wiese er war. Seiner Erinnerung nach mußte sich der Bootsverleih hinter ihm befinden, der Parkplatz zu seiner Rechten, sein verschwundenes Lager halb links vor ihm. Er fuhr Richtung Parkplatz. Zu seiner Verwunderung tauchten vor ihm die Umkleidekabinen aus dem Nebel auf. Immerhin wußte er nun, wo er war. Ohne Schwierigkeiten fand er zum Parkplatz. Den Opel sah er nicht. Er folgte den auf den Asphalt gemalten Pfeilen, die den Weg zur Bundesstraße wiesen.

Er zog den Kopf ein und machte einen Katzenbuckel. Mit beruhigend stetiger Geschwindigkeit entfernte er sich von dem Badeplatz. Er hatte das Gefühl, jede Sekunde könnte ihn von hinten eine Hand fassen. Es wich, als der Nebel auflockerte. Bald waren die Bäume am Straßenrand zu sehen, schließlich auch die blumengeschmückten Pensionen, an denen er vorbeikam.

Er überlegte, sich in einem der Häuser frische Kleider zu besorgen und vielleicht sogar einen Regenschutz. Auch eine heiße Dusche hatte er nötig. Und wenn er sich nicht erkälten sollte, dann rasch. Doch etwas ließ ihn den Gashebel am Anschlag festhalten.

In Attersee-Ort drang er in ein unscheinbares Café ein, das in einer Seitenstraße lag. Das Moped ließ er nicht vor dem Haus stehen, sondern zog es mit sich und lehnte es gegen eine geplüschte Sitzbank. Wenn wirklich jemand hinter ihm war, würde er so seine Spur verlieren.

Er machte sich Tee. Mit der dampfenden Tasse in der

Hand stellte er sich ans Fenster. Er verbarg sich hinter einem Vorhang, so daß er von draußen nicht zu entdecken war. In die Tasse pustend, starrte er in eine Pfütze, die sich über die gesamte Straßenbreite erstreckte und vom Regen unvermindert in ein schäumendes Gewässer verwandelt wurde. Nase und Ohren fühlte er kaum. Er war bis auf die Unterhose durchnäßt. Unter ihm auf dem Teppich breitete sich allmählich ein Wasserfleck aus. Er zitterte, doch von der Stelle rührte er sich nicht.

Er machte sich noch eine Tasse. Das bedrückend enge Hinterzimmer, das als Küche gedient zu haben schien, durchsuchte er nach Eßbarem. Er fand einige Konservendosen. In einem nicht besonders sauberen Topf, den er auf eine tragbare Kochplatte stellte, wärmte er zwei davon. Er aß gierig. Gleich nach der Mahlzeit nahm er wieder seinen Platz am Fenster ein.

Die Uhr neben der Vitrine mit den Gläsern zeigte Mittag an, als er sich aufraffte. Durch eine beschilderte Tür, die zu den Toiletten führte, gelangte er zu einem Stiegenaufgang. Die Wohnung in der oberen Etage war unversperrt. Er machte sich auf die Suche nach passender Kleidung. Offenbar hatte hier eine alleinstehende Frau gelebt. Mit leeren Händen lief er die Treppe hinab.

Nachdem er auf der Menütafel eine Nachricht mit Datum hinterlassen hatte, öffnete er die Tür des Cafés, startete das Moped und fuhr auf die Straße. Regen prasselte ihm ins Gesicht. Er schaute nach links, nach rechts. Keine Bewegung. Nur Regen, der in die Pfützen nadelte.

Im Sportgeschäft beschaffte er sich einen Sturzhelm, der ihn weniger vor den Gefahren der Strecke als vor dem Wetter schützen sollte. Auch einen Ganzkörperregenschutz aus transparentem Plastik streifte er über. Den bereits entstandenen Schaden behob dies nicht, und er war drauf und dran, in andere Wohnungen einzubrechen, um die nasse Kleidung loszuwerden. Doch noch stärker war sein Verlangen, aus dieser Gegend zu verschwinden.

Solch einsame Tage hatte er auch früher erlebt. Es regnete unablässig, Nebel hing über den Feldern, den Straßen, zwischen den Häusern, es war zu kalt für die Jahreszeit. Draußen trieb sich niemand herum, der nicht mußte. Solche Tage hatte er geliebt, wenn er zu Hause im Warmen vor dem Fernseher lag, und sie hatten ihn verdrossen, wenn ihn ein ungünstiges Geschick auf die Straße verschlagen hatte. In dieser Gegend jedoch, mit den Bergen, den strengen Nadelbäumen, den verlassenen Hotels und den leeren Kinderspielplätzen, hier hatte er das Gefühl, daß die Landschaft nach ihm griff. Und wenn er sich nicht beeilte, würde er nicht mehr wegkommen.

Mit Höchstgeschwindigkeit fuhr er über die Bundesstraße. Ihn fror so fürchterlich, daß er sich zur Ablenkung alle Kinderreime vorsagte, die ihm in Erinnerung geblieben waren. Bald genügte ihm Deklamieren nicht mehr, und er begann zu singen und zu brüllen. Oft erstickte Schüttelfrost den Ton in seiner Kehle, und er gab ein Krächzen von sich. Rhythmisch hüpfte er auf dem Sattel auf und nieder. Er fühlte sich fiebrig.

Auf diese Weise gelangte er nach Attnang-Puchheim. Er stürzte ins erstbeste Haus. Alle Wohnungen waren abgeschlossen. Er versuchte es an einem Einfamilienhaus. Auch hier hatte er kein Glück. Triefnaß stemmte er sich gegen die versperrte Tür. Sie war aus massivem Holz und das Schloß neu.

Obwohl die Fenster recht hoch lagen, hob er den Lauf des Gewehrs, um die Scheiben zu zerschießen. In diesem Moment entdeckte er auf der anderen Straßenseite ein kleines Haus ohne Fenster. Er lief hin, ohne sich um die Pfützen zu kümmern. Auf der Hinterseite befand sich die Eingangstür.

Er drückte die Klinke. Es war offen. Er murmelte einen Dank.

Ohne nach links und rechts zu schauen, lief er ins Bad. Er ließ heißes Wasser in die Wanne ein. Dann riß er sich die Kleider vom Leib. Sie waren so vollgesogen, daß sie mit einem lauten Klatschen auf den Bodenfliesen landeten. Er wickelte sich in ein Badetuch. Er hoffte, daß es hier Männerkleidung gab.

Ein düsteres Haus. Nur an der Nordseite blickten Fenster in einen mit Unkraut überwucherten Garten. Er drückte alle Lichtschalter, an denen er vorbeikam. Viele funktionierten nicht.

Während aus dem Badezimmer das Rauschen des Wassers drang, stellte er auf der Suche nach Teebeuteln die Küche auf den Kopf. Er durchwühlte sämtliche Schränke, entleerte die Schubladen auf den Boden, doch er stieß nur auf Unbrauchbares wie Zimt, Vanillepulver, Kakao, Mandelsplitter. Das größte Regal war bis in den hintersten Winkel mit Kuchenformen gefüllt. Die Bewohner schienen sich ausschließlich von Backwerk ernährt zu haben.

In einem Regal, das seiner Aufmerksamkeit zunächst entgangen war, fand er eine Packung Suppenwürfel. Tee hätte er vorgezogen. Er stellte Wasser auf, und als es sprudelte, brockte er fünf Würfel in den Topf.

Auf dem Badewasser erwartete ihn ein Schaumberg. Er drehte den Hahn zu. Den Topf mit der Suppe stellte er auf einen befeuchteten Putzlappen am Wannenrand. Er warf das Badetuch ab und legte sich ins Wasser. Es war so heiß, daß er die Zähne zusammenbiß.

Er blickte zur Decke.

Ringsum knisterte der Schaum.

Er beugte die Knie, rutschte mit dem Kopf unter Wasser. Er rubbelte sich einige Male durchs Haar, tauchte wieder auf. Sofort öffnete er die Augen, hielt nach allen Seiten Ausschau. Er machte die Ohren frei und lauschte. Keine Veränderung. Er legte sich zurück.

Als Kind hatte er es geliebt zu baden. In der Hollandstraße gab es keine Wanne, und so kam er nur bei Tante Lena und Onkel Reinhard zu diesem Genuß. Von draußen drangen die Geräusche, die die Tante beim Geschirrabräumen machte, und er saß in einer strahlendweißen Badewanne und roch an den vielen Seifen und Aromakugeln. Alles war ihm vertraut, selbst die aufgeweichten Etiketten der Shampooflaschen erkannte er von Mal zu Mal wieder und betrachtete sie als Freunde. Am meisten jedoch beglückte ihn der Schaum. Die Millionen kleiner Bläschen, die in Millionen Farben zu glitzern schienen. Es war das Schönste, was er im Leben gesehen hatte. Er erinnerte sich noch gut, wie er sich kaum um die Plastikenten und Schiffchen gekümmert, sondern verträumt in den Schaum gestarrt hatte, von einem rätselhaften Wunsch erfüllt: So, dachte er, möge das Christkind aussehen.

Hier hatte ein kleiner dicker Mann gelebt.

Im Spiegelschrank, dem er Hemd und Hose entnommen hatte, betrachtete sich Jonas in den Sonntagskleidern des Hausbesitzers. Die Hose schlotterte ihm um die Hüften, dafür endete sie eine Handbreit über den Knöcheln. Nirgends fand sich ein Gürtel. Er schnallte die Hose mit schwarzem Klebeband an den Hüften fest. Sie kratzte. Das Hemd nicht minder. Überdies roch beides nach alten Zweigen.

Im matt beleuchteten Vorzimmer wandelte er die Bildergalerie entlang, der er zuvor kein Augenmerk geschenkt hatte. Keines der Bilder war größer als ein Schulheft. Die kleinsten hatten die Größe einer Postkarte. Unter den unpassend wuchtigen Holzrahmen stand mit Stift etwas auf die Tapete gekritzelt, offenbar der jeweilige Titel. Wie die Motive waren sie nicht gleich verständlich. Ein dunkler Klumpen hieß *Leber*. Eine Doppelröhre aus unbekanntem Material *Lunge*. Zwei gekreuzte Stöcke *Herbst*. Unter dem Gesicht eines Mannes, der Jonas bekannt vorkam, stand: *Bodenfleisch*.

Zwischen den Kunstwerken hing eine Schlüsselleiste. Einer sah aus wie ein Autoschlüssel. Kurz bedachte Jonas, daß er mit der DS zurückfahren mußte, wollte er im Geist der Unternehmung handeln. Er tippte sich an die Stirn. Der ganze Ausflug war eine Höllenidee gewesen, und jetzt war es an der Zeit, sich das einzugestehen.

Unter einem Regenschirm, der den Geruch von Wald verströmte, lief er die auf der Straße geparkten Autos ab. Nachdem er den Schlüssel dreimal erfolglos ausprobiert hatte, überlegte er, ob es nicht eine Möglichkeit gab, die Suche abzukürzen. Welches Auto fuhr ein Mensch, der lebte wie der Besitzer dieses Hauses? War er jemand, der in einem VW oder Fiat Platz nahm? Bestimmt nicht. Männer, die wohnten wie dieser zwergwüchsige Dicke, fuhren entweder kompakte kleine Autos oder behäbige Schlitten.

Er blickte nach allen Seiten. Ein Mercedes fiel ihm auf, doch es war ein zu neues Modell. Ein 220 Diesel aus den siebziger Jahren hätte sich ins Bild gefügt.

Ein dunkler, unauffälliger Geländewagen. Nicht zu groß, mit Allradantrieb.

Jonas lief über die Straße. Der Schlüssel paßte. Der Motor sprang sofort an. Er drehte die Heizung auf die höchste Stufe. Den Regler schaltete er so, daß sie auf seine Füße blies. Er würde barfuß fahren müssen. Die Hauspantoffeln, in die er geschlüpft war, waren vier Nummern zu klein, und in seinen eigenen Schuhen stand das Wasser.

Ohne den Motor abzustellen, ging er zurück, um seine Habseligkeiten zu holen. Weil ihn interessierte, wessen Gast er war, suchte er nach einem Türschild. Als er nicht fündig wurde, wühlte er im Altpapier nach Rechnungen, Zahlscheinen, Briefen. Nichts davon kam ihm unter. Im ganzen Haus gab es keinen Hinweis auf die Identität des Besitzers.

13

Sein erster Blick galt der Kamera. Unverrückt stand sie da.

Er zwinkerte. Rieb sich die Augen. Versuchte seine Gedanken zu ordnen. Er war nach der langen Reise ins Bett gefallen, ohne eine Kassette einzulegen. Er war nicht unglücklich darüber.

Sein Hals kratzte. Beim Schlucken tat es weh.

Er schloß die Augen und drehte sich noch einmal auf die andere Seite.

Er lief hinunter zum Supermarkt. Fruchtsaft und H-Milch packte er in eine Tüte, sowie einen in Plastik verschweißten Marmorkuchen, der laut Aufdruck bis Ende Oktober haltbar war. Als er das Datum las, krampfte sich ihm der Magen zusammen. Ende Oktober. Würde er Ende Oktober noch immer durch diese verlassene Stadt laufen? Was geschah bis dahin? Was danach?

Was im Dezember?

Im Januar?

Er nahm den Spider. In der Innenstadt rüttelte er an den Türen verschiedener Cafés. Sie waren versperrt. Ein offenes fand er erst in der Himmelpfortgasse.

Während hinter ihm die Espressomaschine fauchte, schnitt er vom Kuchen Scheiben ab und schenkte sich Orangensaft ein.

Ende Oktober.

Januar. Februar.

März. April. Mai. September.

Er starrte auf den Kuchen, den er nicht angerührt hatte, und er wußte, daß er keinen Bissen hinunterbekam.

Er holte sich noch eine Tasse Kaffee. Im Vorbeigehen nahm er eine in den Halter gespannte Zeitung und überflog zum hundertstenmal die Nachrichten vom 3. Juli. An seinem Espresso nippte er nur. Einmal meinte er aus dem Untergeschoß, wo die Toiletten lagen, ein Geräusch zu vernehmen. Er machte ein paar Schritte auf den Treppenabgang zu, lauschte. Es war nichts mehr zu hören.

In der Apotheke nahe dem Café suchte er nach Vitamintabletten und Aspirin. Aus einer Flasche Echinacin tropfte er das Doppelte der vorgeschriebenen Menge. Ein Halswehbonbon lutschend, schlenderte er zurück zum Wagen. Er fuhr langsam zum Stephansplatz. Dort setzte er sich auf das Dach des Spider.

Vereinzelt trieben Wolken über den Himmel, Wind blies. Kündigte sich bereits der Herbst an? Nein, das war unmöglich. Nicht im Juli. Ein Zwischentief. Herbst, das war Oktober. Ende Oktober.

Und dann kam November. Dezember. Januar. Dreißig Tage. Einunddreißig. Und wieder einunddreißig. Zweiundneunzig Tage von Anfang November bis Ende Januar, an denen er vierundzwanzig Stunden zu leben hatte. Und auch davor und danach Stunden und Tage. Die er allein zu leben hatte.

Er rieb sich die nackten Oberarme. Er betrachtete das Haas-Haus. Betreten hatte er es nie. Mit Marie wollte er das Do&Co besuchen, doch es war nie dazu gekommen.

Er überblickte den leeren Platz. Nahm die Statuen in Augenschein, die allerorts aus den Mauern ragten. Phantasiefiguren, Musikanten. Zwerge. Fratzen. Und am Stephansdom Heilige. Alle schauten über ihn hinweg. Alle waren stumm.

Er hatte den Eindruck, daß ihre Zahl wuchs. Als seien an jenem Tag, an dem er hier das Video aufgenommen hatte, weniger Statuen zu sehen gewesen. Es schien, daß in der ganzen Stadt allmählich mehr und mehr Statuen aus den Hausmauern krochen.

In den Elektronikläden der Innenstadt, die nicht so zahlreich waren, wie er vermutet hatte, sammelte er acht Kameras von seinem bevorzugten Modell. Auch fünf Stative konnte er in den Wagen laden. Über den Burgring fuhr er in die Mariahilfer Straße. Vor jedem Elektronikgeschäft hielt er. Danach suchte er am Neubaugürtel.

Er fühlte sich matt. Mehr als einmal zweifelte er am Sinn des Unternehmens, erwog zumindest, den Beutezug auf einen geeigneteren Tag zu verschieben. Seine Nase lief, der Hals kratzte, der Kopf fühlte sich dumpf an. Aber er war nicht so krank, daß er sich ins Bett legen durfte. Überdies hatte er das Gefühl, er sollte besser keine Zeit vergeuden. Auch wenn es widersinnig erschien. Er hatte alle Zeit der Welt. Nichts mußte wirklich getan werden. Und doch fühlte er Unrast. Seit er vom Mondsee abgefahren war, noch stärker als früher.

Am Nachmittag war das Auto so beladen, daß er im Rückspiegel nur Schachteln sah. Es waren zwanzig Kameras und sechsundzwanzig Stative. Mit jenen zu Hause ergab dies knapp dreißig einsatzbereite Aufnahmegeräte. Das genügte.

Oberflächlich kontrollierte er, ob in der Wohnung alles in Ordnung war. Die Arbeitshandschuhe streifte er nicht über. Mit Taschenlampe und Gewehr ging er in den Keller. Auch hier machte er keine Veränderungen aus.

Aufs Geratewohl faßte er in eine Schachtel. Er hatte Fotos erwartet, doch seine Finger griffen in etwas Flauschiges. Erschrocken zuckte er zurück. Mit der Lampe leuchtete er in das Innere der Schachtel. Es war ein Plüschtier. Er hatte es nie zuvor gesehen. Ein dunkelgrüner Bär, dem das linke Auge fehlte und dessen rechtes Ohr angeknabbert war. Er war schmutzig. Aus seinem Hinterteil ragte eine Schnur. Jonas zog daran. Eine Melodie erklang.

Er erschauerte. Die Töne drangen ihm durch und durch. Starr lauschte er den Klängen. Ding-dang-dong, ein helles Glöckchen läutete ein weiches Motiv. Dann war es zu Ende, und automatisch zogen seine Finger erneut an der Schnur.

Aus dem Nichts traf ihn die Erkenntnis, daß es seine Spieluhr gewesen war. Von dieser Melodie war er als Baby in den Schlaf begleitet worden. Nun erinnerte er sich auch, um welches Lied es sich handelte. Als Säugling hatte er es jeden Abend gehört. Er wußte nichts davon, doch einem Teil von ihm war diese Melodie so vertraut wie weniges.

La-le-lu, nur der Mann im Mond schaut zu.

Plötzlich war das Fieber da.

Es kam in Sekundenschnelle. Er fühlte Schwindel. Er griff sich an die Stirn und merkte zugleich, wie sich Wellen von Hitze durch ihn bewegten. Jeden Moment würden ihn seine Beine im Stich lassen. Es war ernst. Er würde es nicht mehr nach Hause schaffen. Es war schon ein Erfolg, wenn es ihm gelang, den Keller zu verlassen.

Mit einer schier endlosen Bewegung steckte er sich die Spieluhr unter das T-Shirt. Am Rande wurde ihm bewußt, in welcher Gefahr er durch diese Bewegung schwebte. Er konzentrierte sich darauf, nicht nachzulassen, die Bewegung weiterzuführen, das Tosen nicht zu beachten, das in der Ferne anschwoll.

Er klemmte das T-Shirt in der Hose fest und drehte sich um. Sich auf das Gewehr stützend, die Lampe am Handgelenk baumeln lassend, tappte er Schritt für Schritt Richtung Ausgang. Die heißen Wellen in ihm gewannen an Wucht. Er atmete durch den Mund. Nach zwei Metern blieb er stehen, um zu verschnaufen.

Irgendwie gelangte er zum Treppenaufgang. Auf der zweiten Stufe knickten seine Beine ein. Er stützte sich mit den Händen ab und ging nieder. Ohne sich um Schmutz und Spinnweben zu kümmern, lehnte er den Kopf gegen die Wand. Sie war angenehm kühl.

Das Treppenlicht erlosch. Nur durch ein kleines Gangfenster im Halbstock gelangten einige matte Sonnenstrahlen ins Treppenhaus. Es dauerte eine Weile, bis es ihm glückte, die Lampe an seinem Handgelenk anzuknipsen. Ein greller Lichtfleck zitterte über den steinernen Boden.

Er fühlte sich eine Spur besser. Er zwang sich aufzustehen. Ihm drehte sich alles. Sein Herz rumpelte.

Stufe für Stufe zog er sich am Geländer aufwärts. Dabei versuchte er die panische Stimme in sich zu beschwichtigen. Er würde nicht sterben. Es ergab keinen Sinn. Mit einem Infarkt im Treppenhaus umzukippen, es würde nicht geschehen.

Während er auf die Wohnung zuhumpelte, gab er sich Mühe, das immer wiederkehrende kurze Aussetzen seines Herzschlages zu ignorieren. Er dachte an gar nichts mehr. Er setzte einen Fuß vor den anderen, atmete ein, atmete aus. Rastete. Ging weiter.

Wasser, dachte er, nachdem er die Tür hinter sich verriegelt hatte. Er mußte trinken.

In seiner Hosentasche fand er ein Aspirin. Die Verpakkung war schmutzig und zerknittert. Aus der Apotheke in der Himmelpfortgasse stammte es nicht, er trug es wohl schon länger mit sich herum. Die übrigen Medikamente waren im Auto. Genausogut hätten sie auf einem anderen Kontinent sein können.

Er löste das Aspirin in Wasser auf. Trank.

Er fand zwei leere Limonadeflaschen. Er spülte sie aus, befüllte sie mit Wasser und machte sich damit auf den langen Weg ins Schlafzimmer. Das Gewehr ließ er im Vorraum liegen. Es war zu schwer.

Kein Ticken der Wanduhr empfing ihn, sie war bereits

eingepackt. An den Stellen, an denen die Regale gestanden hatten, schimmerte die Tapete hell. Das Bett war abgezogen. Die Decken schützten in Schachteln, die draußen im Lkw standen, das Geschirr. Es mußte ohne Überwurf gehen, es war ja Sommer.

Er legte sich auf die Matratze. Fast im selben Moment kam der Schüttelfrost. Ihm wurde klar, daß er einen Fehler gemacht hatte. Anstatt sich in die Wohnung zu quälen, hätte er sich ins Auto setzen und die Heizung andrehen sollen.

Er zitterte sich in einen Dämmerschlaf, von dem er nicht wußte, ob er zehn Minuten dauerte oder drei Stunden. Als er daraus auftauchte, klapperten seine Zähne wild aufeinander. Sein Arm zuckte unkontrolliert, fuhr gegen die Wand. Jonas riß die zweite Matratze aus dem Bettgestell und legte sie auf sich.

Wieder ging es abwärts. Sein Geist mußte Muster zeichnen und Linien ziehen. Vor ihm tauchten geometrische Figuren auf. Vierecke. Sechsecke. Zwölfecke. Ihn quälte die Aufgabe, darin gerade Linien zu zeichnen, allerdings nicht mit einem Stift, sondern mit einem Blick, der sogleich Spuren hinterließ. Des weiteren hatte er den entscheidenden Punkt eines Spannungsfeldes zu entdecken, der einerseits die geometrische Figur zusammenhielt, andererseits unberührbar war, weil er durch Magnetismus beeinflußt wurde. Magnetismus schien die stärkste Kraft auf Erden zu sein. Ständig präsentierten sich ihm neue Figuren, gnadenlos flogen sie einher, und überall hatte er Linien zu ziehen und Punkte zu finden. Zu allem Überfluß verschmolzen beide Tätigkeiten mehr und mehr zu einer, ohne daß er begreifen konnte, wie dies vor sich ging.

Die Nachttischlampe brannte. Draußen war es dunkel. Er trank einen Schluck Wasser. Es schmerzte, er mußte sich zwingen. Er trank die Flasche halb leer. Sank zurück.

Der Schüttelfrost hatte nachgelassen. Er griff sich an die Stirn. Das Fieber war sehr hoch. Er wälzte sich auf den Bauch. In der Matratze wohnte der Geruch seines Vaters. Nicht mehr mit Sechsecken und Zwölfecken hatte er es zu tun, sondern mit Formen, die sein Begriffsvermögen überstiegen. Er wußte, daß er träumte, aber er fand den Ausgang nicht. Er blieb gezwungen, Linien zu ziehen und den zentralen Magnetpunkt zu suchen. Form um Form kam zu ihm. Er zog Gerade um Gerade, erkannte Punkt um Punkt. Er wachte auf, gerade nur lang genug, um sich auf die andere Seite zu drehen. Er sah die Formen auf sich eindringen, doch abzuwehren vermochte er sie nicht. Sie waren da. Sie waren überall. Hier war die nächste, und die übernächste lauerte.

Um Mitternacht trank er die Flasche aus. Er war sich sicher, kurz vorher Geräusche aus dem Wohnzimmer gehört zu haben. Das Rollen von Eisenkugeln. Eine Tür, die ins Schloß fiel. Ein Tisch, den jemand verrückte. Frau Bender kam ihm in den Sinn. Ihm fiel ein, daß sie nie in dieser Wohnung gewesen war. Gern wäre er aufgestanden, um nachzuschauen.

Er fror. Es roch übel, und er fror schrecklich. Er hörte eine Stimme. Er öffnete ein Auge. Es herrschte fast vollständige Dunkelheit. Durch ein winziges Fenster drang ein Lichtschein, dessen Stärke verriet, daß draußen der Morgen dämmerte. Das Auge klappte wieder zu.

Den Geruch kannte er.

Er rieb sich die Arme. Alles tat ihm weh. Er hatte das Gefühl, auf Steinen zu liegen. Wieder hörte er eine Stimme und sogar Schritte, ganz nahe. Er öffnete die Augen. Langsam gewöhnten sie sich an die Dunkelheit. Er sah einen Holzzaun. Zwischen den Latten ragte ein mit Schnitzereien verzierter Spazierstock hervor.

Er lag tatsächlich auf Steinen. Auf festgestampfter Erde und Steinen.

Wenige Meter entfernt vernahm er Stimmen und das Klirren von Gläsern. Eine Tür fiel ins Schloß, die Geräusche verstummten. Kurz darauf knarrte die Tür wieder. Eine Frauenstimme sagte etwas. Die Tür ging zu, die Geräusche waren weg.

Er stand auf und ging hin.

Er kam genau zum rechten Zeitpunkt. In der Mitte des dunklen Ganges hörte er direkt neben sich erneut das Knarren der Tür. Ein Mann rief etwas, es klang wie ein Glückwunsch. Hinter ihm hob fröhliches Gelächter an. Es mußten Dutzende Personen sein. Eine schrille weibliche Stimme gesellte sich zu der des Mannes. Sie unterhielten sich in beschwingtem Ton, dann erklang wieder das Klirren der Gläser.

Er stand daneben. Aber er sah nichts. Nicht die Tür. Nicht die Frau. Nicht den Mann.

Die Tür fiel zu. Er stellte sich genau an die betreffende Stelle. Er stand auf der Türschwelle. Nichts.

Die Tür knarrte auf. Im Gesicht spürte er fein den Luftzug. Stimmengewirr. Jemand klopfte an ein Glas und räusperte sich. Es wurde ruhig. Die Tür fiel zu.

»Hallo!«

Als er gegen Mittag erwachte, bekam er durch die Nase keine Luft, der Hals brannte, sein Durst schien unstillbar, doch das Fieber, so fühlte er gleich, war gewichen.

Er schob die Matratze von sich. Setzte sich auf. Trank die zweite Wasserflasche leer, ohne abzusetzen. In der Küche fand er Zwieback. Er hatte keine Schmerzen, aber er wollte seinem Organismus jetzt keine Anstrengung zumuten. Er putzte sich die Nase.

Als er auf die Straße trat, wurde ihm von der frischen Luft

schwindlig. Er lehnte sich gegen die Hausmauer und stützte die Stirn mit der Hand. Die Sonne schien, sanfter Wind blies. Das Tief war weitergezogen.

Er ließ sich auf den Beifahrersitz fallen und klappte den Sonnenschutz herunter. Im Spiegel auf der Innenseite betrachtete er sich. Er war blaß. Auf seinen Wangen standen rote Flecken. Er streckte die Zunge heraus. Sie war belegt.

Er drückte sich alle Tabletten, die ihm helfen konnten, auf die Hand und warf sie ein. Den Kopf zurückgelegt, tropfte er sich das Echinacin direkt in den Mund. Er lehnte den Kopf gegen die Nackenstütze und blickte auf das Armaturenbrett. Er merkte, wie schwach seine Beine waren. Doch er hatte kein Fieber mehr.

Er ging mit sich zu Rate, wie er den Tag verbringen sollte. Untätig herumliegen wollte er nicht. Filme konnte er nicht ansehen, weil sie ihn verstörten. Lesen konnte er nicht, weil ihm jede Lektüre unbedeutend und überflüssig erschien. Entschloß er sich zu einem Schontag im Bett, blieb ihm nichts, als an die Decke zu starren.

Auf dem Weg zurück zur Wohnung wandte er sich plötzlich dem Treppenabgang zu, ohne sich selbst darüber Rechenschaft zu geben. Seine Schritte führten ihn zur Kellertür. Er hob das Gewehr.

»Jemand hier?«

Mit dem Lauf stieß er die Tür auf. Er machte Licht. Hielt inne.

Der Wasserhahn tropfte.

Er trat ein. Ein kühler Luftzug strich ihm um den Kopf. Der Geruch von Werkstoff war durchdringend. Er hielt sich den Hemdsärmel vor die Nase.

In der Mitte des Ganges blieb er stehen.

»Hallo?«

»Ist hier jemand?«

Er ließ das Gewehr sinken. Die Spieluhr fiel ihm ein.

Er faßte nicht mehr als fünf Kameraschachteln zugleich, und er ging schleppend wie ein Greis. Dennoch brach ihm auf dem Weg vom Auto zum Lift Schweiß aus. Mit dem freien kleinen Finger drückte er den Rufknopf. Die Tür schnappte auf, und er stellte die Schachteln zu den anderen in die Kabine. Um alle auf einmal zu transportieren, war sie zu eng. Er mußte zweimal fahren.

Auf der Couch streckte er Arme und Beine von sich. Schnaufend atmete er durch den Mund. Als er wieder bei Kräften war, preßte er sich Mentholgel aus der Tube in die Nase. Es brannte, doch kurz darauf konnte er frei atmen.

Er packte aus. Zwanzig Kameras und sechsundzwanzig Stative mußten von Luftblasenfolie befreit werden, zwanzig Battery Packs hatte er in die Ladestation zu klemmen und an den Strom anzuschließen. Gewissenhaft lud er auch noch einmal die älteren Akkus auf, die er im Einkaufszentrum besorgt hatte, einschließlich jener, die in den Kameras vor dem Bett und neben dem Fernseher steckten.

Ob er sich das Video von der Nacht vor seiner Abfahrt zum Mondsee ansehen sollte? Er hatte noch immer keine Ahnung, warum er an jenem Morgen im Wohnzimmer erwacht war. Durch das Band würde er es vielleicht erfahren. Andererseits war er sich nicht sicher, ob er sich darauf freuen sollte. Er legte die Kassette, die er schon aus der Schlafzimmerkamera genommen hatte, beiseite.

Er bestrich ein Vollkornbrot mit Leberpastete. Es schmeckte ihm nicht, doch er fühlte, wie nötig sein Körper die Energiezufuhr hatte. Er machte sich noch eines, danach aß er einen Apfel. Er tropfte Echinacin in ein Glas Wasser und spülte mit Vitaminsaft nach.

Er betrachtete die Spieluhr, die er neben das Telefon gelegt hatte. An dieses halbe Gesicht, diesen einäugigen und einohrigen Bären konnte er sich nicht erinnern. Wohl aber an die Töne.

Er zog an der Schnur. Die Melodie erklang. Es war, als berühre er etwas, das nicht mehr da war. Als sehe er einen Himmelskörper, der längst erloschen war, doch dessen Licht jetzt bei ihm ankam.

Er verbrachte einige Stunden mit einem Computerspiel, das er nur unterbrach, um die Wäsche aufzuhängen. Am Abend fühlte er sich weniger angeschlagen als am Morgen, doch er war müde. Er putzte sich die Nase, gurgelte mit Kamillentee, nahm ein Aspirin.

Die Akkus waren aufgeladen. Er sammelte sie ein. Auf der Couch steckte er die Geräte zusammen. Er drückte den Akku in die Halterung, schob eine Kassette ins Deck, dann schraubte er die Kamera auf ein Stativ. Wenn er zwei vorbereitet hatte, trug er sie hinüber in die leere Nachbarwohnung. Er klappte die Stative auf und stellte sie nebeneinander ab.

Als er fertig war, betrachtete er im geräumigen Wohnzimmer die Kameras, die im Halbkreis vor ihm standen. Die meisten Objektive waren auf ihn gerichtet. Es waren unwirklich viele. Er hatte das Gefühl, sie umdrängten ihn wie außerirdische Zwerge, die gefüttert werden wollten.

Der Schläfer wälzte sich wie üblich von einer Seite zur anderen. Zuweilen erklang Schnarchen.

Jonas überlegte, wie er wach bleiben konnte. Es war beinahe Mitternacht. Er steckte sich das Fieberthermometer in die Achselhöhle.

Womit sollte er den kommenden Tag verbringen? Um Möbel im Lastwagen zu verstauen, war er noch zu schwach. Er würde geeignete Wohnungen suchen, in denen die Kameras aufgestellt werden konnten. Er würde sich an Häuser mit Lift halten.

Der Schläfer warf die Decke ab.

Jonas beugte sich vor. Ohne den Blick vom Schirm abzuwenden, tastete er nach der Teetasse. Das Thermometer piepste. Er kümmerte sich nicht darum. Er verstand nicht, was er sah.

Der Schläfer trug eine Kapuze.

Zuvor hatte Jonas nicht genau hingesehen. Nun bemerkte er, daß der Kopf des Schläfers mit einer schwarzen Kapuze bedeckt war. Winzige Löcher für Augen, Nase und Mund waren hineingeschnitten.

Der Schläfer setzte sich aufrecht auf die Bettkante. Die Arme an den Seiten aufs Bett gestemmt, saß er bewegungslos da. Er schien in die Kamera zu blicken. Das Licht war nicht hell genug, um die Augen inmitten des schwarzen Stoffs zu erkennen.

Er saß da. Starr.

Auf eine wortlose, ungeheure Weise lag Hohn und Herausforderung in seiner Haltung. Er saß herausfordernd da.

Mit seinem schwarzen Kopf.

Jonas konnte nicht lange in diese Maske schauen. Er meinte in ein Loch zu blicken, seine Augen ertrugen die Leere nicht, er wandte sich ab.

Sah wieder hin. Starre. Ein schwarzer Kopf. Lochgesicht.

Er ging ins Bad, putzte sich die Zähne. Ging auf und ab. Summte. Kehrte zum Fernseher zurück.

Schwarzer Kopf, unbewegter Körper.

Er saß da wie ein Toter.

Langsam, wie in Zeitlupe hob der Schläfer den rechten Arm. Er streckte den Zeigefinger aus. Reckte ihn in Richtung Kamera.

Verharrte.

14

Gab es wirklich keine Möglichkeit, nach England zu gelangen?

Es war das erste, was ihm nach dem Erwachen durch den Kopf ging. War es möglich? Vom Festland aus die britische Insel zu erreichen?

Vor ihm nahmen Bilder Gestalt an. Motorboote. Segelschiffe. Yachten. Hubschrauber. Mit ihm darin.

Er setzte sich im Bett auf. Hastig blickte er sich um. Die Kamera stand an ihrem Platz. Sie hatte offenbar aufgenommen. Im Raum waren keine Veränderungen zu bemerken. Er ging zum Spiegel, zog das T-Shirt hoch, drehte sich nach rechts und links. Um den Rücken zu betrachten, verrenkte er sich beinahe die Schulter. Auch die Fußsohlen kontrollierte er. Er reckte das Kinn und zeigte die Zunge.

Ehe er Frühstück machte, erforschte er auf der Suche nach Überraschungen die gesamte Wohnung. Auf Verdächtiges stieß er nicht.

Er fühlte sich frischer als am Vortag. Die Nase war nicht mehr verstopft, der Hals brannte nicht, und der Husten hatte sich beinahe gelegt. Über diese rasche Genesung war er erstaunt. Sein Immunsystem schien gut zu arbeiten.

Beim Frühstück kehrte Schlag auf Schlag die Erinnerung an den Traum von vergangener Nacht zurück. Er griff nach Stift und Notizheft, um die Handlung wenigstens in groben Zügen festzuhalten.

Er war in eine Höhle gekommen, die von dunklem rotem Licht erfüllt war und in der man nicht weiter als einige Meter sah. Andere Menschen waren um ihn, doch sie nahmen ihn nicht wahr, und er konnte sich ihnen nicht mitteilen.

Die Höhle führte an einem Felsen entlang. Dieser war ein dreißig Meter hoher und an allen Seiten ebenso breiter Würfel. Der Gang um den Würfel war zwei Meter breit.

Er kletterte an einer Strickleiter hoch. Oben erwartete ihn ein Plateau. Etwa sieben Meter über ihm war die Decke der Höhle. Scheinwerfer waren daran angebracht. Sie strahlten mattes rotes Licht auf ihn.

Er sah drei Körper auf dem Plateau liegen. Ein junges Pärchen auf der einen Seite, einen jungen Mann auf der anderen. Er erkannte alle drei. Er war mit ihnen zur Schule gegangen. Sie mußten schon Jahre tot sein, sahen entsetzlich aus. Obgleich sie Skelette waren, hatten sie Gesichter. Verzerrte Gesichter und verkrampfte Glieder. Der Mund stand offen. Die Augen quollen hervor. Die Beine waren verdreht. Aber es waren Skelette.

Der allein liegende Mann war Marc, neben dem er vier Jahre in der Schule gesessen hatte. Aber es war nicht sein Gesicht. Jonas kannte das Gesicht. Ihm fiel nicht ein, wem es gehörte.

Noch immer sprach niemand von den umhergehenden Polizisten und Sanitätern mit ihm. Er war nicht imstande, das Wort an sie zu richten. Auf eine rätselhafte wortlose Weise erfuhr er, daß die drei mit Rattengift vergiftet worden waren oder sich selbst vergiftet hatten. Strychnin führte zu furchtbaren Krämpfen und einem qualvollen Ende.

Es war warm auf diesem in der Höhle eingesperrten Felswürfel. Warm und still. Nur ab und zu ertönte ein Geräusch. Als ob Wind in eine Plastikplane fuhr.

Und die Leichen waren da.

Die Gesichter der Toten waren plötzlich direkt vor ihm. Im Moment darauf konnte er sie nicht mehr sehen.

Er begriff, daß es etwas mit ihm zu tun hatte. Hier war etwas verborgen. *Rattengift, Höhle*, notierte er. *Laura, Robert,*

Marc tot. Marc fremdes Gesicht. Krämpfe, Verwesung. Stille. Rot-
licht. Ein Turm. Ahnung: In Felswand Wolfsvieh eingemauert. Da-
hinter das Schlimmste des Schlimmen.

Am Ende des Häuserblocks fand er im fünften Stock eine
unversperrte Wohnung, die er für geeignet hielt. Der Blick
vom Balkon war geradezu ideal, er konnte hier sogar zwei
Kameras postieren. Er schrieb die Adresse auf und markierte die Stelle im Stadtplan.

Ebenfalls zwei Kameras teilte er der Heiligenstädter
Brücke zu. Eine sollte in die Brigittenauer Lände hinein-
filmen, die zweite auf der anderen Seite die Brücke selbst
und die Abfahrt zur Heiligenstädter Lände ins Bild rücken.
Wenn er eine Kamera auf dem Döblinger Steg aufbaute, die
zur Brücke hinauffilmte, und eine zweite für die entgegengesetzte Richtung, hatte er nicht nur lückenlose Aufnahmen, sondern bekam auch ansprechende Bilder, und er
mußte sich bis zu dieser Stelle nur einer einzigen fremden
Wohnung bedienen.

Spittelauer Lände, Roßauer Lände, Franz-Josef-Kai,
Schwedenplatz. Den Wagen auf den Straßenbahnschienen
abgestellt, schrieb er hier die dreizehnte Kamera in seinen
Plan. Das bedeutete, es wurde Zeit, sich dem anderen
Kanalufer zu widmen.

Blitzartig wandte er sich um.

Der Wind blies. Das Laub der Bäume neben den Würstel-
ständen raschelte.

Starr lag der Platz da. Die Fenster der Apotheke, unbeleuchtet. Der Eissalon. Der Abgang zur U-Bahnstation. Die
Rotenturmstraße.

Er drehte sich im Kreis. Allerorts Erstarrung. Er hätte geschworen, ein Geräusch gehört zu haben, das er nicht ein-
ordnen konnte. Das von jemandem verursacht worden war.

Er tat so, als schreibe er etwas in sein Notizheft. Die

Augen nach rechts und links rollend, bis sie schmerzten, hielt er mit gesenktem Kopf Ausschau. Er wartete, ob sich das Geräusch wiederholte. Wieder kehrte er sich ruckartig um. Nichts.

Er überquerte den Donaukanal. Kamera 14 reservierte er für die Kreuzung Schwedenbrücke und Obere Donaustraße. An der Ecke zur Unteren Augartenstraße durchsuchte er ein Haus, um wieder einmal einen höheren Standpunkt für die Kamera nutzen zu können. Er stieß auf zwei offene Wohnungen. Die obere nahm er. Es standen kaum Möbel darin, und seine Schritte auf dem alten Parkett hallten durch die Räume.

Der Weg führte von der Oberen Donaustraße hinein zum Gaußplatz und von dort in die Klosterneuburger Straße, die in die Brigittenauer Lände mündete. Die vorletzte Kamera sollte von Norden die Kreuzung der Klosterneuburger mit der Adalbert-Stifter-Straße filmen. Die letzte war zugleich Kamera 1: Sie würde er in der Brigittenauer Lände aufstellen, fünfzig Meter nach seiner Haustür in Richtung Heiligenstädter Brücke.

Er klappte das Notizheft zu. Er hatte Hunger. Er machte einige Schritte auf die Haustür zu. Drehte wieder um.

Etwas war ihm nicht geheuer.

Er setzte sich in den Wagen, verriegelte die Türen.

Beim Vorbeifahren bemerkte er, daß eine Haustür offenstand. Er setzte zurück. Es war der Eingang zum Gasthaus Haas in der Margaretenstraße.

»Kommen Sie heraus!«

Er wartete eine Minute. Währenddessen prägte er sich die Details des Straßenbilds ein.

Er betrat das Gasthaus, durchsuchte vorsichtig die Räume. Dabei erinnerte er sich, daß er einmal hiergewesen war, mit Marie. Es lag Jahre zurück. Das Essen war nicht besonders und die Gaststube überfüllt. Am Nebentisch belästigte sie eine Runde betrunkener Turffreunde mit viel Gold an Hals und Handgelenk, die lautstark über die Aussichten verschiedener Traber diskutierten, wobei einer den anderen zu übertrumpfen suchte, indem er mit prominenten Bekanntschaften prahlte.

Ein Freund mit kynologischem Interesse hatte Jonas einmal erklärt, warum manch kleiner Hund ungeachtet des Risikos auf einen viel mächtigeren Artgenossen losging. Dem lag Verzüchtung zugrunde. Die Rasse des Hundes war einst eine weit größere gewesen. Im Bewußtsein des Hundes hatte sich noch nicht festgesetzt, daß er von der Schulter bis zur Pfote nicht mehr neunzig Zentimeter maß. Der kleine Hund glaubte gewissermaßen, so groß zu sein wie der andere, und ging ohne Rücksicht auf Verluste gegen diesen vor.

Jonas hatte nicht erraten, ob diese Theorie auf wissenschaftlichen Erkenntnissen fußte oder ob sein Freund geflunkert hatte. Aber eine Erkenntnis war ihm gekommen: Mit den Österreichern verhielt es sich genau wie mit diesen Hunden.

Als er durch die halb ausgeräumte Wohnung ging, bekam er Lust weiterzuarbeiten. Er fühlte sich gut, er hatte keine Beschwerden, es sprach nichts dagegen.

Er holte den Schlitten aus dem Lastwagen. Mit leichteren Stücken begann er. Einer Wäschetruhe, einer Stehlampe, dem letzten verbliebenen Regal. Er kam schnell voran. Er schwitzte, doch sein Atem ging kaum schneller als sonst. Wäschetrockner, Fernseher, Couchtisch, Nachtkästchen, alles verschwand nach und nach im Lkw. Zuletzt blieben nur noch das Bett und der Kleiderschrank.

Mit verschränkten Armen gegen die Wand gelehnt, betrachtete er den Schrank. Mit diesem Stück verband er viele

Erinnerungen. Er kannte das Knarren, das zu hören war, wenn man den linken Türflügel öffnete, und das eine ganze Tonleiter von oben nach unten durchlief. Er wußte, wie es im Inneren roch. Nach Leder, nach frischer Wäsche. Nach seinen Eltern. Seinem Vater. Jahrelang war er, wenn er krank war, tagsüber auf dem Sofa neben diesem Schrank gelegen, weil seine Mutter nicht ins Schlafzimmer laufen wollte, um ihm Tee und Zwieback zu bringen. Bestimmt waren noch Spuren aus dieser Zeit zu entdecken.

In der Deckenlampe steckte eine Energiesparbirne. Das Licht war zu düster, um viel zu erkennen. Er holte die Taschenlampe und leuchtete auf die Seitenwand des Schranks. Deutlich waren die Schnitzereien im hellen Holz auszumachen. Eckige Zahlen und Buchstaben, mit einem Taschenmesser eingeritzt.

8.4.1977. Bauchweh. Mutti Hut. Gelb. 22.11.1978. 23.11.1978. 4.3.1979. Grippe. Tee. Auto Fittipaldi geschenkt. 12.6.1979. 13.6.1979. 15.6.1979. 21.2.1980 Skifliegen.

Noch ein Dutzend weiterer Daten stand da. Manche mit Kommentaren versehen, manche ohne jede Erläuterung. Er wunderte sich, daß sein Vater diese Inschriften nicht vernichtet hatte. Vielleicht hatte er sie nicht bemerkt, vielleicht die Kosten für die Restaurierung gescheut. Er hatte nie gern Geld ausgegeben.

Jonas versuchte sich in den Jungen einzufühlen, der er damals gewesen war.

Er lag hier. Ihm war langweilig. Er durfte nichts lesen, denn Lesen strengte an. Er durfte nicht fernsehen, denn der Fernseher sandte Strahlen aus, denen gerade ein pflegebedürftiges Kind nicht ausgesetzt werden sollte. Er lag da mit dem Legospielzeug und den Murmeln und dem Taschenmesser und anderen Sensationen, welche es vor den Blicken der Mutter zu verbergen galt. Er mußte sich beschäftigen. So spielte er oft Floß. Ein Spiel, das ihn auch über regnerische

Nachmittage rettete, wenn er gesund war. Da war ein umgedrehter Tisch das Floß. Lag er mit Fieber neben dem Schrank, war es das Bett.

Er trieb im Meer. Es war sonnig und warm. Er war unterwegs zu verheißungsvollen Orten, an denen es Abenteuer zu bestehen und Freundschaft mit großen Helden zu schließen galt. Aber er brauchte Vorräte für die Reise. Also schlich er unter Vorwänden durch die Wohnung, stibitzte aus der Schlecklade Kaugummi, Karamelstangen und Kekse, erbettelte sich einige Scheiben Brot, entwendete unter Mutters Nase eine Flasche Limonade. Mit der Beute kehrte er aufs Floß zurück.

Er stach wieder in See. Es war unverändert sonnig und warm. Die Wellen schaukelten das Floß hin und her, und er mußte seine Habseligkeiten nahe an sich ziehen, damit das salzige Wasser nicht alles durchnäßte.

Noch einmal legte er an, denn Amerika war weit, und er hatte noch immer zu wenige Vorräte. Er brauchte Bücher. Comic-Hefte. Papier und Stift zum Schreiben und Zeichnen. Er brauchte mehr anzuziehen. Er brauchte verschiedene nützliche Gegenstände, die in den Schubladen des Vaters zu finden waren. Einen Kompaß. Einen Feldstecher. Ein Kartenspiel, mit dem er den Bösewichten Geld abnehmen würde. Ein Messer, das selbst auf Sandokan Eindruck machen würde. Zudem mußte für den Tiger von Malaysia ein Gastgeschenk zur Besiegelung ihrer Freundschaft bereit sein. Mutters Perlenkette konnte er mit Eingeborenen tauschen.

Er brauchte mannigfache Dinge, und er war erst zufrieden mit seiner Ausrüstung, wenn er im Bett kaum noch Platz hatte und an allen Seiten von Decken, Kochlöffeln und Wäscheklemmen bedrängt wurde. Ein durch und durch wohliges Gefühl bereitete ihm der Gedanke, alles zum Überleben Nötige um sich gesammelt zu haben. Er brauchte keine Hilfe von außen. Er hatte alles.

Dann erschien Mutter zur Inspektion und wunderte sich, wie es ihm in so kurzer Zeit gelungen war, so viel Verbotenes zusammenzuraffen. Einiges durfte er nach längerem Bitten behalten, und so segelte das Floß wieder hinaus aufs Meer, vom Schwarzen Korsar um einige Schätze erleichtert.

Jonas rüttelte am Schrank. Der bewegte sich kaum. Es würde ihm einige Anstrengungen abverlangen, das Stück nach draußen zu befördern. Umdrehen würde er es müssen, weil es auf Füßen stand und der Schlitten in der Normalposition unbrauchbar wäre.

8.4.1977. Bauchweh.

Am 8. April vor fast dreißig Jahren hatte er neben diesem Schrank gelegen und Bauchschmerzen gehabt. Er erinnerte sich nicht daran, nicht an den Tag, nicht an die Schmerzen. Aber diese eckigen Zeichen stammten von ihm. Genau in dem Moment, als er dieses B, dieses A, dieses U geschnitzt hatte, war ihm übel gewesen. Ihm. Jonas. Er war das gewesen. Und er hatte keine Ahnung gehabt, was kommen würde. Er hatte nichts von den Prüfungen in den höheren Klassen gewußt, nichts von der ersten Freundin, vom Moped, vom Schulabschluß, vom Geldverdienen. Oder von Marie. Er hatte sich verändert, war erwachsen, ein ganz anderer geworden. Aber diese Schrift war noch immer da. Und wenn er diese Zeichen betrachtete, sah er eingefrorene Zeit.

Am 4. März 1979 hatte er Grippe gehabt und Tee trinken müssen, den er damals nicht mochte. In Jugoslawien lebte Tito noch, in den USA war Carter Präsident, in der Sowjetunion herrschte Breschnew, und er lag mit Grippe neben dem Schrank und wußte nicht, was es bedeutete, daß Carter an der Macht war oder daß Tito bald starb. Er hatte sich um sein neues Spielzeugauto gekümmert, ein schwarzes mit der Nummer 1, und Breschnew hatte für ihn nicht existiert.

Als er diese Zeichen geschnitzt hatte, war die spätere Unglücksbesatzung der Challenger noch am Leben gewesen, der Papst war neu und hatte nicht gewußt, daß Ali Agca bald auf ihn schießen würde, und der Falklandkrieg hatte noch nicht begonnen. Als er dies geschrieben hatte, da hatte er noch nichts gewußt von dem, was kam. Und die anderen auch nicht.

Das Rattern der Räder des Schlittens auf dem steinernen Boden hallte im Haus wider. Er hielt an. Lauschte. Er erinnerte sich an das Gefühl, etwas stimme nicht, das ihn in der Brigittenauer Lände beunruhigt hatte, und an den Eindruck, vor dem Gasthaus Haas beobachtet zu werden. Er ließ Schlitten samt Schrank stehen und lief hinaus auf die Straße.

»Hallo!«

Stakkatoartig drückte er die Hupe des Lkws. Er blickte in alle Richtungen, sah zu den Fenstern hoch.

»Heraus! Sofort!«

Einige Minuten wartete er. Er tat, als sei er in Gedanken versunken, schlenderte umher, die Hände in den Hosentaschen, leise pfeifend. Dann und wann drehte er sich um, stand starr, schaute und horchte.

Er ging wieder an die Arbeit. Er schob den Schlitten hinaus, und kurz darauf stand der Schrank auf der Ladefläche des Lkw. Blieb nur noch das Bett. Aber für diesen Tag reichte es.

Im engen Kellergang irritierte ihn etwas. Er blieb stehen. Sah sich um. Ihm fiel nichts auf. Er gab sich Zeit, sich zu sammeln. Er kam nicht darauf, was es war.

Er ging zum Abteil seines Vaters. Mit tiefer Stimme räusperte er sich. Die Tür riß er so heftig auf, daß sie gegen die Wand prallte. Er lachte roh. Er blickte über die Schulter. Er schüttelte die Faust.

Ein Foto von ihm und Frau Bender. Lachend, den Arm

nach hinten um sie geschlungen, saß er auf ihrem Schoß. Sie rauchte eine Zigarette. Vor ihr auf dem Tisch stand ein Glas Wein, neben einer Vase mit verwelkenden Blumen und der Flasche.

Er konnte sich nicht entsinnen, daß sie getrunken hatte. Vermutlich bemerkte ein Kind so etwas nicht. Das hier entsprach nicht dem Bild, das er sich von ihr bewahrt hatte. In seiner Erinnerung lebte eine freundliche, selbstverständlich gepflegte alte Dame. Die Frau auf dem Foto blickte nicht freundlich, sondern stierte in die Kamera. Sie wirkte nicht sehr gepflegt, und unter einer Dame stellte er sich grundsätzlich etwas anderes vor. Frau Bender sah aus wie eine schäbige Hexe. Aber er hatte sie damals gemocht, und er mochte sie jetzt.

Hallo, altes Mädchen, dachte er. So weit weg.

Beim Betrachten des staubigen Fotos fiel ihm ein, womit sich die Nachbarin leidenschaftlich gern die Zeit vertrieben hatte. Über Fotografien, vorzugsweise solchen aus der Kriegszeit, hatte sie ausgependelt, ob jemand noch lebte, und dabei hatte sie Jonas die Geschichte des Betreffenden erzählt.

Er schloß die Augen, preßte den Zeigefinger gegen die Nasenwurzel. Ein gerades Schwingen bedeutete *lebendig*, ein kreisförmiges *tot*. Oder war es umgekehrt? Nein, es stimmte.

Er streifte den Ring, den Marie ihm geschenkt hatte, vom Finger und öffnete den Verschluß der Silberkette, die er um den Hals trug. Er fädelte den Ring ein und versuchte den Mechanismus wieder zu schließen, was mit seinen zitternden Fingern schwierig war. Endlich gelang es.

Er stapelte einige Schachteln zu einem Pult. Die Taschenlampe knipste er an und hängte sie an den Wandhaken. Er legte das Foto auf die oberste Schachtel. Er streckte den Arm aus. Die Kette mit dem Ring baumelte über seinem Gesicht auf dem Foto. Der Arm schwankte zu stark, er mußte ihn aufstützen.

Der Ring stand bewegungslos in der Luft.

Ein schwaches Pendeln setzte ein.

Es wurde stärker.

Der Ring pendelte vor und zurück, in einer geraden Linie.

Jonas blickte sich um. Er trat auf den Gang. Ein dicker Staubfaden, der vor der Lampe tanzte, warf einen unruhigen Schatten. Unablässig war das Tropfen des Wasserhahns zu hören. Durchdringend der Geruch von Werkstoff. Nach Öl roch es hingegen gar nicht mehr.

»Komm jetzt heraus«, rief er in mildem Ton.

Er wartete einen Moment, dann kehrte er ins Abteil zurück. Er hielt die Hand wieder über das Foto, diesmal über Frau Benders Gesicht. Den Ellbogen stemmte er auf die Schachtel, den Unterarm stützte er mit der freien Hand.

Bewegungslos verharrte der Ring über dem Foto. Er begann zu zittern, zu pendeln. Pendelte stärker. Beschrieb einen Kreis. Der Kreis war deutlich zu erkennen.

Wie oft hatte Frau Bender das gleiche getan. Wie oft war sie über Fotos gesessen und hatte Verstorbene ausgependelt. Und nun tat er es über einem Bild von ihr. Und sie stand nicht neben ihm, sondern war seit mehr als fünfzehn Jahren tot.

Er griff in eine der Schachteln und förderte eine Handvoll Bilder zutage. Er selbst mit einer Schultasche. Mit einem Tretroller. Mit einem Badmintonschläger in der Wiese. Er mit Spielkameraden.

Er betrachtete das Bild. Vier Kinder, eines davon er selbst, beim Spielen im Hinterhof, in dem jetzt das Gerümpel von Familie Kästner lag. Stöcke steckten in der Erde, ein kleiner bunter Ball war zu sehen, im Hintergrund stand eine Plastikwanne voll Wasser, in der Gegenstände trieben.

Er legte das Foto auf sein Pult. Er streckte den Arm aus, hielt die Kette über das Abbild seines Gesichts. Ein gleichmäßiges Pendeln hob an. Vor, zurück. Er hielt den Ring über einen der Jungen, Leonhard.

Er starrte auf die Kette.

Das Ganglicht erlosch. Der Schein der Taschenlampe erhellte schwach das Pult. Er schloß die Augen. Zwang sich, ruhig zu bleiben.

Der Ring schlug nicht aus.

Er zog die Hand zurück. Er schüttelte den Arm, um ihn zu entkrampfen. Er nahm die Taschenlampe vom Haken, packte das Gewehr und stampfte hinaus auf den Gang.

»Hej, hej«, rief er. »Hej, hej, hej!«

Er schaltete das Ganglicht ein. Drehte sich im Kreis. Blieb einige Sekunden stehen, kehrte zum Abteil zurück.

Er wiederholte den Versuch. Über ihm selbst: Pendeln. Über Leonhard – nichts.

Er hielt die Kette über den dritten Jungen. Während er wartete, grübelte er, wie dessen Name gelautet hatte.

Der Ring stand starr.

Was ist das alles für ein Unsinn, dachte er.

Er nestelte am Verschluß des Kettchens, um den Ring abzuziehen. Einem Impuls folgend, streckte er noch einmal den Arm aus. Er hielt die Kette über das Bild des vierten Jungen, Ingo.

Der Ring zitterte. Begann zu pendeln.

Begann zu kreisen.

Jonas führte alle vier Versuche noch einmal aus. Über ihm selbst pendelte der Ring vor und zurück, über Ingo kreiste er, über Leonhard und dem namenlosen Jungen blieb er starr.

Jonas schob das Foto zur Seite und griff nach dem Stapel, den er an den Rand seines Kartonpults gelegt hatte.

Er mit Badehose im Hinterhof. Er mit einem Pokal, den

gewiß nicht er selbst gewonnen hatte. Er mit zwei Ski-stöcken. Er vor einer riesigen Coca-Cola-Plakatwand. Er mit Mutter vor dem Eingang seiner Volksschule.

Er legte das Foto auf das Pult. Streckte den Arm aus. Hielt die Kette über sein eigenes Bild.

Kurz beschrieb der Ring einen Kreis, wohl weil Jonas den Arm nicht ruhig genug gehalten hatte, ging dann wieder in das gewohnte Vor- und Zurückschwenken über.

Er hielt den Arm über Mutters Gesicht.

Starre, dann Kreisen.

Fotos von ihm mit Mutter, von ihm mit Fußball, von ihm mit Tomahawk und Indianerfeder. Von Mutter allein, von Mutter in Wanderkleidung. Von seiner Großmutter, die 1982 gestorben war. Von zwei Männern, an die er sich nicht erinnerte.

Er hielt das Pendel über die Gestalten. Beide Male krei-ste der Ring. Ebenso über dem Bild seiner Großmutter.

Fotos von Kanzelstein. Er mit Mutter im Garten beim Sauerampfersuchen. Er mit Pfeil und Bogen auf den Feldern unterwegs. Er am Steuer von Onkel Reinhards VW Käfer. Er am Tischtennistisch, dessen Platte ihm bis zur Brust reichte.

Endlich ein Foto von ihm mit einem Mann, dessen Kopf vom oberen Bildrand abgeschnitten war. Er legte es auf das Pult.

Über dem Abbild seines eigenen Gesichts schwang der Ring vor und zurück.

Über dem Bild des Mannes an seiner Seite blieb er starr.

Vielleicht lag es daran, daß der Kopf nicht abgebildet war. Hastig durchsuchte Jonas den Stapel, bis er ein Foto gefun-den hatte, das auch das Gesicht seines Vaters zeigte. Er wie-derholte den Versuch.

Der Ring stand still.

Erschöpft und hungrig sank Jonas auf die Matratze. Die zerlumpte Decke, die er aus dem Lastwagen geholt hatte, breitete er sich über die Füße. Er hatte nicht auf die Zeit geachtet, und nun war es schon dunkel. Seit seinem Ausflug zum Mondsee vermied er es, sich nachts im Freien aufzuhalten. Und im Hinblick auf die Beklemmung, die er in der Brittenauer Lände gefühlt hatte, verspürte er erst recht keine Lust, zu dieser Stunde nach Hause zurückzukehren.

Er räusperte sich. In der leeren Wohnung hallte der Klang wider.

»Ja, ja«, sagte er laut und drehte sich auf die Seite.

Vom Boden, der mit Papierschnipseln und zusammengeknüllten Klebestreifen übersät war, nahm er einen der Fotostapel aus der Schachtel, die er aus dem Keller mitgebracht hatte. Die Bilder waren ungeordnet. Fotos aus verschiedenen Jahrzehnten steckten zusammen, zehn Fotos zeigten fünf unterschiedliche Schauplätze. Zwei Schwarzweißbildern folgten drei in Farbe, die nächsten stammten wieder aus den späten fünfziger Jahren. Auf einem Foto riß er an den Gitterstäben seiner Gehschule, auf dem nächsten wurde er gefirmt.

Er betrachtete ein Bild, das laut Beschriftung eine Woche nach seiner Geburt aufgenommen worden war. Er lag auf dem Bett der Eltern. Auf jenem Bett, auf dem er auch in diesem Moment lag. Eine Decke hüllte ihn ein. Nur Kopf und Hände waren zu sehen.

Dieser Kahlkopf war er gewesen.

Das war seine Nase.

Das waren seine Ohren.

Dieses verkniffene Gesicht, das war seines.

Er musterte die winzigen Hände. Er hielt sich die rechte Hand vor das Gesicht, sah die rechte Hand auf dem Bild an.

Es war dieselbe Hand.

Die Hand, die er auf dem Foto sah, würde mit Bleistift,

dann mit Füllfeder zu schreiben lernen. Die Hand vor seinem Gesicht hatte vor knapp dreißig Jahren erst mit Bleistift, dann mit Füllfeder zu schreiben gelernt. Die Hand auf dem Foto würde in Kanzelstein die streunenden Katzen der Nachbarin streicheln, den Spazierstock des alten Schnitzkünstlers in Empfang nehmen, Spielkarten halten. Die Hand vor seinem Gesicht hatte einst die Katzen in Kanzelstein gestreichelt, den Spazierstock in Empfang genommen, Karten gehalten. Die kleine Hand auf dem Foto würde einmal mit Zirkel und Lineal auf Papierbögen Wohnungseinrichtungen planen, an einer Computertastatur tippen, jemandem Feuer geben. Die Hand vor seinem Gesicht hatte Verträge bekräftigt, Schachfiguren gezogen, mit einem Messer Zwiebel geschnitten.

Die Hand auf dem Foto würde wachsen, wachsen, wachsen.

Die Hand vor seinem Gesicht war gewachsen.

Er strampelte die Decke von den Füßen und ging zum Fenster. Die Straßenbeleuchtung brannte nicht. Er mußte Stirn und Nase gegen die Scheibe pressen, um draußen Umrisse erkennen zu können.

Auf der Straße parkte der Spider, davor der Lastwagen. Die Heckklappe stand offen. Nach Regen hatte es nicht ausgesehen.

Auf Zehenspitzen lief er zurück zum Bett. Der Teppich unter seinen nackten Füßen war rauh.

15

Er schrak hoch, blickte um sich und gewahrte zu seiner Erleichterung, daß nicht alles rot war.

Sich mit den Füßen von der verschlissenen Decke befreiend, sank er zurück auf die Matratze. Er starrte auf die Mauer gegenüber. Ein weißes Rechteck bezeichnete den Platz, wo er ein Aquarell abgenommen hatte. Er zwinkerte. Rieb sich die Augen. Noch einmal ließ er den Blick schweifen. Alle Farben waren normal.

An Details des Traums konnte er sich nicht erinnern. Nur daran, daß er durch ein weitläufiges Gebäude marschiert war, in dem alles, sowohl Wände und Böden als auch Gegenstände, in schwerem Rot erstrahlte. Die verschiedenen Rottöne unterschieden sich nur in Nuancen. Auf diese Weise hatte es den Anschein, als verflüssigten sich die Dinge, gingen ineinander über. Er war durch dieses Gebäude gelaufen, in dem kein Geräusch ertönte, und war auf nichts gestoßen als auf Farbe, rote Farbe, die sich sogar der Form aufzwang.

Die Matratzen warf er aus dem Fenster. Gegen erheblichen Widerstand riß er den ersten Lattenrost aus dem Bettgestell. Beim zweiten war es weniger schwierig. Auf dem Schlitten rollte er beide hinaus auf die Straße und verstaute sie neben den Matratzen auf der Ladefläche. Er nahm die Säge, die er im Baumarkt besorgt hatte, und machte sich über das Bettgestell her. Er benötigte fast eine Stunde, aber dann hatte er es geschafft. Er stellte die Betteile auf den Schlitten und rollte ihn nach draußen. Er verstaute alles im Lkw.

Ein letztes Mal durchforschte er die Wohnung. Die Küchenkästen waren fremd, hatten nicht zur Elternwohnung gehört, sie blieben, wo sie waren. Ebenso wie der Herd, der Kühlschrank, die Sitzbank. Was an altem Besitz dagewesen war, hatte er ausgeräumt. Als letztes nahm er nun die Fotoschachtel, er stellte sie in den Kofferraum des Spider.

Er setzte sich auf die Ladefläche des Pickup. Er schaute zum Himmel hoch. Er erlebte ein Déjà-vu. Ihm war, als seien die wenigen offenstehenden Fenster gerade erst geöffnet worden. Die steinernen Figuren, die aus den Mauern ragten, schienen ihn zu beobachten. Besonders eine Gestalt im Kettenhemd, die ein Schwert schwang und sich mit einem Schild deckte, der als Wappentier einen Fisch hatte, musterte ihn höhnisch. Und all das hatte er schon einmal erlebt.

Kurz darauf war wieder alles normal. Die Fenster standen schon lange offen. Die Statuen waren Statuen. Der Schwertmann blickte gleichgültig.

Jonas schnellte herum.

Er stellte sich auf das Dach des Pickup. Er ließ den Blick durch die Straße schweifen. Binnen vier Wochen hatte sich nichts verändert. Nicht die kleinste Einzelheit. Noch immer wehte das Stück Plastik auf dem Fahrradsattel bei jeder Brise. Noch immer ragte die Flasche aus dem Abfalleimer. Noch immer standen die Zweiräder an ihrem Platz.

Er fuhr nochmals herum.

Aus der Fahrerkabine des Lkws holte er Papier und Klebestreifen sowie seinen Plakatschreiber, von dem er nicht wußte, wie er dorthin gelangt war. Er klebte einen Zettel so an die Tür, daß ihn ein Heimkehrer sofort sehen mußte. Er schrieb:

Komm nach Hause. Jonas.

Nach einem Moment des Bedenkens heftete er auch innen an die Tür ein Blatt mit derselben Nachricht.

Er brachte den Lastwagen in die Hollandstraße zurück. Mit einem Fahrrad fuhr er unter drückender Sonne in die Rüdigergasse, von dort mit dem Spider in die Brigittenauer Lände. Er hatte Kopfschmerzen. Die Schuld daran gab er dem Holzstaub, den er beim Kleinhacken des Bettes hatte einatmen müssen. Vielleicht war es auch die Hitze.

Als er die Fotos aus dem Spider holte, fiel ihm ein, daß er vergessen hatte, den Keller auszuräumen. Er ärgerte sich. Er hatte das Haus in der Rüdigergasse nicht mehr betreten wollen. Nun mußte er morgen noch einmal hinfahren.

Er öffnete die Haustür, lauschte. Er machte sie hinter sich zu und sperrte ab. Tat keinen Schritt. Horchte. Ließ den Blick schweifen. Es sah aus wie am Vortag, als er das Haus verlassen hatte. Wenn er die Tür öffnete oder schloß, flatterten Reklamezettel vom Boden auf. In der Ecke lag ein zerfetzter Tennisball, mit dem der Schäferhund einer Nachbarin gespielt hatte. Der Lift war im Erdgeschoß. In der Luft lag der stumpfe Geruch von Mauerwerk.

Vorsichtig stieß er die Wohnungstür auf. Er durchsuchte alle Räume, dann versperrte er die Tür. Er stellte das Gewehr ab. Die Fotos warf er auf die Couch. Er hatte nicht das Gefühl, am Vortag seiner Einbildung aufgesessen zu sein. Etwas war anders gewesen als sonst. Obwohl der Augenschein dagegen sprach und nahelegte, daß seine Phantasie überreizt war.

Während er sich Shampoo ins Haar rieb, vermied er es, die Augen zu schließen, bis sie vom herabtropfenden Schaum brannten. Er hielt sich die Brause über das Gesicht. Mit fahrigen Bewegungen wischte er sich die Augenwinkel. Sein Herz schlug schneller.

Seit einiger Zeit hatte er mit einem ungebetenen Gast zu kämpfen, wenn er beim Duschen die Augen zumachte. Auch diesmal tauchte in seiner Vorstellung das Vieh auf. Ein zottliges, aufrecht gehendes Wesen von mehr als zwei Metern Größe, eine Mischung aus Wolf und Bär, von der er wußte, daß unter dem Pelz etwas anderes, noch weit Schlimmeres steckte. Jedesmal, wenn er die Augen zumachte, stieg in ihm die Furcht vor diesem Wesen auf, das herantanzte und ihn bedrohte. Es bewegte sich viel schneller als ein Mensch, auch schneller als jedes Tier, das er kannte. Es sprengte herbei, rüttelte an der Duschkabine, wollte sich auf ihn stürzen. So weit kam es aber nie. Weil er an dieser Stelle die Augen aufriß.

Er blickte sich um. In der Ecke hörte er ein Knistern. Mit einem Aufschrei setzte er aus der Dusche. Seifenschaum auf der Haut, Shampoo im Haar, so stand er nackt auf dem Flur und starrte ins Badezimmer.

»He! Bestimmt nicht! Ha, ha, ha!«

Mit einem Handtuch aus dem Schlafzimmerschrank rieb er sich ab. Aber was tat er mit dem dick shamponierten Haar? Unschlüssig lief er zwischen der Spüle in der Küche und dem Schuhschrank im Flur hin und her, ohne die Schwelle zum Badezimmer zu überschreiten.

Er benahm sich töricht. Ein Knistern. Nichts weiter. Und das Wolfsvieh existierte nur in seiner Einbildung. Er konnte sich getrost mit geschlossenen Augen abduschen. Niemand bedrohte ihn.

Die Tür war abgesperrt.

Die Fenster waren geschlossen.

Niemand versteckte sich im Schrank, niemand lauerte unter dem Bett.

Niemand klebte an der Decke.

Er stellte sich unter die Dusche und drehte das Wasser auf. Er hielt den Kopf unter den Strahl. Er schloß die Augen.

»Hey! Hahahaha! Na dann! Also bitte! So was aber auch! Halleluja!«

Draußen dunkelte es, als er sich, in einen Bademantel gehüllt, im Wohnzimmer auf den Boden setzte und den

Rücken gegen die Couch lehnte. Er duftete nach Duschbad. Er fühlte sich frisch.

Er legte die Fotos vor sich auf den Teppich.

Ingo Lüscher.

Im Hinterkopf hatte er die ganze Zeit über die Frage gewälzt, wie der volle Name des Jungen lautete, über dem der Ring gekreist hatte. Auch nach dem Namen des unbekannten Jungen forschte er. Nun war ihm immerhin der Nachname des einen eingefallen. Sie hatten ihn gehänselt, er heiße wie ein Schweizer Skirennläufer, was Ingo als Sportpatrioten natürlich geärgert hatte. Jonas hatte ihn seit der Volksschulzeit nicht mehr gesehen. Leonhard hingegen hatte er erst am Anfang des Gymnasiums aus den Augen verloren, als sie verschiedenen Klassen zugeteilt worden waren.

Seine Gedanken schweiften zurück zu dem, was er im Keller mit dem Pendel erlebt hatte. Er hielt derartiges grundsätzlich für Humbug. Obwohl er zugeben mußte, daß die Ergebnisse bemerkenswert waren. Wirkte er unwillkürlich auf das Pendel ein? Seine Mutter war tot, sein Vater indes verschwunden, er wußte dies. So durfte er nicht ausschließen, daß sein Unterbewußtsein an der Kette mitzog.

Er öffnete den Verschluß, fädelte den Ring ein und hielt den Arm über das erste Foto, das ihm unterkam. Es zeigte ihn selbst, einen viel zu großen Tennisschläger hinter sich durch das Gras schleifend.

Der Ring stand starr.

Begann zu schwingen.

Begann zu kreisen.

Jonas stieß eine Verwünschung aus und rieb sich den Arm. Er wiederholte den Versuch. Mit demselben Resultat.

Er fand ein Bild seiner Mutter. Über ihr kreiste auch diesmal der Ring. Dafür begann er nach einer längeren Ruhephase über dem Foto seines Vaters zu schwingen. Über Leonhard kreiste er, über Ingo schwang er leise hin und her, über dem namenlosen Jungen stand er still. Als Jonas ein weiteres Mal den Ring über ein Bild von sich hielt, verharrte dieser bewegungslos über dem Karton mit den umgeknickten Ecken.

Er erhielt inkonsistente Ergebnisse.

Er erhielt jene Ergebnisse, die er sich vor den ersten Versuchen im Keller von derartiger Gaukelei erwartet hatte. Er sollte sich freuen. Ihm war soeben vor Augen geführt worden, wie wenig sein Erlebnis in der Rüdigergasse aussagte. Doch er war nur noch mehr verwirrt.

Er stürzte ins Schlafzimmer. Unter dem Schrank zog er die Schuhschachtel hervor, in der Marie ihre Fotos aufbewahrte. Dies waren nun moderne Bilder, mit einer Spiegelreflexkamera aufgenommen, die ältesten vier Jahre alt. Die meisten zeigten ihn. Im Sommer mit Badehose und Taucherflossen, in der kalten Jahreszeit mit Anorak, Mütze und Stiefeln. Er schob sie zur Seite.

Fotos, auf denen er mit Marie zu sehen war. Sie waren aus zu großer Entfernung aufgenommen. Er legte sie beiseite.

Ihm fiel ein großformatiges Foto von Marie in die Hände, das ihr Gesicht zeigte. Die Aufnahme kannte er nicht.

Der Atem stand ihm still. Er sah sie zum erstenmal, seit sie ihm am Morgen des 3. Juli einen Kuß auf den Mund gedrückt hatte und stolpernd zur Tür hinausgelaufen war, weil das Taxi bereits wartete. Seit damals hatte er oft an sie gedacht. Sich ihre Züge ausgemalt. Aber gesehen hatte er sie nie.

Sie lächelte ihn an. Er schaute in ihre blauen Augen, die ihn halb spöttisch, halb liebevoll musterten. Ihr Ausdruck schien zu sagen: Mach dir keine Sorgen, alles kommt wieder ins Lot.

So war sie gewesen, so hatte er sie erlebt, so hatte er sich beim Geburtstagsfest eines Bekannten in sie verliebt. Dieser Blick, das war sie. So optimistisch. Fordernd, gewinnend, klug. Und mutig. Mach dir. Keine Sorgen. Alles ist. Gut.

Ihr Haar.

Er erinnerte sich, wie er das letztemal über ihren Kopf gestrichen hatte. Er malte sich das Gefühl aus, sie zu berühren. Sie an sich zu ziehen. Das Kinn auf ihren Scheitel zu legen, ihren Duft aufzunehmen. Ihren Körper zu spüren.

Ihre Stimme zu hören.

Er sah sie vor sich, wie sie sich im Bad frisierte, ein Frotteetuch um den Körper geschlungen, und über die Schulter zu ihm nach hinten die Neuigkeiten von ihrer Arbeit berichtete. Wie sie am Herd stand und ihre katalonischen Zucchini zubereitete, die immer ein bißchen überwürzt waren. Wie sie an der Stereoanlage über die in die falschen Hüllen eingeordneten CDs schimpfte. Wie sie abends auf der Couch ihre heiße Honigmilch schlürfte und Kommentare zum Geschehen im Fernsehen abgab. Und wie sie dalag, wenn er zwei Stunden nach ihr ins Schlafzimmer tappte. Mit dem Buch neben sich, das ihr aus der Hand gerutscht war. Den Arm quer über dem Gesicht, weil die Nachttischlampe sie blendete.

All das hatte er jahrelang als Selbstverständlichkeit erlebt. Es war der Lauf der Dinge. Marie war an seiner Seite. Er konnte sie hören, riechen, spüren. Und wenn sie weg war, kam sie ein paar Tage später zurück und lag wieder neben ihm. Es war das Normalste der Welt.

Nichts mehr von alldem erlebte er nun. Er fand nur ab und zu einen ihrer Strümpfe. Oder ihm glitt eine Flasche Nagellack in die Hände, oder er stieß im Wäschekorb auf eine ihrer Blusen, die sich ganz unten versteckt hielt.

Er ging in die Küche. Stellte sich vor, wie sie hier gestanden hatte. Wie sie mit ihren Töpfen hantiert hatte. Und wie sie dabei Weißwein getrunken hatte.

Mach dir keine Sorgen.

Alles ist gut.

Er ließ sich auf dem Boden vor der Couch nieder. Das

Foto legte er vor sich. Er zwirbelte den Ring zwischen den Fingern. Ihm war kalt. Er hatte das Gefühl, sich gleich übergeben zu müssen.

Er schleuderte die Kette zur Seite.

Nach einer Weile streckte er den Arm aus, als befände sich das Schmuckstück in seiner Hand. Er beschrieb ein Pendeln, ein Schwingen. Zog den Arm zurück.

Er öffnete das Fenster, atmete tief aus und ein.

Er trug das Foto wieder nach nebenan und warf es in die Schuhschachtel, ohne es noch einmal anzusehen. Er nahm die Kassette aus der Schlafzimmerkamera und legte sie in jene ein, die an den Fernseher angeschlossen war. Er spulte zurück.

Er schaute aus dem Fenster. Viele der Lichter, die in den ersten Wochen gebrannt hatten, waren erloschen. Wenn alles seinen Gang ging, würde er hier in absehbarer Zeit ins Dunkel schauen. Und wenn ihm das nicht gefiel, konnte er tagsüber ausgewählte Wohnungen aufsuchen, um alle Lichter anzudrehen. Auf diese Weise konnte er die Nacht, in der die Finsternis gewonnen hatte, nach hinten schieben. Doch sie würde kommen.

Noch immer erleuchtet war das Fenster zu der Wohnung, die er damals nach einem Alptraum besucht hatte. Dafür brannten in manchen Straßen die Laternen, die in den ersten Tagen finster geblieben waren, während in anderen Straßen die Beleuchtung an einem Abend erstrahlte, am nächsten nicht. Manche Straßenzüge lagen überhaupt jede Nacht im Dunkeln. Die Brigittenauer Lände zählte zu ihnen.

Er schloß das Fenster. Als er einen Blick auf den blauen Fernsehschirm warf, krampfte sich sein Magen zusammen. Er hatte das Video mit Zeitschaltung aufgenommen. Möglicherweise würde er dem Schläfer drei Stunden beim Schnarchen zuhören. Aber vielleicht erlebte er auch etwas anderes.

Das Schnarchen würde er vorziehen.

In der Küche trank er ein Glas Portwein. Er hatte Lust auf ein zweites, doch er stellte die Flasche weg. Er räumte den Geschirrspüler ein, obwohl es so gut wie nichts einzuräumen gab. Er sammelte die zusammengedrückten Verpackungen der Videokameras und schaffte sie in eine Nebenwohnung. Die Tür versperrte er wieder.

Sei's drum, dachte er, als er nach der Fernbedienung griff.

Der Schläfer lag da und starrte in die Kamera.

Wie spät es war, konnte Jonas nicht sehen, weil der Wecker umgefallen war. Er hatte vergessen, auf wieviel Uhr er die Zeitschaltung eingestellt hatte. Er glaubte, sich an ein Uhr nachts zu erinnern.

Der Schläfer lag am Bettrand. Auf die Seite gedreht und den Kopf in die Hand gestützt. Kapuze trug er diesmal keine. Unverwandt starrte er in die Kamera. Bisweilen zwinkerte er, doch es geschah mechanisch, und er wandte den Blick nicht ab. Seine Miene blieb regungslos. Er bewegte keinen Arm, kein Bein, wälzte sich nicht herum. Er lag da und schaute in die Kamera.

Nach zehn Minuten hatte Jonas das Gefühl, diesen stechenden Blick nicht länger zu ertragen. Es war ihm unbegreiflich, wie jemand so lange statuenhaft daliegen konnte. Ohne sich zu kratzen, ohne die Nase aufzuziehen, ohne sich zu räuspern, ohne die Glieder zu entlasten.

Nach einer Viertelstunde begann er die Augen abzuschirmen wie im Kino, wenn eine gruselige Szene gezeigt wurde. Nur ab und zu linste er zwischen den Fingern hindurch auf den Bildschirm. Er sah immer dasselbe.

Den Schläfer.

Der ihn anstarrte.

Jonas konnte den Ausdruck, den er in diesen Augen las, nicht deuten. Er sah keine Milde darin. Nichts Freundliches. Nichts Vertrauenswürdiges und nichts Vertrautes.

Aber er sah auch keine Wut, keinen Haß, ja nicht einmal Abneigung. In diesem Blick lag Überlegenheit, Ruhe, Kälte – und eine Leere, die sich aufs deutlichste mit ihm befaßte. Die dabei eine solche Intensität erlangte, daß er an sich alle Anzeichen aufsteigender Hysterie bemerkte.

Jonas trank Portwein, knabberte Chips und Erdnüsse, löste ein Kreuzworträtsel. Der Schläfer sah ihn an. Jonas schenkte sich nach, holte sich einen Apfel, machte Gymnastik. Der Schläfer sah ihm zu. Jonas rannte zur Toilette und übergab sich. Als er zurückkehrte, starrte ihn der Schläfer an.

Das Band endete nach drei Stunden und zwei Minuten. Kurz wurde der Bildschirm dunkel, wechselte dann in das Hellblau, das den AV-Kanal kennzeichnete.

Jonas streifte durch die Wohnung. Er betrachtete Flecken auf dem Kühlschrank. Er roch an Türklinken. Er leuchtete mit der Taschenlampe hinter Schränke, und es hätte ihn nicht verwundert, dort Briefe zu finden. Er klopfte gegen die Wand, in die sich der Schläfer hatte hineinstemmen wollen.

Er schob eine neue Kassette in die Schlafzimmerkamera. Dabei betrachtete er das Bett. An dieser Stelle war der Schläfer gelegen. Hatte er gestarrt. Vor weniger als achtundvierzig Stunden.

Jonas legte sich hin. Er nahm dieselbe Position ein wie der Schläfer. Er blickte in die Kamera. Obwohl sie nicht eingeschaltet war, lief ihm ein Schauer über den Rücken.

»Guten Tag«, wollte er sagen, doch ihn erfaßte Schwindel. Er hatte das Gefühl, die Dinge um ihn würden kleiner und dichter. Alles ging unendlich langsam vor sich. Er öffnete den Mund, um zu schreien. Er hörte Lärm. Er hatte das Gefühl, die Geschwindigkeit, mit der er die Lippen schürzte, berühren zu können. Als er aus dem Bett fiel und den Boden unter sich spürte, ohne den Lärm zu vernehmen, als alles wieder normal schien, erfüllte ihn ein Gefühl von Dankbarkeit, das gleich der Erschöpfung wich.

16

Das Gemälde, auf das sich sein Blick richtete, kannte er nicht. Es zeigte zwei Männer, die klein vor breiten Windmühlen standen und einen großen Hund an der Leine führten. Ein farbenfrohes Bild. Gesehen hatte er es noch nie. Der Radiowecker auf dem Nachttisch war ihm ebenso fremd wie der Nachttisch selbst und die altmodische Schirmlampe, die er mechanisch ausknipste.

Es war nicht sein Fernseher, nicht sein Vorhang, nicht sein Schreibtisch. Nicht sein Bett. Es war nicht sein Schlafzimmer, es war nicht seine Wohnung. Nichts hier gehörte ihm, mit Ausnahme der Schuhe, die vor dem Bett standen. Weder wußte er, wo er sich befand, noch ahnte er, wie er hergekommen war.

Das Zimmer wies nicht die geringste persönliche Note auf. Der Fernseher war klein und schäbig, die Bettwäsche steif, der Kleiderschrank leer. Auf dem Fensterbrett lag eine Bibel. Ein Hotelzimmer?

Jonas schlüpfte in die Schuhe, sprang auf, sah aus dem Fenster. Er blickte auf ein Waldstück.

Er rüttelte an der Türklinke. Es war abgesperrt. Der Schlüsselanhänger klapperte innen gegen den Rahmen der Klinke. Er sperrte auf und öffnete leise die Tür. Durch den Spalt blickte er nach links. Ein Flur. Es roch abgestanden. Er zögerte, ehe er die Tür weiter aufmachte und hinter dem Türrahmen hervor nach rechts linste. Am Ende des Ganges machte er eine Treppe aus.

An seiner Tür haftete die Nummer 9. Er hatte richtig vermutet. Auf dem Weg zur Treppe kam er an weiteren Zimmern vorbei. Er rüttelte an den Klinken, doch alle waren versperrt.

Er lief die Treppe hinunter. Er ging durch einen Gang, der zu einer Tür führte. Dahinter fand er sich in einem weiteren Gang wieder. Die Wände waren mit Kinderzeichnungen geschmückt. Unter einer Sonne mit Ohren stand: *Nadja Vuksits, 6 Jahre, aus Kofidisch*. Ein Stück Käse, dessen Löcher fröhliche Gesichter waren, stammte von Günther Lipke aus Dresden. Eine Art Staubsauger war das Werk von Marcel Neville aus Stuttgart, ein die Sense schwingender Bauer das von Albin Egger aus Lienz. Und auf dem letzten Bild, das Daniel aus Wien gemalt hatte, identifizierte Jonas mit Mühe eine Bratwurst, aus der geschossen wurde.

Er lief um die Ecke. Beinahe wäre er gegen einen Kassenschalter geprallt. Die Schubladen unter der Kasse standen offen. Auf dem Stuhl des Kassiers lag eine aufgeschlagene Mappe, in der Briefmarken steckten. Auf dem Boden glänzten zwei Postkarten in dem grünlichen Licht, das aus Halogenlampen von der Decke strahlte.

Schnarrend öffnete sich vor ihm die Automatiktür. Die Hose am Gürtel hochziehend, trat er ins Freie. Die Ahnung wurde zur Gewißheit. Er befand sich in Großram. Er war in einem Motelzimmer der Autobahnstation erwacht.

Entweder war jemand anderer für all das verantwortlich. Oder er selbst. Aber das wollte er einfach nicht glauben.

Es war kalt, Wind wehte. Jonas, der ein Hemd trug, rieb sich fröstelnd die Arme. Am Briefkasten neben dem Eingang drückte er den Schlitz auf und spähte hinein, doch es war zu dunkel, um etwas zu erkennen.

Der Spider stand auf dem Parkplatz. Jonas griff nach den Schlüsseln in der Hosentasche. Er öffnete den Kofferraum. Das Gewehr war nicht da, doch damit hatte er auch nicht gerechnet. Er nahm das Brecheisen heraus.

Der Briefkasten bot wenige günstige Stellen, um das Eisen anzusetzen. Zunächst versuchte er es unten an der Klappe, die der Postbote mit dem Schlüssel öffnete. Das Eisen glitt immer wieder ab. Schließlich wurde es ihm zu dumm, und er steckte es in den Briefschlitz. Er stemmte sich mit dem Oberkörper darauf und drückte mit aller Gewalt. Ein schleifendes Krachen ertönte, das Eisen unter ihm gab nach, und er stürzte bäuchlings zu Boden.

Fluchend rieb er sich die Ellbogen. Er blickte empor. Das Dach des Briefkastens war abgerissen.

Kuvert um Kuvert, Karte um Karte hob er heraus, vorsichtig, um sich nicht an den scharfen Kanten der Bruchstellen zu verletzen. In der Mehrzahl las er Grußkarten. Briefe öffnete er, überflog den Inhalt, warf sie weg. Der Wind trieb sie hinüber zur Tankstelle, hinter deren Scheiben trübes Licht brannte.

6. Juli, Raststation Großram.

Er starrte auf die Karte in seiner Hand. Diese Worte hatte er geschrieben, ohne zu wissen, was ihm bevorstand. Dieses Häkchen beim G, es war geschwungen worden, ohne daß er eine Ahnung gehabt hatte, wie es in Freilassing, Villach, Domzale stand. Vor fünfundzwanzig Tagen hatte er diese Karte in den Briefkasten geworfen und gehofft, sie würde abgeholt. Auf diesen Briefkasten hatte Regen geprasselt und die Sonne gebrannt, und Postbote war keiner gekommen. Das von ihm Geschriebene war über drei Wochen lang in einem finsteren Kasten gelegen. Allein.

Das Brecheisen warf er in den Kofferraum. Er ließ den Motor an, fuhr jedoch nicht gleich weg. Er umfaßte das Lenkrad mit beiden Händen.

Das letztemal, als er hier gesessen hatte. Was war da gewesen?

Wann hatte er das letztemal hier gesessen?

Wer hatte zuletzt hier gesessen?

Entweder jemand anderer.

Oder er selbst.

Vor dem Haus in der Brigittenauer Lände fiel ihm nichts Ungewöhnliches auf. Dennoch war er vorsichtiger als üblich. Als die Lifttür aufging, hielt er sich versteckt, bis er am Geräusch hörte, daß sie sich wieder geschlossen hatte. Erst beim zweitenmal stieg er ein. Im siebten Stock setzte er mit einem Hechtsprung aus der Kabine, um einen Feind zu überrumpeln. Ihm war bewußt, wie töricht er sich benahm. Aber es half ihm jedesmal über den schweren Moment des Entschlusses hinweg. Das Gefühl zu agieren, anzugreifen, spendete ihm ein wenig Sicherheit.

Neben der Garderobe lehnte das Gewehr. »Guten Tag«, sagte er zu ihm. Er lud es durch. Das Geräusch klang gut.

Er warf einen Blick in Toilette und Bad. Er ging in die Küche, sah sich um. Alles beim alten. Die Gläser auf dem Couchtisch, der offenstehende Geschirrspüler, die Kamera neben dem Fernseher. Auch der Geruch war unverändert.

Die Veränderung im Schlafzimmer entdeckte er sofort.

In der Wand steckte ein Messer.

Aus jener Stelle der Wand, gegen die der Schläfer in jenem Video gelaufen war, ragte ein Messergriff, der Jonas bekannt vorkam. Er untersuchte ihn. Er gehörte zum Messer seines Vaters. Er zog daran. Es steckte fest. Er rüttelte daran. Das Messer bewegte sich keinen Millimeter.

Jonas betrachtete die Stelle genauer. Die Schneide steckte bis zum Anschlag in der Betonmauer.

Mit beiden Händen umfaßte er den Griff und zog. Sie glitten ab. Er rieb sie an seinem Hemd trocken, wischte den Griff ab. Er versuchte es noch einmal. Nicht die geringste Bewegung erreichte er.

Wie konnte jemand ein Messer in eine Betonwand treiben, und zwar so, daß es danach nicht mehr herauszuziehen war?

Er blickte zur Kamera.

Er stellte Wasser auf. Während die Kräutermischung zog, putzte er sich im Wohnzimmer die Zähne. Im Bad am Becken hätte er der Tür den Rücken zukehren müssen.

Die Elektrobürste summte an seinen Zähnen, und er sah aus dem Fenster. Die Wolken waren weitergezogen. Vielleicht ein günstiger Tag, um die Kameras aufzustellen.

Im Schlafzimmer lehnte er sich gegen den Türrahmen und betrachtete das Messer in der Wand. Womöglich war es eine Botschaft. In die Häuser hineinzugehen, im Inneren zu suchen, den Dingen auf den Grund zu gehen. Und der Schläfer war nicht böse, vielmehr ein Schalk, der es gut meinte.

Er durchsuchte seine Hosentaschen. Er fand nichts, was am Vorabend noch nicht dagewesen war.

Aus der Tiefkühltruhe nahm er die Gans, die er im Supermarkt besorgt hatte und die er abends zubereiten wollte. Er stürzte sie in eine große Schüssel. Dann vergewisserte er sich, daß der Römertopf abgespült war.

Er brachte den Tee an den Couchtisch. Er holte Hartpapier und Schere, dazu einen Stift. Zwei Papierbögen schnitt er zu, bis die einzelnen Streifen die Größe von Visitenkarten hatten. Ohne über den Text nachzudenken, beschriftete er einen nach dem anderen, um den Wortlaut sogleich wieder zu vergessen. Nach einer Weile zählte er. Es waren dreißig. Er steckte sie ein.

Als er hielt, klapperten hinter ihm die Stative gegeneinander. Nach einem versichernden Blick in sein Notizheft nahm er zwei der Kameras mit.

In der Wohnung roch es streng. Er hielt die Luft an, bis er auf dem Balkon stand. Die Kameras postierte er wie vorgesehen. Eine blickte auf die Lände hinab, die andere war der Heiligenstädter Brücke zugekehrt. Weil er die Uhr zu Hause liegengelassen hatte, zog er das Mobiltelefon heraus. Es war

Mittag. Er kontrollierte die Uhren an den Kameras. Die Zeiten stimmten überein. Er überschlug, wie lange er für sechsundzwanzig Kameras benötigen würde. Er programmierte den Start der Aufnahme für 15 Uhr.

Er kam schneller voran als erhofft. Um halb eins bereitete er schon an der Roßauer Kaserne alles vor, um Viertel vor eins überquerte er wieder den Donaukanal, und kurz vor halb zwei stand er vor seinem Haus. Ihm blieb über eine Stunde. Er hatte Hunger. Er überlegte. Seine Gans würde erst spätabends fertig werden.

In der Kantine des Brigittenauer Hallenbads roch es nach altem Fett und kaltem Rauch. Vergebens suchte er in der Küche ein Fenster zur Straße, um zu lüften. Er stellte zwei Konservendosen in die Mikrowelle.

Beim Essen durchblätterte er die *Kronen Zeitung* vom 3. Juli. Semmelbrösel knisterten darin, auf manchen Seiten klebten Sauceflecken. Das Kreuzworträtsel war halb ausgefüllt, die fünf Fehler im Suchbild waren angekreuzt. Ansonsten unterschied sich diese Ausgabe nicht von jenen, die er an anderen Orten in die Hände bekommen hatte. Auf der Auslandsseite ein Bericht über den Papst. Im Inlandsteil Spekulationen über eine bevorstehende Regierungsumbildung. Der Sport widmete sich der Fußballmeisterschaft. Auf den Fernsehseiten wurde ein beliebter Showmaster porträtiert. All diese Artikel hatte er schon Dutzende Male studiert. Und keinen Hinweis auf besondere Vorkommnisse gefunden.

Als er den Artikel über den Papst las, mußte er an eine Prophezeiung denken, die seit Ende der siebziger Jahre in verschiedenen Magazinen und Sendungen erwähnt worden war, mal ernsthaft, meist ironisch: Der aktuelle würde der vorletzte Papst sein. Schon als Kind hatte ihm diese Weissagung angst gemacht. Er hatte gerätselt, was sie bedeutete.

Würde die Welt untergehen? Ein Atomkrieg ausbrechen? Und später, als Erwachsener, hatte er spekuliert, vielleicht würde sich die katholische Kirche grundlegend reformieren, auf ein gewähltes Oberhaupt verzichten – wenn das Orakel denn stimmte, mußte er sich in Erinnerung rufen.

Es hatte nicht gestimmt.

Denn Jonas war sicher, daß es auf dem Petersplatz in Rom nicht anders aussah als auf dem Wiener Heldenplatz oder dem Salzburger Bahnhofsplatz oder dem Hauptplatz von Domzale.

Er schob den leeren Teller beiseite und trank sein Wasser aus. Durch das Fenster zur Schwimmhalle schaute er auf das Becken. Gedämpft drang gleichförmiges Plätschern an sein Ohr. Das letztemal war er mit Marie hiergewesen. Dort drüben. Da war sie mit ihm geschwommen.

Mit der Serviette wischte er sich den Mund ab, dann schrieb er auf die Menütafel: *Jonas, 31. Juli.*

Um 14.55 Uhr hielt er mit dem Spider in der Mitte der Kreuzung Brigittenauer Lände und Stifterstraße. Er wollte bereits fahrend ins Bild kommen. Um nicht beim Start gefilmt zu werden, hatte er die Kamera an dieser Kreuzung auf 15.02 Uhr programmiert. Ein Zeitfenster von zwei Minuten genügte ihm.

Die Hände in den Taschen, schlenderte er um den Wagen, kickte mit der Schuhspitze gegen die Reifen, lehnte sich gegen die Motorhaube. Der Wind blies heftig. Über ihm krachte ein Fensterladen gegen eine Wand. Er blickte zum Himmel empor. Es waren wieder Wolken aufgezogen, doch sie waren weit genug entfernt, daß er hoffen konnte, die Kameras rechtzeitig abzuräumen. Wenn nur der Sturm sie nicht umkippte.

14.57 Uhr. Er wählte seine Festnetznummer.

Der Anrufbeantworter schaltete sich ein.

14.58 Uhr. Er wählte Maries Handynummer.

Nichts.

14.59 Uhr. Er wählte eine zwanzigstellige Phantasienummer.

Keine Verbindung.

15.00 Uhr. Er drückte das Gaspedal durch.

Zwischen Döblinger Steg und Heiligenstädter Brücke erreichte er über 120 Stundenkilometer. Er mußte hart bremsen, um die Kurve zur Brücke noch zu meistern. Mit quietschenden Reifen ging es hinab zur Heiligenstädter Lände. Er gab Gas, schaltete, gab Gas, schaltete, gab Gas, schaltete. Obwohl er sich auf die Straße konzentrieren mußte, nahm er für einen Moment die Kamera auf dem Steg wahr, unter dem er in der nächsten Sekunde hinwegbrauste.

Auf Höhe der Friedensbrücke stand die Tachometernadel auf 170, kurz vor der Roßauer Kaserne auf 200. Die Gebäude am Straßenrand waren nur noch Schemen. Tauchten auf, waren da, doch ihrer bewußt wurde er sich erst, als er sie schon hinter sich gelassen hatte.

Am Schottenring mußte er vom Gas gehen, um nicht aus der Kurve zu schleudern und in den Donaukanal zu fliegen. Mit 140 fuhr er Richtung Schwedenplatz, bremste im letzten Moment und trieb den Wagen über die Brücke. Sein Herz pumpte das Blut so wild durch den Körper, daß ihn ein stechender Schmerz hinter der Stirn zu quälen begann. Sein Magen krampfte sich zusammen, seine Arme zuckten. Schweiß rann ihm über das Gesicht, und er atmete nur noch stoßweise.

Hier mehr Kurven, also kein Vollgas, lautete die Nachricht, die ihm der vernünftige Teil seines Unterbewußtseins sandte.

Er schaltete hoch und trat aufs Gas.

Zweimal war er kurz davor, die Herrschaft über den Wagen zu verlieren. Er hatte das Gefühl, alles in Zeitlupe ablaufen zu sehen. Dabei fühlte er nichts. Erst im Moment danach, wenn er den Wagen zurück auf die Spur gebracht hatte, schien etwas in ihm zu zerreißen. Verzweifelt stieg er noch fester aufs Gas. Er war sich vollkommen bewußt, daß er eine Grenze überschritten hatte, aber er war machtlos. Er konnte noch zusehen, und er war gespannt, was er als nächstes tun würde.

Mit der Stelle, an der sich Lände und Obere Donaustraße teilten, hatte er sich eingehend befaßt. Um keinen Unfall im Kreisverkehr am Gaußplatz zu riskieren, durfte er an der Kreuzung davor nicht schneller als 100 fahren. Als er nun die Ampel passierte, warf er einen Blick auf den Tachometer. 120.

Für eine Sekunde trat er das Gas voll durch. Dann stemmte er den Fuß mit aller Kraft gegen das Bremspedal. Dem Fahrtechnikkurs entsprechend, den er beim Bundesheer absolviert hatte, sollte er jetzt »pumpen«, also den Fuß heben und dann gleich wieder fest auf das Pedal setzen, und dieses Manöver so oft wie möglich wiederholen. Die Fliehkräfte und ein Muskelkrampf verhinderten, daß er das Bein anwinkeln konnte. Er streifte ein geparktes Auto. Der Spider schlingerte. Jonas verriß das Lenkrad. Er fühlte einen heftigen Schlag, gleichzeitig hörte er ein Krachen. Der Wagen wurde herumgewirbelt.

Jonas wischte sich über das Gesicht.

Er schaute nach links und rechts.

Er hustete. Zog die Handbremse. Er löste den Sicherheitsgurt. Er drückte den Knopf der Türverriegelung. Er wollte aussteigen, doch die Tür war versperrt.

Sich vorbeugend registrierte er, daß er auf den Straßenbahnschienen im Kreisverkehr stand. Die Uhr an den Armaturen zeigte zwölf nach drei an.

Seine Finger zitterten, als er einen eingetrockneten Saucefleck von seiner Hose kratzte. Er schnallte sich an, fuhr in die Klosterneuburger Straße ein.

Als er am Brigittenauer Hallenbad vorbeikam, entschied er sich, die ganze Fahrt zu wiederholen. Er gab Gas. Es gelang ihm jedoch nicht, die Geschwindigkeit zu erreichen, mit der er die betreffenden Stellen beim erstenmal durchfahren hatte. Daran war nicht das Auto schuld. Seine Aggressivität war gewichen, er fühlte sich benommen. Zu rasen bereitete ihm keine Freude. 100 genügten auch, fand er.

Nachdem er in gemächlicherem Tempo ein zweites Mal den Donaukanal zwischen Heiligenstadt und dem Zentrum umfahren hatte, machte er sich daran, die Kameras einzusammeln, die mit Nummern versehen waren, damit er später mit den Kassetten nicht durcheinanderkam. Beim Aussteigen in der Brigittenauer Lände, wo er die beiden Kameras aus der Balkonwohnung holen wollte, stolperte er. Nur ein Müllcontainer, an den er sich im letzten Moment stützte, verhinderte einen Sturz.

Er umrundete den Wagen. Rechts hinten war das Rücklicht kaputt. Die linke Hinterseite war eingedellt. Die schlimmsten Schäden hatte die Front abbekommen. Ein Teil der Motorhaube war abgerissen, die Scheinwerfer waren zertrümmert.

Mit Wattebeinen schleppte er sich zum Haustor. Er nahm den Lift. Auf eine Kontrolle der Kameras verzichtete er. Er drückte die Stopptaste und schaltete das Gerät aus.

Als er die tropfende Gans aus der Schüssel hob und auf das Arbeitsbrett legte, fiel ihm ein, daß der Airbag beim Unfall nicht aufgegangen war. Er war sich nicht sicher, ob er sich an alle Details korrekt erinnerte, doch der Zustand des Autos sagte ihm genug. Mit Gewißheit hatte es einen Anprall gegeben. Der den Airbag hätte aktivieren müssen.

Rückrufaktion, ging ihm durch den Kopf. Er mußte lachen.

Er stellte Salz, Pfeffer, Estragon und andere Gewürze bereit, schnitt Gemüse klein, wässerte den Römertopf, heizte das Backrohr vor. Mit der Geflügelschere zerteilte er die Gans. Sie war noch nicht völlig aufgetaut, und er mußte Kraft anwenden. Er schnitt den Bauch auf, dann trennte er die Flügel ab. Er hatte nicht viel Geschick in der Küche, und bald war die Arbeitsfläche verwüstet.

Er starrte auf die Keulen. Die Flügel. Den Bürzel.

Er starrte in den Bauch.

Er betrachtete die Gans, die vor ihm lag.

Er lief zur Toilette und übergab sich.

Nachdem er sich die Zähne geputzt und das Gesicht gewaschen hatte, zog er aus dem Schrank im Flur eine große Einkaufstüte. Ohne genau hinzusehen, ließ er die Gänseteile vom Brett in die Tüte gleiten. Diese warf er in eine Nachbarwohnung.

Er schaltete das Backrohr aus. Sein Blick fiel auf das vorbereitete Gemüse. Er steckte sich eine Karotte in den Mund. Er fühlte sich müde. Als hätte er tagelang nicht geschlafen.

Er sank auf die Couch. Gern hätte er noch die Tür kontrolliert. Er versuchte sich zu erinnern. Er war sich ziemlich sicher, abgeschlossen zu haben.

So matt. So müde.

Aus wirren, häßlichen Bildern schrak er hoch. Es war nach sieben. Er sprang auf. Er mußte Dinge erledigen, er hatte nicht zu schlafen.

Beim Packen tapste er wie ein Schlafwandler durch die Räume. Wenn er zwei Stücke brauchte, die nebeneinanderlagen, nahm er eines und ließ das andere an seinem Platz. Sobald er das Versäumnis bemerkte, ging er zurück, doch nun fiel ihm etwas anderes ein, und der Gegenstand mußte weiter warten.

Dennoch war er nach einer halben Stunde fertig. Er brauchte ja nicht viel. T-Shirts, Unterhosen, Saft, ein wenig Obst und Gemüse, Leerkassetten, Anschlußkabel. Er ging in die verlassene Nachbarwohnung, wohin er die Kameras nach der Fahrt wieder gebracht hatte. Wählte fünf aus, entnahm ihnen die Kassetten, die er mit der Nummer der Kamera beschriftete.

Während der Fahrt in die Hollandstraße erinnerte er sich an den Traum aus seinem Nachmittagsschlaf. Eine Handlung hatte er nicht gehabt. Immer wieder war ihm ein halber Kopf oder ein Mund erschienen. Ein geöffneter Mund, dessen Besonderheit darin bestand, daß er keine Zähne hatte. An den Stellen, an denen gewöhnlich Zähne aus dem Zahnfleisch ragten, steckten Zigarettenstummel. Fortwährend war dieser Mund vor ihm aufgetaucht, weit geöffnet, mit gleichförmigen Reihen von Zigarettenstummeln. Gesprochen wurde nichts. Die Stimmung war kühl und leer gewesen.

Der Lkw stand vor dem Haus. Jonas hielt einige Meter weiter, damit der Spider nicht die Arbeit behinderte. Er warf sich die Reisetasche über die Schulter und packte zwei Kameras.

Die Luft in der Elternwohnung war abgestanden. Seine Schritte hallten wider, als er über den alten Holzboden zu den Fenstern ging. Eines nach dem anderen öffnete er.

Frische, warme Abendluft drang ins Zimmer. Auf das Fensterbrett gestützt, schaute er hinaus. Der Lastwagen versperrte ihm die Sicht auf die Straße. Es störte ihn nicht. Ihn erfüllte ein Gefühl von Vertrautheit. Hier war er schon als kleines Kind gestanden, eine Kiste unter den Füßen, um auf die Straße hinausschauen zu können. Er kannte das Loch im Fensterblech, den vergitterten Kanal neben dem Bordstein, die Farbe des Pflasters.

Er richtete sich wieder auf. Er hatte es eilig.

Im Hausflur legte Jonas Bretter auf die kurze Treppe, die zu den Wohnungen im Erdgeschoß führte. Über diese Rampe rollte er auf dem Schlitten zuallererst die zwei Teile des Bettes. Er lehnte sie gegen die Wand.

Ohne Hilfsmittel würde er das Bett nicht mehr aufstellen können. Gewiß, er konnte versuchen, die Teile wieder zusammenzuleimen, aber das würde vermutlich nicht halten, wenn er sich hineinlegte. So holte er aus dem Lkw einige Holzblöcke, die er eigens dafür an einer Baustelle eingesammelt hatte. Besorgt blickte er auf der Straße zum Himmel. Bald würde es dämmern.

Er stellte die Blöcke auf. Sie waren nicht gleich hoch. Er lief wieder hinaus und kehrte mit einem Bücherkarton zurück. Die ersten drei Bände, die er ihm entnahm, waren wertvoll. Er erinnerte sich sogar, wo im braunen Regal sie genau gestanden hatten. Bei den nächsten sechs handelte es sich um Wälzer über den Zweiten Weltkrieg, die sein Vater nach dem Tod der Mutter zusammengetragen hatte. Sie waren verzichtbar.

Zwei stapelte er auf den kleinsten der Blöcke. Die anderen Bücher verteilte er. Er prüfte die Höhe. Tauschte zwei Bücher miteinander aus. Prüfte erneut, suchte nach einem überflüssigen dünnen Buch, legte es auf einen Stapel. Er schätzte die neue Höhe ab. Es paßte.

Auf dem Schlitten schob er den ersten Teil des Bettes heran. Es war die ehemalige Bettseite seiner Mutter. Vorsichtig kippte er das klobige Gestell und ließ es herabsinken, so daß die Kante exakt auf der Mitte der Bücherblöcke zu liegen kam. Gleiches unternahm er unter noch größeren Anstrengungen mit der zweiten Seite. Er holte die Matratzen und legte sie auf.

Erst zaghaft, dann stärker stemmte er sich auf das Bett. Als es wider Erwarten nicht zusammenbrach, streifte er die Schuhe ab und streckte sich auf den Matratzen aus.

Geschafft. Die Nacht konnte kommen. Er würde nicht vor die Wahl gestellt sein, sich der Dunkelheit anzuvertrauen und nach Hause in die Brigittenauer Lände zu fahren oder aber hier auf dem Boden zu schlafen.

Obwohl ihm vor Hunger flau im Magen war und das Tageslicht von Minute zu Minute matter wurde, arbeitete er gleich weiter. Möbelstück um Möbelstück wurde hereingerollt und an seinen Platz gestellt. Dabei war er nicht mehr so vorsichtig wie beim Einladen. Klirren und Rumpeln ertönte, hier blätterte Verputz von der Mauer, dort verunstalteten schwarze Streifen die Tapete. Es war ihm einerlei. Er achtete, daß zumindest nichts zerbrochen wurde. Schrammen gab es auch bei professionellen Umzügen.

Zwei Bilder, drei Kameras und der Fernseher waren die letzte Fracht des Abends. Er steckte den Fernseher an. Er merkte, daß er Lust auf etwas hatte. Worauf, wußte er nicht. Er entwirrte Kabel, verband eine Kamera mit dem Fernseher. An der Fernbedienung mußte er einige Knöpfe drücken, bis der Bildschirm blau wurde und Bereitschaft anzeigte.

Die Nacht kam. Entgegen seinen Hoffnungen hatten sich die Straßenlaternen nicht angeschaltet. Die Hände in die Hüften gestemmt, blickte er durch das Fenster auf den Lastwagen. Nur das schwache Summen der auf Stand-by geschalteten Kamera hinter ihm war zu hören.

Schokolade.

Er hatte rasenden Hunger, aber vor allem quälte ihn Lust auf Schokolade. Milchschokolade, Nußschokolade, Cremeschokolade, die Sorte war zweitrangig, selbst Kochschokolade war ihm recht. Hauptsache Schokolade.

Der Hausflur war dunkel. Das Gewehr in der Hand, tappte er zum Lichtschalter. Als die trübe Birne an der Decke aufflammte, räusperte er sich und lachte rauh. Er rüttelte an der Tür zur Wohnung gegenüber. Abgeschlossen. Er versuchte es bei der nächsten. Als er die Klinke drückte, wurde ihm bewußt, daß dies die ehemalige Wohnung von Frau Bender war.

»Hallo?«

Er knipste Licht an. Im Hals fühlte er Druck. Er schluckte. Wie ein Schatten glitt er an den Wänden entlang. Er erkannte nichts wieder. Hier schienen junge Leute gelebt zu haben. An der Wand hingen Fotos von Filmstars. Die Videosammlung nahm zwei Schränke ein. Fernsehzeitschriften lagen herum. In der Ecke stand ein leeres Terrarium.

Was er sah, war ihm fremd. Nur an den prächtigen Holzboden und an die Stukkaturen an der Decke erinnerte er sich.

Staunend bemerkte er, daß Frau Benders Wohnung fast dreimal so groß gewesen war wie die seiner Familie.

Schokolade fand er nicht, nur eine Sorte Kekse, die er nicht mochte. Ihm fiel der Lebensmittelladen zwei Straßen weiter ein. Als Kind hatte er bei Herrn Weber oft eingekauft. Sogar anschreiben lassen hatten sie dürfen. Später hatte der alte Herr mit den buschigen Augenbrauen das Geschäft aufgegeben. Wenn Jonas sich recht erinnerte, hatte es ein Ägypter übernommen, der orientalische Spezialitäten anbot. Vielleicht führte er ja trotzdem auch Schokolade.

Die Luft auf der Straße war lau. Kein Wind blies, es war still. Im Halbdunkel blickte Jonas nach links und rechts. Als er losging, sträubten sich seine Nackenhaare. Er wollte umdrehen. Er nahm all seine Willenskraft zusammen und ging weiter.

Der Laden war nicht abgesperrt. Es gab Schokolade. Neben den Konserven und Fertigsuppen führte das Geschäft auch Milch, Brot und Wurst, freilich war alles nicht mehr genießbar. Der Besitzer hatte mit fast allen Gütern des täglichen Bedarfs gehandelt. Nur Alkohol suchte Jonas vergeblich.

Er lud einige Tafeln Schokolade in den rostigen Einkaufskorb. Dazu stellte er einige Dosen Bohnensuppe und eine Flasche Mineralwasser. Aufs Geratewohl zog er Süßigkeiten und Knabbergebäck aus den Regalen.

Auf dem Rückweg war ihm der Einkaufskorb lästig. Er konnte nicht zugleich ihn tragen und das Gewehr schußbereit halten. Er ging langsam. Da und dort erhellte ein beleuchtetes Fenster ein paar Meter der Straße.

Er konnte sich nicht von der Vorstellung befreien, hinter den geparkten Autos warte jemand. Er blieb stehen. Er hörte nur seinen zitternden Atem.

In seiner Vorstellung saß hinter dem Van, der an jener Ecke geparkt war, eine Frau. Sie trug eine Art Haube, wie sie Nonnen aufsetzten. Sie war in ein farbloses weites Kleid gehüllt, und sie hatte kein Gesicht. Gebückt wartete sie auf ihn. Es war, als habe sie sich noch nie bewegt. Als sei sie immer hiergewesen. Und sie wartete nicht auf irgend jemanden. Auf ihn wartete sie.

Er wollte lachen, johlen, aber er brachte keinen Ton hervor. Er wollte laufen. Seine Beine gehorchten ihm nicht. In gleichförmigem Tempo näherte er sich dem Haus. Er atmete nicht.

Im Hausflur machte er Licht. Über die Rampe gelangte er in den Gang, in dem die Wohnung lag. Er drehte sich nicht um. Er trat ein, stellte den Korb ab und drückte die Tür mit dem Hinterteil zu. Erst dann wandte er sich um und sperrte ab.

»Ha, ha, ha! Jetzt werden wir schmausen! Jetzt werden wir löffeln! Ha, ha, ha!«

Er sah sich in der Küche um. Die Einrichtung und alles Geschirr stammten von Familie Kästner. Er stellte einen großen Topf auf und leerte den Inhalt von zwei Dosen hinein. Als der Geruch von Bohnen aufstieg, löste sich allmählich seine Spannung.

Nach dem Essen ging er mit dem Einkaufskorb hinüber

ins Zimmer, wo ihn das Summen der Kamera empfing. Auch diesmal brach das Bett nicht zusammen, als er mit dem Fuß die Stabilität prüfte. Er holte eine Decke und ein Kissen. Er legte sich hin, riß eine Tafel Milchschokolade auf und schob sich einen Riegel in den Mund.

Er ließ den Blick schweifen. Noch waren längst nicht alle Möbel da. Doch die, die er hereingeschafft hatte, standen an ihrem alten Platz. Das braune Regal, das gelbe. Die uralte Stehlampe. Der etwas speckige Fauteuil. Der Schaukelstuhl mit der abgewetzten Armlehne, in dem ihm als Kind mitunter übel geworden war. Und dem Bett gegenüber an der Wand Johanna. Das Bild der unbekannten Frau, das immer hier gehangen hatte. Eine schöne Frau mit langem dunklem Haar, die sich an einen stilisierten Baumstamm lehnte und dem Betrachter in die Augen sah. Scherzhaft hatten seine Eltern sie Johanna genannt. Obwohl niemand wußte, wer das Bild gemalt hatte und wen es darstellte. Ja nicht einmal, woher es stammte, hätte jemand sagen können.

Das Laken auf der Matratze war weich. Noch immer verströmte es einen vertrauten Duft.

Er drehte sich auf die Seite. Mit der Hand tastete er hinter sich nach einem weiteren Stück Schokolade. Müde und zugleich entspannt blickte er auf das Fenster zur Straße. Es war ein Doppelfenster, undicht, so daß sie im Winter schäbige Decken auf das Brett zwischen äußeres und inneres Fenster gelegt hatten, um Zugluft zu vermeiden.

Vor Weihnachten hatte er hier den Brief an das Christkind abgegeben.

Anfang Dezember erinnerte ihn die Mutter, seinen Wunschzettel an das Christkind aufzusetzen. Nie vergaß sie zu erwähnen, daß das Christkind so arm sei, daß es sich selbst nur ein dünnes Kleid leisten könne, und er solle sich bescheiden. So setzte er sich an den Tisch, seine Füße baumelten über dem Boden. Am Bleistift kauend, dachte er über seine Träume nach. War ein ferngesteuerter Lastwagen zu kostspielig für das Christkind? Hatte es zuwenig Geld für eine Spielzeugautobahn? Oder für ein Elektroboot? Ihm fielen die zauberhaftesten Dinge ein, doch seine Mutter versicherte ihm, seine Wünsche würden das Christkind in Gewissensnöte stürzen, weil es nicht wissen würde, woher es all diese Sachen bekommen solle.

Und so standen am Ende Kleinigkeiten auf dem Zettel. Eine neue Füllfeder. Ein Paket Abziehbilder. Ein Gummiball. Der Brief wanderte auf die zerlumpte Decke zwischen den Fenstern, wo ihn in einer der kommenden Nächte ein Engel abholen würde, um ihn dem Christkind zu bringen.

Wie bekam der Engel das Fenster auf?

So lautete die Frage, die Jonas vor dem Einschlafen gewälzt hatte. Er wollte die Augen gar nicht zumachen, wach bleiben wollte er. Ob der Engel in dieser Nacht kam? Würde er ihn hören?

Sein erster Gedanke am Morgen war: Nun war er doch eingeschlafen. Aber wann nur, wann?

Er lief zum Fenster. War der Umschlag verschwunden, was selten am ersten, meist am zweiten oder erst am dritten Tag geschah, da die Engel viel zu tun hatten, fühlte Jonas ein Glücksgefühl, das alles übertraf, was er Wochen später am Weihnachtsabend erlebte. Gewiß, er freute sich über die Geschenke, und das Bewußtsein, dem Christkind persönlich so nahe gewesen zu sein, als es die Pakete unter die Tanne gelegt hatte, während er in der Küche gesessen war, versetzte ihn in Aufregung. Die Eltern empfingen Onkel Reinhard und Tante Lena, Onkel Richard und Tante Olga. Auf dem Weihnachtsbaum strahlten Kerzen. Jonas legte sich auf den Boden, lauschte nebenbei dem Gespräch der Erwachsenen, das sich auf dem Weg zu ihm in ein gleichmäßiges Raunen verwandelte und von dem er sich eingehüllt fühlte, während er in einem Buch blätterte oder die Spielzeuglokomotive untersuchte. Dies alles war schön und rätselhaft. Aber nicht zu vergleichen mit dem Wunder, das sich einige Wochen zuvor ereignet hatte. Ein Engel war nachts gekommen und hatte seinen Brief abgeholt.

Seufzend wälzte sich Jonas auf die andere Seite. Von der Schokolade war nur noch eine Rippe da. Er steckte sie sich in den Mund und zerknüllte das Papier.

Er merkte, daß er nicht mehr lange wach bleiben konnte. Er überwand seine Trägheit und stand auf.

Vor dem Bett postierte er nebeneinander drei Kameras. Er blickte durch das Objektiv, korrigierte den Winkel, legte Kassetten ein. Als alles bereit war, wandte er sich dem Fernseher und der daran angeschlossenen Kamera zu. Das Band von letzter Nacht hatte er in der Hosentasche. Er legte es ein und drückte auf Start.

Die Kamera war nicht auf das Bett gerichtet, und sie stand auch nicht im Schlafzimmer. Das Bild zeigte die Duschkabine im Bad. Im Bad dieser Wohnung. In der Hollandstraße.

Jemand schien schon längere Zeit zu duschen, und zwar heiß. Das Glas der Kabinenwände war beschlagen, und oben stieg Dampf auf. Das Rauschen des Wassers war jedoch nicht zu hören. Es schien ohne Ton aufgenommen worden zu sein.

Nach zehn Minuten begann sich Jonas zu fragen, wie lange diese Wasserverschwendung noch andauern würde.

Zwanzig Minuten. Er war so müde, er mußte auf doppelte Geschwindigkeit schalten. Dreißig Minuten, vierzig. Eine Stunde. Die Badezimmertür war geschlossen, und der Raum füllte sich zunehmend mit Dampf. Die Tür zur Duschkabine war nur noch zu erahnen.

Nach zwei Stunden war auf dem Bildschirm nur noch eine zähe graue Masse zu sehen.

Eine weitere Viertelstunde danach begann die Sicht rasch besser zu werden. Die Badezimmertür kam ins Bild, sie stand nun offen. Ebenso jene zur Duschkabine.

Die Kabine war leer.

Das Band endete, ohne daß jemand zu sehen gewesen war.

Jonas schaltete ab. Vorsichtig, als habe das auf dem Band Gesehene noch direkten Bezug zu allem, was in dieser Sekunde vorging, spähte er ins Bad. Er blickte auf den Vorleger. Auf die Duschtasse. Auf den Seifenspender, der aus den Fliesen ragte. Alles sah aus wie immer.

Aber das war eigentlich nicht möglich. Es mußte doch etwas anders sein. Irgend etwas.

Hier hatte das, was er auf dem Video gesehen hatte, stattgefunden. Es gehörte also zu diesem Ort. Aber der Ort hatte es verlassen, ihm haftete nichts mehr vom Vergangenen an. Nur noch eine Duschkabine. Keine beschlagenen Scheiben. Kein Dampf. Nur noch Erinnerung. Leere.

Es war kurz nach elf. Er programmierte eine Kamera auf 2.05 Uhr, die zweite auf 5.05 Uhr. Dann schaltete er die dritte ein, streifte die Kleider ab und legte sich ins Bett.

17

Er glaubte es kaum, als er am Mobiltelefon die Zeit ablas. Es war nach zehn. Er hatte elf Stunden geschlafen. Dennoch fühlte er sich nicht im mindesten erholt.

In der Küche merkte er, daß er am Vorabend beim Ägypter vergessen hatte, Brot fürs Frühstück zu besorgen. Er wärmte sich eine weitere Konservendose. Kaffee gab es, doch es war eine Sorte, die er nicht mochte. Er trank Mineralwasser.

Nach dem Essen schaffte er Ordnung. Er öffnete alle Fenster, damit es durchzog und frische Luft in die stickigen Räume drang. Er schüttelte das Bett auf. Er spulte die Kassetten zurück, deren dreifaches Surren das Zimmer erfüllte. Er stellte das schmutzige Geschirr in die Spülmaschine. Ohne es sich selbst einzugestehen, hielt er bei all diesen Verrichtungen immerzu Ausschau. Nach Veränderung. Nach Hinweisen. Nach etwas, das ihm am Tag zuvor nicht aufgefallen war.

Er duschte kalt. Die Augen schloß er dabei nicht. Aus vollem Hals sang er ein Seeräuberlied, in dem kielgeholt und über die Planke gegangen wurde. Als er sich im Zimmer abtrocknete, erblickte er die angebrochene Tafel Schokolade. Einen Moment zögerte er, dann griff er zu.

Innerhalb einer Stunde hatte er den ganzen Lastwagen ausgeräumt. Alles stand in der Wohnung. Alle Stühle, alle Regale, alle Schränke, alle Kartons. Ungeordnet zwar, doch mußte er nun nicht mehr das Haus verlassen. Er konnte sich neben der Arbeit die Bänder von vergangener Nacht ansehen.

Nicht ganz drei Stunden benötigte er, um alle Möbelstücke sauber zu wischen, auf Beschädigungen zu überprüfen und an ihren Platz zu rücken. Während neben ihm im Fernseher der Schläfer schlief, polierte Jonas den Lampenschirm, besserte ein Loch im Fauteuil aus und schliff Kratzer am Schrank ab. Bei jeder Gelegenheit schaute er zum Fernseher.

Der Schläfer schien eine ruhige Nacht gehabt zu haben. Ab und zu drehte er sich herum. Die meiste Zeit lag er friedlich da. Sogar Schnarchen meinte Jonas zu hören. Er fragte sich, wieso er so müde war.

Zwischen Kassette 1 und 2 machte er Pause. In einer Küchenlade fand er ein Fertiggericht. Er wärmte es in einem kleinen Wok. Es war ungenießbar. Er fügte Sojasauce und Gewürze hinzu. Ohne Erfolg. Mit steinerner Miene trieb er den Öffner in eine weitere Dose Bohnensuppe.

Die zweite Kassette begann, wie die erste geendet hatte. Er spielte sie im Zeitraffer ab. Währenddessen räumte er ein. Auch in der Küche hatte er zu tun. Von dort war ihm die Sicht zum Fernseher verstellt, daher wechselte er für diese Minuten in die normale Wiedergabe und drehte die Lautstärke auf Maximum. Zusätzlich huschte er alle zwei Minuten hinüber ins Zimmer, um sich zu vergewissern, daß der Schläfer noch immer unter der Decke vergraben lag. Rechts stand das Bett, links gegenüber spiegelte es sich verkleinert im Fernseher. In diesem Spiegel lag er selbst und schlief.

Alles Geschirr von Familie Kästner wanderte auf die Müllhalde im Hinterhof. Nur einige Pfannen und Töpfe behielt er sich, weil er bemerkt hatte, daß die Ausstattung seines Vaters zu wünschen übrigließ. Er vermißte die Tasse mit dem Bären, aus der er als Kind getrunken hatte. Von den alten Gläsern waren nur noch drei vorhanden. Und von Kochgeschirr, dessen Bedienung Sachverstand und Überlegung erforderte, wie etwa ein Schnellkochtopf oder eine Munterkanne, schien sich sein Vater getrennt zu haben.

Er schaltete erneut auf doppelte Wiedergabegeschwindigkeit. Egal, was ihm noch bevorstand: Es erwies sich als unmöglich, seinen Schlaf lückenlos zu filmen und dann tagsüber gewissenhaft die Aufzeichnung zu betrachten. Es würde bedeuten, nichts mehr zu tun, als zu schlafen und sich dann beim Schlafen zuzusehen. Er würde nichts mehr unternehmen können, er wäre an die Kameras festgebunden.

Gegen Ende der zweiten Kassette, als der Schläfer noch immer regungslos unter der Decke lag, fühlte sich Jonas zum Narren gehalten. Seine Bewegungen wurden langsamer. Er stopfte Wäsche in Schubladen, ohne sich um Bügelfalten zu kümmern, er knallte Schranktüren zu. Bis er in einem Bücherstapel einige seiner alten Comic-Hefte entdeckte, die ihm beim Einpacken nicht aufgefallen waren.

Er mochte Comics. Auch als Erwachsener hatte er sich beizeiten das eine oder andere Clever & Smart-Magazin gekauft, ohne sich zu schämen. In der Brigittenauer Lände lag sogar jetzt eines auf der Toilette. Diese Hefte jedoch waren etwas Besonderes. Er blätterte darin wie in einer gesuchten Rarität. Jedem Eselsohr, jedem Marmeladefleck schenkte er Aufmerksamkeit. Als er dieses Heft zuletzt in die Hand genommen hatte, war er zwölf Jahre alt gewesen oder höchstens vierzehn. Zwanzig Jahre waren vergangen seit das Brot abgeschnitten worden war, mit dessen Belag er diese Seite verschmiert hatte. Zwei Jahrzehnte war dieses Heft in einem Regal gestanden und nicht aufgeschlagen worden. An einem bestimmten Tag hatte Jonas es zugeklappt, weggeräumt und nicht mehr daran gedacht. Und er hatte keine Ahnung gehabt, wie lange es dauern würde, bis er dieses Panel, diese Sprechblase wiedersah. Erst jetzt kehrte er zurück.

Launig, stand mit kindlicher Handschrift an den Rand einer Seite gekritzelt.

Er hatte das geschrieben. Warum, wußte er nicht. Nur, daß er es geschrieben hatte. Daß es zwanzig Jahre her war und daß er damals so vieles noch nicht gewußt hatte. Daß dieses »Launig« von einem Jungen geschrieben worden war, der nichts von Mädchen wußte, der später Physik studieren und Lehrer oder Professor werden wollte, der sich für Fußball interessierte und dem womöglich eine Mathematikarbeit ins Haus stand. Und daß der, der nach zwanzig Jahren zu diesem Heft zurückkam, sich fragte, wieso er es nicht früher gefunden hatte. Das Heft. Und die Erinnerung.

Er blickte zum Bildschirm. Der Schläfer regte sich nicht.

Auf einer Seite waren den Figuren mit Kugelschreiber Brillen gezeichnet worden. Er erinnerte sich nicht daran, es getan zu haben.

Er begann den Comic zu lesen. Schon auf der ersten Seite mußte er schmunzeln. Er las mit wachsendem Vergnügen. Zum Fernseher blickte er nur noch automatisch. Er ergötzte sich an der Absurdität der Handlung, an den Charakteren, an den Zeichnungen. Als er wieder einmal zum Fernseher schaute, war der Bildschirm blau. Unverzüglich legte er die dritte Kassette ein. Der Schläfer schlief. Jonas drückte den Knopf für die doppelte Geschwindigkeit.

Er las den Comic zu Ende. Einige Male mußte er auflachen. Nachdem er die letzte Seite gelesen hatte, blätterte er noch eine Weile frohmütig im Heft. An diese Folge konnte er sich nicht erinnern. Alles war ihm erschienen, als lese und sehe er es zum erstenmal. Was ihn erstaunte. Denn als er in eines seiner Kinderbücher hineingelesen hatte, waren ihm Handlung und Personen sogleich vertraut gewesen.

Der Schläfer schlief. So tief und ruhig, daß Jonas prüfte, ob er den Zeitraffer eingeschaltet hatte.

Er schlichtete Bücher in die Regale. Ab und zu weckte eines sein Interesse, und er schmökerte darin. Er blickte zum Bildschirm. Er sah sich um, ob er schon soweit war, daß er sich die Pause erlauben durfte. Er las weiter, bis seine Neugier befriedigt war.

Karton um Karton segelte zusammengefaltet in den Hinterhof. An der Kamera drückte er auf Pause, um im Bad die Waschmaschine anzuschließen. Bei dieser Gelegenheit hängte er Handtücher an die Haken neben dem Waschbecken. Im Zimmer schaltete er auf Wiedergabe und ging daran, die persönlichen Wertgegenstände seines Vaters zu ordnen. Einige Ringe. Die Orden. Den Paß. Kleinere Andenken. All dies legte er in die Schublade, in der sie jahrzehntelang aufbewahrt worden waren. Nur das Messer fehlte, es steckte in der Wand. Einige Fotos gingen ihm auch ab. Eventuell fand er sie im Keller in der Rüdigergasse.

Der Gedanke an das Messer, das nicht aus der Mauer zu ziehen war, bekümmerte ihn. Zum erstenmal seit Wochen war seine Stimmung heller, er wollte sie sich nicht verderben lassen. Er nahm einen anderen Comic zur Hand.

Er ließ den Blick durch den Raum wandern. Eigentlich war er fertig. Es gehörte vielleicht noch etwas gewissenhafter geputzt, doch das konnte er an einem anderen Tag erledigen.

Er legte sich aufs Bett. Er nahm sich Erdnüsse. Das Band lief mit doppelter Geschwindigkeit, das Display zeigte 2:30 Stunden an. Er schaltete auf normale Wiedergabe. Den Kopf dem Fernseher zugewandt, drehte er sich bequem auf den Bauch und begann zu lesen. Lustvoll zerbiß er eine Nuß.

Aus den Augenwinkeln nahm er auf dem Bildschirm Bewegung wahr.

Seit 2:57 Stunden lief das Band. Der Schläfer wickelte sich aus der Decke und setzte sich an den Bettrand. Einen Meter entfernt von der Stelle, an der Jonas lag. Der Schläfer wandte sich der Kamera zu. Sein Blick war klar.

Jonas setzte sich auf. Drehte lauter. Sah den Schläfer an.

Der Schläfer zog eine Braue hoch.

Um seine Mundwinkel zuckte es.

Er schüttelte den Kopf.

Er fing an zu lachen.

Immer stärker, immer lauter lachte er. Es war kein künstliches Gelächter. Er schien etwas aufrichtig komisch zu finden. Er rang nach Luft, lachte und lachte. Er bemühte sich um Fassung. Aufs neue mußte er lachen. Kurz vor Ende des Bandes hatte er sich in der Gewalt. Er blickte geradeaus in die Kamera.

Dieser Blick war so fest, wie es Jonas an keinem Menschen je erlebt hatte. Schon gar nicht bei sich selbst. Ein Blick so voller Entschlossenheit, daß Jonas sich überwältigt fühlte.

Der Bildschirm wurde blau.

Jonas streckte Arme und Beine aus. Er starrte zur Decke.

An die er vor zwanzig Jahren gestarrt hatte, an die er vor drei Wochen gestarrt hatte.

Schon als Kind hatte er hier gelegen und über sein Ich nachgedacht. Über das Ich, das gleichbedeutend war mit dem Leben, in das jeder einzelne eingesperrt war. Wenn man mit einem Klumpfuß geboren wurde, hatte man den das ganze Leben lang. Wenn einem die Haare ausgefallen waren, konnte man zwar eine Perücke aufsetzen, doch man selbst wußte ganz genau, daß man ein Kahlkopf war und diesem Los nicht entkommen konnte. Wenn einem alle Zähne gezogen worden waren, würde man bis an sein Ende nie mehr mit eigenen Zähnen kauen. Litt man an einer Behinderung, mußte man damit zurechtkommen. Man mußte mit allem zurechtkommen, was nicht zu ändern war, und die meisten Dinge waren nicht zu ändern. Ein schwaches Herz, ein empfindlicher Magen, eine krumme Wirbelsäule, das war das Individuelle, das war das Ich, es gehörte zum Leben, und in dieses Leben war man eingesperrt, und man würde nie erfahren, wie es war und was es bedeutete, ein anderer zu sein. Nichts konnte einem vermitteln, was ein anderer beim Erwachen empfand oder beim Essen oder bei der Liebe. Man konnte nicht wissen, wie das Leben ohne die Rückenschmerzen, ohne das Aufstoßen nach den Mahlzeiten sich anfühlte. Das eigene Leben war ein Käfig.

Er hatte als Kind dagelegen und sich gewünscht, eine Comic-Figur zu sein. Nicht Jonas wollte er sein mit dem Leben, das er hatte, mit dem Körper, in dem er steckte. Sondern Jonas, der zugleich Fred Clever oder Jeff Smart war oder beide oder jedenfalls als Freund mit ihnen in ihrer Wirklichkeit. Mit den Regeln und Naturgesetzen, die in ihrer Welt herrschten. Sie bekamen zwar ständig Prügel, erlitten Unfälle, sprangen aus Hochhäusern, wurden verbrannt, zerteilt, gefressen, sie explodierten und wurden zu fernen Planeten geschleudert, doch sie konnten sogar dort atmen, die Explosionen töteten sie nicht, und abgehackte Hände wurden wieder angenäht. Gewiß, sie litten Schmerzen. Doch im nächsten Bild waren diese Schmerzen vorbei. Sie hatten viel Spaß. Es mußte lustig sein, sie zu sein.

Und sie starben nicht.

Die Zimmerdecke. Nicht Jonas, sondern sie zu sein. Über einem Raum zu hängen, in dem Menschen umhergingen, jahraus, jahrein. Die einen verschwanden, andere kamen. Er hing dort oben, die Zeit sickerte weiter, ihn kümmerte es nicht.

Ein Stein am Meer zu sein. Das Rauschen der Wellen zu hören. Oder nicht zu hören. Jahrhundertelang am Ufer zu liegen, dann von einem Mädchen ins Wasser geschleudert zu werden. Um nach weiteren Jahrhunderten herausgespült zu werden. An den Strand. Auf die zu Sand zerriebenen Muscheln.

Ein Baum zu sein. Als er gepflanzt wurde, herrschte Heinrich der Erste oder der Vierte oder der Sechste, und dann kam ein Leopold oder ein Karl. Der Baum stand in der Wiese, die Sonne schien auf ihn, abends sagte er ihr auf Wiedersehen, nachts kam der Tau. Morgens stieg die Sonne herauf, sie grüßten, und ihn kümmerte es nicht, ob tausend Kilometer entfernt ein Shakespeare umherging oder eine Königin geköpft wurde. Ein Bauer kam und beschnitt die Äste, und der Bauer hatte einen Sohn, und der Sohn hatte wieder einen Sohn, und der Baum stand da und war nicht alt. Hatte keine Schmerzen, hatte keine Furcht. Napoleon wurde Kaiser, und den Baum rührte es nicht. Napoleon kam vorbei, lagerte im Schatten des Baumes, und es war dem Baum egal. Und als später ein Kaiser Wilhelm kam und den Baum berührte, wußte er nicht, daß Napoleon den Baum berührt hatte. Und dem Baum waren Napoleon und Wilhelm gleichgültig. So wie der Ururenkel des Ururenkels des ersten Bauern, der gekommen war, ihm die Wassertriebe zu beschneiden.

So ein Baum sein, der zu Beginn des Ersten Weltkriegs auf der Wiese gestanden war, und zu Beginn des Zweiten, und in den Sechzigern, den Achtzigern, den Neunzigern. Der jetzt dastand und um den der Wind wehte.

Die Sonne blinkte durch die Jalousien. Jonas versperrte die Tür, durchsuchte die Wohnung. Neben der Garderobe stellte er das Gewehr ab. Niemand schien hiergewesen zu sein. Das Messer steckte unverändert in der Mauer. Er zog daran. Es saß fest.

Er machte sich etwas zu essen. Danach trank er Grappa. Er lehnte sich aus dem Fenster. Mit geschlossenen Augen genoß er die Sonnenstrahlen.

Acht Uhr. Er war müde. Schlafen gehen durfte er nicht, es gab so viel zu tun.

In der Nachbarwohnung ließ er die Kameras aufschnappen. Jede Kassette numerierte er. Mit den Bändern 1 bis 26 als Stapel vor der Brust, balancierte er zurück in die eigene Wohnung. Er schob eine unbespielte Videokassette in den Rekorder. In die Kamera legte er Band 1 ein.

Auf dem Fernsehbildschirm erschien der Spider in voller Fahrt, wie er durch die Brigittenauer Lände auf die Kamera zubrauste. Als er vorbeifuhr, war das Motorengeräusch so betäubend, daß Jonas erschrocken leiser drehte.

Kaum noch war das Dröhnen zu hören. Kurz darauf herrschte Stille.

Der Schirm zeigte die verlassene Lände.

Nicht die geringste Bewegung war zu sehen.

Er spulte vor. Drei, acht, zwölf Minuten. Er drückte die Playtaste. Wieder sah er die erstarrte Lände. Er wartete. Nach einigen Minuten war entfernt das Brummen eines Motors zu hören, das sich rasch näherte. Der Spider kam ins Bild. Fuhr mit verbeulter Front auf die Kamera zu. Brauste vorbei.

Verlassen lag die Straße da. Wind bewegte sanft die Äste der Bäume, die die Lände säumten.

Jonas spulte zum Anfang zurück. An der Kamera drückte er auf Start, am Videorekorder die Aufnahmetaste. Genau in dem Moment, als der Wagen aus dem Bild raste, stoppte er die Aufnahme. Er nahm Band 1 heraus, legte Band 2 ein. Es zeigte die Fahrt vom Balkon aus. Er drückte die rote Taste. Wieder stoppte er in dem Moment, als der Spider das Bild verließ.

Das dritte Band stammte aus der zweiten Balkonkamera. Sie hatte die Heiligenstädter Brücke gefilmt. Er mußte zweimal zurückspulen, um exakt jenen Moment zu erwischen, in dem der Wagen ins Bild kam. Der Spider verschwand auf der anderen Seite des Kanals. Jonas stoppte die Aufnahme. Das Band in der Kamera ließ er laufen.

Er blickte auf die unbelebte Brücke.

Was er sah, hatte noch kein Mensch gesehen. Das Brükkengeländer, das Wasser des Donaukanals. Die Straße, die blinkende Ampel. An jenem Tag kurz nach 15 Uhr. Es war aufgenommen worden, doch kein Mensch war in der Nähe gewesen. Diese Aufnahme war ohne menschlichen Zeugen von einer Maschine gemacht worden. Spaß daran hatten allenfalls die Maschine selbst und ihre Motive gehabt. Die leere Straße. Die Ampel. Die Sträucher. Sonst niemand.

Aber diese Bilder waren der Beweis, daß diese Minuten existiert hatten. Sie waren vorbei. Wenn er jetzt zur Brücke hinauflief, würde er eine andere Brücke, eine andere Zeit antreffen, als er hier sah. Doch es hatte sie gegeben. Auch ohne daß er anwesend gewesen war.

Er schob Band vier ein. Es folgten fünf, sechs, sieben. Er kam zügig voran. Bisweilen erhob er sich, um sich das Glas vollzuschenken, einen Snack zu machen oder sich einfach die Beine zu vertreten. Er hielt sich nicht lange auf. Als er die Kassette abspielte, die den Gaußplatz zeigte, war es draußen dunkel geworden.

Der Spider berührte ein geparktes Auto. Er geriet ins Schlingern. Rammte einen Wagen auf der anderen Straßenseite, um wieder über die Straße zu schleudern und frontal in einen Van zu krachen. Der Anprall war so gewaltig, daß Jonas vor dem Bildschirm erstarrte. Der Spider wurde in den Kreisverkehr katapultiert, wo er sich mehrmals um die eigene Achse drehte und schließlich liegenblieb.

Eine Minute geschah nichts. Noch eine verging. Und noch eine. Dann stieg der Fahrer aus, ging nach hinten, öffnete den Kofferraum, untersuchte etwas. Er ging zurück und setzte sich ans Steuer.

Nach drei Minuten fuhr der Wagen weiter.

Jonas hatte den Ausschnitt noch nicht auf die Videokassette überspielt. Er spulte zurück, doch auch jetzt drückte er die Aufnahmetaste nicht. Ungläubig verfolgte er den Unfall. Wie der Fahrer ausstieg, sich umsah, ob er beobachtet wurde, und nach hinten ging. Wieso tat er es? Was hatte er im Kofferraum zu schaffen?

Und wieso konnte sich Jonas nicht daran erinnern?

Um halb zwölf war die Kassette fertig. Die zweite Umrundung hatte er dann doch nicht überspielt. Vielleicht würde er es ein anderes Mal nachholen, einstweilen genügte ihm eine Fahrt. Ansehen würde er sie sich bei passender Gelegenheit.

Das Glas in der Hand, streifte er durch die Wohnung. Er dachte daran, wie viele Jahre er hier gelebt hatte. Er kontrollierte, ob zugesperrt war. Er las Maries Kurznachrichten in seinem Mobiltelefon. Er rollte die verspannten Schultern. Im Schlafzimmer betrachtete er das Messer in der Mauer.

Er putzte sich die Zähne. Dabei blickte er in den Spiegel. Er zuckte zusammen, als er seine Augen sah. Während die Bürste summend in seinem Mund die Zahncreme aufschäumte, schaute er zu Boden. Er spuckte aus. Gurgelte.

Er ging zurück ins Schlafzimmer. Er packte den Griff und zog mit aller Kraft. Das Messer bewegte sich keinen Millimeter.

Auf Knien untersuchte er den Teppich. Nach einer Weile glaubte er zu erkennen, daß der Boden unter dem Messer eine Spur sauberer war als ringsum.

Er hob den Staubsauger vom Schlafzimmerschrank, wo er das sperrige Gerät aus Platzmangel aufbewahrte. Er zog den Staubsack heraus, ging ins Bad und leerte den Inhalt in die Wanne. Staub stieg auf, er mußte husten. Er hielt sich die Hand vor das Gesicht. Mit der anderen stocherte er in dem kompakten Block aus Staubflocken, Papierschnipseln und zusammengepreßtem Müll. Schon bald kam ihm ein weißes Pulver unter.

Mauerstaub.

18

Vielleicht war Ordnung der Schlüssel.

Er rieb sich die Augen, bemüht, den Gedanken festzuhalten. Ordnung. Möglichst wenig verändern. Und da, wo es machbar war, den alten Zustand wiederherstellen.

Er blinzelte. Er hatte geträumt, schlecht geträumt – wovon?

Er blickte zur Wand. Das Messer war weg. Er fuhr hoch. Die Kamera, das Gewehr, der Computer, alles an seinem Platz. Doch das Messer war verschwunden.

Während er mit zitternden Fingern versuchte, sein Hemd zuzuknöpfen, suchte sein Blick den Boden ab. Nichts. Er lief ins Wohnzimmer. Kein Messer.

Er hatte rasende Kopfschmerzen. Er nahm zwei Parkemed. Als Frühstück aß er Marmorkuchen aus der Plastikverpackung. Es schmeckte künstlich. Er trank Vitaminsaft dazu. Die Erinnerung an seinen Traum kehrte zurück.

Er befand sich in einem Zimmer mit zu kleinen Möbeln, als seien sie geschrumpft oder für Zwerge gebaut. Ihm gegenüber saß auf einem Fauteuil ein Körper ohne Kopf. Er rührte sich nicht.

Jonas betrachtete den Kopflosen. Er hielt ihn für tot. Dann bewegte sich eine Hand. Bald darauf der Arm. Jonas murmelte etwas, doch die Worte waren nicht zu verstehen. Der Kopflose winkte ab. Jonas bemerkte, daß die Stelle zwischen den Schultern, aus denen der Hals geragt hatte, dunkel war, mit einem weißen Kreis in der Mitte.

Er redete wieder mit dem Kopflosen, ohne zu verstehen oder zu wissen, was er sagte. Der Kopflose bewegte steif den Oberkörper, als wolle er sich herumdrehen, um zur Seite

oder nach hinten zu schauen. Er trug Jeans und ein Holzfäl-
lerhemd, dessen obere Knöpfe offenstanden. Auf der Brust
kräuselten sich graue Haare. Jonas sagte etwas. Und dann
hatte der Kopflose im Sitzen zu schaukeln begonnen. Mit
kleinen, rasenden Bewegungen war er vor und zurück, hin
und her vibriert. Weit schneller, als es gewöhnliches Geschick und Muskelkraft erlaubten.

Jonas legte den Kuchen zur Seite, trank das Glas leer und
schrieb den Traum in Stichworten in sein Notizheft.

In der Werkzeuglade fand er nur ein Hämmerchen, mit dem
man allenfalls einen Bilderhaken in eine Sperrholzwand
treiben konnte. Er suchte in der Schachtel unter dem Bade-
zimmerwaschbecken, wo er Werkzeug aufbewahrte, wenn er
zu faul war hinunterzugehen. Leer.

Mit dem Aufzug fuhr er nach unten. Sein Kellerabteil
roch kalt nach Gummi. Hinter den Winterreifen des Toyota
stand die Werkzeugkiste mit den größeren Geräten.

Prüfend schwang er den Vorschlaghammer. Damit würde
es gehen. Er machte, daß er aus dem Keller kam, und lief die
Treppe hinauf. Da unten hörte er von Sekunde zu Sekunde
mehr Geräusche, die ihm nicht gefielen. Die er sich natürlich einbildete. Aber er wollte sich ihnen nicht zu lange aussetzen.

Er stellte sich vor die Wand. Eine Sekunde überlegte er,
ob er das Ganze nicht lieber lassen sollte. Er holte aus und
schlug mit voller Wucht zu. Der Hammer traf exakt die
Stelle, an der das Messer gesteckt hatte. Es krachte dumpf,
die Mauer bröckelte.

Er schlug zum zweitenmal zu. Der Hieb riß ein großes
Loch in die Wand. Roter Ziegelstaub sickerte heraus.

Ziegel in einem Haus aus Stahlbeton?

Schlag um Schlag traf die Wand. Das Loch wurde größer.
Bald hatte es die Ausmaße des Spiegelschranks über dem

Waschbecken im Bad. Und nun prallte der Hammer an den Rändern zurück.

Mit den Händen untersuchte er das Loch. Tatsächlich bestand die Mauer an dieser Stelle aus alten, brüchigen Ziegeln. An den Stellen ringsum, die dem Hammer Schwierigkeiten bereiteten, pochte er indes auf Beton.

Zwischen zwei Ziegeln fühlte er etwas.

Vorsichtig klopfte er die Ziegel daneben heraus. Ein Stück Plastik. Er zog daran. Es schien tief in der Wand zu stecken.

Mittlerweile häufte sich so viel Schutt auf dem Boden, daß Jonas mit dem Besen kommen und aufräumen mußte. Tiefer und tiefer ging es in die Mauer. Weil ihm dieses Etwas, an dem er zerrte, nicht geheuer war, streifte er Arbeitshandschuhe über. Er hustete.

Nachdem er mit einem kräftigen Hieb eine geräumige Stelle freigelegt hatte, zog er erneut. Es gab einen Ruck, und er hielt das Objekt in der Hand. Mit spitzen Fingern schaffte er es in die Badewanne.

Ehe er den Hahn aufdrehte, betrachtete er seinen Fund aufmerksam. Er wollte sichergehen, daß es sich bei der grauen Schicht, die an der Oberfläche haftete, um gewöhnlichen Dreck handelte und nicht etwa um Kalium oder Magnesiumpulver, also um Stoffe, die in Berührung mit Wasser entzündliche Gase entwickelten. Auch war nicht auszuschließen, daß es sich gar um eine Sprengstoffart handelte, die bei Kontakt mit Wasser explodierte. Er mußte es darauf ankommen lassen.

Er brauste den Staub und Schmutz ab, der an dem Objekt klebte. Es war tatsächlich aus Plastik. Es sah aus wie ein Regenmantel. Er wischte sich die Stirn. Dasselbe Tuch benützte er, um das Plastik trockenzureiben. Er hob den Gegenstand hoch und breitete ihn aus.

Es war kein Regenmantel. Es war eine aufblasbare Puppe.

Der es, er schaute genau, allerdings an den Öffnungen man-
gelte, die sie als Sexartikel identifiziert hätten.

Er stellte die zwei Reisekoffer neben dem Spider ab. Die
Karosserie sorgfältig betrachtend, umrundete er das Fahrzeug. Nun konnte er sich den enormen Schaden an der Vor-
derseite erklären. Nach diesem Unfall war es ein Wunder,
daß der Wagen noch fuhr.

Ehe er das Gepäck einlud, untersuchte er den Kofferraum
auf das gewissenhafteste. Nur der Verbandskasten und das
Brecheisen lagen darin. Was er nach der Kollision hier getan
haben sollte, blieb unergründbar.

Er kontrollierte den Kilometerstand. Die Zahlen verglich
er mit jenen, die er am Vortag in sein Notizheft geschrieben
hatte. Sie stimmten überein.

In der Elternwohnung stellte er fest, daß er zuwenig Platz
hatte. Sein eigener Schrank, in dem er als Kind seine Wäsche
aufbewahrt hatte, war vor Jahren auf dem Sperrmüll gelandet.
Er mußte die Koffer unausgeräumt im ehemaligen Kinderzimmer lagern, bis er Zeit fand, einen zusätzlichen Kleider-
kasten zu besorgen. Den er ebenfalls nebenan aufstellen
wollte. Das Wohnzimmer nämlich war nun so wie in seiner
Kindheit, und jedes fremde Möbelstück würde stören.

Dunkel erinnerte er sich, daß sie früher manches auf dem
Speicher aufbewahrt hatten, weil es in diesem Haus keine
Kellerabteile gab. Er war in seiner Kindheit zum letztenmal
oben gewesen.

Aus der Wohnung holte er den Schlüsselbund, den Fami-
lie Kästner hinterlassen hatte, sowie die Taschenlampe.
Auch das Gewehr nahm er mit. Einen Lift gab es nicht. Als
Jonas im fünften Stock ankam, war er kaum außer Atem.
Wenigstens hatte seine Kondition noch nicht nachgelassen.

Die schwere Tür knarrte. Ein kühler Luftzug schlug ihm
entgegen. Der Lichtschalter war so mit Staub und Spinn-

weben bedeckt, daß Jonas vermutete, seit Jahren der erste auf dem Speicher zu sein. Im Schein der Glühbirne, die nackt von einem Dachbalken hing, blickte er sich um.

Abteile gab es keine. In drei Metern Höhe waren auf die Querbalken des Dachstuhls mit weißer Wandfarbe Nummern gemalt, die den Raum darunter als der jeweiligen Wohnung zugehörig bezeichneten. In einer Ecke lag ein Fahrradgestell ohne Räder und ohne Kette. Ein paar Meter daneben lag ein Stapel von Gipssäcken. In einer anderen Ecke lehnten zerbrochene Latten. Auch einen Fernseher ohne Bildschirm entdeckte er.

Auf dem Platz unter der Nummer der Elternwohnung stand eine schwere Truhe. Sofort wußte Jonas, daß sie nicht den Kästners gehört hatte, sondern seinem Vater. Nichts wies darauf hin, es hing kein Namensschild daran, und er erkannte sie nicht. Dennoch wußte er es. Sie hatte mit Sicherheit seinem Vater gehört.

Als er sie öffnen wollte, stellte er fest, daß sie kein Schloß hatte und keinen Griff.

Er suchte an allen Seiten. Seine Hände wurden schmutzig. Er klopfte sie an den Hosenbeinen ab und verzog das Gesicht. Dann winkte er ab.

Er ging wieder nach unten. Platz für die Schachteln gab es auf dem Speicher jedenfalls genug. Doch ehe er sie hinauftransportierte, wollte er den gesamten Inhalt sichten. So lagerte er sie einstweilen in einer der Nachbarwohnungen.

Ihm kam der Gedanke, sie gleich dort zu belassen. Hier war es sauberer, und er hatte nicht weit zu laufen, wenn er etwas brauchte. Doch er hielt sich an das, was er sich vorgenommen hatte. Soweit wie möglich Ordnung herzustellen und zu wahren. Diese Schachteln gehörten nicht in diese Wohnung, denn sie hatten nichts mit ihr gemein. Sehr wohl aber mit dem für die Elternwohnung reservierten Platz auf dem Speicher.

Wind war wieder aufgekommen. Auf dem Karmelitermarkt trieben Dutzende Plastik- und Papiertüten, die aus einem der Gemüsestände gerutscht sein mußten, knisternd über den Platz. Jonas bekam ein Staubkorn ins Auge. Es begann zu tränen.

In einem Gasthaus, das einladend wirkte, machte er sich ein schnelles Gericht. Dann ging er wieder durch die Straßen. Seit seiner Jugend hatte sich im Bezirk viel verändert. Die meisten Lokale und Geschäfte waren ihm unvertraut. Er zog eine der selbstbeschriebenen Karten aus der Tasche. Darauf las er: *Blau*. Hilfe war das keine. Er sah sich um. Nirgends war etwas Blaues auszumachen.

Der Wind war so stark, daß er ihn von hinten anschob. Immer wieder legte Jonas einige Meter im erzwungenen Laufschritt zurück. Er blickte sich um. Es war wirklich nur der Wind. Er ging weiter. Drehte sich ruckartig um.

Die Straße war unbelebt. Keine verdächtige Bewegung, kein Geräusch. Nur das Schleifen von Papier und leichterem Müll, vom Wind über die Straße getrieben.

In der Nestroygasse schaute er auf die Uhr. Noch nicht einmal sechs. Er hatte genug Zeit.

Die Wohnung war nicht versperrt. Jonas rief. Er wartete einige Sekunden, dann wagte er sich hinein.

Hinter der Tür zu seiner Linken summte etwas. Jonas riß das Gewehr hoch, legte an. Mit dem Fuß trat er auf die Klinke. Die Tür sprang auf. Er schoß, lud durch, schoß noch einmal. Er verharrte einige Sekunden, dann stürzte er mit einem Aufschrei in das Zimmer.

In dem sich niemand befand.

Er stand im zerschossenen Bad, und was er gehört hatte, war die Gastherme, die das Warmwasser aufbereitete. Sein Blick streifte sein Spiegelbild über dem Waschbecken. Er sah schnell weg.

Über den knarrenden Boden tappte er durch die Wohnung. Vom Bad zurück in den Flur. Vom Flur in die Küche. Zurück in den Flur, von da ins Wohnzimmer. Wie die meisten Altbauten war die Wohnung dämmrig. Er schaltete Licht an.

In Schubladen suchte er nach Notizen, Briefen und ähnlichen Unterlagen. Er fand nichts. Nur Rechnungen.

Die Vorhänge im Schlafzimmer waren zugezogen. Er drückte den Lichtschalter. Das Bild an der Wand sah er sofort. Ein ungefähr zehnjähriger Junge mit ausdruckslosem Gesicht. Ingo. Für einen Moment glaubte Jonas, der Junge lächle. Und noch etwas irritierte ihn. Er kam nicht darauf.

»Ist hier jemand?« Seine Stimme überschlug sich.

Im Wohnzimmer standen Fotoalben in einem Regal. Er nahm eines heraus und blätterte darin, ohne das Gewehr wegzulegen.

Fotos aus den Siebzigern. Die gleiche schlechte Farbqualität wie auf den Bildern, die er in der Rüdigergasse gefunden hatte. Die gleichen Frisuren, die gleichen Hosen, die gleichen Hemdkrägen, die gleichen kleinen Autos.

Mit einem Schlag wurde es draußen dunkel. Er rannte zum Fenster, polternd stürzte hinter ihm das Gewehr um. Doch es war nur eine Gewitterwolke, die sich vor die Sonne geschoben hatte.

Er mußte sich setzen. Unaufmerksam betrachtete er in den Alben Bild um Bild. Ihm war zum Weinen zumute. Nur langsam beruhigte sich sein Herzschlag.

Auf einem der Fotos erkannte er sich selbst.

Er blätterte um. Fotos von ihm und Ingo. Auf der nächsten Seite wieder. Er konnte sich nicht an eine so enge Freundschaft erinnern. Zu Besuch war er hier nur einmal gewesen. Wann und wo diese Aufnahmen gemacht worden waren, konnte er nicht erklären. Der Bildhintergrund gab keinen Aufschluß.

Aus einem der Alben rutschte ihm eine herausgerissene Zeitungsseite auf den Schoß. Sie war fleckig und vergilbt und in der Mitte gefaltet. Den meisten Raum nahmen Todesanzeigen ein.

Unser Ingo. Im zehnten Lebensjahr. Tragischer Unfall. In tiefer Trauer.

Betroffen legte er die Alben zur Seite. Das Bild kam ihm wieder in den Sinn. Er ging hinüber ins Schlafzimmer. Diesmal fiel ihm auf, was ihm zuvor entgangen war. Es hatte einen schwarzen Rahmen.

Fast genauso wie die Nachricht verstörte ihn, daß er vom Tod des Spielkameraden erst fünfundzwanzig Jahre danach erfuhr. Sie hatten miteinander nur in der Vorschule zu tun gehabt. Für ihn war Ingo all die Jahre über am Leben gewesen, und er hatte sich zuweilen gefragt, was wohl aus dem blonden Jungen aus der Nachbarschaft geworden war. Augenscheinlich war über das Unglück wenig gesprochen worden. Seine und Ingos Eltern konnten einander nicht gekannt haben, sonst hätten sie darüber geredet.

Wie war es geschehen?

Ein weiteres Mal durchstöberte er die Schubladen im Wohnzimmer. Er schüttelte die Alben, doch nur das eine oder andere lose Foto fiel heraus. Er suchte nach einem Computer, doch für die moderne Technik schienen die Lüschers wenig übriggehabt zu haben. Es gab nicht einmal einen Fernseher.

Die Mappe lag im Nachtkästchen. Sie enthielt Zeitungsausschnitte. Unfall: Kind getötet. Motorrad stieß Jungen nieder: tot.

Er las jeden einzelnen Artikel. Was der eine verschwieg, erwähnte der andere, und bald konnte er sich ein Bild machen. Offenbar war Ingo beim Spielen auf die Straße gelaufen, und ein Motorradfahrer hatte nicht mehr ausweichen können. Der Rückspiegel hatte dem Jungen das Genick gebrochen.

Ein Rückspiegel. So etwas hatte Jonas noch nie gehört. Aufgewühlt ging er durch die Wohnung. Das Zusammentreffen mit dem Motorradfahrer war schuld, daß der Kleine gestorben war. Den dreißigjährigen Ingo hatte es nicht gegeben, weil der zehnjährige verunglückt war. Dem Dreißigjährigen wäre vielleicht nichts geschehen, er hätte den Zehnjährigen schützen können. Doch der Zehnjährige hatte den Dreißigjährigen nicht schützen können.

Derselbe Mensch. Der eine jung, der andere erwachsen. Den zweiten gab es nicht, weil dem ersten ein Unglück widerfahren war. Ein Rückspiegel, der dem Älteren nicht viel hätte anhaben können, hatte dem Kleinen das Genick gebrochen.

Jonas stellte sich den dreißigjährigen Ingo vor, der auf der anderen Straßenseite stand und sah, wie das Motorrad den Zehnjährigen niederstieß. Der wußte, daß es ihn nun niemals geben würde. Ob die beiden miteinander sprachen? Entschuldigte sich der Zehnjährige traurig beim Dreißigjährigen? Tröstete dieser ihn, es sei ein Unfall gewesen, er trage keine Schuld?

Und Jonas selbst? Wenn ihn ein Auto erwischt hätte als Kind? Oder eine Krankheit? Gar ein Mord? Es hätte den Zwanzigjährigen nicht gegeben, den Dreißigjährigen nicht, es würde den Vierzigjährigen nicht geben und nicht den Achtzigjährigen.

Oder womöglich doch? Hätte es den Älteren gegeben? Irgendwie, irgendwo? In einer nicht verwirklichten Form?

Er stellte den Lkw vor dem Haus ab. Die Straße lag verlassen da. Leise plätscherte der Donaukanal vorüber. Nichts schien sich verändert zu haben.

In der Wohnung packte er die Kleider des Zwerges aus Attnang-Puchheim in die Reisetasche. Er machte einen letzten Rundgang. Die aufblasbare Puppe lag in der Badewanne, wie er sie hineingeworfen hatte. Der Müllsack, in den er das zerschlagene Mauerwerk eingefüllt hatte, quoll über. Er band ihn zu und stemmte ihn aus dem Fenster. Er weidete sich am Anblick des durch die Luft fliegenden Sacks. Mit einem Krachen schlug dieser auf dem Dach eines Autos auf.

Er überlegte. Er hatte alles.

Er war besorgt gewesen, der Platz könne knapp werden. Doch nachdem er den Geländewagen scheppernd über die Rampe auf die Ladefläche gerollt hatte, hielt er gut zwei Meter hinter dem Spider, den er schon in der Hollandstraße in den Lkw gefahren hatte, und dennoch ging die Heckklappe zu. Es gab sogar noch Spielraum.

Nahe dem Augarten fand er eine Tankstelle. Während der Treibstoff einlief, durchstöberte er den Shop. Keine Zeitung, keine Zeitschrift im Regal, die er nicht kannte, die er nicht schon zumindest durchgeblättert hatte. Das Geschäft führte eine Vielzahl an Plüschtieren, Kaffeetassen mit Namenszug, Sonnenbrillen, Miniaturen des Stephansdoms, aber auch Getränke und Süßigkeiten. Jonas packte sich eine Tüte voll, wobei er beim Knabbergebäck wahllos zugriff. In eine zweite warf er Limonadedosen.

Neben den Produkten für Scheiben- und Motorpflege steckten in einem Drehregal phosphoreszierende Namenstafeln, wie sie Truckfahrer gern hinter die Windschutzscheibe legten. Es gab einen Albert, darunter steckte Alfons, dann kam Anton. Aus Neugier suchte er nach dem J. Zu seinem Erstaunen fand er zwischen Joker und Josef einen Jonas. Er nahm die Tafel und schob sie hinter die Windschutzscheibe des Lkws.

Es dunkelte noch nicht, dennoch machte er die Kameras für die Nacht fertig. Er war müde und wollte früh losfahren. Zudem hoffte er, wenn er sich das Band von vergangener Nacht noch vor Sonnenuntergang ansah, würde es sich nicht so sehr auf seinen Seelenzustand niederschlagen.

Er versperrte die Tür. Er schloß alle Fenster. Er blickte auf die Hollandstraße hinaus. Der Lkw parkte vor dem Haus nebenan, um nicht die Aussicht zu verstellen. Keine Bewegung war zu sehen. Direkt hinter der Fensterscheibe zeigte Jonas dem Nichts die lange Nase und streckte die Zunge heraus.

Das Bett war leer.

Der Schläfer nicht zu sehen.

Das Messer steckte in der Mauer.

Jonas fragte sich, um wieviel Uhr aufgenommen worden war. An die programmierte Stunde konnte er sich nicht erinnern. Und wie so oft lag der Wecker mit dem Zifferblatt nach unten auf dem Bett. Obwohl er ihn zur Kamera gedreht hatte.

Er wollte schon auf doppelte Geschwindigkeit schalten, da hörte er im Fernseher einen Laut. Es war ein langgezogenes, hohes Heulen. So hoch war es, daß es sich um eine menschliche Stimme, aber auch um einen Ton aus einem Musikinstrument handeln konnte.

Huuu.

Wütend sprang Jonas aus dem Bett und lief durchs Zimmer. Entweder hörte er ein Gespenst heulen, oder jemand machte sich über seine Geisterfurcht lustig.

Huuu.

Er wollte abschalten, doch das Bedürfnis zu erfahren, was folgte, war stärker. Er schlüpfte zurück unter die Decke. Eine Weile drehte er dem Fernseher den Rücken zu, aber das hielt er noch weniger aus. Er schaute wieder hin. Niemand war zu sehen.

Huuu.

»Wahnsinnig lustig«, rief er. Seine Stimme war belegt. Er räusperte sich. »Ach ja, na ja. Ach, ach, ach. Ja, ja!«

Den Zeitraffer betätigen? Womöglich versäumte er eine Botschaft. Es war nicht auszuschließen, daß sich aus dem Heulen etwas entwickelte.

Huuu.

Er versenkte sich in einen Clever & Smart-Comic. Es gelang ihm, das Heulen in seinem Bewußtsein so weit nach hinten zu drängen, daß er das Band weiterlaufen lassen konnte. Dann und wann schmunzelte er sogar über eine Zeichnung. Doch mehr als einmal mußte er eine Seite neu beginnen.

Musik?

Woher ertönte die Musik?

Er schaltete den Ton ab. Horchte. Die Wanduhr tickte.

Er drehte den Ton wieder an. Heulen. Aber da war noch etwas anderes. Leiser. Es klang wie eine Melodie.

Er lauschte, doch nun hörte er es nicht mehr.

Huuu.

»Ja, du mich auch!«

Es wurde dunkel. Er bekam Zahnschmerzen. In einem Anfall von schlechtem Gewissen schob er die Pralinenschachtel von sich, von der ohnehin kaum noch etwas übrig war, hielt das Band an und lief ins Bad, um sich die Zähne zu putzen. Auf dem Rückweg bemerkte er, daß das Licht in der Küche nicht brannte. Er schaltete es ein.

Zunächst sah Jonas nur den Rücken, der sich ins Bild schob. Die Gestalt wandte sich um. Es war der Schläfer.

Mit weit aufgerissenen Augen verfolgte Jonas, wie der Schläfer zur Wand ging und das Messer packte. Herausfordernd blickte er in die Kamera. Er zog das Messer mühelos heraus.

Er ging auf die Kamera zu. Sein Kopf nahm fast den ganzen Bildschirm ein. Er machte einen Schritt nach vorne, so daß seine Augen und seine Nase riesenhaft über den Bildschirm wanderten, dann wieder einen zurück. Auf eine rätselhaft charmante Weise zwinkerte er Jonas zu. Nur die Art, wie er mit dem Messer in der Nähe seines Halses herumspielte, gefiel Jonas nicht.

Der Schläfer nickte, wie um etwas zu bekräftigen, und ging hinaus.

19

Obwohl die Morgendämmerung noch kaum eingesetzt hatte, tappte Jonas barfuß über den knarrenden Holzboden zu seinen Kleidern, die auf einem Stuhl abgelegt waren. Er spähte aus dem Fenster. Auf der anderen Straßenseite standen Müllcontainer. Ihre Konturen waren gerade so zu erkennen. Die Straße wirkte wie an einem gewöhnlichen Sonntag morgen, an dem die letzten Nachtschwärmer heimgekehrt waren und alles schlief. Er hatte diese Tageszeit immer gemocht. Wenn die Dunkelheit wich, wurde alles leichter. Er hatte es passend gefunden, daß Delinquenten eine Minute nach Mitternacht auf den elektrischen Stuhl gesetzt oder in die Gaskammer geschickt wurden, denn es gab keine hoffnungslosere Zeit als die Mitte der Nacht.

Er frühstückte, dann packte er die Kamera ein. Als die Sonne aufgegangen war, sagte er laut: »Auf Wiedersehen! Schöne Zeit!«

Er sperrte nicht nur ab, er verklebte die ganze Tür mit Klebestreifen, so daß es unmöglich war einzudringen, ohne daß er es später bemerken würde.

Auf der Autobahn dachte er über das letzte Video nach.

Wie war es zu erklären, daß der Schläfer das Messer ohne Kraftanstrengung aus der Wand zog, wo doch Jonas mehrmals daran gescheitert war? Sicher, das Band setzte ein, als der Schläfer nicht mehr im Bett lag, er konnte davor an der Mauer und am Messer manipuliert haben. Aber wie? Die Wand war unversehrt.

Wo die Autobahn dreispurig war, fuhr Jonas in der Mitte,

wo es zwei Spuren gab, hielt er sich rechts. Von Zeit zu Zeit hupte er. Der machtvolle, trompetende Ton verlieh ihm Sicherheit. Er hatte das Funkgerät eingeschaltet. Zu hören war leises Rauschen. Ebenso im Radio.

In Linz suchte er nach dem Gasthaus, in dem er während des Unwetters gegessen hatte. Er erinnerte sich jedoch nicht an die Adresse. Eine Weile kreuzte er durch den Bezirk, in dem er es vermutete, doch er fand nicht einmal die Apotheke, in der er sich mit den Erkältungsmitteln bedient hatte. Er winkte ab und fuhr wieder zur Hauptstraße. Wichtig war nur, daß er zum Autohaus zurückfand.

Wie er ihn verlassen hatte, stand der Toyota vor der Ausstellungshalle. Obwohl es aussah, als hätte es hier länger nicht geregnet, war der Wagen sauber. Offenbar war die Luft weniger schmutzig als früher.

»Hallo, du«, sagte er und trommelte auf das Dach.

Früher hatte er mit dem Wagen keine Gefühle verbunden. Nun aber war es sein Auto, seines, das aus der alten Zeit. Der Spider würde das nie sein. Aus dem gleichen Grund, aus dem sich Jonas keine neue Kleidung besorgte. Keine Hemden, keine Schuhe, weil er nämlich nichts davon als seinen Besitz ansehen konnte. Das, was ihm vor dem 4. Juli gehört hatte, gehörte ihm jetzt. Reicher würde er nicht werden.

Er fuhr den Geländewagen und den Spider aus dem Lkw. Sofort sprang der Toyota an. Er rollte ihn auf die Ladefläche. Obgleich der Spider kleiner gewesen war, hatte der Geländewagen noch Platz.

Bei Laakirchen fuhr er von der Autobahn ab. Die Strecke nach Attnang-Puchheim war gut ausgeschildert. Den Weg zu jenem Haus zu rekonstruieren, in dem er Unterschlupf gefunden hatte, fiel ihm erheblich schwerer. Er hatte nicht damit gerechnet, zurückkehren zu müssen, und seiner Orientierung keinen Wert beigemessen. Schließlich erinnerte er sich, daß er auf das Haus mit den wenigen Fenstern in der Nähe des Bahnhofs gestoßen war. Das schränkte die Suche ein. Fünf Minuten später entdeckte er die DS am Straßenrand.

Er trat auf die Kurbel. Der Motor sprang an. Jonas ließ ihn eine Weile knattern, dann schob er das Moped auf die Ladefläche des Lkws und band es an den Wandhaken fest. Er rechnete die Tage zurück. Er konnte es kaum glauben, doch die Rechnung stimmte. Acht Tage erst lag sein Besuch hier zurück. Seinem Empfinden nach waren es Monate.

Ob er beim Verlassen des Hauses alle Lichter abgedreht hatte, wußte er nicht, jedenfalls mußte er sie wieder anknipsen. Das Wäschebündel unter dem Arm, ging er ins Schlafzimmer. Als er seine Gestalt im Spiegelschrank auf sich zukommen sah, senkte er den Blick. Hemd und Hose legte er an ihren Platz zurück.

»Dankeschön auch.«

Ohne sich umzusehen, verließ er das Zimmer. Mit steifem Rücken stelzte er auf die Haustür zu. Er wollte schneller gehen, doch etwas hemmte ihn. Den sonderbaren Bildern im Flur schenkte er keine Beachtung. Er hängte den Autoschlüssel an den Haken.

In diesem Augenblick wurde ihm bewußt, daß es

ein

Bild

mehr

war als beim letztenmal.

Von außen schloß er die Tür. Wie an Drähten ging er über den schmalen Weg der Straße zu. Um nichts in der Welt hätte er noch einmal das Haus betreten.

Er irrte sich nicht. Eines der Bilder war vor einer Woche nicht da gehangen. Welches, wußte er nicht. Sieben waren es gewesen. Und jetzt waren es acht.

Nein, er mußte sich verzählt haben. Es gab keine andere Möglichkeit. Er war müde und durchnäßt gewesen und aufgeregt. Seine Erinnerung täuschte ihn.

Auf dem Weg nach Salzburg bekam er Hunger. Er packte die Süßigkeiten aus, die in der Koje hinter ihm lagen. Dazu trank er Limonade. Das Wetter wurde schlecht. Kurz vor der Ausfahrt Mondsee geriet er in ein wildes Gewitter. Die Erinnerungen an seinen Aufenthalt hier waren nicht angenehm, und er wollte einfach weiterfahren. Im letzten Moment bremste er und zog den Wagen auf die rechte Spur. Die mächtigen Wischerarme sausten summend über die Scheibe, es war warm, er hatte zu essen und zu trinken. Beinahe fühlte er sich geborgen. Neben ihm lag sein Gewehr. Es konnte ihm nichts zustoßen.

Als er die Höhenkontrolle am Badeplatz passierte, krachte es. Die Tafel flog scheppernd zur Seite, doch er spürte nicht den geringsten Ruck.

Die Wege auf dem Parkplatz waren eng und voneinander durch gemauerte Rasenstreifen getrennt. Ohne sich darum zu kümmern, daß er reihenweise junge Bäume ummähte, nahm er den direkten Weg in Richtung Liegewiese. Mit einem Gefühl der Schadenfreude rammte er den ungarischen Wagen, der unverändert an seinem Platz stand. Er drückte das Gaspedal durch. Ein Metallschranken flog durch die Luft. Jonas kicherte. Das Gras war glitschig. Er bremste, um den Lkw nicht im See zu versenken.

Ohne auszusteigen, ja ohne anzuhalten, suchte er die Wiese ab. Vom Ufer hielt er sich fern. Der Regen prasselte mit solcher Gewalt auf das Dach des Führerstands, daß es seiner inneren Stimme, die ihn mahnte, keinen Fuß auf die Wiese zu setzen, gar nicht bedurft hätte.

Von seinem Zelt keine Spur. Er drehte um, fuhr bis zu den Umkleidekabinen. Dann lenkte er den Lkw wieder auf den Parkplatz, der mit Ästen und Wagentrümmern übersät war. Er kurbelte das Fenster herunter und streckte den Arm hinaus. Mit dem Zeigefinger auf einen unsichtbaren Passanten deutend, schrie er im Vorbeifahren in den Regen einige wirre Sätze hinaus, deren Inhalt er selbst nicht erfaßte.

Das Marriott in Salzburg wiederzufinden bereitete ihm keine Schwierigkeiten, auch weil es zu regnen aufgehört hatte. Als er vor dem Hotel ausstieg, erschrak er und frohlockte zugleich.

Die Musik war nicht mehr zu hören.

Die CD mit Sinfonien von Mozart, die Menschen hatte anziehen sollen, war offenbar abgeschaltet worden. Oder hatte sich selbst abgeschaltet. Oder es hatte Kurzschluß gegeben.

War jemand hiergewesen? War jemand hier?

Gleich würde er es wissen.

Gleich.

Das Gewehr schußbereit, betrat er die Lobby. Sowohl der Zettel an der Tür als auch jener an der Rezeption waren verschwunden. Dafür stand in der Mitte des Ganges eine Kamera. Das Objektiv war auf die Eingangstür gerichtet.

»Wer ist das!« schrie er.

Er feuerte auf einen Lampenschirm, Glas explodierte. Das Echo hallte einige Sekunden nach. Ohne zu wissen, warum, lief er auf die Straße. Er schaute sich um. Niemand war zu sehen. Er holte tief Luft.

Hinter Mauern und Säulen Deckung nehmend, wagte er sich Meter für Meter wieder hinein ins Hotel. Er mußte unentwegt schlucken.

Er gelangte bis zur Kamera. Der Gang dahinter, der zum Restaurant führte, war unbeleuchtet. Jonas riß das Gewehr hoch, um ins Dunkel zu schießen. Er versuchte durchzuladen, doch etwas klemmte. Er schleuderte das Gewehr von sich. Das verschwundene Messer fiel ihm ein.

»Was ist los, na? Was ist los? Trau dich doch!«

Er schrie in die Dunkelheit, und alles war still ringsum.

»Warte! Gleich bin ich zurück!«

Er packte die Kamera und rannte hinaus. Samt Stativ warf er sie auf die Koje, verriegelte die Tür und fuhr los.

Er hielt an der nächsten Raststation. Es gab einen Fernseher. Er betrachtete die Kamera. Es war das Modell, das er benützte.

Aus dem Wagen holte er die Anschlußkabel. Nachdem er Kamera und Fernseher miteinander verbunden hatte, griff er ins Getränkeregal. Die Zahnschmerzen kamen wieder.

Er startete das Band.

Ein Mann auf einem Bahnsteig, der die blaue Uniform der Österreichischen Bundesbahnen trug. Eine Trillerpfeife im Mund, winkte er mit dem Signalschild auf und nieder, als gebe er einem Lokführer Zeichen.

Es war Nacht. Auf dem Gleis stand ein Zug. Der Uniformierte blies gellend in seine Pfeife. Er machte Handbewegungen, die nicht zu deuten waren. Als würde sich der Zug in Bewegung setzen, lief der Mann ein paar Schritte und sprang dann auf, wobei es so aussah, als mühte er sich, das Gleichgewicht zu wahren. Er verschwand im Waggon. So perfekt war die Inszenierung, daß Jonas für einen Moment das Gefühl hatte, den Zug fahren zu sehen.

Ihn schwindelte. Er sah genau hin. Der Zug stand.

Auf einem blauen Schild im Hintergrund las Jonas die Aufschrift HALLEIN.

Der Uniformierte kehrte nicht zurück. Wenige Minuten später, ohne daß Schritte zu hören gewesen wären, endete das Band.

Jonas steckte die Kassette ein. Kamera und Kabel verstaute er im Wagen. Er tat so, als habe er nichts Ungewöhnliches erlebt. Ein Lied pfeifend, die Hände in den Taschen, schlenderte er über den Parkplatz zur Tankstelle und zurück. Unauffällig blickte er sich um. Niemand schien ihn zu beobachten. Niemand schien in seiner Nähe zu sein. Nur der Wind war um ihn.

Ohne Gewehr fühlte er sich schutzlos. Als er in Hallein am Bahnhofsgebäude vorbeiging und durch einen Seitenzugang auf den Bahnsteig trat, tat er so, als schmerze ihn das Bein. Er humpelte und griff sich immer wieder ans Knie.

»Ach ja, ach weh! Na so, so, so! Und wie!«

Da war nichts. Nichts Spektakuläres. Ein Zug stand da, der laut Anzeige nach Bischofshofen fahren sollte. Jonas stieg ein. Hustend und rufend durchsuchte er Waggon um Waggon, Abteil um Abteil. Es roch nach kaltem Rauch und Feuchtigkeit.

Am Zugende sprang er wieder auf den Bahnsteig. Er war so verwirrt, daß er zu humpeln vergaß.

Die automatische Schiebetür zur Wartehalle schnarrte zur Seite. Er prallte zurück. Bewegungslos starrte er in die Halle. Die Tür ging zu. Er machte einen Schritt nach vorne, sie öffnete sich wieder.

Von der Hallendecke baumelten elf an Stricke geknüpfte Wintermäntel. Sie sahen aus wie Gehenkte. Nur die Körper fehlten.

Ein zwölfter lag auf dem Boden. Der Strick war gerissen.

Als er zum Lkw hastete, waren seine Beine taub. Er japste und hechelte. In der Brust spürte er ein Stechen, das von Sekunde zu Sekunde zunahm. Ab und zu hörte er sich schreien. Seine Stimme klang heiser und fremd.

In Kapfenberg kam er am späten Nachmittag an. Ihm blieb genug Zeit, und so trank er auf dem Hauptplatz im Gastgarten einer Konditorei Kaffee. Er streckte sich, vertrat sich die Beine, schaute umher wie ein Urlauber, der seinen Kurort erkundete. Mit der Bahn war er einige Male durchgefahren, davon abgesehen war er seit seiner Kindheit nicht mehr hiergewesen.

Er suchte nach einem Waffengeschäft. Nachdem er eine halbe Stunde vergebens herumgelaufen war, stellte er sich in eine Telefonzelle und zog das Adressenverzeichnis zu Rate. Es gab ein Waffengeschäft, und es lag auf der Strecke. Er ging zurück zum Lkw.

Das Geschäft führte ausschließlich Jagdbedarf. Eine Pumpgun sah er nicht. Selbst gewöhnliche Kleinkaliber waren in den Auslagen nicht zu finden. Dafür konnte er sich über die Auswahl an Jagdgewehren nicht beklagen. Er nahm sich ein Steyr 96, über dessen Bedienungskomfort er irgendwann gelesen zu haben meinte, und steckte Munition ein. Im Laufschritt verließ er den Laden. Unter allen Umständen mußte er vor Sonnenuntergang ankommen.

Von Krieglach an fuhr er nach der Karte. Er war zwanzig Jahre nicht hiergewesen, zudem hatte er nie selbst den Wagen gelenkt und dementsprechend wenig auf die Strecke geachtet.

Er ließ den Ort hinter sich. Der Weg wurde kurvig und stieg an. Als Jonas schon zu bangen begann, der Lastwagen sei zu breit für die immer schmaler werdende Straße, kam er an eine Kreuzung. Die Straße, über die es weiterging, war besser ausgebaut.

Eine halbe Stunde, hatte er geschätzt, würde es dauern, bis das Anwesen in Sicht kam. Doch erst nach vierzig Minuten glaubte er eine bestimmte Kurve wiederzuerkennen. Er hatte das Gefühl, hinter der nächsten Biegung sei er am Ziel, und diesmal täuschte er sich nicht. Eine hölzerne Tafel am

Straßenrand, von hohem Gras umwuchert, hieß ihn in Kanzelstein willkommen. Die Tafel kannte er nicht, den Ausblick, der sich ihm nach einer langgezogenen Kurve bot, hingegen gut. Links der Gasthof des Ehepaars Löhneberger, der nur sonntags Gäste aus umliegenden Gemeinden anzog, und rechts das Ferienhaus. Zwischen den beiden Gebäuden endete das Asphaltband. Daran grenzte ein schmaler, staubiger Weg, der sich im Wald verlor. Von hier aus konnte man nur noch zurück. Jedenfalls mit dem Auto. Schon als Kind hatte er sich darüber gewundert, daß es eine Ortschaft gab, die nur aus zwei Häusern bestand. Von denen eines noch dazu bloß zu bestimmten Zeiten im Jahr bewohnt wurde, nämlich zu Weihnachten und Silvester, zu Ostern und während des Sommers.

Woher es rührte, wußte er nicht. Doch beim Anblick der beiden einsamen Häuser beschlich ihn ein vages Gefühl von Furcht. Als sei etwas mit diesem Platz nicht in Ordnung. Als habe etwas nur auf ihn gewartet. Und hätte sich kurz vor seiner Ankunft versteckt.

Aber das war Unsinn.

Seine Ohren knacksten. Er hielt sich die Nase zu und atmete mit geschlossenem Mund aus, um den Druck auszugleichen. Er war auf 900 Metern Seehöhe angekommen. »Die gesündeste Höhe überhaupt«, hatte seine Mutter bei der Ankunft nie zu erwähnen vergessen, und auf das Gesicht des Vaters hatte sich ein ungeduldiger Ausdruck gelegt.

Er hupte. Nachdem er sich davon überzeugt hatte, daß das Blinken in einem Fenster des Gasthauses von der sich spiegelnden Sonne stammte, sprang er vom Führerhaus. Er holte tief Atem. Es roch nach Wald und Gras. Ein angenehmer Duft, der jedoch schwächer war, als er sich vorgestellt hatte.

Auf dem Parkplatz des Ferienhauses stand ein buntbemalter VW Käfer, daneben ein Motorrad. Jonas kontrollierte die Kennzeichen. Die Urlauber stammten aus Sachsen. Er spähte ins Innere des Wagens. Er entdeckte nichts, was ihm wichtig erschien.

Mit dem Jagdgewehr im Arm trottete er den Trampelpfad hinab zum hölzernen Gartentor vor dem Ferienhaus. Sein Herz schlug schneller. Bei jedem Schritt mußte er daran denken, daß er hier schon oft gegangen war, jedoch als ein ganz anderer, mit einem anderen Leben. Zwanzig Jahre lag es zurück. Die Wiesen ringsum, der Wald, der hinter dem Haus dunkel aufragte, er hatte alles schon gesehen, als Junge. Das Haus, auf das er zuging, er kannte es gut – erinnerte es sich auch an ihn? Hinter diesen Fenstern war er beim Essen gesessen, hatte er geschlafen, hatte er ferngesehen. So weit lag das zurück, doch für ihn hatte all das noch immer Gültigkeit.

Die Haustür war nicht abgesperrt. Es hätte ihn auch verwundert. Die Menschen dieser Gegend verriegelten niemals ihre Türen, weil sie nicht für argwöhnisch gehalten werden wollten. Auch seine Eltern hatten sich daran gehalten. Was ihm als Kind manch unruhige Nacht beschert hatte.

Im Erdgeschoß gab es zwei Zimmer, die Abstellkammer und den Tischtennisraum. Er warf einen Blick hinein. Noch immer stand der Tisch da. Sogar den Ausblick aus dem Fenster erkannte Jonas.

Über eine gewundene, morsch knarrende Treppe ging es hinauf in den ersten Stock. Hier stand er vor fünf Türen. Drei führten zu Schlafzimmern, die vierte zur Wohnküche, die fünfte ins Bad. Er betrat das erste Schlafzimmer. Das Bett war zerwühlt. Auf dem Tisch stand ein unausgeräumter Koffer. Er enthielt Kleidung, Waschzeug, Bücher. Es roch abgestanden. Jonas öffnete das Fenster. Er blickte auf die Straße, über die er gekommen war.

Im zweiten Schlafzimmer, von dem aus man zu den Löhnebergers hinübersah, war das Bett bezogen und unberührt. Auf einem wackeligen Nachttisch tickte ein Wecker. Erschrocken griff Jonas danach. Aber es war nur ein batteriebetriebenes Modell.

Er sah sich noch einmal im Zimmer um. Das rot-weiß karierte Bettzeug. Die barocken Holzvertäfelungen. Das Kruzifix im Winkel. Er selbst hatte hier nie geschlafen. Meist hatten Onkel Reinhard und Tante Lena in diesem Zimmer übernachtet.

Das dritte Schlafzimmer war das größte. Die Jalousien zum Balkon waren heruntergelassen. Ein vertrautes Rumpeln ertönte, als er sie hochzog. Er betrachtete die Einrichtung. Es erinnerte an einen Krankensaal. Je drei Einzelbetten standen einander gegenüber. An den Fußenden klemmte ein Gitter, wie um Krankenblätter überzuhängen. Mit den Fingernägeln klopfte er gegen das Metall. In diesem Zimmer hatte er einige Male zusammen mit den Eltern gewohnt.

Er legte die Hände auf die Brüstung des Balkons. Das Holz unter seinen Fingern war warm. An manchen Stellen klebte noch verkrusteter Vogelkot, den der Regen nicht hatte wegspülen können.

Unter ihm begann der Wald. Am Horizont waren Berge und Hügel zu sehen, Wälder und Almen. An diesen Ausblick erinnerte er sich gut. Hier war sein Vater im Liegestuhl gesessen mit seinem Kreuzworträtsel, und hier hatte sich Jonas vor der Mutter versteckt, die ihm irgend etwas im Garten zeigen wollte. Erst hatten sie zusammengehalten, doch als ihre Stimme immer schriller wurde, hatte der Vater ihn hinuntergeschickt.

Von der Wohnküche aus sah er in den Garten. Die Johannisbeersträucher waren noch da. Die Weinlaube mit den Bänken und dem derben Holztisch, an dem sie Doppelkopf gespielt hatten, der Zaun, die Obstbäume, der aufgelassene Hasenstall, alles war noch da. Das Gras gehörte gemäht, der Zaun ausgebessert. Sonst befand sich der Garten in einem annehmbaren Zustand.

Bei diesem Anblick kehrte ihm eine Erinnerung zurück. Von diesem Garten hatte er vor einigen Jahren geträumt. Hier zwischen den Apfelbäumen sah er einen aufrecht gehenden, über zwei Meter großen Dachs tanzen. Mit seltsam rhythmischen Bewegungen sprang das Vieh, dessen Gesicht dem des Großvaters Petz aus dem Kinderprogramm ähnelte, durch den Garten. Es war mehr ein Auf und Ab als ein Hin und Her. Nach einer Weile tanzte dann Jonas selbst mit ihm. Er fürchtete sich vor dem mächtigen Vieh, das doppelt so breit war wie er selbst, doch es benahm sich ihm gegenüber nicht feindselig. Sie hatten gemeinsam getanzt, und er hatte sich wohl gefühlt.

Das Gepäck trug er in das Zimmer, dessen Bett benützt worden war. Er zog die Überzüge und das Laken ab. Aus dem großen Schlafzimmer brachte er frisches Bettzeug. Als er fertig war, mußte er Licht anschalten. Seine Bewegungen wurden fahrig.

Nachdem er sich vergewissert hatte, daß alles Wichtige im Ferienhaus war, notierte er den Kilometerstand des Lkws und sperrte ab. An der alten Kegelbahn vorbei lief er zum Eingang des Gasthauses. Auf dem Parkplatz stand ein klappriger Fiat. Er mußte den Löhnebergers gehört haben.

Als die Tür zufiel, bimmelte das Türglöckchen zum zweitenmal. Er erkannte den Klang wieder, das Glöckchen war damals schon dagewesen. Er wartete. Nichts regte sich.

Durch eine weitere Tür betrat er die Gaststube. Mit Reminiszenzen hielt er sich nicht auf, obwohl viele Bilder auf ihn einstürmten. Er wärmte sich eine Packung Erbsen, die er in der Kühltruhe gefunden hatte. Um wenigstens etwas zu schmecken, fügte er Wein und Suppenwürfel hinzu.

Ob er die Treppe zu den Privaträumen der Löhnebergers hinaufsteigen sollte? Oben war er nie gewesen. Ein Blick aus dem Fenster erinnerte ihn, daß die Sonne bereits tief stand. Er packte zwei Flaschen Bier in eine Plastiktüte.

Alles schien friedlich.

Er schlenderte durch den Garten. Mit der Hand faßte er hochstehende Halme. Er pflückte Johannisbeeren. Sie schmeckten fade. Er spuckte sie aus. Er umrundete das Haus und stieß auf die Tür zum Holzkeller. An den hatte er nicht mehr gedacht.

Noch immer stand in der Mitte des Raums, in den die Sonne nur durch ein kleines Fenster über dem Holzstapel dringen konnte, ein breiter Baumstumpf, auf dem mit dem Beil Kleinholz gemacht wurde. Auch hier hatte er sich vor seiner vom Garten besessenen Mutter oft versteckt. Mit dem Taschenmesser hatte er aus Holzklötzen kleine Männchen geschnitzt, die ihm zuweilen gut gelungen waren. Am Ende des Urlaubs hatte er eine hübsche Sammlung zurückgelassen. Trotzdem war er nicht gern in dem finsteren Gewölbe gesessen. Aber solange er hin und wieder jemanden rufen hörte, zog er der Gesellschaft seiner eifernden Mutter die von Spinnen und Käfern vor.

Er schaute in den Winkel hinter der Tür. Schaute wieder weg. Schaute noch einmal hin. Werkzeug stand da. Ein Spaten, eine Hacke, ein Besen, ein Stock.

Er schaute genauer. Griff nach dem Stock. Er war mit Schnitzereien verziert.

Um besser zu sehen, nahm Jonas ihn mit nach draußen. Er erkannte die Motive wieder. Kein Zweifel. Es war der Stock, den ihm der Alte geschenkt hatte.

Er ging ins Haus. Den Schlüssel fand er glücklicherweise in einem Kästchen neben der Tür. Er sperrte ab. Nach kurzem Überlegen steckte er den Schlüssel ein. In der Wohnküche öffnete er eine Flasche Bier, dann setzte er sich und betrachtete den Stock.

Zwanzig Jahre.

Dieser Stock war etwas anderes als die Bank, auf der er gerade saß, oder das Bett, in das er sich später legen würde, oder die Holzkiste, die dort drüben stand. Dieser Stock war sein Besitz gewesen, vor zwanzig Jahren, und in gewisser Weise hatte er nie aufgehört, es zu sein. Er war in einem schmutzigen Winkel gestanden, niemand hatte sich um ihn gekümmert, zwanzigmal hatten in der Nähe Menschen den letzten Tag des Jahres gefeiert und Raketen abgeschossen, und der Stock war im Holzkeller gelehnt und hatte sich nicht um Weihnachten oder Silvester oder die singenden Besucher gekümmert. Jetzt war Jonas wieder da, und der Stock gehörte ihm.

Vieles hatte sich verändert, seit er den Stock das letztemal gesehen hatte. Er hatte die Schule abgeschlossen, war beim Militär untergekommen, hatte Frauen kennengelernt, seine Mutter war gestorben. Er war erwachsen geworden und hatte ein eigenes Leben begonnen. Der Jonas, der diesen Stock das letztemal berührt hatte, war ein Kind gewesen. Ein ganz anderer. Und doch nicht. Denn wenn er in sich hineinhorchte, war das Ich, das er da fand, kein anderes als das, dessen er sich erinnerte. Wenn er mit diesem Stock in der Hand vor zwanzig Jahren ich gesagt hatte, hatte er dasselbe gemeint wie heute. Er war das. Jonas. Er entkam nicht. Würde es immer sein. Was auch geschah. Nie ein anderer. Kein Martin. Kein Peter. Kein Richard. Nur er.

Er ertrug es nicht, der Nacht bei ihrer Arbeit zuzusehen. Er ließ in der Wohnküche alle Jalousien herunterrattern. Er schloß die Kamera an den Fernseher an und legte das Band von vergangener Nacht ein.

Er sah sich an der Kamera vorbeigehen und ins Bett kriechen.

Nach einer Stunde wälzte sich der Schläfer zum erstenmal herum.

Nach zwei Stunden drehte er sich auf die Seite.

In dieser Haltung schlief er, bis das Band endete.

Nichts, gar nichts war geschehen. Er schaltete ab. Mitternacht. Er hatte Durst. Längst war die zweite Flasche Bier leer. In seinem Jausenpaket von der Tankstelle fand er nur noch Vollkornbrot, Süßigkeiten und Limonade. Er wollte Bier.

Mit den Fingerknöcheln gegen die Wände klopfend, ging er hinaus auf den Flur. Er schaltete das Licht ab und blickte aus dem Fenster. Die Dunkelheit draußen war undurchdringlich. Vor die Sterne hatten sich Wolken geschoben. Auch der Mond schien nicht. Den Weg, der da vorne rechts an der Kegelbahn vorbei zum Gasthaus hinaufführte, ahnte er mehr, als er ihn sah.

Eines Abends hatte ihm Onkel Reinhard eine Wette angeboten. Vom Gasthaus sollte Jonas Limonade holen. Allein, ohne Taschenlampe solle er durch die Finsternis hinauf zum Gasthaus marschieren und den Löhnebergers, die noch späte Gäste bewirteten, eine Flasche abkaufen. Der Geldschein, den er aus der Tasche zog, ließ Jonas große Augen machen und seine Eltern leise aufstöhnen.

Es sei doch nichts dabei, erklärten sie lebhaft. Oben vor dem Gasthaus brenne die Laterne. Wirklich finster sei es nur nahe der Kegelbahn. Wenn er nicht gehe, sei er ein Hasenfuß. Er solle sich nicht anstellen. Ruckzuck sei alles vorbei.

Nein, sagte er.

Onkel Reinhard trat näher und wedelte ihm mit dem Schein vor der Nase herum. Sie standen unten an der Tür. Jonas blickte auf den Weg zur Kegelbahn. Er musterte einen Erwachsenen nach dem anderen.

Nein, sagte er.

Und dabei blieb es, obwohl seine Mutter ihm hinter Onkel Reinhards Rücken Gesten machte und wütende Grimassen schnitt. Onkel Reinhard hatte ihm lachend auf die Schulter geschlagen und gesagt, er werde schon noch merken, daß es keine Gespenster gebe. Seine Eltern hatten sich abgewandt und zwei Tage nur sehr einsilbig mit ihm gesprochen.

»Täusch dich nicht«, sagte Jonas, während er vergeblich versuchte, in der Dunkelheit wenigstens Umrisse zu erkennen.

Ruckartig wandte er den Kopf. Er wurde die Vision nicht los, daß einmal, wenn er so nach hinten sah, das Wolfsvieh dastehen würde. Es würde dasein, und er würde gewußt haben, daß es kommen würde.

Er ging nach unten. Das Gewehr nahm er nicht mit. Er schloß die Haustür auf und trat hinaus auf die verwitterten Steinfliesen, mit denen der Vorplatz ausgelegt war.

Es war kalt. Und vollkommen dunkel. Kein Wind blies. Kein Zirpen von Grillen erklang. Das einzige Geräusch stammte von Steinchen, die unter seinen Schuhen über die Fliesen schleiften. Er konnte sich nicht daran gewöhnen, auf lebendige Laute verzichten zu müssen. Wespen, Bienen, Hummeln, Fliegen waren lästige Geschöpfe, ihr Summen, ihre Aufdringlichkeit hatte er tausendfach verflucht. Das Gebell von Hunden war ihm mitunter als Teufelsgeheul erschienen, und sogar unter den Vogelstimmen gab es einige, deren Penetranz die Lieblichkeit überstieg. Aber der gnadenlosen Stille, die hier herrschte, hätte er das Sirren von Moskitos vorgezogen. Und vermutlich sogar das Gebrüll eines frei umherstreifenden Löwen.

Er wußte, er mußte jetzt gehen.

»Nun ja, so ist es eben.«

Er tat so, als halte er etwas in der Hand, was er vor fremden Blicken abschirmen wolle. Währenddessen unternahm er in Gedanken den bevorstehenden Ausflug. Stellte sich vor, wie er das Gartentor öffnete, an der Kegelbahn vorbeiging und schließlich die Terrasse des Gasthauses betrat. Dort öffnete er die Tür, knipste Licht an, holte zwei Flaschen Bier aus dem Schankraum, schaltete wieder aus, ging auf demselben Weg zurück.

»Wirklich schön geworden«, sagte er halblaut und kratzte mit einem Finger in der hohlen Hand.

In dreißig Sekunden ging er los. In längstens fünf Minuten war er zurück, war es überstanden. In fünf Minuten hatte er zwei Flaschen Bier in der Hand und zudem einen Beweis geführt. Die fünf Minuten waren zu ertragen, fünf Minuten waren gar nichts. Er konnte währenddessen die Sekunden herunterzählen. Und an etwas anderes denken.

Seine Beine waren taub. Bewegungslos stand er auf den Fliesen, die offene Haustür hinter sich. Minuten vergingen.

Es hatte also nicht gestimmt. Als er gedacht hatte, in fünf Minuten würde es vorbei sein, hatte er sich getäuscht. Ihm war bestimmt gewesen, erst einige Minuten später zu gehen. Der Zeitpunkt, den er für das Ende seiner Qual gehalten hatte, war in Wahrheit ihr Beginn.

Er konzentrierte sich darauf, nichts zu denken und loszugehen.

Er dachte nichts, dachte nichts und dachte nichts und ging dann los.

Er stieß gegen das Gartentor. Öffnete es. Die Kegelbahn, Mitte der Dunkelheit. Er tastete sich an den Brettern entlang, die sie begrenzten.

Der Kies, der unter seinen Schuhen knirschte, zeigte ihm an, daß er den Parkplatz betreten hatte. Er glaubte die Terrasse zu erkennen. Er hastete weiter. Ich werde dich töten, dachte er.

Das Glöckchen bimmelte. Er glaubte, es nicht auszuhalten. Seine Hand traf den Lichtschalter. Er kniff die Augen zusammen. Öffnete sie vorsichtig. Blickte sich um. Nicht denken. Weiter.

»Guten Abend! Ich komme wegen der Getränke!«

Unter rauhem Gelächter schaltete er alle Lampen ein. Er nahm zwei Flaschen Bier. Die Lichter drehte er nicht wieder ab. Er ging über die Terrasse hinunter zum Parkplatz. Der

Lichtschein aus den Fenstern des Gasthauses genügte, Jonas sah nun, wohin er den Fuß setzte. Aber er sah auch, wo das Licht endete und die Dunkelheit wartete, wie das Meer.

Als er in die Finsternis eintauchte, spürte er, daß er es nicht schaffen konnte. Gleich würde er zu denken beginnen. Und dann würde es vorbei sein.

Er begann zu rennen. Er stolperte, fing sich im letzten Moment. Mit einem Tritt öffnete er das Gartentor. Er sprang ins Haus, drückte die Tür zu, sperrte ab. Mit dem Rücken an der Tür rutschte er zu Boden, die kalten Flaschen in den Händen.

Um zwei Uhr früh lag er in seinem Bett und prüfte, wieviel ihm noch von der zweiten Flasche blieb. Die Kamera stand vor dem Bett. Eingeschaltet hatte er sie noch nicht. Er tat es nun und drehte sich zur Seite.

Er erwachte, linste auf die Uhr. Es war drei. Er mußte vorhin sofort in Schlaf gefallen sein.

Die Kamera summte.

Er meinte, über sich noch andere Geräusche zu hören. Ein Rollen wie von einer eisernen Kugel, ein Knarren von Schritten. Zugleich zweifelte er nicht, daß ihm diese Laute seine Phantasie eingab.

Er mußte daran denken, daß die Kamera in diesem Moment ihn filmte. Ihn, und nicht den Schläfer. Würde er beim Ansehen den Unterschied bemerken? Würde er sich erinnern?

Ihn drückte die Blase. Er schlug die Decke zur Seite. Als er an der Kamera vorbeikam, winkte er, lächelte schief und sagte: »Ich bin es, nicht der Schläfer!«

Barfuß schlich er über den Gang zur Toilette. Bei der Rückkehr winkte er wieder. Mit der Hand wischte er sich die staubigen Fußsohlen ab, ehe er ins Bett schlüpfte. Er zog sich die Decke über die Ohren.

20

Er blinzelte zur Kamera. Sie stand unverrückt da. Auch sonst schien nichts verändert.

Es war der 4. August. Nun lag es einen Monat zurück. Vor einem Monat hatte er morgens vergeblich an der Haltestelle auf den Bus gewartet. So hatte es begonnen.

Er öffnete die Fensterläden. Ein sonniger Tag. Kein Ast, kein Halm regte sich. Jonas zog sich an. In der Tasche fühlte er das Notizheft. Er schlug die erste freie Seite auf und schrieb:

Ich frage mich, wo du am 4. September sein wirst und wie es dir ergehen wird. Und wie es dir ergangen ist in den vier Wochen davor. Jonas, 4. August, Kanzelstein, Schlafzimmer, am Tisch stehend, angezogen, müde.

Er betrachtete das Bild an der Wand. Dem verwitterten Rahmen und den Farben nach war es schon älter. Es zeigte ein einzelnes Schaf auf einer Wiese. Das Hinterteil des Tiers steckte in einer Jeans, das Vorderteil hüllte ein roter Pullover ein. An den Füßen trug es Strümpfe, auf dem Kopf einen keck zur Seite geschobenen Hut. Dieser kuriose Anblick erinnerte ihn daran, was er geträumt hatte.

Er hatte in der Brigittenauer Lände zum Fenster hinausgesehen. Ein Vogel kam und ließ sich auf der Lehne eines Stuhls nieder, welcher auf einem Balkon stand, den Jonas nicht hatte. Er freute sich über den Vogel. Endlich wieder Tiere!

Plötzlich veränderte sich der Kopf des Vogels. Er wurde breiter und länger, er sah häßlich aus und wütend, als gebe er Jonas die Schuld an dem, was da mit ihm geschah. Starr betrachtete Jonas ihn, da veränderte der Vogel erneut sein Aussehen. Nun hatte er einen Igelkopf. Gleich darauf wuchs der Körper. Jonas sah einen Igelkopf, der auf dem Rumpf eines eineinhalb Meter langen Tausendfüßlers saß. Der Tausendfüßler rollte sich ein und kratzte sich dabei im Gesicht. Das Gesicht wurde menschenähnlich. Der Mensch schnappte nach Luft. Er streckte die Zunge heraus, als werde er gewürgt. Er zappelte mit seinen tausend kleinen Füßen und schnaubte, und aus seinen Nasenlöchern trat rosafarbener Schaum.

Wieder veränderte sich der Kopf. Er verwandelte sich in den eines Adlers und darauf in den eines Hundes. Weder der Adler noch der Hund sahen aus, wie sie aussehen sollten. Alle Tiere schauten ihn an. Ihren Augen hatte er abgelesen, daß sie ihn gut kannten, seit langem kannten. Und er sie.

Er frühstückte Vollkornbrot und Löskaffee. Nachdem er alle Fenster geöffnet hatte, streifte er durch das Haus.

Längere Zeit schaute er vom Südbalkon in die Landschaft. Er wunderte sich über die Dimensionen. Alles erschien ihm kleiner und enger, als er es in Erinnerung gehabt hatte. Zum Beispiel der Balkon. Es war eine Terrasse gewesen, auf der er hatte Fußball spielen können. Nun stand er auf einem gewöhnlichen Balkon, der vier Meter lang war und anderthalb breit. Ebenso verhielt es sich mit dem Garten, in längstens einer Minute hatte er ihn abgeschritten. Das Gasthaus der Löhnebergers hatte er früher für eine große Gastwirtschaft gehalten. Jetzt sah er, daß auf dem Platz vor dem Haus nicht mehr als vier Autos nebeneinander parken konnten. Gestern hatte er die Tische im Schankraum gezählt. Sechs waren es.

Und nicht zuletzt die Aussicht hier vom Balkon. Wenn er an diesen Fernblick gedacht hatte, hatte er in seiner Vorstellung Hunderte Kilometer weit gesehen. Jetzt stellte er fest, daß er nicht viel weiter sah als bis ins nächste Tal. Sein Blick prallte gegen einen Höhenzug, der nicht mehr als zwanzig Kilometer entfernt sein konnte. Wahrhaft ausgedehnt war nur der Wald, der hinter dem Haus die Grenze des Grundstücks markierte.

Im Tischtennisraum erkannte er den Schrank wieder, in dem Schläger und Bälle sowie ein Reservenetz lagen. Er suchte das Holz nach Zeichen und Nachrichten ab. Er nahm einen Schläger und begann gegen sich selbst zu spielen. Er führte hohe Schläge aus, um sich Zeit zu geben, auf die andere Seite zu gelangen und den Ball zurückzuschießen. Das Geräusch, mit dem der Ball die Tischplatte traf, hallte in dem fast leeren Raum nach.

Sein Vater hatte ihm hier Tischtennis beigebracht. Zu Anfang hatte Jonas den Fehler begangen, zu nahe am Tisch zu stehen, was den Vater erbost hatte. »Nach hinten, weiter zurück!« hatte er gerufen, und es war vorgekommen, daß er aus Ärger über den ungelehrigen Schüler den Schläger ins Netz geschleudert hatte. Ihm lag daran, Jonas möglichst rasch zu einem brauchbaren Gegner zu erziehen. Die Mutter wie auch Tante Lena konnten dem Spiel nichts abgewinnen, und Onkel Reinhard war dem Vater zu stark.

Vom Griff des Schlägers war ein Stück angeleimtes Plastik abgegangen. Jonas blieb mit der Hand kleben. Er warf den Schläger zurück in den Schrank und nahm sich einen anderen. Prüfend schwang er ihn, drehte ihn in der Hand. Er erkannte ihn wieder.

Mit einem Gefühl der Rührung betrachtete er den Schläger. Er hatte ihn sich damals ausgesucht, weil er ihn besonders schön fand. Das Schwarz des Bezugs, den gerillten Griff. Jetzt konnte er keinen nennenswerten Unterschied zwischen diesem und den übrigen Schlägern entdecken.

Hier. Hier war es gewesen. Sein Vater war dort gestanden. Er selbst auf dieser Seite.

Er ging in die Knie, um die Perspektive von damals zu erleben. Er sprang nach rechts und links und tat so, als würde er nach dem Ball hechten.

Sein Schläger. Und sein Spazierstock. Aus einer Zeit, die dahin war. Die es nie mehr geben würde. Die er nicht mehr betreten, nicht mehr benutzen konnte.

Am frühen Nachmittag kochte er im Gasthaus. Hinter einer unscheinbaren Tür hatte er die Speisekammer entdeckt. Er bereitete sich ein Gericht aus Nudeln und Kartoffeln zu. Er aß viel. Er zapfte sich ein Bier. Es roch schlecht und schmeckte schal. Er schüttete es weg.

Mit einer Flasche setzte er sich auf die Terrasse. Um die Nieren hatte er sich eine Jacke des Wirts gebunden. Auf dem Kopf trug er einen fasrigen Bauernhut, der an einem Haken gehangen war. Die Sonne stach, doch es wehte kräftiger Wind. Er trank die Flasche leer. Das Funkgerät fiel ihm ein. Er lief ins Haus. Eine halbe Stunde suchte er danach, bis er überzeugt war, daß es keines mehr gab.

Im Winter vor fast fünfundzwanzig Jahren hatte es eines gegeben, ein defektes. Sie waren eingeschneit, alle Straßen unpassierbar, und dann geschah es. Leo, der Kellner, der zu den Weihnachtsfeiertagen aushalf, verletzte sich beim Holzhacken. Man meinte, es würde schon nicht so schlimm sein, doch die Wunde infizierte sich. Einen Arzt konnte man nicht holen, weil durch Lawinenabgänge alle Telefonverbindungen zusammengebrochen waren. Leo lag mit Blutvergiftung im Bett. Aufregung griff um sich, es hieß, er werde sterben.

Nebenbei erfuhr Jonas vom defekten Funkgerät. Die Erwachsenen warfen ihm mitleidige Seitenblicke zu, als er es sich bringen ließ, der Kleine wolle Theater spielen oder sich wichtig machen. Doch Jonas brauchte nur kurz das Relais in Augenschein zu nehmen, um zu erkennen, daß er tatsächlich helfen konnte. In der Schule im Freigegenstand Physik,

den er am Nachmittag besuchte, hatte er so viele Schalt-
pläne nachgebaut, daß er sogleich um ein Stück Kupfer-
draht bat. Auch einen Lötkolben bekam er.

Ein paar Minuten später wies er mit großer Geste und
heftig klopfendem Herzen auf das Funkgerät und verkündete, es funktioniere wieder. Erst hielten es die anderen für
einen Scherz, und sein Vater schien entschlossen, ihn auf der
Stelle mitsamt dem Funkgerät aus dem Fenster zu werfen.
Jonas schaltete das Gerät ein. Als der Wirt das Rauschen
hörte, stürzte er herbei und setzte den Notruf ab. Zwei
Stunden später landete der Hubschrauber, der Leo ins Krankenhaus flog.

Die Wirtin weinte. Der Wirt schlug Jonas auf die Schulter
und schenkte ihm ein Eis. Sein Vater bestellte Essen, denn
es hieß, sie seien alle eingeladen. Jonas dachte, es werde
noch mehr Lob oder Eis geben, doch nach ein paar Tagen
wurde nicht mehr von der Angelegenheit gesprochen. Auch
von einem Journalisten, der etwas in der Lokalzeitung bringen wollte, war keine Rede mehr gewesen.

Im Wald streifte er bald die Jacke über und zog den Reißverschluß zu. Es schien hier länger nicht geregnet zu haben. Bei
jedem Schritt, den er auf dem Pfad hinauf zur Almhütte
machte, stieg eine kleine Wolke aus Erde und Staub auf. Er
erinnerte sich, daß er als Kind aus Angst vor den Zecken,
die, wie er irrtümlich glaubte, vor allem in den Bäumen lau-
erten, eine Kapuze getragen hatte. Jetzt wäre ihm sogar
eines dieser widerlichen Geschöpfe ein Trost gewesen.

Er meinte zu wissen, welche Richtung er einschlagen
mußte. Zu seiner Überraschung jedoch kam ihm nichts bekannt vor. Erst oben vor der Hütte, bei der er Milch geholt
und eines Tages den Spazierstock empfangen hatte, stiegen
lebendige Bilder in ihm auf.

Einmal hatte er einen Spielkameraden in den Urlaub mitbringen dürfen, der selbstverständlich, der Vater wünschte es, Kost und Quartier aus eigener Tasche bezahlen mußte. Er hatte sich für Leonhard entschieden. Und mit Leonhard, nun fiel es ihm wieder ein, war er auch an diesem Ort gewesen. Sie waren um das Haus geschlichen und hatten so getan, als seien sie Indianer, die die Ranch überfallen wollten. Als der riesige Alte in der Tür erschienen war, hatte die Angreifer der Mut jäh verlassen, sie hatten den Trapper verlegen gegrüßt und waren im Unterholz verschwunden.

Das Gewehr über der Schulter, den Bauernhut auf dem Kopf, sah er sich auf der Anhöhe um. Einige Minuten rastete er. Sollte er in das Haus einbrechen? Doch er spürte weder Hunger noch Durst. So verließ er die Lichtung und wanderte weiter bergwärts.

Er erkannte nichts.

Zuweilen drang ein Knacken an sein Ohr. Es klang, als sei jemand auf einen Ast getreten. Jonas stand still.

Er bezwang die Furcht, die in ihm aufstieg. Vergangene Nacht hatte er bewiesen, daß er keine Angst zu haben brauchte. Niemand bedrohte ihn. Was er hörte, war Einbildung, Überreizung, war Zufall und Natur. Oder jedenfalls das, was von ihr übrig war. Vielleicht ein Stück Holz, das brach. Ohne Einwirkung von außen. Er war allein.

»Du bist ja auch nicht mit dabei«, sagte er, wobei er sich über die Schulter blickte. Er wiederholte den Satz und mußte laut lachen, als habe er einen guten Witz gemacht.

Die Uhr an seinem Mobiltelefon zeigte halb sechs an. Der Akku war beinahe leer. Ihm fiel auf, daß er kein Sendesignal empfing. Das beunruhigte ihn. Obwohl er dazu keinen Anlaß hatte, denn wen wollte er anrufen? Und doch, es war wie ein Hinweis, zu weit gegangen zu sein. Er drehte um.

Er machte größere Schritte.

In ihm kam etwas. Wurde stärker.

Um sich abzulenken, rief er sich in Erinnerung, wie er als Kind in diesen Wäldern das Etzelgrab gesucht hatte. Er hatte davon sprechen gehört. Der Legende nach war der Hunnenkönig auf einem Zug durch Österreich gestorben und in einem Wald beigesetzt worden. Jeder Hügel konnte sein Grab sein, und wenn Jonas die Stelle fand, würde es ihn reich und berühmt machen. Mit Leonhard war er auch durch den Wald gezogen. Bei jeder größeren Erdaufschüttung hatten sie einander angesehen und mit fachmännischer Miene die Wahrscheinlichkeiten besprochen. Allein hatte er nur am Waldrand, in Sichtweite des Ferienhauses oder des Gasthofs gesucht.

Der Weg war stark verfarnt. Es blieb nicht aus, daß Jonas über verborgene Steine stolperte. Zweimal schlug ihm das Gewehr hart in die Seite, so daß ihm die Luft wegblieb. Er ärgerte sich, es mitgenommen zu haben, es war ihm ja doch zu nichts nutze.

Als sei er gegen eine Wand geprallt, blieb er stehen. In der Zeitspanne einer langen Sekunde wurde ihm klar, daß er gerade eine Glocke gehört hatte. Eine Kuhglocke.

Da – links von ihm wiederholte sich das Läuten.

»Na warte, jetzt kannst du etwas erleben!« brüllte er.

Das Gewehr vor der Brust, stürmte er in die Richtung, aus der er das Läuten vernommen zu haben glaubte. Zu seiner Verwirrung erklang es nun beim drittenmal wieder links von ihm. Erneut lief er darauf zu. Er dachte nicht darüber nach, was er vorfinden würde, und er wußte nicht, was er dann zu tun gedächte. Er lief einfach weiter.

Nachdem das Läuten zum sechstenmal erklungen war, hatte er Zweifel, ob er darauf zu- oder davor weglief.

»Hooo!«

Er bekam keine Antwort. Auch das Glöckchen blieb stumm.

Er ließ den Blick schweifen. Ein Drillingsbaum fiel ihm

auf. Etwas sagte ihm, daß er dort richtig war. Er passierte den Baum, teilte ein Gebüsch. Dahinter trat er auf eine kleine Lichtung. In der Mitte stand eine einzelne Birke. Von einem Ast hing die Glocke herab.

Er suchte die Umgebung ab, ehe er sich der Glocke näherte. Sie hing an einem verblüffend dünnen Faden. Sie war aus Metall. An den Rändern zeigten sich Rostflecken. Nichts wies darauf hin, wie lange sie bereits hier baumelte, wer sie aufgehängt hatte. Nur eines stand fest: Sie läutete, weil der Wind sie bewegte.

Ihm kam ein Gedanke, wie sie hierhergeraten sein mochte. Aber diese Theorie war zu häßlich, um sie zu glauben.

Er suchte nach dem Weg, auf dem er gekommen war. Er war zu weit gelaufen und mußte sich neu orientieren. Bald glaubte er zu wissen, wo er sich befand und wo er auf einen Pfad stoßen würde. Er schlug die entsprechende Richtung ein. Als er nach zehn Minuten nur noch tiefer in den Wald gelangt war, stieg das Gefühl von vorhin in ihm auf.

»Meister Etzel, kommst du mich holen?«

Er wollte seiner Stimme eine ironische Farbe verleihen. Sie klang weniger fest, als er sich wünschte.

Er blickte zurück. Dichter Wald. Er wußte nicht einmal, aus welcher Richtung er gerade gekommen war.

Er lief geradeaus weiter. Immer geradeaus gehen, Fixpunkte suchen, den Stand der Sonne oder der Sterne zu Hilfe nehmen, so hatte er es einst gelernt. Aber er hatte sich noch nie verirrt. Und er hatte vergessen, wie man es anstellte, geradeaus zu gehen und nicht unwillkürlich im Kreis.

Nach einer weiteren Stunde glaubte er eine Stelle wiederzuerkennen. Er wurde sich jedoch nicht eins darüber, ob er hier vor oder nach dem Läuten vorbeigekommen war. Oder gar vor zwanzig Jahren.

Er wunderte sich, wie schnell es dunkelte.

Er betrachtete den Platz vor ihm. Eine schmale Lichtung mit kniehohem Farn und Haselsträuchern. Die Stämme der Buchen ringsum waren stark bemoost. Es roch nach Pilzen. Zu sehen waren keine.

Beim Laufen hatte er es nicht bemerkt, doch als er nun stand und nachsann, fiel ihm auf, daß es kalt wurde. Mit automatischen Bewegungen rieb er sich Arme, Oberkörper, Schenkel. Er lief einige Schritte. Seine Beine waren bleiern. Der Rücken tat ihm weh, und er hatte Durst.

In der Mitte der Lichtung ließ er sich nieder. Über sich sah er einen rechteckigen Ausschnitt blauen Himmels, der sich rötlich verfärbte. In diesem Moment wußte er, daß an diesem Tag das Wolfsvieh kommen würde. Er würde an dieser Stelle sitzen und ein Knacken hören. Dann die Schritte. Und dann würde es durch das Gebüsch dort brechen und auf ihn zuspringen. Groß, unaufhaltsam, unpersönlich. Unüberwindlich.

»Nein, bitte nicht«, flüsterte er schwach, und Tränen stiegen ihm in die Augen.

Die Dunkelheit ängstigte ihn, mehr noch als die fallende Temperatur. Weil der Akku des Telefons leer war, wußte er die Uhrzeit nicht. Viel später als sieben konnte es nicht sein. Offenbar hatte es ihn tief in den Wald getrieben.

Er zog eine der Karten aus der Tasche.

Laut schreien! las er.

Der Zufall, der ihm einen passenden Befehl in die Hand gespielt hatte, gab ihm Hoffnung. Er stand auf, um kräftiger rufen zu können.

»Hallo! Hier bin ich! Hier! Hilfe!«

Er machte kehrt und wiederholte den Ruf in der entgegengesetzten Richtung. Zu schießen wagte er nicht, da er den Sack mit den Patronen auf der alten Truhe liegengelassen hatte. Zwar hatte er nicht das Gefühl, sich bald gegen etwas oder jemanden verteidigen zu müssen, dessen man sich mit einer Schußwaffe erwehren konnte. Und doch war er froh, das glatte Holz des Griffbeschlags in der Hand zu fühlen. Zumindest war er nicht ganz schutzlos.

Aber – wenn niemand kam? Und er blieb?

Und nicht mehr zurückfand?

Er blickte in alle Richtungen. Er schloß die Augen und horchte in sich hinein. Sollte es so zu Ende gehen? Sollte er auf diese Weise zur Natur zurückkehren?

Er bemühte sich, an nichts zu denken. Atmete tief ein und aus. Stellte sich vor, an einem anderen Ort zu sein. An dem es keine Gänsehaut gab, keinen Hunger und kein verdächtiges Rascheln. Mit Marie. Mit Marie im Bett. Seinen Schenkel an ihrem. Ihre Zartheit zu fühlen, ihre Wärme. Ihren Atem zu spüren und den Druck ihrer Hände. Ihren Duft aufzunehmen, ihr sanftes Räuspern zu hören, wenn sie sich umdrehte, ohne die Berührung mit ihm aufzugeben.

Er war nicht allein. Sie war bei ihm. Er hatte, wenn er es wollte, sie immer bei sich. Sie war ihm mit einemmal viel näher als vor zwei oder vier Wochen. Als er schon gedacht hatte, sie verloren zu haben.

Es ging ihm besser. Die Angst war klein. Murrte im Untergrund. Er war ruhig. Morgen früh würde er den Weg zurück finden. Er würde nach Hause fahren. Und dann würde er Marie suchen. Nur einschlafen durfte er jetzt nicht.

Er öffnete die Augen.

Es war dunkel.

Es mochte gegen Mitternacht sein, als er den Krampf in den Armen und Beinen nicht mehr ertrug. Er warf das Gewehr ins Gras und setzte sich.

Seine Gedanken gehorchten ihm seit Stunden nicht mehr. Sie trieben umher, wurden bunt, verloren wieder Farbe. Hüllten ein, wurden eingehüllt. Das Wolfsvieh erschien in ihnen, und er konnte es nicht verjagen. Die wilde Gewalt, die Entschlossenheit, die das Wesen ausstrahlte, quälte ihn, bis es ohne sein Zutun verschwand und eine rätselhafte, warme Heiterkeit in ihm aufstieg. Er lächelte. Kicherte vor sich hin. Am liebsten wäre er aufgestanden, um weiter nach dem Weg zu suchen. Das Wissen, bald wieder von anderen Gefühlen beherrscht zu werden, hielt ihn zurück.

Er hob den Kopf. Er war überzeugt, von einem Fremden angestarrt zu werden, der ihm keine drei Meter entfernt gegenübersaß und den er dennoch nicht sehen konnte. Zugleich stellte er fest, daß das Zwinkern seiner Augen länger dauerte, als es sollte. Erschrocken streckte er die Hand nach dem Gewehr aus. Der Weg schien doppelt oder gar dreimal so weit. Er sah die Hand nicht, doch er fühlte, daß ihre Bewegung auf unerbittliche Weise langsamer wurde. Er ließ das Kinn in Richtung Brust sinken, um den Hut abzuwerfen. Er hatte das Gefühl, sich nicht zu bewegen. Am Rascheln in den Bäumen bemerkte er, daß jeder Laut aus vielen einzelnen Tönen bestand, und diese bestanden aus Tonpunkten.

Er wußte nicht, wie es ihm gelang, sich herauszureißen. Sein Wille war stärker als die Langsamkeit. Er sprang auf, legte das Gewehr an und – wartete, was er selbst nun tun würde.

Er lachte.

Er staunte darüber, daß er lachte.

Drei Uhr früh. Vielleicht zwei, vielleicht halb vier. Zu schlafen wagte er nicht. Obwohl seine Gelenke schmerzten und ihm vor den Augen rote Ringe tanzten. Er lauschte. Jedes Geräusch, mit dem der Nachtwind in die Bäume griff, hallte in seinen Ohren nach. Er trennte Wirkliches von Einbildung, sah sich um. Schützte Probleme mit seinen Schuhbändern oder dem Reißverschluß der fremden Jacke vor, um laut zu spotten und zu schimpfen.

Wenn er über Gott und das Sterben nachgedacht hatte, war ihm stets dasselbe Bild erschienen. Das des Körpers, aus dem alles kam und zu dem alles zurückkehrte. Was ihm die Kirche erzählte, hatte er bezweifelt. Gott war nicht einer, Gott war alle. Was die anderen Gott nannten, sah er als ein Prinzip, das sich ihm als Körper verdeutlichte. Ein Prinzip, das alles ausschickte, um zu leben und dann zu berichten. Gott war ein Körper, der Menschen, aber wohl auch Tiere und Pflanzen, ja vielleicht sogar Steine, Regentropfen, Licht ausschickte, um alles kennenzulernen, was Leben ausmachte. Nach dem Ende ihres Seins kehrten alle an und in den Körper zurück. Ließen Gott an ihren Erfahrungen teilhaben und nahmen ihrerseits jene der anderen auf. So daß jeder erfuhr, wie es war, ein Rapsbauer in der Schweiz zu sein oder ein Automechaniker in Karatschi. Eine Lehrerin in Mombasa oder eine Hure in Brisbane. Oder ein Einrichtungsberater in Österreich. Eine Seerose zu sein, ein Storch, ein Frosch, eine Gazelle im Regen, eine Honigbiene im Frühling oder ein Vogel. Eine Frau in der Lust, ein Mann. Ein Erfolgreicher, ein Versager. Dick oder schlank, kräftig oder zart. Ein Mörder zu sein. Oder ermordet zu werden. Ein Felsen zu sein. Ein Regenwurm. Ein Bach. Wind.

Leben, um zurückzukehren und dieses Leben den anderen zu schenken. Das war Gott für ihn gewesen. Und nun fragte er sich, ob der Umstand, daß alles Leben gewichen war, bedeutete, daß Gott, daß die anderen kein Interesse hatten an seinem Leben. Ob seines nicht gebraucht wurde.

Sechs Uhr früh. Er spürte die Dämmerung, ehe er sie sah. Sie kam nicht wie sonst, wie eine Auferstehung, eine Befreiung, sie kam kalt. Als es hell genug war, um sich nicht an den Bäumen den Kopf einzurennen, stand er auf. Seine Zähne schlugen aufeinander. Klamm hafteten Shirt und Hose an seiner Haut.

In der ersten Stunde versuchte er noch, sich zurechtzufinden. Verfolgte vermeintliche Spuren, hielt nach Ansatzpunkten Ausschau. Alles, was er fand, war ein gleichförmiger Wechsel von Sträuchern, Unterholz, dichtem Wald, Schlägen. Nichts kam ihm bekannt vor.

Am Vormittag gelangte er zu einer weiten Lichtung. Hier blieb er, bis ihm die Sonne die Kälte aus den Knochen getrieben hatte. Der immer stärker werdende Durst ließ ihn aufbrechen. Den Hunger spürte er nicht mehr im Magen, sondern als ein allgemeines Schwächegefühl. Am liebsten wäre er einfach liegengeblieben. Um zu schlafen.

Von da an ging er ohne Plan und Ziel. Er konsultierte die Karten in der Hosentasche, doch sie befahlen ihm nur »Rote Katze« und »Botticelli«. Mit gesenktem Kopf wanderte er weiter. Bis ein Geräusch an sein Ohr drang. Ein Plätschern. Es kam von rechts.

Er stürmte nicht sofort los, er drehte sich in alle Richtungen. Niemand da, der ihn beobachtete. Niemand, der ihn auslachen wollte.

Er lief nach rechts. Er täuschte sich nicht, das Plätschern wurde lauter. Er kämpfte sich durch das Dickicht. Seine Hose zerriß an einem Dornenstrauch, der auch seine Hände und Arme nicht verschonte. Dann sah er den Bach. Klares, kaltes Wasser. Er trank, bis ihm der Bauch beinahe platzte. Japsend rollte er sich auf den Rücken.

Bilder stiegen vor ihm auf. Vom Büro, von seinem Vater, von zu Hause. Von Marie. Von früher. Als er das Haar anders getragen hatte. Jünger gewesen war und sich für vieles interessiert hatte. Lebhaft mit Inge im Park, erregt diskutierend mit Freunden im Café, am Morgen leere Bierflaschen zählend in der Küche. Als Halbwüchsiger vor den knallig beleuchteten Auslagen verbotener Lokale, als Junge auf einem

Fahrrad. Mit einem Lächeln, das nur an Kindern zu sehen war.

Er schlug mit den Fäusten auf die Erde. Nein. Er würde aus diesem Wald hinausfinden.

Er stand auf, klopfte sich die Hose ab. Er ging am Lauf des Baches entlang. Zum einen, weil er nicht dürsten wollte, zum anderen, weil ein Bach meist irgendwohin führte, und nicht selten zu Häusern.

Er ging, wo es bequem war. Mal wurde der Bach schmaler, dann sprang Jonas auf die andere Seite, hoffend, daß das Gewässer nicht zu einem Rinnsal wurde und versiegte. Mal versank der Bach im Boden, doch immer fand Jonas die Stelle wieder, an der das Wasser ans Licht zurückkehrte. Er schüttelte die Faust.

»Hehehe, wir werden ja sehen!«

Hunger und Müdigkeit spürte er nicht mehr. Er lief und lief. Bis plötzlich der Wald endete und er an einer Felskante stand, über die der Bach beinahe lautlos in die Tiefe stürzte.

Vor ihm lag eine weite Landschaft. Ihm gegenüber, durch eine tiefe Schlucht von ihm getrennt, gewahrte er eine Siedlung. Auf den Feldern neben den Häusern machte er dunkle Punkte aus, in denen er erst nach einer Weile Heuballen erkannte. Er zählte zwölf Häuser und ebenso viele Nebengebäude. Leben war nicht wahrzunehmen. Die Entfernung schätzte er auf zehn Kilometer. Es konnten auch fünfzehn sein.

Direkt vor ihm ging es gut hundert Meter abwärts. Eine steil abfallende Felswand, und kein Pfad, der ins Tal hinabführte.

Er konnte nicht erklären, woran es lag. Doch die Ansiedlung kam ihm bekannt vor. Dabei war er sich sicher, hier nie gewesen zu sein.

Er wandte sich nach links. Sich immer am Rand des Plateaus haltend, wanderte er, bis die Siedlung längst außer

Sicht war. Er stieß auf keine Straße, keinen Weg, keinen Zaun, kein Schild, ja nicht einmal auf eine Markierung der Forstaufsicht oder des Alpenvereins. Er durchquerte Niemandsland. Vermutlich war er seit Jahren der erste, der hier ging.

In der Sorge, sich immer weiter von Kanzelstein und den umliegenden Orten zu entfernen, drehte er um. Drei Stunden nach dem erstenmal stand er wieder an der Stelle, an der der Bach sich ins Tal ergoß. Er trank, soviel er konnte. Mit einem geringschätzigen Sprung setzte er auf die andere Seite. Er sah hinüber zur Ansiedlung. Alles lag in unveränderter Starre.

Etwas an diesem Anblick ängstigte ihn. Ohne sich dem Panorama zu widmen, ging er weiter. Mit der Linken drückte er sich den Hut ins Gesicht, um die Ansiedlung auch nicht aus den Augenwinkeln sehen zu müssen. Er wollte etwas rufen. Aber er war zu schwach.

Auf einer weitläufigen Lichtung erwartete er den Einbruch der Dunkelheit. Über sein Schicksal machte er sich keine Illusionen. Er empfand sogar ein schwaches Gefühl der Dankbarkeit dafür, daß es so gekommen war, hier, wo wenigstens noch eine Ahnung in ihm lebte, was einst gewesen war, und daß er nicht in einem steckengebliebenen Aufzug geendet hatte.

Und dennoch. Etwas in ihm glaubte nicht, daß dies das Ende war.

Er zog eine Karte aus der Tasche.

Schlaf, las er.

Er zerknüllte sie zwischen den Fingern.

Er hatte oft über das Sterben nachgedacht. Monatelang vermochte er die schwarze Wand, die wartete, wegzuschieben, dann wieder kamen die Gedanken jeden Tag, jede Nacht.

Was war das, der Tod? Ein Scherz, den man erst danach verstand? Böse? Gut? Und wie würde es ihn treffen? Auf eine scheußliche Art oder auf eine gnädige? Würde eine Ader in seinem Kopf platzen, und würden ihm die Schmerzen den Verstand nehmen? Würde er ein Stechen in der Brust fühlen, einen Schlag, und umkippen? Würde er Krämpfe in den Gedärmen haben und sich aus Angst vor dem Bevorstehenden übergeben? Würde ihn ein Verrückter niederstechen, so daß er noch Zeit hätte zu begreifen, was mit ihm geschah? Würde ihn eine Krankheit martern, würde er mit dem Flugzeug vom Himmel fallen, mit dem Wagen gegen einen Pfeiler krachen? Fünf, vier, drei, zwei, eins, null? Oder fünf. vier. drei. zwei. eins. null? Oder fünfvierdreizweieinsnull?

Oder würde er alt werden und einschlafen?

Und gab es jemanden, der es jetzt schon wußte?

Und stand es jetzt schon fest? Oder konnte er noch etwas daran ändern?

Egal, was passierte, so hatte er gedacht, es würde Menschen geben, die an ihn denken würden und die darüber nachsannen, daß es ihn nun auf diese und keine andere Art getroffen hatte. Daß er sich ja immer gefragt hatte, wie es geschehen würde, und daß sie es nun wußten. Und wie es ihnen, ihnen selbst wohl dereinst ergehen mochte.

Das würde also nicht so kommen. Niemand würde über seinen Tod nachdenken. Niemand würde wissen, wie er gestorben war.

Ob sich Amundsen auf seiner Eisscholle oder im Wasser oder auf seinem Floß aus Flugzeugflügeln, oder wo immer es passiert war, zuletzt dasselbe gefragt hatte? Oder hatte er angenommen, man würde seine Leiche finden? Aber Roald, man hat sie nicht gefunden. Du bist weg.

Kaum sah er die Hand noch vor den Augen. Nach dem Gewehr, das neben ihm in der Wiese lag, faßte er dennoch nicht. Er lag auf dem Rücken und starrte ins Dunkel.

Was würde werden, hatte er sich gefragt. Würde es ihn hinüberziehen? Oder würde er erlöschen?

Gleichgültig, wohin er ging: Immer hatte er sich gewünscht, daß sein letzter Gedanke der Liebe gehören sollte. Liebe als ein Wort. Liebe als ein Zustand. Liebe als ein Prinzip. Liebe sollte sein letzter Gedanke und seine letzte Empfindung sein, ein Ja und kein Nein, egal, ob er sich nur transportierte oder ob er zum Stillstand kam. Und er hatte immer gehofft, daß es ihm dann gelingen würde, daran zu denken. An die Liebe.

21

Er erwachte, weil er Kälte spürte und Tropfen auf dem Gesicht. Er öffnete die Augen, ohne zu verstehen, wo er sich befand. Dann begriff er, daß er im Wald war und daß es zu regnen begonnen hatte. Es war Tag. Hinter einer grauen Wolkenmasse schimmerte die Sonne als matter Fleck. Er schloß die Augen wieder, ohne sich zu bewegen.

Etwas in ihm hieß ihn aufstehen. Ohne zu überlegen, schlug er eine bestimmte Richtung ein. Er stützte sich auf das Gewehr, schleppte sich über Hügel, kletterte über Zäune, stolperte durch schlammige Mulden. Er kam an einem Schuppen vorbei, blieb jedoch nicht stehen. Er hatte das Gefühl, nicht von seinem Weg abweichen zu dürfen. Wie durch einen Schleier nahm er wahr, daß der Regen heftig auf ihn einprasselte. Jedes Zeitgefühl hatte ihn verlassen. Ob er eine Stunde marschierte oder vier – er wußte es nicht.

Vor ihm öffnete sich ein Tal. Er sah Häuser. Zuerst erkannte er das Gasthaus. Er fühlte keine Erleichterung. Er spürte den Wind und den Regen auf der Haut.

Er riß die Augen auf. Ringsum waren keine Bäume zu sehen. Er befand sich nicht im Wald. Er lag vor dem Gartenzaun des Ferienhauses.

Er stand auf, blickte an sich herab. Die Kleidung war zerfetzt. Die Unterarme waren von kleinen roten Rissen überzogen. Die Fingernägel hatten Trauerränder, als habe er mit Motoröl hantiert. Der Hut fehlte ihm. Aber es sah aus, als sei er im wesentlichen unversehrt. Schmerzen hatte er keine.

Das Gartentor quietschte. Während er über den Kiesweg

auf die Haustür zuging, bemerkte er, daß das Gewehr weg war. Unwillkürlich ballte er die Fäuste.

»Hooo!«

Seine Stimme verhallte im Haus.

Er steckte den Kopf in die Abstellkammer, in den Tischtennisraum. Nichts hatte sich verändert. Er stürmte in alle Schlafzimmer. Nichts schien berührt worden zu sein.

Im Badezimmer wich er dem Gesicht im Spiegel aus. Der kurze Moment, in dem sich die Blicke trafen, genügte jedoch. Er sah, daß auf seiner Stirn etwas geschrieben stand.

Das Glas unter seinen Fingern fühlte sich glatt und kühl an, als er dem Gesicht im Spiegel die Augen zuhielt. Er las, was jemand in Spiegelschrift, so daß er es richtig herum las, auf seine Stirn geschrieben hatte:

MUDJAS!

Er wußte nicht, was Mudjas bedeutete.

Er betrachtete die Schrift genauer. Ein Plakatschreiber schien verwendet worden zu sein, und er war sich sogar sicher, den betreffenden Stift zu kennen. Er würde ihn draußen im Führerhaus des Lkws finden.

Er starrte auf die gespiegelten Buchstaben.

Vielleicht ist er der Richtige, und ich bin das Abbild?

Ohne die Finger vom Glas zu nehmen, wusch er sich mit der freien Hand das Gesicht. Erst versuchte er es mit gewöhnlicher Seife. Als die Schrift nur etwas verblaßte, griff er zu einer Scheuerbürste, die auf dem Boden lag und mit der früher wohl die Kacheln gereinigt worden waren. Er hielt sie unter heißes Wasser, dann schrubbte er sich die Stirn.

Nachdem er geduscht hatte, ohne an das Wolfsvieh zu denken, warf er seine zerrissenen Kleider in den Müll und zog frische Wäsche an. Als sein Blick auf seine Habseligkeiten im Koffer fiel, mußte er daran denken, daß er beim letztenmal, als er hier so gestanden und in den Koffer geblickt hatte, noch nicht gewußt hatte, was ihm bevorstand. Er hatte nicht gewußt, daß er zwei Tage durch den Wald irren würde. Und der Koffer, er war hier auf dem Tisch gelegen, die ganze Zeit über. Hatte sich nicht bewegt, hatte gewartet. War weder betrachtet noch benutzt worden.

In der Küche des Gasthauses hängte er sein Mobiltelefon an die Ladestation. Überrascht stellte er fest, daß die Digitaluhr am Herd schon vier Uhr nachmittags anzeigte. Es hatte zu regnen aufgehört, doch über den Himmel zogen Wolken, und die Sonne war nicht zu sehen.

Während der nasse Topf mit dem Wasser für die grünen Bohnen auf dem Herd knatterte, suchte Jonas nach Gegenständen, an die er sich erinnerte. Die Elektrogeräte in der Küche waren allesamt neu, wie auch der Fernseher, der durch ein Kabel mit der Satellitenschüssel auf dem Dach verbunden war. Eine Suppenterrine in einem Regal kam ihm bekannt vor. Er nahm sie heraus, drehte sie zwischen den Händen. Sie war so tief und breit, daß er fast den Kopf hätte hineinstecken können.

Ein blauer Bierkrug mit der Aufschrift *Lotta* geriet ihm in die Hände. An Lotta hatte er seltsamerweise nie gedacht, seit er hier war. Dabei hatte er mit der hinkenden Magd zusammen oft die Hühner gefüttert. Offenbar war dies ihr angestammter Krug gewesen. Daß sie Bier getrunken hatte, daran erinnerte er sich.

Er ging noch einmal langsam durchs Haus. Manchmal berührte er einen Gegenstand, schloß die Augen und prägte sich den Moment ein. In Tagen, Wochen, vielleicht Monaten würde er die Augen schließen und sich vorstellen, wie er jene Lampe oder jenen Flaschenöffner angefaßt hatte. Würde daran denken, was er dabei gedacht und gefühlt hatte. Und der dann längst vergangene Moment, der war jetzt. Genau
      jetzt.

Er achtete darauf, daß alle Fenster geschlossen waren. Von der Schank nahm er sich einen Löffel mit Holzgriff als Andenken. In eine Tüte packte er Bier. Das Gesäß gegen den alten Holzofen gelehnt, aß er die gesalzenen und in Knoblauch gewendeten grünen Bohnen. Er spülte ab. Noch einmal bimmelte das Türglöckchen. Dann stand er auf der Terrasse.

Er wußte, er würde nie mehr zurückkommen.

Er trug den Spazierstock in den Holzkeller, wo er ihn hinter die Tür zurückstellte. Er betrachtete ihn eine Weile, dann nickte er ihm zu und ging hinaus.

Er sperrte die Tür des Ferienhauses ab. Aus dem Tischtennisraum holte er einen Fauteuil, den er gegen die Tür rückte. Ihm war bewußt, daß diese Maßnahme mehr dazu diente, ihm die Illusion zu erhalten, er habe das Heft des Handelns noch nicht ganz aus der Hand gelegt.

Er setzte sich in der Wohnküche auf die Truhe und trank Bier.

Dort drüben hatte er Karten gespielt und Memory.

Auf dieser Bank hatte er den Erwachsenen beim Weintrinken und Reden zugehört.

In dieser Truhe hatte er sich beim Spiel vor Onkel Reinhard versteckt.

Er stellte die leere Flasche zu den anderen hinter die Tür und nahm sich eine neue. Aus dem Schlafzimmer holte er die Kamera. Er steckte sie an, spulte zurück. Als er so mit den Kabeln hantierte, fiel ihm der Traum ein, den er irgendwann in den vergangenen achtundvierzig Stunden gehabt haben mußte.

Sie streiften durch eine weite Wiese. Marie, er, Hunderte andere. Er sprach mit niemandem, niemand sprach mit ihm. Ja nicht einmal die Gesichter der Menschen sah er. Doch sie waren da, liefen umher.

Ein Ungeheuer war unterwegs. Gerüchteweise war es auf jenem Hang gesehen worden. Einige Leute behaupteten – wortlos –, es befinde sich in einem Obstgarten auf der anderen Talseite. Von Zeit zu Zeit war ein Wummern zu hören, gefolgt von einer Erschütterung des Bodens, wie von einer Sprengung. Das sei es, es laufe umher und jage Menschen.

Dann sah er es. Das Vieh hatte einen Buckel, ähnlich wie ein Kamel, doch es war viel breiter, viel schwerer, und es ging halb aufrecht. Aus seinem Rücken ragten verkümmerte Flügel. Über drei Meter hoch, trampelte es durch einen freundlichen Obstgarten. Flüchtende Menschen schrien in Panik. Das furchtbarste waren die Erschütterungen der Erde, die spüren ließen, welch Koloß das Wesen war und welche Gefahr von ihm ausging.

Jonas stand etwa zwanzig Meter entfernt. Der Flügelbär jagte Menschen, und zwar mit einer Geschwindigkeit, die bei diesem riesigen Körper unmöglich schien.

Nein, das schlimmste war nicht der Anblick. Nicht die Erschütterungen, wie er zunächst gemeint hatte, nicht die Gefahr. Das schlimmste war die Tatsache, daß es dieses Vieh wirklich gab. Daß es dort umherstampfte und allem widersprach, was er für denkbar gehalten hatte.

Flügelbär, schrieb er in sein Notizheft. *1500 kg. Keine Stimme, Trampeln, nah.*

Er überflog die Notizen zu anderen Träumen. Um Tiere ging es oft. Oder um tierähnliche Wesen. Das verwunderte ihn. Tiere waren ihm nie wichtig gewesen. Er respektierte sie als Mitbewohner des Planeten. Sich etwa ein Haustier anzuschaffen wäre ihm nie in den Sinn gekommen.

Etwas an den Einträgen irritierte ihn. Er kam nicht darauf, was es war. Wieder und wieder las er. Endlich fiel es ihm auf.

Es war die Schrift.

Kaum merklich schien sie sich verändert zu haben. Sie

war eine Spur mehr nach links geneigt als früher, und er drückte fester auf. Auch einige Häkchen an den G und L sah er zum erstenmal. Was das bedeutete und woher es rührte, wußte er nicht.

Er fühlte eine schwere Müdigkeit.

Er öffnete das Fenster zum Garten. Nur der Wind war zu hören. Er legte den Riegel vor und ließ die Jalousien herunter.

Auf Zehenspitzen tappte er hinüber in den Schlafsaal. Er versperrte die Balkontür. Auch hier schloß er die hölzernen Balken. Er kontrollierte alle anderen Fenster, dann sperrte er die Tür ab, die ins Erdgeschoß hinunterführte. Den Schlüssel zog er ab.

Er drückte die Wiedergabetaste der Kamera und setzte sich auf die Truhe.

Er sah sich an der Kamera vorbeigehen und unter die Decke kriechen. Bald hörte er gleichmäßige Atemzüge. Wie er ins Bett gefallen war, lag der Schläfer da.

Jonas starrte auf den Bildschirm. Das Bier dämpfte seine Aufregung ein wenig. Dennoch blickte er immer wieder über die Schulter. Nach hinten, wo der breite, alte Eßtisch stand. Die vier Stühle. Der dreibeinige Hocker. Der Holzofen.

Der Schläfer stand auf, winkte in die Kamera und sagte: »Ich bin es, nicht der Schläfer!«

Zu hören war, wie die Tür geöffnet wurde. Die Schritte entfernten sich. Eine Minute darauf rauschte die Wasserspülung der Toilette. Jonas sah sich wieder in die Kamera winken und unter die Decke schlüpfen.

Er spulte zurück. Nicht den Schläfer betrachtete er in den Minuten, ehe er aufstand und zur Toilette ging. Er war es, er war wach und grübelte. Er stand auf, ging zur Toilette, legte sich wieder schlafen. Und er sah nicht anders aus als der Schläfer.

Jonas ließ das Band weiterlaufen. Der Schläfer schnarchte, den Arm vor den Augen, als blende ihn das Licht. Bis zum Ende der Kassette drehte er sich noch zweimal auf die andere Seite. Mehr ereignete sich nicht.

Er trug die Kamera zurück ins Schlafzimmer. Er legte eine neue Kassette ein. Er zog sich aus. Ging ins Badezimmer, um sich die Zähne zu putzen. Der Tür drehte er keine Sekunde den Rücken zu. In den Spiegel blickte er nicht.

Seine letzten Gedanken vor dem Einschlafen galten Marie. Sie waren oft getrennt gewesen. Etwas ausgemacht hatte es ihm nur, wenn sie sich zwischen Hin- und Rückflug einige Tage in Australien aufhielt. Sie waren so weit voneinander entfernt, daß jede Synchronität wich. Wenn er zur Sonne hochblickte, konnte er nicht damit rechnen, daß sich ihre Blicke in diesem Moment trafen. Das war das schwerste. Wenn sie schon getrennt waren, sollten sich wenigstens ihre Blicke vereinigen können. Er hatte sich damit getröstet, daß sie ihm die Sonne nach Westen schickte. Und einen Blick hinterhersandte.

Ob sich ihre Blicke an diesem Tag am Himmel gekreuzt hatten?

22

England: Die Idee kam ihm während der Fahrt, als er schon minutenlang an gar nichts gedacht hatte. Nun hatte er einen Plan. Oder zumindest eine Idee. Eine Idee, wie er nach England gelangen konnte.

Er wollte am frühen Nachmittag zu Hause sein, und er schaffte es. Mit einem letzten Zischen der Bremsen hielt der Lkw vor dem Nebenhaus. Dann herrschte Stille.

Er riß die Klebestreifen von der Wohnungstür. Drinnen war es kühl. Er öffnete alle Fenster, damit warme Luft hereinströmte. Er ging durch die Wohnung, machte Schränke und Schubladen auf. Er sang und jodelte und pfiff. Erzählte von seiner Reise, wobei er immer wieder Ereignisse einflocht, die nicht stattgefunden hatten. Dafür sagte er nichts von seinem Abenteuer im Wald. Auch über die Zahnschmerzen, die ihn immer öfter quälten, verlor er kein Wort.

Er wärmte sich die letzten beiden Dosen Bohnensuppe, dann packte er das Jagdgewehr und fuhr den Toyota aus dem Lkw.

Die Auslage war staubig, doch im Geschäft selbst hatte sich seit seinem letzten Besuch nichts verändert. Er nahm eine Pumpgun aus dem Schrank, lud sie und ging damit auf die Straße. Er feuerte in die Luft. Sie funktionierte tadellos. Er ging in den Laden zurück und steckte weitere Munition ein.

Ziellos kreuzte er durch die Innenstadt. Hin und wieder hielt er. Stellte den Motor ab. Den Blick auf ein vertrautes oder unbekanntes Bauwerk gerichtet, saß er da, trommelte

mit den Fingern gegen das Lenkrad, blätterte im Kurznach-
richtenspeicher seines Mobiltelefons.

Ich bin gerade über dir.

Er wählte ihre Nummer. Läuten. Fünfmal. Zehnmal.
Und zum hundertstenmal fragte er sich, weshalb nicht
wenigstens die Sprachbox ansprang. Ihre Stimme zu hören,
hätte ihm seine Lage womöglich erleichtert, ihn wenigstens seine Entscheidungen schneller treffen lassen. Andererseits war auch nicht auszuschließen, daß er auf ihre
Stimme ähnlich reagierte wie auf Musik oder Filme, nämlich schockiert.

Sein Blick fiel auf die beiden Gewehre auf dem Beifahrersitz. Ihm kam ein Gedanke.

Beim Wegfahren schaute er gewohnheitsmäßig in den
Rückspiegel. Für eine Sekunde sah er seine Augen. *Seine.* Er
riß den Spiegel ab und warf ihn aus dem Fenster.

Auch in der Rüdigergasse fand er keinerlei Hinweis, daß
jemand dagewesen war. Nach wie vor hing an der Tür der
Zettel, den er hinterlassen hatte. Die Wohnung selbst betrat
Jonas nicht. Die Pumpgun schußbereit, das Jagdgewehr auf
dem Rücken, ging er hinunter in den Keller. Die zerschos-
sene Tür stand offen. Er machte Licht.

Der Wasserhahn tropfte.

Er schlich nach hinten. Bis auf ein paar Schachteln war
das Abteil seines Vaters leer. Er nahm das Jagdgewehr ab
und stellte es an der hinteren Wand auf. Er machte zwei
Schritte nach hinten. Betrachtete es. Einsam lehnte es an
der schmutzigen Wand.

Er wußte nicht, warum er das tat. Ihm gefiel die Vorstellung, daß dieses Gewehr für alle Zeit hier stehen sollte. Das
Gewehr, das bis vor vier Tagen in einem Schrank in Kapfenberg geschlafen hatte. Das sich schon lange, gewiß Wochen,
eventuell Monate in diesem Geschäft befunden hatte. Nun
stand es hier. Und würde sich vielleicht nach seiner alten

Umgebung sehnen. Würde vielleicht von seinen Nachbarn im Kapfenberger Geschäft vermißt werden. Damals dort, nun hier. Das war der Gang der Dinge.

»Auf Wiedersehen«, sagte er mit ruhiger Stimme, als er den Keller verließ.

In einem Lokal in der Nähe taute er sich ein Tiefkühlgericht auf. Währenddessen schlenderte er umher.

In dem an der Schank aufliegenden Exemplar der Kronen Zeitung waren den abgebildeten Personen mit schwarzem Stift Bärte gemalt. Aus manchen Köpfen ragten Hörner, einige Hinterteile waren mit Ringelschwänzchen verziert. Im Anzeigenteil waren mit Bleistift mehrere Inserate angezeichnet, durchwegs professionelle Kontakte. Die fünf Fehler im Suchbild waren nicht angekreuzt.

So oft hatte er die Zeitung schon in der Hand gehabt, daß er die Unterschiede zwischen den beiden Bildern auf einen Blick sah. Sie zeigten zwei Gefängnisinsassen. Der Dicke stand mit traurigem Gesicht in einem Käfig. Der andere war so dünn, daß er gerade lachend zwischen den Gitterstäben hindurch in die Freiheit geschlüpft war. Fehler 1 war ein im rechten Bild fehlender Finger des Dicken. Fehler 2 ein falsches Muster auf dem Fußboden. Fehler 3 ein Schatten an der Mütze des Dünnen. Ein überzähliges Doppelkinn des Dicken war Fehler Nummer 4, ein vorstehender Absatz am Schuh des Dünnen die Nummer 5.

Er legte die Zeitung weg. Er aß, dann suchte er die Menütafel. Sie stand, etwas versteckt, hinter der Espressomaschine. Als er mit einem Tuch die Schrift auswischen wollte, stutzte er. Nicht Speisen und Getränke waren ausgeschrieben. Auf die Tafel war mit Kreide ein Gesicht gezeichnet. Natürlich, der Zeichner war kein Künstler gewesen, und das Gesicht auf der Tafel ähnelte sehr vielen Menschen. Aber da war das kräftige Kinn, da war das kurzgeschnittene Haar. Da war diese

Nase. Gewiß hatten viele Menschen so eine Nase und so ein Kinn und so eine Frisur. Aber das Gesicht auf der Tafel hatte kein Merkmal, das Jonas nicht auch hatte. Er war es.

In seiner Verwirrung wäre er beinahe gegen einen Poller gefahren. Er blickte auf. Es hatte ihn in eine Sackgasse im ersten Bezirk verschlagen. Er setzte zurück. Die nächste Querstraße war der Graben. Er fuhr nach rechts. Kurz darauf hielt er vor dem Stephansdom.

Das Tor war geschlossen. Er mußte sich kräftig dagegenstemmen, um es aufzudrücken.

»Jemand hier?«

Der Widerhall seiner Stimme klang fremd. Er rief lauter. Hinter dem Windfang blieb er stehen. Ohne einen Laut verharrte er zwei, drei, fünf Minuten.

Stille lastete auf den Bänken. Der Weihrauchgeruch war schwächer als beim letztenmal. Einige Lampen schienen ausgefallen zu sein, das Licht war trüber.

Als er weiterging, nickte er nach links und rechts.

Er betrachtete die Heiligenfiguren, die aus der Wand ragten. Sie schienen noch unnahbarer geworden zu sein. Weder die Skulpturen noch die Gemälde sahen ihn an. Hohl starrten sie ins Nichts.

Weil ihn ein Lichtreflex irritiert hatte, untersuchte er den Sockel des heiligen Josef. Er beugte sich hinunter. Ein kleines Abziehbild klebte am Stein. Auch die Höhe, in der es angebracht war, ließ darauf schließen, daß es ein Kind heimlich hinterlassen hatte. Es zeigte ein altes Flugzeug. Darunter stand: *FX Messerschmitt.*

Er setzte sich auf eine Bank. Warum er gekommen war, wußte er nicht. Müde blickte er um sich.

Die Bänke waren alt und knarrten. Wie alt waren sie wohl? Hundert Jahre, dreihundert? Nur fünfzig? Waren Kriegerwitwen hier gekniet, Revolutionäre, der liebe Augustin?

»Jemand da?« schrie er.

»Da-a?« tönte es zurück.

Er begann wieder umherzuspazieren. In der Barbarakapelle besuchte er den Meditationsraum, der, wie eine Aufschrift verlautete, Betenden vorbehalten war. Er kehrte um. Er kam an dem Schild vorbei, das eine Führung durch die Katakomben ankündigte. Er ging weiter. So gelangte er zum Aufzug, der die Besucher zur Pummerin hinaufbrachte. Er drückte den Rufknopf. Nichts geschah. Er zog an der Tür. In der Kabine ging Licht an.

Zögernd trat er ein. Die Tür fiel zu. Das Innere der Kabine war gepolstert, es erinnerte an eine Gummizelle. An der Wand hing eine Tafel: *Please put your Rucksack down*. Der Satz ließ ihn an England denken, an das, was ihm bevorstand, sobald er sich ein wenig ausgeruht hatte. Er drückte den Fahrtknopf. Sein Magen machte einen Satz.

Ohne es zu merken, hielt er den Atem an. Es ging aufwärts, aufwärts, aufwärts. Er hätte längst dasein müssen. Er suchte nach einem Stoppknopf. Es gab keinen.

Die Kabine hielt. Jonas drängte hinaus. Die Sonne blendete, er setzte die Brille auf. Über einen schmalen Weg begann er den Rundgang. An den Seiten waren Gitter angebracht, die Selbstmördern ihr Vorhaben erschweren sollten und die Aussicht beeinträchtigten. Treppen führten hinauf zur Pummerin. Sie war hinter einem weiteren Gitter verborgen. Er sah die Glocke, doch der Anblick beeindruckte ihn nicht.

Auf der Aussichtsplattform rastete er. Er streckte sich, rieb sich das Gesicht, gähnte. Der Wind erfrischte ihn. Er kickte Steine gegen die Brüstung. Der Aussicht widmete er sich bewußt erst, als ihm bei einem gedankenverlorenen Rundblick etwas auffiel.

Er steckte eine Münze in den Schlitz und schwenkte das Fernrohr, das den Touristen zuliebe aufgestellt worden war, nach Nordost. Der Donauturm. Er bewegte sich nicht mehr. Die Tuchfahne hing herab. Es mußte während seiner Abwesenheit geschehen sein. Vermutlich hatte es einen Kurzschluß gegeben.

Im Grunde war es einerlei. Das Wort, das er geträumt und auf die Tischtücher geschrieben hatte, war eine falsche Fährte gewesen. Zumindest war ihm UMIROM nicht wieder untergekommen.

Er legte die Hände an den Mund und schrie: »Umirom!« Er lachte.

Noch eine Weile betrachtete er das Panorama. Er sah das sich langsam drehende Riesenrad. Den Donauturm. Den Millennium-Tower. Er sah die UNO-City, er sah Fabrikschlote. Er sah die Müllverbrennungsanlage Spittelau. Er sah die Kalorischen Kraftwerke. Er sah Kirchen und Museen. Die meisten Orte hatte er nie besucht. Es war eine kleine Großstadt, aber doch so groß, daß man sich nicht mit allem vertraut machen konnte.

Die Fahrt hinunter war noch unangenehmer. Weniger als das Eingesperrtsein schreckte ihn nun die Vorstellung, die Bremsen könnten versagen und den Liftkasten mit ihm siebzig Meter abstürzen lassen. Unten beeilte er sich, aus der Kabine zu kommen.

Während er zu den Katakomben hinabstieg, versuchte er sich in Erinnerung zu rufen, was er aus seiner Schulzeit und früheren Besuchen noch über den Ort wußte. Viel war es nicht. Er erinnerte sich, daß es zwei Teile gab. Die alten Katakomben aus dem 14. Jahrhundert und die neueren aus dem 18. Der ältere, in dem die Kardinalsgruft lag, befand sich unter der Kirche, der jüngere bereits etwas außerhalb ihres Bereichs. Im Mittelalter hatte dieser Ort als Stadtfriedhof Wiens gedient, der aus Platzmangel dann aufgelassen worden war.

»Hallo?«

Er gelangte in einen kleinen Raum mit Bänken. Das Licht war grell. An allen Ecken brannten Lampen. Über den steinernen Boden zog sich eine Spur aus Wachstropfen. Er folgte ihr.

In jedem Raum mußte er Licht anknipsen. Fand er den Schalter nicht gleich, hustete er und lachte. Sobald die Deckenlampen erstrahlten, wagte er sich weiter. Gelegentlich blieb er stehen. Er hörte nichts als seinen schnellen Atem.

Er kam in einen schmalen Gang, in dem an den Seiten Tongefäße ausgestellt waren. Hier herrschte eine merklich niedrigere Temperatur als in den Räumen davor. Erklären konnte er sich dieses Phänomen nicht. Die Räume waren voneinander nicht durch Türen getrennt. Über steinerne Schwellen ging es vom einen zum nächsten.

Er machte drei Schritte zurück in den Raum, aus dem er gekommen war. Wärmer.

Er ging wieder nach vor. Kälter. Weit kälter.

Etwas sagte ihm, er solle umkehren.

Am Ende des Ganges drang ein schwacher Lichtschein aus einem Nebenraum. Er war sicher, es nicht eingeschaltet zu haben. Er fragte sich, wo genau er sich aufhielt. Vermutlich war er in der Nähe des Hauptaltars. Jedenfalls steckte er noch unter der Kirche.

»Hallo!«

Er dachte daran, wie es ihm im Wald ergangen war. Wie rasch er die Orientierung verloren hatte. Zwar war das hier kein Wald, doch er hatte auch keine Lust, sich durch die Katakomben des Stephansdoms zu tasten. Von dieser Stelle aus wußte er noch den Weg zurück. Ging er jedoch weiter, konnte sich das rasch ändern.

Das Licht im Nebenraum schien zu flackern.

»Komm raus!«

»Aus«, rief das Echo und verstummte abrupt.

Er zog eine Karte aus der Hosentasche.

Schlaf, stand darauf.

Höhnisch lachte er auf. Er zog den ganzen Stapel aus der Tasche und mischte ihn gründlich durch. Dann zog er noch einmal.

Schlaf, las er.

Ja darf das denn wahr sein, dachte er.

Wieder mischte er. Als er zum drittenmal ziehen wollte, kam die Erkenntnis über ihn wie ein Schlag. Er nahm die erste Karte, las: *Schlaf*. Er nahm die zweite: *Schlaf*. Die dritte, vierte, fünfte:

Schlaf.

Auf allen dreißig Karten stand: *Schlaf*.

Er ließ die Karten fallen. Blindlings stürmte er durch die modrig riechenden Räume zurück, die Treppen empor, dem Ausgang zu, auf die Straße. Als er in die Tasche griff, bekam er den Zündschlüssel nicht gleich zu fassen. Endlich gelang es ihm, den Motor zu starten. Der Wagen machte einen Satz, als er losfuhr.

Im Kaufhaus Steffl in der Kärntnerstraße fuhr er mit dem Außenlift nach oben. Wohl weil es ein gläserner Panorama-aufzug war, fürchtete er sich weniger vor dem Abstürzen. Zwar sah er, wie hoch er sich über dem Erdboden befand, doch dadurch, daß er verfolgen konnte, was geschah, wurde die Fahrt faßbarer.

Hinter dem Tresen der Sky-Bar mixte er sich einen Cocktail. Ob er doch wieder einmal Musik andrehen sollte? Aus Angst, sie könnte ihn aus dem Gleichgewicht bringen, steckte er die CD, die er schon in der Hand hielt, in die Hülle zurück.

Er setzte sich auf die Terrasse. Von hier hatte er einen geradezu familiären Blick über die Innenstadt. Vor ihm ragte der Stephansdom auf. Die Bronzedächer ringsum glänzten in der sinkenden Sonne.

Früher war er mit Marie oft hiergewesen. Das schicke Stammpublikum ließ sie von Zeiten träumen, in denen sie reich sein und sich dem Nichtstun ergeben würde, und sie schwärmte vom Weißwein, der ausgeschenkt wurde. Jonas hatte weder für die flotten jungen Leute etwas übriggehabt noch Maries Begeisterung für den Wein teilen können, denn er trank keinen. Aber es hatte ihm beschauliche Zuversicht bereitet, hier mit ihr zu sitzen, am frühen Nachmittag, wenn das Lokal schwach besucht war und wenn am nächsten Tag eine Reise für sie bevorstand. In Ruhe auf der hölzernen Terrasse den gedämpften Geräuschen der Stadt zu lauschen, den Blick auf die alte Kirche gerichtet. Einander ab und zu über den Tisch hinweg den Arm zu streicheln. Gemeinsam zu schweigen. Es waren sehr private Momente gewesen.

Er trank einen Schluck. Der Cocktail war ihm viel zu stark geraten. Er trank noch einmal. Verzog das Gesicht. Er holte sich eine Flasche Mineralwasser.

Den Blick unverwandt auf den Glockenturm des Doms gerichtet, fühlte er plötzlich den Wunsch, ein Kind zu sein. Eines, das Marmeladebrote bekam und Saft. Das auf der Straße spielte und schmutzig heimkam und für eine zerrissene Hose gerügt wurde. Und das dann von den Eltern in die Badewanne gesteckt und zu Bett gebracht wurde. Das sich um nichts kümmern und um nichts sorgen mußte. Das keinerlei Verantwortung hatte, weder für sich noch für jemand anderen. Aber vor allem wünschte er sich jetzt ein Marmeladebrot.

Er starrte auf die geschwärzten Mauern des Doms. Dort drüben, unter der Erde, in Nähe des Altars, befand sich etwas Ungewöhnliches, dessen war er sicher. Vielleicht war es nicht gefährlich. Aber jedenfalls handelte es sich um etwas, was er nicht verstand.

Und seine Karten lagen jetzt da unten. Manche wohl mit der Schrift nach oben, manche verdeckt. *Schlaf,* stand darauf, in seiner Handschrift. Fast seiner Handschrift. Wenn er nicht mehr hinunterging, würden sie dort liegenbleiben, bis sie zu Staub zerfielen. Niemand würde sie lesen. Und doch würden sie dort sein und zum Schlafen raten. Den Mauern. Dem üblen Geruch. Und wenn das letzte Licht erloschen war, der Dunkelheit.

Bei Sonnenuntergang war er zu Hause. Er versperrte die Tür und überprüfte alle Fenster. Im Zimmer tickte die Wanduhr mit gleichmäßigem, sattem Klang.

Er ging in die Küche. Nachdem das Fauchen der Kaffeemaschine verstummt war, goß er sich eine Tasse ein.

In einem Papierwarengeschäft hatte er alles Nötige besorgt. Mit der Schere schnitt er das Hartpapier in gleich große Karten, mit einem dicken Kugelschreiber beschriftete er sie. Auch diesmal bemühte er sich, an nichts zu denken, seinen Geist zu leeren, automatisch zu schreiben. Es gelang ihm so gut, daß er, aus einer zeitlosen Tiefe aufgetaucht, sich einen Moment fragte, wo er sich befand und was er hier tat. Zuletzt erwachte er aus seiner Versenkung mit dem Gefühl, ihn störe etwas. Nach Sekunden der Besinnung wurde es ihm bewußt. Ihn störte, daß es keine leeren Karten mehr gab.

Obwohl es in seiner Backe dumpf pochte, konnte er der Versuchung nicht widerstehen, ein paar Süßigkeiten auf der freien Seite des Bettes auszubreiten. Er baute die Kamera auf, legte die Kassette von vergangener Nacht ein. Mit verschränkten Beinen setzte er sich aufs Bett, den Rücken gegen die Wand gelehnt. Trotzig riß er eine Packung Schokobons auf.

Schon wollte er das Band starten, da fiel ihm ein, daß er das Hemd mit Schokolade beschmieren könnte. Außerdem war der Pyjama bequemer. So kleidete er sich um. Er bemühte sich, den zunehmenden Schmerz in seinem Oberkiefer zu ignorieren.

Er sah sich an der Kamera vorbeigehen und ins Bett sinken. Einige Minuten wälzte er sich herum. Die Bewegungen unter der Decke wurden schwächer und seltener. Nach einer Weile ertönte gedämpftes Schnarchen.

Jonas schraubte ein Likörfläschchen auf, einen Däumling, und prostete dem Fernseher zu.

Der Schläfer schlief.

Jonas steckte sich ein Bonbon in den Mund. Kurz darauf biß er so unglücklich auf die darin versteckte Nuß, daß er das Gefühl hatte, ein Messer werde ihm quer durch den Kopf getrieben. Mit verkrampften Händen und zitternd wartete er, bis der Schmerz nachließ. Als er die Augen wieder öffnen konnte, warf er die Bonbonpackung in den Müll. Mit den Handballen wischte er sich die Tränen ab. Er schluckte eine Schmerztablette.

Der Schläfer stand auf. Als er an der Kamera vorbeikam, winkte er und sagte lächelnd: »Ich bin es, nicht der Schläfer!«

»Was ist denn jetzt wieder los?« rief Jonas.

Auf der Suche nach der ersten Kassette, die er in Kanzelstein aufgenommen hatte, durchwühlte er seine Jackentaschen. In der Zwischenzeit sah er sich auf dem Bildschirm erneut in die Kamera winken und zurück ins Bett kriechen.

»Da soll doch der...«

Wenn er die Kassetten schon verwechselt hatte, wo war dann die zweite hingekommen, die von vergangener Nacht? Er war sich sicher gewesen, sie in der Jacke zu finden.

Er durchsuchte die Reisetasche. Ganz unten lag ein Band. Er las die Aufschrift. *Kanzelstein 1.*

Er stoppte die Kassette in der Kamera, nahm sie heraus. *Kanzelstein 2.*

Er spulte zurück.

Er sah sich aus dem Bett steigen. Als er an der Kamera vorbeikam, winkte er und sagte lächelnd: »Ich bin es, nicht der Schläfer!«

Diese Augen.

Er spulte zurück.

Er sah sich aus dem Bett steigen, zur Kamera gehen und lächelnd winken. »Ich bin es, nicht der Schläfer!«

Dieses Lächeln.

Dieser Blick.

Er spulte zurück, drückte auf Standbild.

Er schaute dem Schläfer in die starren Augen.

23

Die Wanduhr zeigte Mittag an. Er fuhr mit beiden Füßen gleichzeitig aus dem Bett. Sein Nacken war steif. Sein rechtes Bein tat weh. Das Pochen in der Backe hingegen kannte er schon. Er überlegte, ob er noch ein Schmerzmittel hatte.

Wieso hatte er so lang geschlafen? Welches Theater hatte denn diese Nacht wieder stattgefunden, daß er erst nach zwölf Stunden erwachte? Und das nicht etwa erholt und ausgeschlafen, sondern erschöpft wie nach einem harten Arbeitstag?

Er blickte zur Kamera.

Sie stand nicht da.

»Sachte!« Abwehrend hob er die Hände. »Moment, Moment.«

Er senkte den Kopf, zerrte an Haarsträhnen. Versuchte nachzudenken. In ihm war alles leer. Er schaute auf.

Die Kamera war weg.

Er kontrollierte die Wohnungstür. Von innen abgeschlossen. Er sah an den Fenstern nach. Nichts Auffälliges. Er leuchtete mit der Taschenlampe unters Bett, öffnete Schränke und Schubladen. Sogar die Zimmerdecke untersuchte er, den Mülleimer, den Spülkasten der Toilette.

Beim Frühstück versuchte er sich zu erinnern, was er vor dem Einschlafen gemacht hatte. Er hatte eine neue Kassette eingelegt und sie auf drei Uhr früh programmiert. Dann hatte er sich die Zähne geputzt. Gegen die Zahnschmerzen hatte er sich ein Tuch um den Kopf gewickelt, weil ihm in seiner Verzweiflung nichts anderes mehr eingefallen war. Um Mitternacht hatte er sich schlafen gelegt.

Der Wickel! Er war auch verschwunden.

Jonas stellte die Kaffeetasse ab. Betrachtete seine Hände. Das waren seine Hände. Das war er.

»Du bist das«, sagte er.

Auf dem Weg zur Apotheke hielt er nach der Kamera Ausschau. Er hätte sich nicht gewundert, sie auf dem Dach eines Autos zu finden oder mitten auf einer Kreuzung, vielleicht umgeben von Blumensträußen. Aber er entdeckte sie nirgends.

Er schluckte zwei Parkemed auf einmal. Den Rest der Schachtel steckte er ein. Parkemed hatte ihm gegen Schmerzen immer gut geholfen, er verstand nicht, wieso es am Abend zuvor nicht gewirkt hatte.

In seinem Kiefer pochte es heiß. Wenn er nur sachte gegen die betreffende Stelle drückte, zuckte ihm der Schmerz bis ins Genick.

Gern hätte er sich vor einen Spiegel gestellt, um zu sehen, ob er geschwollen war. Doch das kam nicht in Frage. Er befühlte beide Backen zugleich. Er war unschlüssig. Möglicherweise, ja. Ja, es war möglich.

Als der Schmerz nachließ, machte er sich zu Fuß auf den Weg in Richtung Innenstadt. Auf der Salztorbrücke lehnte er sich gegen die Brüstung. Wind trieb ihm Staubkörner in die Augen. Blinzelnd sah er hinab auf das Wasser. Es schien ihm sauberer als früher.

Sich mit ausgebreiteten Armen auf das Geländer stützend, blickte er auf die Uferpromenade hinunter, die mit flachgetretenen Limonadedosen, Zigarettenschachteln, anderem Plastikmüll und Papier übersät war. Im Sommer war er hier mit Marie flaniert. Sie hatten Eis gegessen. Manchmal entschieden sie sich, gleich am Kanal beim Griechen zu Abend zu essen. Mit der Dämmerung kamen die Moskitos. Ihn wollten sie nicht stechen. Marie hingegen hatte kein

Mückenöl und keine Duftkerze geholfen, anderntags war sie mit Dutzenden roten Beulen erwacht.

Er wandte sich mit einem Ruck um.

Niemand stand da.

Leise rauschte unter ihm der Donaukanal hinweg.

Er ging weiter. Die Zahnschmerzen kehrten zurück. Er befühlte seine Backe. Sie war nun eindeutig geschwollen.

In der Küche eines Restaurants am Franz-Josef-Kai fand er mehrere Tiefkühlgerichte. Er wärmte eines in einer Pfanne. Beim Essen war er vorsichtig. Trotzdem stieß er einmal mit der Gabel gegen den kranken Zahn. Eine Welle des Schmerzes ließ ihn erstarren. Erst nach Sekunden, als das heiße Pulsieren abebbte, schrie er auf.

In der Marc-Aurel-Straße parkte ein Mercedes, hinter dessen Windschutzscheibe ein dunkler Kasten klemmte. Satellitennavigation. Der Zündschlüssel steckte. Jonas startete den Motor, danach schaltete er die Anlage ein.

»Guten Tag«, schnarrte eine roboterhafte Frauenstimme.

Unschlüssig tippte er sich durch die Benutzermenüs. Er wählte die Mariahilfer Straße und gab die Hausnummer des Einkaufszentrums ein.

»Nach 50 Metern links«, sagte die Computerstimme. Zugleich leuchteten am Display die Zahl 50 und ein nach links weisender Pfeil auf.

An der nächsten Kreuzung bog Jonas links ab. Wieder meldete sich die Stimme, und das Display signalisierte, daß er nach 75 Metern abermals links abzubiegen hätte. Er gehorchte. Fünf Minuten später stand er vor dem Kaufhaus.

Im Sportartikelgeschäft besorgte er eine Schwimmbrille, aus dem Papiergeschäft das, was er sonst noch benötigte. Auf der Motorhaube des Mercedes bastelte er aus Karton für die Brille zwei Scheuklappen. Ehe er sie anklebte, bemalte er das Plastik der Fenster mit schwarzem Stift. Nur einen Schlitz ließ er frei.

Er prüfte die Sicht. Sie sollte ausreichen, um Kollisionen zu vermeiden. Nun klebte er die Scheuklappen fest. Er setzte die Brille auf. Ohne hinzusehen, wählte er im Register der Navigationsanlage eine zufällige Straße. Blind tippte er eine Hausnummer ein.

»Die angegebene Adresse existiert nicht.«

Er nahm die Brille ab. Er hatte die Zieglergasse 948 eingegeben. Offenkundig war es ratsam, für die Hausnummer nur zwei Tasten zu drücken.

Wieder setzte er die Brille auf. Er versuchte es noch einmal. Für die Hausnummer tippte er nur eine Taste.

»Nach 150 Metern links«, sagte die Computerstimme.

Schon bald verlor er die Orientierung. Die Ringstraße hatte er hinter sich gelassen, doch er war sich nicht sicher, wo er abgefahren war. Er konzentrierte sich darauf, nicht an der Bordsteinkante anzustreifen, und kümmerte sich nicht weiter darum, durch welche Straße er fuhr.

In diesem Augenblick schwebte einige hundert Kilometer über ihm ein Satellit, der dem Gerät vor seiner Nase Anweisungen funkte. Wider besseres Wissen stellte sich Jonas ihn als eine Kugel vor, aus der an allen Seiten Antennen ragten. Wie auch immer der Satellit beschaffen war, fest stand, daß er sich hoch oben in einer Umlaufbahn um die Erde befand. Und daß niemand ihn sah. Er war dort oben, ganz allein, und funkte Daten.

Jonas stellte sich die Kugel vor. Wie sie flog. Wie es ringsum aussah. Wie sich unter ihr der blaue Planet drehte. Wie sie den Anblick der Erde würdigte. Und dies alles ganz allein, ohne menschlichen Zeugen. Doch daß es geschah, war sicher. Der Beweis war eine Roboterstimme, die ihn anwies, die nächste Straße rechts zu nehmen, das dritte Haus auf der linken Seite sei sein Ziel.

Die Zahnschmerzen wurden immer bohrender. Ihm verging die Lust auf weitere Erkundungstouren. Er drückte eine Parkemed aus der Verpackung. Sie blieb ihm im Hals stecken. Er hielt an einem Kiosk und nahm eine Dose Limonade. Er spülte die Tablette hinunter.

Er parkte den Mercedes vor dem Kaufhaus Steffl. Während der Fahrt im Panoramalift winkte er nach allen Seiten, den Handrücken nach außen. Mit einem Kamillentee setzte er sich an denselben Tisch wie am Vortag. Seine Mineralwasserflasche stand unberührt da. Vor ihm ragte der Stephansdom auf. Der Himmel war blau und klar.

Nach einer Weile ließ der Schmerz nach. Das dumpfe Ziehen in der Backe blieb, doch Jonas war so froh darüber, wenigstens schmerzfrei zu sein, daß er mit dem Stuhl zu wippen begann und dabei einen Bierdeckel nach dem anderen über das Geländer in die Tiefe segeln ließ.

Von allen Bändern, die er sich in den vergangenen Wochen angesehen hatte, war das vom vergangenen Abend vielleicht das rätselhafteste. Es war nahezu identisch mit jenem, das er drei Tage zuvor aufgenommen hatte. Seine Überlegung, er hätte womöglich beim zweitenmal statt der Aufnahmetaste jene für die Wiedergabe gedrückt, war hinfällig, denn es existierten zwei Kassetten. Und es gab drei kleine Unterschiede. Erstens: Der Blick des Schläfers. Zweitens: Er zwinkerte. Drittens: Die Stimme. Der Blick des Schläfers war so stechend, wie es Jonas nie an sich erlebt hatte, weder im Spiegel noch auf Videos oder Fotografien. Weiters erinnerte er sich genau, daß er in der ersten Nacht keinesfalls in die Kamera gezwinkert hatte.

Was wollte ihm der Schläfer damit sagen? War es nur ein Scherz? Um ihn zu verhöhnen?

Er spürte, wie ihm sein Bewußtsein entwich, wie er zügig in den Schlaf hinüberglitt. Bunte, absurde Bilder stiegen vor ihm auf. Nichts ergab Sinn, doch alles hatte eine klare Ordnung, die er erfaßte.

Er schrak hoch. Nach allen Seiten blickte er sich um. Er sprang auf, durchsuchte mit tappenden Schritten das Lokal. Niemand war da. Zumindest war niemand wahrzunehmen. Das Gefühl, es sei jemand dagewesen, wurde er nicht los. Aber das kannte er ja schon. Einbildung, sonst nichts.

Er kehrte auf die Terrasse zurück. Die Sonne war gewandert. Er sah sie nicht mehr, nur ihre Strahlen glänzten auf den Dächern.

Die Frage, ob es außer ihm noch Menschen gab, in Südamerika oder in Polen, in Grönland, oder in der Antarktis, hatte den gleichen Charakter wie früher die Frage, ob Außerirdische existierten.

Die Spekulationen um intelligentes Leben fern der Erde hatten ihn nie ernsthaft beschäftigt. Die Fakten waren faszinierend genug. Als ein Roboter auf dem Mars gelandet war, hatte Jonas an seinem Computer im Büro und zu Hause dazu beigetragen, daß die Server der NASA zusammengebrochen waren. Begierig auf die ersten Bilder, die auf dem roten Planeten geschossen worden waren, hatte er alle paar Sekunden den Aktualisieren-Button des Browsers geklickt. Was er dann zu sehen bekam, war zwar nicht allzu spektakulär. Er fand sogar, am Mars sah es aus wie in Kroatien. Aber daß es diese Bilder gab, daß in jenem Augenblick ein von Menschen geschaffenes Gerät auf einem so fernen Himmelskörper stand und fotografierte, das faszinierte ihn über alle Maßen.

Er stellte sich den Flug der Sonde vor. Wie sie geräuschlos durchs All zog. Wie sie dann über dem Mars die Kapsel mit dem Roboter auslud. Wie die Kapsel in die Atmosphäre eintrat und an Fallschirmen dem Boden entgegenschwebte. Wie sie aufsetzte.

Niemand sah die Landung des Roboters, niemand. Dennoch fand sie statt. Millionen Kilometer von jedem menschlichen Auge entfernt rollte ein Roboter durch roten Sand.

Jonas hatte sich vorgestellt, dort zu sein. Die Ankunft des Roboters zu beobachten. Er hatte sich vorgestellt, der Roboter zu sein. Fern von allem, was Menschen aus eigener Anschauung kannten. Er hatte sich vorgestellt, wie weit entfernt nun die Erde war. Mit allen, die er kannte. Mit allem, was ihm vertraut war. Und daß er dennoch lebte. Leben konnte, ohne daß es jemand bemerkte.

Dann war er zur Erde zurückgekehrt und hatte an den Roboter gedacht. Was der wohl fühlte, allein auf dem Mars? Ob er sich fragte, was in der Heimat geschah? Fühlte er etwas wie Einsamkeit? Und wieder war Jonas in Gedanken zu ihm gereist, hatte die Umgebung betrachtet, in der der Roboter stand. Eine rote Steinwüste. Ohne Fußabdrücke im Sand.

Auch jetzt, in diesem Moment, stand der Roboter auf dem Mars. In dieser Sekunde, in der Jonas sein leeres Glas an die Bar zurücktrug, schlief auf dem Mars ein Roboter.

Zu Hause nahm Jonas eine weitere Tablette. Die Höchstdosis pro Tag waren drei Stück. Darum würde er sich nicht kümmern, wenn es nötig wurde.

Er fühlte sich angeschlagen. Er machte Gymnastik und steckte den Kopf unter kaltes Wasser. Vielleicht sollte er sich hinlegen. Ihm fiel die verschwundene Videokamera ein. Er ahnte, daß er sie wiedersehen würde. Vermutlich erwartete ihn auch dann eine unangenehme Überraschung.

Er legte sich aufs Bett, blieb liegen, tat nichts. Bemühte sich, alle Geräusche zu ignorieren. Als er wieder auf die Uhr schaute, war es halb zehn. Die Straße lag im Dunkeln.

Er zwang sich, etwas zu essen, weil er fürchtete, die Arznei würde sonst nicht wirken. Danach schluckte er die nächste Tablette. Zwar tat ihm gerade nichts weh, doch wollte er den Schmerz so lange wie möglich bannen. Seine Backe pochte.

Er befühlte seine Stirn. Wahrscheinlich hatte er Fieber. Ihm lag nichts daran, ein Thermometer zu holen und sich zu überzeugen. Er holte sich ein Bier aus dem Kühlschrank.

Was tat er, wenn es nicht aufhörte?

24

Er erwachte mit Blutgeschmack im Mund. Er fühlte sich verkatert und betrunken zugleich, und sein Kopf schien über ihm zu schweben.

Er schlug die Augen auf. Mit der Zunge glitt er über die Zahnreihen im Oberkiefer. An der Stelle, an der ihn am Vortag der kranke Zahn gequält hatte, klaffte eine riesige Lücke. Nicht nur der kranke Zahn, sondern auch seine unmittelbaren Nachbarn fehlten. Der Blutgeschmack wurde intensiver, als er gegen das Zahnfleisch drückte.

Eine Weile lag er nur da. Bilder strömten durch seinen Kopf, zu wuchtig und zu fiebrig, um sie festzuhalten. Fragen kehrten wieder. Wann? Wie?

Er setzte sich auf. Es war Mittag. Das Kopfkissen war voll Blut. Die Kamera stand da, wo er sie vor dem Schlafengehen postiert hatte. Im Zimmer fiel ihm keinerlei Veränderung auf. Er befühlte seine Backe. Sie war geschwollen.

Als er in die Hose stieg, wäre er beinahe umgefallen. Er fragte sich, was mit ihm los war. Er fühlte sich wie nach einer Orgie.

Am Badewannenrand entdeckte er schlecht verwischte Blutstropfen. Der Mülleimer enthielt nichts, was nicht schon am Vortag dagewesen war. Auch in der Küche bemerkte Jonas nichts Ungewöhnliches. Weil ihn schwindelte, setzte er sich. Er versuchte sich zu sammeln. Überlegte, was mit ihm vorging. Kein Zweifel, er war vollkommen betrunken.

Er lud das Gewehr durch und ging auf die Straße. Der Mercedes parkte hinter dem Toyota, der Toyota hinter dem Lkw. Der Kilometerstand war an allen der gleiche wie am Abend zuvor.

Als er die Kassette zurückspulen wollte, stellte er fest, daß sie verschwunden war. Er suchte alles ab. Sie war weg.

Die Schachtel Diclofenac fand er im Apothekenkasten. Laut Beipackzettel sollte es entzündungshemmend und schmerzlindernd wirken. Mehr als drei am Tag waren nicht empfohlen. Er drückte zwei aus der Packung und spülte sie mit Leitungswasser hinunter. Gleich darauf nahm er ein Alka-Seltzer. Er war verkatert wie seit Jahren nicht. Er wechselte den Kopfkissenbezug und legte sich wieder ins Bett.

Zwei Stunden später begann die Wunde erneut zu schmerzen. Er schluckte zwei weitere Diclofenac. Danach wärmte er sich eine Konserve. Mehrmals stand er knapp davor, den Teller in den Hinterhof zu werfen. Er zwang sich, alles aufzuessen.

Nach dem letzten Bissen legte er die Hände vors Gesicht. Er mußte rülpsen. Er schwitzte und atmete schwer bei der Anstrengung, das Essen bei sich zu behalten. Einige Minuten verharrte er so. Dann ging es wieder.

Er zog eine der Karten aus der Tasche.

Raus, las er.

Die Scheuklappenbrille eng um den Kopf gespannt, fuhr er durch die Straßen. Während er den Anweisungen der Computerstimme folgte, bemühte er sich, seine Gedanken abzulenken, um nichts von seiner Route zu bemerken.

Plötzlich fragte er sich, ob er wach war. Er war sich nicht sicher, ob das, was er gerade dachte und fühlte, real war. War er tatsächlich hier? Dieses Lenkrad, dieses Gaspedal, dieser Schalthebel, waren sie Teil der Realität? Die Helligkeit, die er durch den Schlitz der Brille wahrnahm, war das die wirkliche Welt?

Ein schleifendes Geräusch erklang. Der Wagen rumpelte über den Bordstein. Jonas bremste, fuhr langsamer weiter.

Er war drauf und dran, sich die Brille vom Kopf zu reißen. Er kämpfte den Impuls nieder.

»An der nächsten Kreuzung rechts.«

Ein Signal ertönte. Er lenkte nach rechts, gab wieder Gas.

Er hatte einmal gelesen, daß die Augen zunächst alles um 180 Grad verdreht sahen, das Bild der Welt sozusagen verkehrt herum an das Gehirn weitergaben. Weil das Gehirn jedoch wußte, daß Menschen nicht auf dem Kopf spazierten und Berge nicht von unten nach oben breiter wurden, drehte es das Bild um. Gewissermaßen betrogen die Augen, und der Verstand wirkte als Korrektiv. Ob das so stimmte oder nicht, jedenfalls traf es eine schwerwiegende Frage: Wie konnte er sicher sein, daß das, was seine Augen sahen, auch da war?

Eigentlich war er ein Klumpen Fleisch, der sich durch die Welt tastete. Was er über sie wußte, wußte er vor allem durch seine Augen. Durch sie konnte er sich orientieren, Entscheidungen treffen, vermied er Zusammenstöße. Aber nichts und niemand konnte ihm garantieren, daß sie die Wahrheit sagten. Farbenblindheit war nur ein harmloses Beispiel für mögliche Unwahrheiten. Die Welt konnte so aussehen oder anders. Für ihn existierte sie auf eine einzige mögliche Weise, nämlich in der Form, die ihm seine Augen gestatteten. Sein Ich, das war ein blindes Etwas in einem Käfig. Sein Ich war alles, was sich innerhalb seiner Haut befand. Die Augen, sie gehörten dazu – und auch nicht.

Die Computerstimme meldete, daß er das eingegebene Ziel erreicht hatte. Er zog sich die Brille vom Kopf.

Vorstadt. Oder ein Randbezirk. Vor den Gartenzäunen parkten teure Autos. Auf den Einfamilienhäusern waren Satellitenschüsseln angebracht, die Balkone waren mit Pflanzen verziert. An der nächsten Kreuzung sah Jonas einen abgebrochenen Ast auf der Fahrbahn liegen.

Die Straße kam ihm bekannt vor. Er las die Adresse. Etwas leuchtete in ihm auf, doch er konnte es nicht festhalten. Erst als er ausstieg, kehrte die Erinnerung zurück. Die Villa, vor der er stand, war hundert Meter entfernt von jener, die er vor Wochen durchsucht hatte. Zu der er von seinen eigenen Telefonkommandos geführt worden war und in der er sich ein bestimmtes Zimmer zu betreten gescheut hatte.

Am Gartentor las er den Namen. *Dr. August Lom.* Er läutete, drückte die Klinke. Das Tor öffnete sich mit einem Rattern.

Für eine Sekunde sah er ein zotteliges Vieh, das in diesem Augenblick auf der anderen Seite des Hauses im Garten tanzte. Es warf seine lange Zunge hin und her, so daß sie an die Ohren klatschte, und wartete nur darauf, daß er sich hineinwagte.

Vor der Haustür, an der ein aus Tannenzweigen geflochtener Kranz hing, nahm er das Gewehr von der Schulter. Er horchte in die Stille. Lud die Waffe durch. Konzentrierte sich.

Etwas sagte ihm, daß er nun leer war.

Er rüttelte an der Tür. Versperrt. Er schlug ein Fenster ein. Die Alarmanlage ertönte. Er nahm sie nicht länger als eine Sekunde wahr, dann glitt sie in den Hintergrund. Schon als er die Füße auf den Teppichboden im Flur setzte, hörte er nichts mehr und roch er nichts mehr. Er marschierte.

Ein Zimmer. Möbel, Fernseher, Bilder.

Ein weiteres Zimmer. Möbel. Pflanzen. Etwas Fremdes, Irritierendes. Unordnung.

Nächstes Zimmer. Turnmatten, Punchingball, Hometrainer.

Nächstes Zimmer. Dusche, Badewanne, Wäscheständer.

Mit starrem Blick und zackigen Bewegungen erforschte er die Wohnung, stellte die Alarmanlage ab, stampfte über Teppiche, befühlte Gegenstände, lief hinab in den Keller und hinauf in den Speicher. Ab und zu funkte ihm ein heller Teil seines Bewußtseins eine Warnung, die ihn die Hand zurückziehen oder kehrtmachen ließ.

Als er wieder vor dem Haus stand und allmählich zu sich zurückfand, war er überzeugt, daß ihm nichts in diesem Haus weiterhelfen konnte. Und mehr hatte er nicht wissen wollen.

Als er ins Auto stieg, merkte er, daß er nach Schweiß roch. Es war jener scharfe Geruch, den er verströmte, wenn er sehr angespannt war. Er ärgerte sich. Er brauchte sich nicht zu fürchten. Er hatte es bewiesen, in Kanzelstein, in jener Nacht.

Ihn durchzuckte die Idee, die Scheuklappenbrille aufzusetzen und noch einmal ins Haus zu gehen. Und zwar ohne Gewehr.

»Aber bestimmt nicht«, rief er und wendete den Wagen.

Von der Terrasse der Sky-Bar starrte er auf den Dom. Seine Kaffeetasse stand unberührt neben ihm auf dem Tisch. Ohne es sich recht bewußtzumachen, schluckte er zwei Diclofenac. Etwas störte ihn. Erst nach Minuten begriff er, daß sie ihm in der Kehle steckengeblieben waren. Das passierte ihm ständig, und es ärgerte ihn zunehmend. Er spülte mit Wasser nach.

Er wanderte auf der Terrasse umher und schlug sich die Arme um den Leib. Er spuckte über das Geländer und sah zu, wie die Spucke auf das Vordach darunter klatschte.

Gut. Er war soweit. Er mußte fort. Am besten noch heute. Das würde er nicht schaffen, aber vielleicht wurde er bis morgen mit allen Vorbereitungen fertig.

Nüchtern betrachtet, war zumindest ein Drittel der Welt für ihn unerreichbar. Er konnte nach Berlin reisen, nach Paris, nach Prag, nach Moskau. Er konnte die chinesische Mauer besichtigen, ihm stand der Weg zu den saudi-arabischen Ölfeldern offen, er konnte das Basislager des Mount

Everest besuchen. Wenn er Kraft für einen zweiwöchigen Fußmarsch hatte und sich an die Höhe gewöhnte. Wohin er nicht gelangen würde, das war Amerika. Und Australien. Und die Antarktis.

Mit einem Gefühl von Neid erinnerte er sich an seinen Jugendtraum. Einmal im Leben, das hatte er sich geschworen, würde er im Eis stehen und das Schild berühren, auf dem *Geographic South Pole* zu lesen war. Wie auch immer er hinkommen würde, ob mit einer klassischen Expedition, die nur noch selten unternommen wurden und die ihn wohl eher nicht aufnehmen würden, oder ob ihn eine gemietete russische Militärmaschine absetzte, er wollte diese Tafel berühren. Dabei die Augen schließen und an daheim denken. Wie in diesem Moment Marie Besorgungen erledigte, wie sein Vater den Schachspielern im Park zusah, wie Martina im Büro einen Entwurf zurückwies. Wie in seiner Wohnung der Wecker tickte. Unbemerkt, weil niemand da war. Für den Wecker spielte es keine Rolle, ob Jonas am Südpol stand oder nebenan in der Küche. Er war nicht da. Der Wecker war allein.

Diese Tafel zu berühren, im weißen Nichts. Nicht etwa einen Spaziergang oder eine kurze Autofahrt, sondern fünfzehn Flugstunden entfernt von der Zivilisation. Das war sein Traum gewesen. So weit nach Süden zu gelangen wie möglich. Fernstweh.

Er würde niemals den Pol sehen.

Er setzte sich wieder und legte die Füße auf das Geländer. Er ließ den Blick über die Dächer schweifen. Wie alt diese Häuser wohl sein mochten? Hundertfünfzig Jahre? Dreihundert? Und wie viele Menschen mochten in ihnen gelebt haben? Die Welt änderte sich nur im kleinen, zumindest jene, die er gekannt hatte. Das dafür jedoch ständig und nachhaltig. In jeder Sekunde wurde jemand geboren, in jeder Sekunde starb jemand.

Österreich. Was war das, Österreich? Die Menschen, die in diesem Land lebten. Wenn einer starb, bedeutete das keine entscheidende Veränderung. Jedenfalls nicht für das Land. Nur für den Betreffenden selbst. Und seine Angehörigen. Es war kein so anderes Österreich, wenn jemand gestorben war. Aber verglich man das Österreich von noch vor ein paar Wochen mit dem vor hundert Jahren, konnte man kaum behaupten, daß da kein Unterschied bestand. Niemand, der damals in diesen Häusern gewohnt hatte, lebte noch. Alle tot. Alle waren einzeln weggegangen. Großer Unterschied für sie. Kein Unterschied für das Land.

»Österreich«. »Deutschland«. »USA«. »Frankreich«.

Die Menschen lebten in Häusern, die sie geerbt, und gingen über Straßen, die andere lange vor ihnen gepflastert hatten. Dann legten sie sich ins Bett und mußten sterben. Platz machen für ein anderes »Österreich«.

Jeder starb für sich allein. Statistiken, Mitbürger, Gemeinschaft, Wir, Fernsehen, Fußballstadion, Zeitung. Alle lasen das, was einer in der Zeitung schrieb. Wenn er starb, lasen alle das, was sein Nachfolger schrieb. Alle dachten, aha, das ist der, er schreibt dieses und jenes. Und war er unter der Erde, sagten sie, aha, ein Neuer, er schreibt dies. Gingen nach Hause und waren noch immer Teil eines Ganzen. Legten sich ins Bett und starben und waren aber plötzlich nicht mehr Teil eines Ganzen. Nicht Mitglied des Alpenvereins und der Akademie der Wissenschaften und der Journalistengewerkschaft und des Fußballklubs. Nicht mehr Kunden des besten Friseurs und Patienten der netten Ärztin. Nicht: Mitbürger. Sondern: einer. Einer, der starb.

Für die Menschen, die verschwunden waren, machte es einen Unterschied. Oder nicht? Machte es nur für ihn, den Zurückgebliebenen, einen Unterschied?

Er räumte die Ladefläche des Lkws vollständig aus. Mit Besen und Schrubber säuberte er Boden und Wände, bis das Blech beinahe seine ursprüngliche Farbe wiedergewonnen hatte. Dann legte er den hinteren Bereich mit einem Teppich aus, der selbsthaftend war und auf dem nichts von dem, was man darauf stellte, leicht verrutschen würde.

Aus einem Einrichtungshaus am Lerchenfelder Gürtel rollte er eine Sitzgarnitur und ein zusätzliches Sofa. Er schaffte alles im Lkw nach hinten. Er stellte einen massiven Couchtisch dazu, einen verschließbaren Fernsehschrank, in den er einen Fernseher und einen Videorekorder sperrte, zwei Stehlampen mit breitem Sockel und einen zusätzlichen Fauteuil. Er warf Decken und Kissen auf das Sofa. Daneben legte er einen zusammengebundenen Stapel Clever & Smart-Hefte. Er schob einen Kühlschrank an die Wand. Das Kabel steckte er an eine Stromstation an, die er im Maschinenpark Süd besorgt hatte. Zwei Generatoren nahm er auch mit.

Er füllte den Kühlschrank mit Mineralwasser, Fruchtsaft, Bier, Limonade, Gewürzgurken und anderen Lebensmitteln, die gekühlt besser schmeckten. Er stellte Kisten voll Konserven, Vollkornbrot, Kuchen, Zwieback, Haltbarmilch und dergleichen daneben. Er vergaß die Gewürze nicht, Salz und Pfeffer, Essig und Öl, Mehl und Zucker.

Er benötigte weitere Kisten. Eine für Besteck und Geschirr, eine andere für Batterien, Gaskocher und Kartuschen. Mehrere für die Kameras, die er aus der Brigittenauer Lände holte. Er schraubte sie von den Stativen. Diese legte er auf den Boden, wo gerade Platz war. An den freien Wänden reihte er Sechserpackungen Mineralwasser.

Er prüfte die Stabilität seiner Ladung. Was umzustürzen drohte, klebte er mit Sicherheitsband fest.

Die DS kettete er an die senkrechte Transportstange. An der waagrechten gegenüber befestigte er eine Kawasaki

Ninja, die er geradewegs aus der Ausstellungshalle des Händlers zur Tankstelle nebenan und dann auf die Hebebühne gerollt hatte und deren Kilometerzähler 400 zurückgelegte Meter anzeigte. Zuletzt fuhr er den ebenfalls vollgetankten Toyota in den Laderaum. Der Platz langte, als habe er mit einem Maßband gearbeitet.

Nachdem er den Teller in den Geschirrspüler gestellt hatte, knipste er Licht an. Er ging zum Fenster. Die Sonne war hinter den Häusern versunken. Wolken leuchteten in verschiedenen Rottönen. Er warf noch einen Blick auf den bereitstehenden Lkw, dann schloß er die Fenster.

Er hatte das Gefühl, mit der Fahrt, die ihm bevorstand, begann ein letzter Akt. Mit einemmal war alles so klar. Er würde losfahren und Marie suchen. Mit ihr oder ohne sie würde er dann hierher zurückkehren. Wahrscheinlich ohne sie.

25

In Linz fuhr er eigens von der Autobahn ab, um den Spider zu besuchen. Durch die zerschmetterte Glastür stieg er in die Ausstellungshalle des Autohauses. Unverrückt stand der Spider an seinem Platz. Der Kilometerstand stimmte.

Er setzte sich ans Lenkrad. Berührte den Schaltknüppel. Die Knöpfe für Heizung, Lüftung, Alarmblinkanlage. Er drückte die Pedale. Mit geschlossenen Augen erinnerte er sich.

Es war sonderbar. Er hatte geglaubt, er würde dieses Fahrzeug nie als seinen Besitz ansehen. Und nun dachte er an die Fahrten, die er mit diesem Auto unternommen hatte. Wie es gewesen war, der Jonas zu sein, der hier saß und mit diesem Sportwagen durch Wien fuhr.

Er rief sich den Tag zurück, an dem er den Spider wieder hier abgeliefert hatte. Er hatte den Toyota eingeladen und nicht gedacht, daß er hierher zurückkehren würde. Die ganze Zeit über war der Spider allein hier gestanden. Während Jonas an anderen Orten gewesen war.

Er riß die Augen auf und trommelte sich mit den Handflächen gegen die Stirn. Wenn er sitzenblieb, würde er in wenigen Minuten einschlafen. Er war an diesem Morgen so müde erwacht, daß er auf der bisherigen Fahrt den Lkw auf der Mittelspur gehalten hatte, aus Furcht vor Sekundenschlaf.

Als er abfuhr, hupte er und winkte dem Spider noch einmal zu.

Eine günstige Gelegenheit, die nächste Kamera aufzubauen, ergab sich kurz nach Passau. Aus den baufälligen

Mauern eines Lagers der Straßenmeisterei ragte ein Vordach, in dessen Schutz im Winter Salzsäcke gestapelt wurden. Unter diesem Vordach postierte er die Kamera. Das Objektiv schwenkte er in die Richtung, aus der er gekommen war. Er programmierte den Start der Aufnahme für 16 Uhr am folgenden Tag.

Die Kilometermarkierung las er an einem Pflock in der Erde ab. So notierte er die Stelle in seinem Heft. Er fügte die Zahl 3 hinzu und malte einen Kreis um sie herum. Die 2 darüber bezeichnete einen Parkplatz bei Amstetten, die 1 ein Hinweisschild zwischen Wien und St. Pölten. Beide Kameras befanden sich unter freiem Himmel. Hoffentlich regnete es bis zu seiner Rückkehr nicht. Und wenn doch, so sollten wenigstens die Kassetten unbeschädigt bleiben.

Er schüttete sich eine Flasche Wasser über den Kopf. Eine Dose des Energydrinks, der damit warb, soviel Koffein zu enthalten wie neun Tassen Espresso, trank er leer.

Die Luft war klar. Die Temperaturen lagen deutlich unter jenen, die er in Wien gewohnt war. Ringsum erstreckten sich Maisfelder. Auf einem Weg durch den Acker stand ein verlassener Traktor.

»Hallo!«

Er überquerte die Straße und kletterte über die Leitplanke auf die Gegenfahrbahn. Kein abgestelltes Auto. Kein Lebenszeichen. Nichts.

»Hallo!«

So laut er schrie, seine Stimme klang hier draußen schwach. Schon im Moment nach seinem Ruf war es, als sei hier seit Ewigkeiten kein menschlicher Laut erklungen.

Bei Regensburg aß er zu Mittag. Zum Glück fand er in der Raststation Zwiebeln, Nudeln und ein paar Kartoffeln, so brauchte er seine Vorräte nicht anzutasten. Nach dem Essen schrieb er auf eine der Menütafeln: *Jonas, 10. August.*

An der Tankstelle baute er die vierte Kamera auf. Er notierte sich den Ort, dann programmierte er die Kassette auf den nächsten Tag, 16 Uhr. Er tankte. Im Shop fand er eine Kaffeetasse, auf der sein Name prangte. Zusammen mit einigen gekühlten Erfrischungsgetränken packte er sie ein.

Er war zum Zusammenbrechen müde. Seine Augen brannten, seine Kiefer schmerzten, und sein Rücken fühlte sich an, als habe er tagelang Zementsäcke geschleppt. Als er sich hinter das Lenkrad setzte, wäre er beinahe der Versuchung der Koje hinter dem Sitz erlegen. Aber wenn er sich jetzt schlafen legte, hatte er am Tag darauf zu weit zu fahren, und unter Zeitdruck wollte er nicht geraten.

Die nächsten Kameras stellte er bei Nürnberg auf, eine davor und eine danach. Nummer 7 postierte er an der Ausfahrt nach Ansbach, Nummer 8 bei Schwäbisch Hall. Ohne sich um möglichen Regen zu kümmern, stellte er die neunte bei Heilbronn mitten auf die Straße. Auch die zehnte legte er schutzlos ohne Stativ vor Heidelberg einfach auf den Asphalt.

Wie in einem Halbtraum fuhr er durch Gegenden, die er noch nie gesehen hatte und die in ihm kein Interesse weckten. Mal nahm er zur Kenntnis, daß er durch blühende Landschaften reiste, mit Wäldern und saftigen Wiesen und Ortschaften mit freundlichen kleinen Häusern nahe der Autobahn. Mal meinte er, die Öde nehme kein Ende, er sah grau in grau, verfallene Schuppen, verbrannte Felder, häßliche Fabriken, Kraftwerke. Ihm war alles einerlei. Mit präzisen, immergleichen Handbewegungen postierte er seine Kameras und stieg wieder in den Lkw.

Bei Saarbrücken konnte er nicht weiter. Sein Tagesziel war Reims gewesen, das hätte ein bequemes Pensum für den nächsten Tag bedeutet. Aber auch so war er weit genug gekommen, um sich keine Sorgen machen zu müssen, daß er bis 16 Uhr nicht an Ort und Stelle wäre.

Er hielt auf der Mittelspur. Mit der Kassette, die er in der vergangenen Nacht aufgenommen hatte, ging er nach hinten. Seine Beine waren so weich, daß er die Ladefläche nicht mit einem Satz erklomm, sondern zur Fernbedienung griff. Summend trug ihn die Hebebühne empor.

Er legte die Kassette ein. Aus den Regalen holte er sich Knabbergebäck und eine Tafel Schokolade. Obwohl ihm die Wunde der gezogenen Zähne nicht weh tat, schluckte er zwei Diclofenac. Mit einem erleichterten Seufzen ließ er sich aufs Sofa fallen.

Er schloß die Augen. Er wollte es nur für eine Sekunde tun, doch es fiel ihm schwer, sie wieder zu öffnen. Sie brannten vor Müdigkeit.

Er schaltete den Fernseher ein und wählte den AV-Kanal. Der Bildschirm wurde blau. Alles war bereit. Dennoch zögerte Jonas, die Kassette zu starten. Etwas gefiel ihm nicht.

Er blickte sich um. Konnte nichts finden. Er setzte sich auf. Ließ den Blick nochmals schweifen.

Es war der Eingang. Er konnte ihn nicht sehen, weil der Toyota die Sicht verdeckte. Damit Licht einfiel, stand die Heckklappe offen, aber so konnte er sich nicht entspannen. Er knipste alle verfügbaren Lampen an. Er drückte den Knopf an der Wand. Für einige Sekunden meinte er, nach vorne zu fallen. Doch es war tatsächlich die Klappe, die auf ihn zukam.

Ein leerer Raum. Keine Möbel, nicht einmal Fenster. Weiße Wände, weißer Boden. Alles war weiß.

Die Gestalt auf dem Boden war nackt und ebenfalls weiß. Weiß und so regungslos, daß Jonas eine Minute lang geglaubt hatte, einen wirklich leeren Raum zu sehen. Erst als er Bewegung wahrnahm, schaute er genauer. Allmählich begann er Konturen zu erkennen. Einen Ellbogen, ein Knie, den Kopf.

Nach zehn Minuten stand die Gestalt auf und ging umher. Sie war von oben bis unten mit weißer Farbe, vielleicht auch mit einem weißen Trikot bedeckt. Ihr Haar war nicht zu sehen, als sei sie kahl. Alles war weiß, die Brauen, die Lippen, die Ohren, die Hände. Sie ging im Zimmer umher, als habe sie kein rechtes Ziel, als sei sie in Gedanken versunken oder warte auf etwas.

Kein Laut erklang.

Nach mehr als einer halben Stunde wandte sie sich langsam der Kamera zu. Als sie den Kopf hob, sah Jonas zum erstenmal die Augen. Ihr Anblick fesselte ihn. Offenbar waren sie mit weißen Kontaktlinsen bedeckt. Keine Iris, keine Pupille war zu sehen. Die Gestalt starrte aus weißen Klumpen in die Kamera. Unbewegt. Minutenlang. Lauernd.

Dann hob sie den Arm und klopfte mit dem Knöchel des Zeigefingers gegen die Linse. Es sah aus, als klopfe sie aus dem Fernseher heraus.

Sie klopfte. Und klopfte wieder. Starrte aus weißen Klumpenaugen und klopfte stumm gegen den Bildschirm.

Irgendwie gelang es Jonas, die Fernsteuerung zu drücken. Er wollte ausschalten, erwischte jedoch den Schnellvorlauf. Das Band endete nach einer Stunde.

Als er die Heckklappe öffnete, drang frische Luft in den stickigen Raum. Jonas atmete tief ein und aus. Mit dem Fernglas sprang er auf die Straße. Lange suchte er, das Instrument gegen die Augen gestemmt, die Gegend ab.

Leblos lagen Ansiedlungen da. Die Reifen von Autos steckten tief in schlammiger Erde. Auf einem überwucherten Feld reckte eine Vogelscheuche die Besenarme. Vereinzelt trieben Wolken am Himmel. Das einzige Geräusch war das seiner Schritte auf dem brüchigen Asphalt.

Im Führerhaus des Lkws notierte er den Kilometerstand. Er verriegelte die Türen. Kamera baute er keine auf. Er fiel in die Koje, ohne sich auszuziehen. Mit letzter Kraft schlüpfte er unter eine Decke. Seine Augen brannten.

Saarbrücken, dachte er. 10. August. Ich schlafe jetzt. Gleich. Morgen geht es weiter. Alles in Ordnung. Alles wird gut.

Ruhe, dachte er.

Die Autobahn. Autos fuhren auf einer Autobahn. In den Autos saßen Menschen, die sie lenkten. Mit den Schuhen standen sie stramm auf den Gaspedalen. In den Schuhen steckten Füße. Österreichische Füße. Deutsche Füße. Serbische Füße. Füße hatten Zehen. Zehen hatten Nägel. Das war die Autobahn.

Hör auf zu denken, dachte er.

Er sank mit dem Gesicht immer tiefer in die alte, nach fremdem Schweiß riechende Matratze, als würde ihn jemand niederdrücken.

Er wälzte sich auf die andere Seite und fragte sich, wieso der Schlaf nicht kommen wollte.

Er hörte Geräusche, die er nicht zuordnen konnte. Eine Weile hatte er den Eindruck, über das Dach des Führerhauses würden Murmeln gerollt. Dann glaubte er, etwas um den Wagen schleichen zu hören. Er war zu keiner Bewegung imstande. Die Decke war zu Boden gerutscht. Er fror.

Auf den Fahrersitz gestützt, schaute er zwinkernd ins Freie. Die Sonne tauchte rot hinter den Hügeln am Horizont auf. Vor ihm auf der Straße lag ein Gegenstand.

Eine Kamera.

Ihm war, als habe er überhaupt nicht geschlafen. Halb besinnungslos vor Müdigkeit kletterte er aus dem Führerhaus. Ein Traum von vergangener Nacht zuckte in ihm auf. Zumindest eingenickt mußte er also doch sein.

Wie ein Betrunkener schwankend, umrundete er einmal den Lastwagen. Zu sehen war niemand. Mit der Kamera zog er sich rasch wieder ins Führerhaus zurück.

Nach einer Weile wurde ihm bewußt, daß er schlaff auf dem Fahrersitz saß und auf die Straße starrte. Was tat er hier? Er gehörte nach hinten. Er wollte sich die Kassette ansehen.

Die Kamera. Er untersuchte sie. Seit der Videofahrt mit dem Spider waren all seine Kameras numeriert. Er schaute nach. Sie trug die Nummer derjenigen, die vor einigen Tagen verschwunden war.

Etwas sagte ihm, daß er den Ort besser gleich verließ. Nicht noch einmal ausstieg, um die Kassette anzusehen. Er verriegelte die Tür. Aus dem Handschuhfach nahm er sich etwas zu trinken, dann fuhr er los.

Der Traum kehrte zurück.

Diesmal waren die Bilder klarer. Er stand im Badezimmer in der Brigittenauer Lände. Im Spiegel sah er, wie sich sein Gesicht, ja sein ganzer Kopf veränderte. Von Sekunde zu Sekunde bekam er einen anderen Viehkopf. Er stand da mit einem Bärenkopf, einem Geierkopf, einem Hundekopf. Einem Schweinekopf, einem Hirschkopf, einem Fliegenkopf, einem Stierkopf, einem Rattenkopf. Mit einem Wimpernschlag war die Metamorphose abgeschlossen, Kopf folgte auf Kopf.

Nahe Metz stellte er die elfte Kamera auf die Straße. Auch sie programmierte er für 16 Uhr. Er frühstückte hinten in der Sitzecke, die Füße bequem auf den Tisch gelegt. Der Löskaffee, den er aus der neuen Tasse mit seinem Namenszug trank, schmeckte bitter. Dagegen aß er das Pfirsichkompott mit Appetit. Diese Sorte hatte er als Kind oft bekommen. Als er die Dose im Supermarkt entdeckt hatte, war ihm sofort der Geschmack auf der Zunge gelegen.

Kauend sprang er auf und drückte sich an der Wand entlang zur Fahrertür des Toyota. Er las den Kilometerstand ab. Dreißig Kilometer mehr als am Tag zuvor.

Mit unerwarteter Wucht kehrte die Müdigkeit zurück. Er durfte jetzt auf keinen Fall schlafen. Er goß sich kaltes Wasser über den Kopf. Das Hemd wurde klatschnaß, eisige Schauer strichen ihm über den Rücken. Er machte Turnübungen, um den Kreislauf weiter anzuregen. Er drückte einige Kaffeebonbons aus der Packung. Anstatt sie zu lutschen, spülte er sie mit einem Energydrink hinunter.

Das unbekannte Video war in Schwarzweiß. Es zeigte eine hügelige Landschaft mit Wäldern und Weinstöcken, jedoch ohne Straßen. Die Kamera wurde geschwenkt. Sie erfaßte eine Frauengestalt. Zoomte heran. Näher und näher kam das Gesicht.

Etwas in seinem Gehirn weigerte sich zu verstehen. Deshalb dauerte es einige Sekunden, bis er die Tragweite dessen, was er sah, begriff. Mit einem Satz stand er aufrecht auf dem Sofa, den Blick starr auf den Bildschirm gerichtet.

Die Frau auf dem Bildschirm war seine Mutter.

Die Kamera verharrte einige Sekunden auf dem Gesicht, dann wurde sie nach links geschwenkt und auf eine andere Person gerichtet.

Seine Großmutter.

Stumm bewegte sie die Lippen, als spreche sie zu ihm. Als sei der Weg, den die Worte zurücklegen mußten, zu weit.

Er riß die Verbindungskabel zum Fernseher aus der Kamera. Als er zwischen dem Toyota und der Kawasaki hindurch zur Rampe stürmte, schlitzte er sich an einer Metallkante den Arm auf. Er spürte nur ein kurzes Brennen. Mit spitzen Fingern schleuderte er die Kamera weit in das Maisfeld neben der Straße.

Von einem Fuß auf den anderen tretend, sah er zu, wie sich die Heckklappe quälend langsam schloß. Er hakte den Riegel ein, dann sprang er ins Führerhaus.

Er fuhr, als habe er in sich einen Autopiloten eingeschaltet. Sein Geist war nicht verfügbar. Ab und zu registrierte er etwas von der Außenwelt. Er nahm abrupte Wechsel der Wetterverhältnisse wahr, doch sie berührten ihn nicht, sie waren wie etwas, das er im Fernsehen sah. Er las Ortsnamen. Reims. St. Quentin. Arras. Sie sagten ihm nichts. Erst der veränderte Geruch ließ ihn zurückkehren. Die Luft war schwer und salzig. Er war bald am Meer.

Es war, als würde ihn diese Erkenntnis aufmuntern und ihm in Erinnerung rufen, warum er hier war. Das Video hatte er in den untersten Bereich seines Bewußtseins verbannt. Er merkte, daß er Hunger hatte. Weil er nicht wußte, ob hier noch eine Raststation kam, hielt er am Pannenstreifen, wo ihm hoch aufragende Trauerweiden Schatten spendeten. Die Sonne stand hoch am Himmel. Es war brütend heiß.

Während er auf dem Sofa seine Armwunde verband, betrachtete er kopfschüttelnd die Verwüstung, die sein überstürzter Aufbruch angerichtet hatte. Die Butter lag auf dem Boden, ebenso die Schüssel mit dem Kompott. Auf der Sitzgarnitur waren Pfirsichspalten verteilt. Am schlimmsten hatte den Polstermöbeln der Kaffee zugesetzt. Jonas putzte und rubbelte. Danach warf er den Gaskocher an und wärmte sich zwei Konservendosen.

Wie gewohnt kehrte nach dem Essen die Müdigkeit zurück. Es war ein Uhr, er konnte sich kein Nickerchen leisten.

Am Straßenrand spülte er mit Mineralwasser Topf und Teller aus. Die leeren Dosen warf er in den Graben. Er saß schon im Führerhaus, da schlug er gegen das Lenkrad, kletterte wieder auf die Straße und hob die Dosen auf. Für einstweilen schob er sie unter den Toyota.

Er nahm die nächste Ausfahrt. Von da an fuhr er nach der Karte. Sie war aktuell und detailgenau, und er hatte keine Schwierigkeiten, sich zurechtzufinden. Um zwei Uhr nachmittags hielt er nahe der Stelle, an der der Kanaltunnel aufklaffte.

An Calais, das er gern einmal besucht hätte, verschwendete er keinen Gedanken. Er konnte es sich nicht vorstellen, jetzt durch größere Städte zu fahren. Möglichst wenige Häuser, möglichst wenig, das groß war und ihn bedrängte, das wünschte er sich.

Sogleich begann er mit den Vorbereitungen. Die DS rollte er auf den nicht asphaltierten Weg, der am Zaun, der die Bahntrasse abgrenzte, entlangführte. Mit Brecheisen und Drahtschere machte er sich auf die Suche nach einem Zugang. Er fand ihn nach wenigen hundert Metern. Eine Tür im Zaun, die Bahnarbeitern dazu gedient hatte, Arbeitsmaterial anzuliefern, und sie stand offen. Er brachte Eisen und Schere zurück zum Lkw.

Er ging mit sich zu Rate, was in den Rucksack gehörte. Essen und Trinken auf alle Fälle, dazu Munition für das Gewehr. Eine Taschenlampe, Streichhölzer, ein Messer, eine Schnur. Aber zählten ein Regenmantel und ein zweites Paar Schuhe zur unbedingt nötigen Ausstattung? Wichtiger waren Straßenkarten und Verbandmaterial. Und sollte er noch einen Benzinkanister mitnehmen, oder war er überzeugt, auf der anderen Seite bald ein neues Gefährt zu finden?

Als er den Rucksack zuband, zeigte die Uhr halb vier. Er setzte sich in den Laderaum des Lkws, wo er nicht vor der Hitze, aber wenigstens vor der direkten Sonne geschützt war. Seine Finger tasteten nach etwas, womit sie sich beschäftigen konnten. Gern hätte er die Augen einen Moment geschlossen, aber er ahnte, daß er sie erst viele Stunden später wieder öffnen würde.

Er zog das Mobiltelefon heraus. Der Netzbetreiber hieß *Orange*. Theoretisch konnte er also auch hier telefonieren.

Er las die im Speicher bewahrten Kurznachrichten, von der ersten bis zur letzten. Ausnahmslos stammten sie von Marie. Die älteste war mehrere Jahre alt. Bei jedem Handywechsel hatte er nervös darauf geachtet, daß sie erhalten blieb. Es war ihre erste Liebeserklärung gewesen. Geschrieben hatte sie sie, weil sie in jenem Gespräch kurz zuvor, das doch schon alles gesagt und alles bedeutet hatte, zu schüchtern gewesen war, sie auszusprechen. An diesem Tag hatten sie gemeinsam Silvester feiern wollen. Doch dann mußte sie überraschend zu ihrer kranken Schwester nach England fliegen. Um genau 0.00 hatte sie ihm die Nachricht geschickt.

Approaching, dachte er.

Eine Minute vor vier erklomm er das Dach des Führerhauses. Er verfolgte den Sekundenzeiger seiner Armbanduhr. Um Punkt vier breitete er die Arme aus.

Jetzt.

In diesem Moment schalteten sich beinahe ein Dutzend Kameras ein. Filmten eine Landschaft, die in diesem Moment nur für sie existierte. Dieses Stück Autobahn bei Heilbronn, dieser Parkplatz bei Amstetten waren bloß für sich selbst da in diesem Moment, doch er würde Zeuge werden. Diesen Moment gab es überall auf der Welt. An elf Orten fing er ihn ein. Jetzt.

Und diesen. Jetzt.

In einigen Tagen, vielleicht Wochen würde er sich den Film von Nürnberg und Regensburg und Passau ansehen und daran denken, daß er in diesem Moment auf dem Lkw gestanden war. Daß er sich danach aufgemacht hatte. Und daß er sich in dem Moment, der fünfzehn Minuten nach Beginn des Bandes festgehalten worden war, schon unter der Erde befand. Auf dem Weg nach England.

Er hielt sich zwischen den Schienen, wo er zum Glück nicht über Schwellen, sondern über einen glatten Betonstreifen fuhr. Auf den ersten hundert Metern war der Tunnel breit, nun rückten die Wände näher und näher. Vor ihm erhellte der Scheinwerfer die Röhre. Das Knattern des Motors wurde durch die Enge verstärkt, und Jonas bereute bald, daß er keinen Helm aufgesetzt hatte. Nicht einmal Taschentücher führte er mit sich, um sich einen Streifen davon in die Ohren zu stopfen.

Er war so müde, daß er immer wieder zusammenzuckte und vom Gas ging in der Meinung, vor sich ein Hindernis wahrzunehmen. Auch an den Wänden meinte er Bilder, Gesichter, Figuren zu erkennen.

»Hooo!«

Er fuhr nach England. Er tat es wirklich. Er mußte es sich vorsagen, um es zu glauben. Er war tatsächlich unterwegs.

»Hooo! Ich komme!«

Er gab Vollgas. Nicht einmal daß er die Augen, die er vor dem Fahrtwind zusammenkniff, kaum noch offenhalten konnte vor Müdigkeit, irritierte ihn oder ließ ihn gar Tempo zurücknehmen. Er war frei von aller Furcht.

Er war das Wolfsvieh.

Nichts konnte ihn aufhalten. Er würde alles überwinden. Er fürchtete niemanden. Er war auf dem Weg, der für ihn vorgezeichnet war.

Bald fällst du um, sagte jemand neben ihm.

Vor Schreck verriß er das Lenkrad. Der Vorderreifen streifte die Schiene. Im letzten Moment gelang es ihm, das Gleichgewicht wiederzugewinnen. Er drosselte die Geschwindigkeit. Wenn er auf der anderen Seite ankam, mußte er sich auf der Stelle schlafen legen, und sei es bei strömendem Regen ohne Schutz in einer Wiese.

Und dann tauchte ein Hindernis vor ihm auf.

Zunächst hielt er es für Täuschung. Doch als er näher

kam, ließen die Rückstrahler, die das Licht seines Schein-
werfers reflektierten, keinen Zweifel. Vor ihm stand ein
Zug.

Er stieg ab. Den Motor ließ er laufen, um sehen zu können. Er legte die Hand auf einen Puffer des Waggons.

Die Müdigkeit verwirrte ihn mittlerweile so sehr, daß er
überlegte, auf dem Dach des Zuges weiterzufahren. Bis er
doch erkannte, daß er zum einen das Moped nicht dort hin-
aufbefördern könnte, zum anderen auf dem Dach schlicht
kein Platz für einen Mopedfahrer war.

Er überprüfte die Seiten. Der Abstand zwischen Zug und
Tunnelwand betrug höchstens vierzig Zentimeter.

Hier würde kein Moped durchkommen.

Nur ein Fußgänger.

Nach seiner Schätzung steckte er in der Mitte des Tunnels.
Mit fünfzehn Kilometer Fußmarsch mußte er rechnen. Dies
mit einer Taschenlampe in der Hand und in einem Zustand,
in dem ihn die Beine kaum mehr trugen.

Er ging. Meter für Meter. Schritt für Schritt. Vor sich
einen Lichtkegel. Schilderungen von Kriegserlebnissen kamen ihm in den Sinn. Menschen waren imstande, im Gehen
zu schlafen. Womöglich schlief er auch schon. Ohne es zu
merken.

Marie.

»Hooo«, wollte er sagen, aber zu mehr als einem heiseren
Flüstern unkontrollierter Laute war er nicht in der Lage.

Hinter sich hörte er ein Knirschen. Er blieb stehen. Stille.
Er leuchtete nach hinten. Nichts. Nur Schienen.

Unter unsäglicher Mühe machte er die nächsten Schritte.
So mußten sich Höhenbergsteiger kurz vor dem Ziel fühlen.
Einen Schritt in der Minute. Oder vielleicht war es keine
Minute, vielleicht waren es Sekunden. Vielleicht ging er ja
in normalem Tempo. Er hatte kein Zeitgefühl mehr.

Wieder war ihm, als höre er etwas. Es klang, als würde sich jemand fünfzig Meter hinter ihm in die gleiche Richtung wie er durch den Tunnel bewegen.

Als er das Geräusch zum drittenmal vernahm, war ihm, als sei es nicht hinter ihm entstanden. Es kam auch nicht von vorne. Es war in seinem Kopf.

Der Entschluß, sich hinzulegen, wurde nicht von seinem Verstand getroffen. Seine Beine knickten ein, sein Bauch berührte den Boden, seine Arme breiteten sich aus.

Ringsum war alles schwarz. Er riß die Augen weit auf. Schwärze.

Er hatte nicht gewußt, daß es solche Dunkelheit gab. Totale Finsternis, ohne ein Körnchen Licht. Die so umfassend war, daß er hineinbeißen wollte.

Er suchte nach der Taschenlampe. Er hatte sie neben seinen Kopf gelegt, doch sie war nicht da. Er tastete nach dem Rucksack. Fand ihn nicht.

Er setzte sich auf und sammelte seine Gedanken. Er hatte den Rucksack auf dem Rücken getragen, als er eingeschlafen war. Jetzt war der Beutel weg, ebenso wie die Taschenlampe, und das bedeutete nicht nur, daß er ohne seine Vorräte auskommen mußte, sondern auch, daß er von nun an in vollkommener Finsternis zu marschieren hatte.

Gern hätte er gewußt, wie spät es war. Seine Uhr war ein analoges Modell ohne Licht.

Er stand auf.

Trotz aller Müdigkeit ging er im Laufschritt. Er hatte das Gefühl, wenn er noch einmal stehenblieb, wäre es das Ende. Etwas würde plötzlich dasein. Im Grunde war es ohnehin schon da, er spürte es. In dem Moment, da er sich niederließ, würde es über ihm sein.

Vor ihm zuckte ein Bild auf, das über ihm hundert Meter Wasser und mehr zeigte. Es gelang ihm, es beiseite zu wischen. Aber bald war es wieder da. Er dachte an etwas anderes. Das Bild kehrte zurück. Er, in einem Betonschlauch, und über ihm ein gigantischer Block Wasser.

Dies ist ein gewöhnlicher Tunnel.

Ob über dem Tunnel Wasser ist oder Fels oder Granit, ist bedeutungslos.

Er blieb stehen. Lauschte. Er meinte das Tropfen von Wasser zu hören, sogar Rauschen. Zugleich hatte er das Gefühl, daß ihm etwas den Atem nahm. Als würde der Sauerstoff im Tunnel abgezogen. Oder von etwas anderem verdrängt.

Sich mit der Hand an der Tunnelwand abstützend, ging er weiter.

Mehr und mehr beschäftigte ihn eine wachsende Furcht vor Lärm. Er hatte Angst, im nächsten Moment könnte direkt neben seinem Ohr eine Explosion stattfinden und sein Trommelfell zerreißen.

Es gibt hier keine Explosion. Alles ist still.

Er hatte das Gefühl, daß er schon ans Ziel gelangt sein mußte. Ob er sich womöglich im Schlaf gedreht und die falsche Richtung eingeschlagen hatte?

Oder war er an einem anderen Ort erwacht? Führte der Tunnel, in dem er steckte, nirgendwohin? Würde er hier endlos weitermarschieren?

»Hey! Hallo! Hey!«

An etwas Schönes denken.

Früher hatten ihn seine angenehmsten Tagträume in ferne Länder geführt. Er hatte sich vorgestellt, an einer Strandpromenade ein Glas zu halten und aufs Meer hinauszuschauen. Ob Zelt oder Vier-Sterne-Hotel, ob Anreise mit dem Auto oder in der Kristallsuite eines Luxusdampfers, das war ihm egal. In seiner Phantasie roch er das Salz, die Sonne duftete auf seiner Haut, und nichts bedrängte ihn. Er hatte keine Verpflichtung gegenüber anderen Menschen oder sich selbst. Seine einzige Aufgabe bestand darin, mit sich selbst im reinen zu sein und das Meer zu genießen.

Oder er versetzte sich in die Antarktis. In der es in seiner Vorstellung niemals unangenehm kalt war. Er lief durch das ewige Eis, und die Sonne strahlte. Er gelangte zum Pol, umarmte vollbärtige Forscher, die in der Station überwinterten, berührte das Schild. Dachte an sein Zuhause in diesem Moment.

Wenn es ihm früher schlecht gegangen war, in Zeiten persönlichen Unglücks oder beruflicher Unzufriedenheit, hatte er sich in die Ferne geträumt. Von der er in den vergangenen Wochen so wenig wie möglich hatte wissen wollen. Ferne bedeutete Kontrollverlust. Und wenn man ohnehin das Gefühl hatte, daß einem alles entglitt, stürzte man sich nicht in Abenteuer.

Wie er gerade.

Er war ja verrückt, vollkommen übergeschnappt. Taumelte durch absolute Finsternis. Was hatte –

Antarktis denken.

Er sah vereiste Berge, blau und weiß. Das Eis, durch das er seinen Rucksack schleppte, war weiß, endlos weiß. Über ihm war der Himmel blau.

Einmal hatte er in einer TV-Dokumentation gesehen, wie Forscher in der Antarktis einen Eiszylinder aus einem Kilometer Tiefe bohrten. Das Stück Eis, das sie zutage förderten, sollte ihnen helfen, den Klimawandel verstehen zu lernen. Von dieser Aussicht war Jonas weniger fasziniert gewesen als von dem Zylinder selbst.

Ein Stück Eis, einen halben Meter lang, zehn Zentimeter im Durchmesser. Bis vor einigen Minuten noch unter Millionen Kubikmetern Eis begraben. Zum erstenmal seit – ja, seit wann? – seit hunderttausend Jahren am Licht. Vor einiger Ewigkeit war dieses Wasser gefroren, und dann hatte es sich nach und nach aus dieser Welt verabschiedet. Fünf

Zentimeter Tiefe. Fünfzig. Zwei Meter. Zehn. Und welch lange Zeit bereits vergangen war zwischen dem Tag, an dem es die Oberfläche verlassen hatte, und jenem, an dem es in zehn Metern Tiefe ankam. Eine Zeitspanne, die er sich nicht vorstellen konnte. Aber ein Fingerschnippen gegen die Zeit zwischen zehn Metern und einem Kilometer.

Jetzt war es da. Dieses Stück Eis. Sah wieder die Sonne.

Guten Tag, Sonne. Hier bin ich wieder. Was hast du erlebt?

Was ging in ihm vor? Verstand es, was passierte? Freute es sich? War es bekümmert? Dachte es an die Zeit, in der es nach unten gegangen war? Verglich es die Zeiten?

Er hatte an das Eis denken müssen, das noch unten lag. Die direkten Nachbarn des emporgeholten Stücks. Vermißten sie es? Fühlten sie Neid, bedauerten sie es? Und er hatte an das andere Eis denken müssen, in zwei Kilometern Tiefe, in drei. Wie es dorthin gekommen war. Ob es wiederkehren würde, wann, und wie es zu diesem Zeitpunkt auf der Erde aussehen würde. Was es dachte und fühlte, unten, im Dunkeln.

Er meinte, ein Geräusch wahrzunehmen. Wasserrauschen.

Er blieb stehen. Er täuschte sich nicht. Vor ihm rauschte Wasser.

Er wandte sich um und rannte. Er stolperte, fiel hin, Schmerz zuckte in seinem Knie auf.

Wie er so dalag, meinte er zu spüren, daß sich die Schienen sanft nach unten neigten. Gleich darauf war ihm, als sei es umgekehrt. Er stand auf und machte einige Schritte. Ob es bergauf oder bergab ging, war auf diese Weise nicht zu erkennen. In der einen Sekunde neigte sich der Weg, in der nächsten stieg er an. Doch Jonas bemerkte, daß die Schritte in die ursprüngliche Richtung mehr anstrengten.

Er ging weiter. Das Rauschen nahm an Lautstärke zu. Er

lief. Unter seinen Füßen spritzte Wasser auf. Das Rauschen schwoll mehr und mehr an. Donner erklang. Sekunden darauf stand Jonas im Freien.

Es war Nacht. Über ihm zuckten Blitze, auf die im nächsten Moment wildes Grollen folgte. Regen prasselte wuchtig auf seinen Kopf. Der Wind kam in so harten Böen, daß sie Jonas beinahe umrissen. Nirgends brannte Licht.

Trotz des Unwetters beeilte er sich, die Bahntrasse zu verlassen. Nach einer Weile fand er im Zaun ein offenes Tor. Er lief nach links, wo er am ehesten Häuser erwartete. Er hätte genausogut die entgegengesetzte Richtung wählen können, es war stockdunkel, er hatte keine Ahnung, wohin er sich bewegte. Er hoffte, daß er nicht geradewegs ins Meer stürzte, dessen Brandung er zwischen den Donnern zu hören meinte.

Er lief über eine Wiese mit hohem Gras. Einige Meter neben sich sah er etwas glitzern. Es war ein Motorrad. Daneben fuhr der Wind in die Wände eines Zelts.

Im Vorzelt stieg Jonas auf nasse Rucksäcke, trampelte über Schuhe, stieß sich den Fuß an einem Stein, der eine Matte beschwerte. Weil seine Finger vor Kälte und Erschöpfung zitterten, dauerte es eine Weile, bis er den Reißverschluß zum Zelteingang aufgezogen hatte. Er kroch hinein, schloß jedoch, um hinausschauen zu können, nur den Verschluß des Moskitonetzes.

Mit der Hand tastete er umher. Er faßte einen Schlafsack. Ein kleines Kissen. Einen Wecker. Noch einen Schlafsack. Unter dem zweiten Kissen lag eine Taschenlampe. Er knipste sie an. Gerade in diesem Augenblick ertönte über ihm, ja rings um ihn Donner. Vor Schreck fiel ihm die Lampe aus der Hand.

Er fühlte, daß er sehr bald schlafen mußte.

Er hob die Lampe auf, leuchtete das Zelt ab. In einer Ecke standen Konservendosen und ein Gaskocher. Auf der anderen Seite lag ein Discman, daneben ein Stapel CDs. In der Ecke nahe dem Eingang fand er Toilettenartikel: Rasierer, Schaum, Hautcreme, Behälter für Kontaktlinsen, Reinigungsmittel, Zahnbürsten. Zwischen den Rucksäcken lagen eine bosnische Tageszeitung vom 28. Juni und ein Sexmagazin.

Er hatte das Gefühl, daß etwas Fremdes in der Nähe war. Einbildung, sagte er sich.

Er schaltete die Lampe aus. Im Dunkeln streifte er die durchnäßte Kleidung ab. Er öffnete das Moskitonetz und wrang sie draußen aus. Er legte Hemd, Hose und Strümpfe auf der anderen Seite des Zelts in die Ecke. Nackt schlüpfte er in einen Schlafsack. Den zweiten verwendete er wie eine gewöhnliche Decke. Den Kopf drehte er dem Eingang zu. Er zitterte.

Während er dem Gewitter und dem Regen lauschte, überlegte er, ob es in der Nähe einen höheren Punkt gab oder ob er damit rechnen mußte, daß der Blitz ins Zelt einschlug. Gleich darauf blitzte es, so daß das Zelt taghell erleuchtet wurde. Jonas schloß die Augen. Er dachte an nichts. Dann, einige Sekunden später als erwartet, folgte der Donner.

Jonas wälzte sich von einer Seite auf die andere. Er war so müde, daß seine Zähne aufeinanderschlugen, aber es gelang ihm nicht, sich zu entspannen. Das Gewitter entfernte sich langsam. Der Regen klatschte weiterhin auf das Zeltdach, tränkte die Wiese, plätscherte in Pfützen. Der Wind riß an den Zeltstangen, und mehr als einmal erwartete Jonas, unter den Planen begraben zu werden.

Ihm war, als streiche jemand mit der Hand über das Außenzelt. Jonas hob den Kopf. Er hörte Schritte. Er spähte hinaus. Konturlose Dunkelheit. Nicht einmal das Motorrad war zu sehen.

»Verschwinde!«

Keine Schritte. Nur der Wind.

Jonas legte sich wieder hin.

Er glitt in den Schlaf. Alles entfernte sich.

Stimmen? Waren das Stimmen?

Schritte?

Wer kam da?

26

Er erwachte, weil es heiß war und stickig. Zunächst erkannte er seine Umgebung nicht. Dann verstand er, daß er im Zelt lag und daß die Sonne es aufgeheizt hatte.

Er befühlte die Hose. Sie war noch feucht. Er packte die Kleider und warf alles achtlos hinaus. Mit dem Gaskocher und zwei Konservendosen trat er ins Freie.

Der Himmel war wolkenlos. Scharfer Wind wehte, es war kühl. Das Gras unter seinen Füßen war noch klamm. Er blickte sich um. Häuser waren nicht zu sehen.

Aus einem der Rucksäcke, den die Camper im Vorzelt zurückgelassen hatten, zog er eine Hose, die er aufkrempeln mußte, und ein T-Shirt, das an den Schultern spannte. Auch einen Sweater streifte er über. Die Strümpfe, die er fand, waren ihm zu klein. Mit einem Messer schnitt er vorne Löcher hinein. Die Sandalen saßen eng, aber es ging, er konnte die Zehen vorne hinausschauen lassen.

Während er die Konserven in einem Topf auf dem Kocher erwärmte, ging er umher. Fünfzig Meter entfernt stand eine Baumgruppe. Er schlenderte auf sie zu, überlegte es sich, machte kehrt. Etwas hatte ihn irritiert.

Er betrachtete das Motorrad.

Die Reifen waren platt.

Er untersuchte sie. Sie waren aufgestochen worden.

Auf der Suche nach einer Ortschaft irrte er umher. Seine Augen fielen immer wieder zu. Er fühlte sich so matt, daß er am liebsten hingesunken wäre und die Hände hinter dem Kopf verschränkt hätte, gleich hier auf dem Feld.

Er war eine gute Stunde spaziert, als er an ein Haus kam.

Ein Auto stand davor. Der Schlüssel steckte nicht. Dafür war die Haustür unversperrt.

»Hello«, rief er in das Halbdunkel des Flurs. »Somebody at home?«

»Natürlich nicht«, antwortete er sich selbst in höflichem Ton.

Ohne über die Geräusche im Haus nachzudenken, das dunkel war und dessen Balken knirschten, streifte er auf der Suche nach dem Autoschlüssel durch die Zimmer. Wenn sein Blick einen Spiegel traf, schaute er schnell weg. Manchmal nahm er in einem Spiegelschrank oder einem Wandspiegel aus den Augenwinkeln seine eigenen Bewegungen wahr. Im Dämmerlicht der Räume sah es aus, als stehe jemand hinter ihm, ja, als sei jemand rund um ihn. Er schlug mit den Armen um sich. Dabei blieb er still, sosehr ihn dies Mühe kostete.

Er fand den Schlüssel in der Tasche einer Jeans. Ein Kaugummi klebte daran. Beinahe hätte sich Jonas übergeben müssen. Er verstand nicht, warum.

Er fuhr. Ohne zu merken, daß Zeit verging. Der vorbeiziehenden Landschaft schenkte er keine Beachtung. Wenn er an ein Hinweisschild kam, hob er den Kopf. Er überprüfte, ob er noch auf der richtigen Autobahn war, und sank wieder über dem Lenkrad zusammen. Er dachte an nichts. Seinen Geist beschäftigten Bilder, die ohne sein Zutun auf ihn einströmten und so schnell verschwanden, wie sie gekommen waren. Eindrücke hinterließen sie nicht. Er war leer. Ganz konzentriert darauf, nicht einzuschlafen.

Es gelang ihm, London nördlich zu umfahren. Als er sicher war, die Stadt hinter sich zu haben, hielt er mitten auf der Autobahn an, klappte den Sitz zurück und schloß die Augen.

Vier Uhr morgens. Er kurbelte das Fenster herunter. Die Luft war kühl und feucht. Ein unangenehmer Geruch lag in der Luft, nach verbranntem Horn oder geschmolzenem Gummi. Nur das Schaben seiner Fingernägel an der Türverkleidung unterbrach die Stille. Normalerweise hätte er um diese Zeit das Gezwitscher von Vögeln gehört.

Als er losfahren wollte, bewegte sich der Wagen keinen Zentimeter. Es gab einen Ruck, und neben dem Fahrzeug sprühten gelbe und rote Funken auf. Zugleich ertönte ein schleifendes Geräusch.

Er stieg aus. Mit der Taschenlampe leuchtete er die nahe Umgebung des Autos ab. Erst dann richtete er den Kegel auf die Räder.

Alle vier Reifen waren abgezogen. Die Achse lag nackt auf dem Asphalt.

Ein Stück hinter dem Wagen stieß er auf einen rauchenden Haufen, in dem er die Autoreifen erkannte. Ein halb geschmolzener Wagenheber ragte dazwischen hervor.

Nirgends war ein anderes Auto zu sehen. Die nächste Raststation war weit. Wann die nächste Abfahrt kam, wußte er nicht. Er mußte wohl zurückmarschieren.

Unschlüssig blickte er auf die übelriechende Feuerstelle, dann zum Auto. Er fühlte sich kraftlos. Es hatte viel Anstrengung erfordert hierherzugelangen, und es würde noch viel Mühe kosten, nach Smalltown und wieder nach Hause zu kommen. Dieser Zwischenfall zermürbte ihn.

Die Hände in den Hosentaschen vergraben, ging er los, in die Richtung, aus der er gekommen war.

Als er von der Autobahn aus eine Landstraße und dahinter eine Ortschaft ausmachte, kletterte er den Hang hinab. Gegen sechs Uhr früh fand er ein Auto, an dem der Schlüssel steckte. Er überlegte, ob er irgendwo etwas essen sollte. Doch er wollte erst weiter nach Norden kommen. Die Nähe zu London behagte ihm nicht. Er war überzeugt, daß die Stadt menschenleer war und daß er sich in der riesigen Stadt nur verirren, aber nichts gewinnen konnte.

Er fuhr nicht viel schneller als 120. Er wäre gern rascher vorangekommen, aber er wagte nicht, die Geschwindigkeit zu erhöhen. Vielleicht lag es an dem Zwischenfall mit den abgeschraubten Reifen, vielleicht war es eine Ahnung. Aber ihm war, als würde er sich unnötig in Gefahr begeben, wenn er zu fest aufs Gas stieg.

Acht Uhr. Neun. Elf. Zwölf. Zwei Uhr nachmittags. Die Ortsnamen, die er auf Hinweisschildern las, kannte er vor allem aus seiner Kindheit, als er sich noch für Fußball interessiert und in den Zeitungen auch die Berichte über die englische Meisterschaft gelesen hatte. Luton. Northampton. Coventry. Birmingham. West Bromwich. Wolverhampton. Stoke. Namen, die leere Städte bezeichneten. Ihm gleichgültig. Er wollte auf den Schildern nur die Entfernung nach Schottland lesen. Smalltown lag direkt an der Grenze, keine fünf Kilometer davor.

Liverpool.

Schon in seiner Kindheit hatte ihn dieser Ort beschäftigt. Nicht so sehr, weil er den Fußballverein nicht mochte. Auch nicht, weil es die Stadt der Beatles war. Sondern weil der Name der Stadt einen so merkwürdigen Klang hatte. Es gab Wörter, die sich beim Betrachten oder beim bewußten Aussprechen zu verwandeln schienen. Es gab Wörter, deren Sinn zu weichen schien, wenn man sie ansah. Es gab tote Wörter und lebendige. Liverpool war lebendig. Li-ver-pool. Schön. Ein schönes Wort. Wie auch, zum Beispiel, das *All*, als Bezeichnung für das Universum verwendet. Das All. So klangvoll, so treffend. So schön.

England, Schottland: Normale Worte. Deutsch-land. Ein normales Wort. Aber Italien. Italien, das war ein Wort mit Seele und Musik. Es hatte nichts mit seinen Sympathien für das Land zu tun, es war das Wort. Italien war das Land mit dem schönsten Namen, gefolgt von Peru, Chile, Iran, Afghanistan, Mexiko. Wenn man das Wort Irland las oder das Wort Finnland, geschah nichts. Wenn man Italien las, fühlte man Weichheit, es war ein anschmiegsames Wort. Andererseits, wenn man Eire sagte und Suomi, klang das schon viel besser.

Oft hatte er bemerkt, daß er an einem Wort irre werden konnte, wenn er es mehrmals hintereinander las. Nicht selten begann er sich zu fragen, ob es falsch geschrieben war. Ein beliebiges Wort, kein außergewöhnliches, zum Beispiel »flackern«. Flackern. F. L. A. C. K. E. R. N. Fla-kern. Flackern. Flack. Flack-ern. Jedes Wort hatte etwas, das man nicht ergründen konnte. Es war, als sei das Wort eine Fälschung, habe nichts zu tun mit dem, was es beschrieb.

Mund.

Fuß.

Hals.

Hand.

Jonas. Jo-nas.

Es war ihm immer schwergefallen, seinen Namen zu lesen und zu glauben, daß dieses Wort ihn bezeichnete. Auf einem Papier stand der Name Jonas. Diese Linien, diese Buchstaben bedeuteten: jener Mensch. Mensch. Auch so ein Wort. Mennschsch. Mennnnsch. Schhhhh.

Kurz nach Bolton, es war später Nachmittag, klappte er den Sitz zurück. Er stieg noch einmal aus und vergewisserte sich, daß im Kofferraum kein Wagenheber lag und daß er kein Messer mitführte. Von innen verriegelte er alle Türen.

Als er die Augen öffnete, war es dunkel. Er saß im Auto. Die Umgebung schien sich verändert zu haben.

Drei Uhr morgens. Es roch nach Regen. Er fror, dagegen hatte er weder Hunger noch Durst. Er schaltete die Innenbeleuchtung ein. Er rieb sich das Gesicht. Es fühlte sich schmierig an. Er starrte auf seine Hände. Eine Spaghetti-nudel klebte an seinem Daumenballen. Der Geschmack von blutigem Fleisch lag ihm auf der Zunge. Sein Atem roch nach etwas, er roch – nach Wein. Der Geruch war ihm unangenehm. Er wühlte in den Taschen. Kein Kaugummi. Nichts, was den Geschmack in seinem Mund hätte beseitigen können.

Er drehte den Zündschlüssel. Der Motor sprang nicht an. Die Tankanzeige stand auf o.

Er stieg aus. Der Boden war naß. Es nieselte. In einigen hundert Metern Entfernung brannte Licht in einem Fenster. Er ging darauf zu. Unterwegs staunte er, als er die Umrisse eines Flugzeugs sah. Dahinter entdeckte er ein weiteres und gleich noch eines. Er fragte sich, ob er träumte. Er lief hin, berührte das Fahrgestell und die Reifen. Es war real.

»Hooo!« wollte er rufen, doch er wagte es nicht.

Je näher er dem erleuchteten Fenster kam, desto unverständlicher wurde ihm die Lage. Wo war er? Auf einem Flugplatz oder Flughafen, das war offenkundig. Doch wo? Bolton? Liverpool?

Er ging langsamer. Er blickte zu dem Fenster hoch. Es schien zu einem Büro zu gehören. Auch Zimmerpflanzen meinte er hinter halb heruntergelassenen Jalousien zu sehen.

Er war sich nicht sicher, ob ihn dort oben nur Gutes erwartete.

Er drehte sich um. Sah niemanden. Konnte in der Dunkelheit nicht einmal Konturen ausmachen. Er ahnte nur ungefähr die Richtung, wo das Auto stand.

Er hatte nicht das Gefühl, daß jemand in der Nähe war. Im Gegenteil, er fühlte sich so fern von allem wie nie zuvor in seinem Leben. Dennoch hielt er es für besser, den Standort zu wechseln. So lief er fünfzig Meter, wobei er lautlos Haken schlug. Er gelangte zu einem großen Schild an der Wand des Gebäudes.

Exeter Airport.

Exeter, das war doch nicht möglich. Exeter kannte er dem Namen nach, weil hier spezielle Stoffe erzeugt wurden, die man wiederum zur Weiterverarbeitung von Vollholz für Möbel brauchte. Er war nie hiergewesen, aber er wußte ungefähr, wo der Ort lag. Nämlich weit im Süden, schon fast am Meer.

Er war tagsüber ganz umsonst gefahren.

Er mußte rülpsen. Weingeruch stieg aus ihm auf.

Seine Beine begannen zu zittern. Es kam ganz plötzlich. Er war müde, müde, müde. Er hatte nur noch den Wunsch, seinen Körper auszustrecken, in den Schlaf zu sinken. Er wollte sich dieser tiefen Mattheit entziehen, die ihn erfüllte, und in diesem Moment war es ihm gleichgültig, ob er sich damit wieder an einen Prozeß auslieferte, den er nicht verstand und den er noch weniger zu kontrollieren vermochte. Er wollte rasten, liegen, schlafen. Nicht hier auf dem regennassen Asphalt. Bequem sollte es sein. Oder wenigstens weich. Auf jeden Fall nicht kalt.

Die Hand wie ein Blinder ausgestreckt, taumelte er auf den Wagen zu.

Als er kurz vor sieben Uhr morgens erwachte, fühlte er sich nicht ausgeschlafen, doch die Müdigkeit war weniger quälend.

Auf einen Zettel schrieb er: *Jonas, 14. August.* Ehe er ihn hinter die Windschutzscheibe legte, betrachtete er die Buchstaben. Jonas. Das war er. Jo-nas. Und der 14. August, das war dieser Tag. Dieser 14. August kehrte nie wieder. Es gab ihn einmal, und dann konnte man sich nur noch an ihn erinnern. Daß es schon andere Tage dieses Datums gege-

340

ben hatte, einen 14. August 1900, einen im Jahr 1930, einen in 1950, 1955, 1960, 1980, das war menschliche Vereinfachung, war Lüge. Kein Tag kehrte wieder. Keiner. Und keiner glich dem anderen. Ob Menschen ihn erlebten oder nicht. Der Wind blies nach Norden, der Wind blies nach Süden. Der Regen regnete auf jenen Stein, auf jenen nicht. Dieses Blatt fiel, dieser Ast knickte, diese Wolke trieb am Himmel.

Abermals mußte sich Jonas auf die Suche nach einem Fahrzeug machen. Er marschierte eine Stunde, dann fand er einen alten Fiat, dessen Hinterbank mit in Plastik verpackten Stofftieren bedeckt war. Leere und volle Bierdosen lagen umher. Noch immer hatte er den Fleischgeschmack auf der Zunge. Er spülte den Mund aus.

Am Innenspiegel hing eine Kette, an der ein Medaillon baumelte. Er öffnete es. Es enthielt zwei Bilder. Eines von einer lächelnden jungen Frau. Darunter versteckt eines von der Jungfrau Maria.

An der Ausfahrt nach Bristol kam er am Vormittag vorbei. Er kämpfte wieder gegen den Schlaf an. Mehrmals blieb er stehen, lief ein paar Schritte, machte Gymnastik. Lange währte die Rast nie, stets riß ihn der Wind fast um, fühlte er sich beobachtet, hatte er das Gefühl, sich nicht zu weit vom Auto entfernen zu dürfen.

Es wurde Mittag, Nachmittag. Er fuhr. Er wollte nicht einschlafen. Er wollte weiter, weiter.

Liverpool.

Das rätselhafte Video kehrte in sein Bewußtsein zurück. Auf dem er seine Mutter und Großmutter gesehen hatte. Er wollte nicht daran denken, doch die Bilder drängten sich ihm auf. Er sah das wächserne Gesicht der alten Frau. Wie sie tonlos auf ihn einzureden schien.

Preston.

Lancaster.

150 Kilometer bis zur Grenze. Aber er konnte nicht mehr. Er wußte, daß es ein Fehler war, sich schlafenzulegen, doch es war vorbei. Jede Faser in ihm sehnte sich nach Ausruhen. Er konnte den Wagen nicht mehr steuern.

Er hielt an, kurbelte das Fenster hinunter. Schrie etwas hinaus. Fuhr weiter.

Er wußte nicht, wie lange er wieder fuhr, als er bemerkte, daß sein linkes Auge geschlossen war. Auch das Lid des rechten kontrollierte er kaum noch. Er lag mit dem Kinn auf dem Lenkrad. Er fragte sich, wohin er fuhr.

Wohin fuhr er? Wieso befand er sich in diesem Auto?

Er mußte schlafen.

Er öffnete die Augen, aber alles blieb dunkel. Er versuchte sich zu orientieren. Er konnte sich nicht einmal erinnern, daß der Schlaf gekommen war. Das letzte, was er behalten hatte, waren Bilder von der Autobahn. Das graue Band vor ihm, das keinerlei Abwechslung bot.

Er schnellte hoch, schlug sich heftig den Kopf an, brüllte auf, sank zurück. Rieb sich die Stirn.

Seine Stimme hatte hohl geklungen. Wo steckte er? In der Hand schien er ein Messer zu halten. Er überprüfte es mit der anderen. Tatsächlich, ein Jagdmesser oder ähnliches.

Als er versuchte, sich umzudrehen, stieß er an allen Seiten gegen Hindernisse. Es war kein Platz, er konnte sich kaum bewegen. Seine Beine waren angewinkelt, sein Oberkörper gekrümmt.

Wo befand er sich?

»He!« schrie er.

Er schlug mit der Faust gegen die Wand. Ein dumpfer Klang ertönte, dem kein Echo folgte.

»Hallo! Was ist los?«

Er stemmte sich mit beiden Unterarmen gegen das Hindernis über ihm, doch es bewegte sich nicht.

Ein Sarg.

Er lag in einem Sarg.

Er trommelte gegen die Wände seines Gefängnisses und schrie. Es klang dumpf, entsetzlich dumpf. In seinem Kopf schien etwas zu explodieren. Er sah Farben, von deren Existenz er nichts gewußt hatte. Unerklärliche Bilder tanzten vor seinen Augen, vermengten sich mit Geräuschen. Ein durchdringender Geruch von Klebstoff erfüllte den Kasten, in dem er lag. Er strampelte mit den Füßen. Sie stießen gegen die Wand. Bald hatte er das Gefühl, er brenne an Füßen und Fingerspitzen.

Wurde unter ihm etwa ein Feuer angezündet? Lag er in einem Topf, wurde er geröstet?

Er dachte an Marie.

Er dachte an die Antarktis. An das Schild am Südpol. Er versuchte, seinen Geist dorthin zu schicken. Egal, wo er hier lag. Egal, was geschah. Die Antarktis gab es. Das Schild gab es. Ein wenig in seinem Kopf. Und ganz in der Realität. Es würde sein, auch wenn er nicht mehr war.

»Aber das ist doch nicht möglich!« brüllte er. »Zu Hilfe, zu Hilfe!«

Mit weit geöffnetem Mund riß er förmlich den Atem in sich hinein. Ihm war bewußt, daß er hyperventilierte, doch er konnte nichts dagegen tun. Nicht minder bewußt war ihm, daß er kostbaren Sauerstoff vergeudete.

In diesem Moment, während eines heftigen Atemzugs, wurde die Zeit plötzlich langsamer. Er merkte, wie der Krampf aus dem Atemzug wich, wie sich alles beruhigte und einebnete. Still lag er da, die Sekunde des Atmens zu einer Ewigkeit gedehnt, und hörte ein anschwellendes Brausen.

»Nein!« sagte jemand, vielleicht er, und er tauchte wieder auf.

Er fuhr sich über das schweißnasse Gesicht.

Er bemühte sich nachzudenken. Wenn wirklich nur der Schläfer für alles verantwortlich war, was sich in den vergangenen Tagen zugetragen hatte, so war dies hier Spiegelfechterei. Niemand konnte sich selbst in einen Sarg sperren und dann zuschaufeln. Wenn sich der Schläfer selbst eingekerkert hatte, mußte es auch einen Weg hinaus geben.

Jonas trat. Drückte. Ohne Erfolg.

Wie lange dauerte es, bis in einem engen Raum aller Sauerstoff verbraucht war? Zwei Stunden? Einen halben Tag? Was würde mit ihm geschehen? Er würde müde werden, dann würden seine Sinne verwirren. Das Ersticken würde er womöglich gar nicht bewußt erleben.

Müde werden? Er war schon müde. Sterbensmüde.

Er machte die Augen auf. Alles schwarz.

Seine Glieder schmerzten, vom harten Untergrund und von der Verspannung. Seine Füße waren eingeschlafen. Seine Hand krampfte sich um den Messergriff.

Er hatte keine Ahnung, wie lange er geschlafen hatte. Seinem Gefühl nach zehn Minuten oder vier Stunden. Doch er war noch immer kaum imstande, die Augen offenzuhalten, was darauf hinwies, daß es nicht allzulange gewesen war. Außerdem war er nicht erstickt. In einem so engen Raum konnte nicht genug Sauerstoff für viele Stunden enthalten sein, das war ausgeschlossen.

Es sei denn, es gab eine versteckte Luftzufuhr.

Es sei denn, die Dinge waren nicht, wie sie schienen.

Das Messer in seiner Hand, eine freundliche Einladung? Vielleicht doch mehr Teil einer Komödie? Der Schläfer würde sich nicht freiwillig einsargen, gewiß nicht.

Oder doch?

Nein. Jonas hatte etwas übersehen.

Noch einmal untersuchte er sein Gefängnis. An der Seite,

an der sein Kopf lag, wie auch an der gegenüberliegenden Seite gab es keinerlei Spielraum. Rechts pochte er gegen eine Wand. Eine Öffnung, einen Verschluß gab es nicht. Jedenfalls fand er ihn nicht.

Links verhielt es sich anders. Die linke Wand des Käfigs war die härteste. Vor allem aber war sie nicht homogen, es gab Ritzen.

Unter Mühen beförderte er das Messer von der rechten Hand in die linke und begann in den Ritzen zu stochern. Es schien sich nicht um eine richtige Wand zu handeln, sondern um zwei übereinandergelagerte Metallzylinder. Er drückte und drückte in der Absicht, eine Lücke zu schaffen. Dabei brach die Klinge ab. In der Hand hielt er nur noch den nutzlosen Schaft.

Er zwang sich, die Resignation niederzukämpfen. Es war ein Spiel.

Mit den Fingern tastete er den oberen Zylinder ab. Da – zwischen Zylinder und Decke war eine Fuge, gerade groß genug, die Fingerspitzen hineinzustecken. Er preßte die Hand gegen das Metall und zog. Kaum merklich bewegte sich der Zylinder. Jonas faßte weiter unten an, zog wieder. Abermals fühlte er einen kleinen Ruck.

In aufreibender Kleinarbeit rüttelte er den Zylinder zwischen Decke und seinem unteren Gegenstück heraus. Dadurch geriet sein Körper immer weiter unter das massige Metallteil. Er versuchte, nicht darüber nachzudenken.

Er wälzte den Zylinder über sich. Er rang nach Luft. Nachdem er das Gewicht der Last besser verteilt hatte, konnte er atmen. So gelang es ihm, das untere Stück anzuheben und sich unterhalb hineinzuzwängen. Auf diese Weise entstand rechts Platz für den ersten Zylinder. Jonas rollte den zweiten über sich und setzte ihn unter langwierigem Drücken und Zerren auf den ersten.

Auf der freien linken Seite ertastete er Stoff. Etwas Weiches, Gerundetes. Wenn er die Faust dagegenpreßte, versank sie darin.

In diesem Moment begriff er.

Seine Hand tastete nach dem Schlitz, fand ihn. Tastete nach dem Knopf, fand ihn. Zog daran. Gleichzeitig drückte er gegen die Stoffwand. Der Sitz klappte vor. Jonas wand sich aus dem Kofferraum nach vorne auf die Rückbank des Autos.

Es war Nacht. Die Sterne funkelten am Himmel. Er schien in einem Feld zu stehen. Keine Straße, kein Weg vor ihm. Er schaute nach rechts. Er sah das Zelt, doch er begriff nicht gleich. Erst als er das Motorrad mit den aufgestochenen Reifen erkannte, wurde ihm klar, wo er war.

Im Morgengrauen hielt er an einer Tankstelle, in deren Hinterzimmer er sich an einem schäbigen Gasofen zwei Konserven wärmte. Er trank Kaffee und fuhr weiter.

Er war so müde, daß er immer wieder einnickte. Einmal verriß er das Lenkrad im letzten Moment, ehe er gegen die Leitplanke geprallt wäre. Es kümmerte ihn nicht. Er gab Vollgas. Er zerbrach sich den Kopf, wie er aus dieser Falle entkommen konnte. Nichts fiel ihm ein. Ihm blieb nur, es immer wieder zu versuchen. Richtung Schottland zu fahren und zu hoffen, daß er es schaffte, ehe ihn der Schlaf übermannte.

Tabletten waren eine Möglichkeit. Aber wo sollte er sie besorgen? Woher wußte er, welche er nehmen sollte?

Er fuhr. Seine Kiefer schmerzten, seine Augen tränten. Die Gelenke fühlten sich an, als seien sie mit Schaum gefüllt. Die Beine waren gefühllose Stelzen.

An London vorbei. Watford. Luton. Northampton.

Bei Coventry hatte ihn die Müdigkeit so sehr erfaßt, daß er rätselte, welche Tageszeit herrschte. Die Sonne sah er, doch er wußte nicht, ob sie emporkletterte oder zum Horizont hinsank. Er fühlte sich, als habe er Fieber. Sein Gesicht war heiß. Seine Hände zitterten so sehr, daß er den Verschluß einer Limonadendose nicht öffnen konnte.

Er war gefangen in einer Zwischenwelt, in der er träumte und ging, träumte und sah, träumte und handelte. Er nahm Geräusche und Bilder wahr. Er roch das Meer. Er las Aufschriften, die sich im nächsten Moment in Erinnerungsfetzen verwandelten, in Trauminhalte, ja in Lieder, die ihm ins Ohr gesungen wurden. Manches behielt er länger, kämpfte damit, verzweifelte daran. Anderes, Abstrakteres, war so kurz da, daß er bezweifelte, es erlebt zu haben.

Spacey Suite.

Er meinte es gelesen zu haben. Dann aber wurden diese zwei Worte zu einer Hausmauer, die von Arbeitern hochgezogen wurde. Sie floß aus, zerrann, umfing ihn. »Damit habe ich nichts zu schaffen«, sagte es in ihm. Für einen Moment fühlte er sich erdrückt. Er hustete Kristallblasen, dann atmete er wieder frei.

Er träumte, er stieg Treppen hoch, viele hundert Treppen, höher, immer höher. Dann war ihm, als träume er dies nicht, sondern erinnere sich damit an einen Traum oder an etwas wirklich Erlebtes, das Minuten oder Stunden oder Jahre zurücklag. Die Überlegung, was nun richtig war, drohte ihn zu zerreißen.

»Glaubst du mir nicht?« sagte seine Großmutter.

Sie stand vor ihm, sprach. Die Lippen bewegte sie nicht.

»Hör auf«, erklang die Stimme seiner Mutter. Er sah sie nicht, und er wußte nicht, mit wem sie redete.

Er nahm wahr, wie die Sonne in wenigen Sekunden ihren Tagesbogen beschrieb. Wieder und wieder erschien sie am Horizont, lief, eins zwei drei vier fünf, über den Himmel, versank im Westen, hinterließ Nacht. Dann kam sie wieder, nur um abermals zu eilen und zu verschwinden. Nacht. Die Nacht blieb. Sie blieb und arbeitete.

Das Heulen des Windes und die Kälte weckten ihn. Er schlug die Augen auf in der Erwartung, auf eine Straße zu blicken. Statt dessen flog er. Oder schwebte in der Luft. Vor ihm öffnete sich Weite. Er befand sich in zumindest fünfzig Metern Höhe. Vor und unter ihm glänzte das Meer.

Nach einigen Sekunden begriff er, daß er nicht flog oder schwebte, sondern daß er sich auf einem Schiff befand, einem riesigen Schiff. Das in einem großen Hafen lag. Doch er hatte keine Gelegenheit, darüber nachzudenken, denn eine andere Erkenntnis überwältigte ihn.

Er saß in einem Rollstuhl. Und konnte die Beine nicht bewegen. Auf seinem Schoß war eine Wolldecke ausgebreitet, wie man es in Filmen sah, wenn Querschnittsgelähmte zum Auslüften spazierengefahren wurden.

Erneut versuchte er, die Beine zu bewegen. Nicht der millimeterkleinste Ruck. Nur die Zehen konnte er nach Belieben rollen und krümmen.

Der Wind blies heftig. Jonas fror. Zugleich erfüllte ihn Hitze. In seinem Entsetzen über die Lähmung vermochte er nichts zu sagen, nichts zu denken. Bald wandelte sich seine Stimmung, wechselte von Entsetzen ins Traurige, von der Trauer zur Wut.

Nie wieder gehen können.

Die Konsequenz, daß er als Gelähmter wohl nicht mehr von diesem Schiff kam, geschweige denn bis hinauf zur schottischen Grenze oder gar nach Wien zurück, wurde ihm in ihrer Tragweite bewußt. Aber am meisten schockierte ihn, daß etwas Unumkehrbares mit ihm geschehen war. Etwas würde nie mehr so sein, wie es gewesen war. Danach sehnte sich im Grunde jeder Mensch, jeder wollte etwas Unwiderrufliches tun. Deshalb verspürte man den Impuls, einen unschuldigen Mann vor die einfahrende U-Bahn zu stoßen. Deshalb malte man sich aus, mit dem Auto bei 180 abrupt zur Seite zu lenken. Deshalb stellte man sich beim

Besuch bei Freunden vor, ihren Hund aus dem sechsten Stock zu werfen. Man mußte dazu kein Mörder sein und kein Selbstmörder. Nur ein Mensch.

Und jetzt war es ihm passiert. Etwas, das das Leben in ein Davor und Danach teilte. Dieser Rollstuhl bedeutete in gewisser Weise Schlimmeres als das Aufwachen in einer menschenleeren Welt. Denn er betraf ihn unmittelbar. Seinen Körper, seine letzte Grenze.

Er blickte hinaus aufs Meer. Mit gleichbleibendem, sattem Klatschen schlugen die Wellen tief unter ihm gegen das Schiff. Der Wind trug das Geräusch herauf, fuhr knatternd in eine Plane, ließ in der Nähe Geschirr erzittern.

»Ja.«

Er mußte sich räuspern.

»Ja, ja, so ist es.«

Konnte ein Querschnittsgelähmter wirklich die Zehen bewegen?

Spürte er es wirklich, wenn er sich aufs Bein schlug?

Er riß an der Decke. Sie war unter ihm festgeklemmt, und es bedurfte einiger Kraftanstrengung, um sie zu lösen. Doch dann zog er sie mit einem Ruck von sich.

Und sah, daß seine Beine mit Isolierband streng an den Stuhl gefesselt waren.

Unter den Füßen schimmerte etwas hervor. Es war eine abgebrochene Messerklinge. Unter schmerzhaften Verrenkungen gelang es ihm, sich hinabzubeugen und sie hervorzuziehen. Er schnitt die Fesseln auf. Das Blut schoß ihm mit einer Heftigkeit in die Beine, daß er aufschrie.

Einige Minuten dauerte es, bis sich seine Glieder weniger taub anfühlten. Er stand auf. Er konnte sich halten. Das linke Bein mußte er nachziehen, es war eingeschlafen. Er humpelte in die Kabine.

Eine so prachtvolle Suite hatte er noch nie gesehen. In

keinem Hotel und schon gar nicht auf einem Schiff. Die Einrichtung bestand aus Edelholz und Leder. Mit Lampen war nicht gespart worden. Eine Sitzecke lud ein, an der Wand hing ein breiter Fernseher mit Plasmabildschirm, eine elegante Wendeltreppe führte in ein Obergeschoß.

Auf dem Sekretär lag Briefpapier. Jonas las den Namen des Schiffes: *Queen Mary 2*.

Der Hafen von Southampton war der größte, den Jonas je gesehen hatte. Die Dimension hatte den Vorteil, daß er sehr schnell ein Auto gefunden hatte, bei dem der Schlüssel steckte.

Langsam fuhr er durch die verlassenen Straßen. Er hielt nach einem Bookstore Ausschau. Einmal versperrte ein Lastwagen den Weg. Jonas wagte nicht auszusteigen, um das Fahrzeug zu untersuchen. In dieser Stadt hatte er das Gefühl, sich in einem Minenfeld zu bewegen. Nichts wirkte gefährlicher oder rätselhafter als in den anderen leeren Städten. Doch hier, in einer englischen Küstenstadt, empfand er es noch unangenehmer, durch die Starre zu laufen, weit unangenehmer als in Wien, wo er wenigstens die Straßen kannte.

Ein Bookstore. Jonas stieg aus. Er nahm einen Sack voll Weinflaschen auf, der auf dem Bürgersteig stand. Mit den Flaschen drosch er blindlings gegen Schaufenster. Er zog die Schultern ein, sprang schwerfällig umher und gab sich den Anschein eines betrunkenen Hooligans.

Die Tür der Buchhandlung war offen. Ein geräumiges Geschäft. Auf zwei Stockwerken standen Regale, die bis zur Decke reichten. Leitern aus Aluminium waren daran gelehnt. Es roch nach Papier, nach Büchern. Die Luft war abgestanden.

Die Fachbuchabteilung fand er nach einer Viertelstunde, ein Arzneimittellexikon nach weiteren zehn Minuten. Damit begann der schwerste Teil der Aufgabe. Er wußte nicht einmal, wie das, was er suchte, auf deutsch hieß. Ein Mittel gegen Schlafkrankheit, so etwas mußte es geben. Schlafkrankheit wurde auch Narkolepsie genannt. Also Narcolepsy. Aber unter Narcolepsy fand er nichts. Narcolon, Narcolute, Narcolyte waren die ersten Begriffe auf der betreffenden Seite.

Wesen und Wirkung dieser Arzneimittel wurden ausführlich erklärt, und jeder Erläuterung mußte Jonas Zeit und Konzentration schenken, bis er sicher sein konnte, daß ihm dieses Mittel nicht weiterhelfen würde. Es handelte sich nicht um Schlafhemmer, sondern um Schlafmittel. Aber wie würde eine Arznei gegen Schlafkrankheit genannt? Antinarco? Narcostop? Er biß sich auf die Lippen und blätterte weiter.

Obwohl es erst Vormittag war, spürte er bereits die Müdigkeit heraufkriechen. Dies trieb ihn an. Was er gerade tat, hätte er schon am Vortag tun müssen oder am Tag zuvor. Wenn er die Dinge so weit kommen ließ, daß der Schläfer ihn nur noch willkürlich an beliebigen Orten kurz erwachen ließ, ehe ihn der Schlaf gleich wieder überwältigte, war er –

Ja, er war verloren.

Verloren.

Nein, das war er schon jetzt. Verloren. Wenn ihn der Schläfer ins Joch spannte, war er etwas anderes als verloren. Aber was war er dann?

Er bemerkte, daß er vor sich hin starrte, und richtete sich wieder auf.

Am Nachmittag fand er es. Ein Impuls gab ihm ein, die Seite aufzuschlagen. Zuerst glaubte er, sich zu irren, er meinte, daß die Trübnis, die durch seine Gedanken zog, ihm das, was er las, nur vorgaukelte. Aber er prüfte und prüfte immer wieder, und schließlich überzeugte er sich, daß laut Lexikon das Arzneimittel Umirome verschiedene anregende Inhaltsstoffe wie Ephedrin aufwies und als eines der stärksten verfügbaren Mittel gegen Schlafkrankheit eingesetzt wurde.

In der Apotheke hatten sie Umirome. Jonas nahm eine Tüte und packte sie mit Schachteln voll, insgesamt zehn zu je sechzehn Stück. Wenn es sein mußte, würde er jede einzelne Tablette schlucken.

Im Hinterzimmer stand ein Kühlschrank. Jonas suchte nach Mineralwasser, doch außer einem Ziegel Butter und einem Stück in Plastik eingeschweißtes Fleisch enthielt der Schrank nur Bierdosen, wohl mehr als zwei Dutzend. Achselzuckend knackte er eine Dose auf. Moderne Arzneimittel vertrugen sich mit Alkohol. Außerdem waren Magenschmerzen oder leichte Alkoholisierung jetzt seine geringste Sorge. Er schluckte eine Tablette, die Schachtel steckte er ein.

Tägliche Höchstdosis: Zwei Stück.

Er zog die Schachtel noch einmal heraus, nahm eine zweite Tablette.

27

Die Straße schien an Jonas vorbeizuziehen, ohne daß er sich von der Stelle bewegte. Sein Wagen machte kein Geräusch, die Fahrstreifen flogen an ihm vorbei, die Landschaft änderte sich, doch er schien stillzustehen.

Das Auto ohne Räder sauste an ihm vorbei. Steif hob er den Arm. Winken konnte er nicht. Er drehte sich um und sah zu, wie das radlose Auto kleiner wurde. Als er wieder nach vorne schaute, bemerkte er, daß die Landschaft nun viel langsamer an ihm vorbeizog. Er stellte den Fuß wieder auf das Gaspedal, und alles wurde, wie es gewesen war.

Kurz ehe es dunkelte, hielt er nahe Northampton, um etwas zu essen. Er durchsuchte die Küche eines Lokals, doch er fand nur alten Toast und alten Speck sowie einige Eier, die er nicht mehr anzurühren wagte. Als er sich zum Gehen wandte, entdeckte er auf einem Regal einige Konservendosen. Er kümmerte sich nicht darum, was sie enthielten, und schüttete den Inhalt in einen Topf.

Es war finster. Er merkte, daß er fuhr. Er schien sich an die Wirkung des Mittels zu gewöhnen. An die Wirkung und die Nebenwirkungen. Er war wach und klar, von Müdigkeit keine Spur. Sein Herz raste, und auf seiner Stirn lag beständig Schweiß. Wenn er ihn wegwischte, war der Film zehn Sekunden später wieder da. Bald wischte Jonas nur noch aus Gewohnheit.

Sein Begriffsvermögen kehrte nach und nach zurück. Er wußte, daß er Richtung Norden fuhr, er wußte, daß es Nacht war und daß er seit Stunden unterwegs war. Er wußte, daß er bei Northampton Rast gemacht und gegessen hatte.

Hingegen war ihm entfallen, was er gegessen hatte, und ob er etwas getrunken hatte. Oder ob er sich länger dort aufgehalten und noch etwas anderes getan hatte. Aber das war auch nicht von Bedeutung.

Er fuhr.

Irgendwann brauchte er eine Pause. Er hielt mitten auf der Straße. Den Sitz klappte er zurück. Es bestand keine Gefahr, daß er einschlief, er war nicht schläfrig, er mußte nur seine Glieder entspannen.

Er verschränkte die Hände auf der Brust und schloß die Augen.

Sie gingen wieder auf.

Er schloß sie.

Sie öffneten sich wieder.

Er krampfte die Lider zusammen. Die Augen brannten. An seinen Schläfen pulsierten die Adern, er spürte es und hörte es.

Die Augen gingen wieder auf.

Eine Weile lag er da, wie eine Eule, den Blick starr an das Wagendach geheftet. Dann klappte er den Sitz in die Normalstellung zurück und fuhr weiter. Er wischte sich die Stirn und die Augen.

Als er bei Lancaster an einer Tankstelle hielt, war die Morgendämmerung am Horizont zu erahnen. Er stieg aus. Es war kalt. Er suchte im Fond nach etwas anzuziehen. Auch der Kofferraum enthielt nur eine schmutzige Plastikfolie.

Von einem Fuß auf den anderen tretend und sich die Arme reibend, wartete er, während das Benzin in den Tank floß. Es ging langsam. Mit der Tankanlage war etwas nicht in Ordnung. Er setzte sich ins Auto und zog die Tür zu. Von innen beobachtete er, wie sich die Zahlentrommel an der Anzeige drehte.

Etwas kam ihm seltsam vor.

Er hatte das Gefühl, hier schon einmal gewesen zu sein, was natürlich nicht stimmte. Aber er konnte sich nicht von dem Eindruck freimachen, diese kleine Tankstelle mit dem Flachdach aus Beton und dem trichterförmigen Schornstein schon einmal gesehen zu haben – als sie noch woanders stand. Es war, als habe man einen Ort, der ihm bekannt war, ausgerissen und hierherverfrachtet.

Er blickte durch die Scheiben nach draußen. Nichts. Soweit er sehen konnte, war nichts und niemand in der Nähe. Seit sechs Wochen war hier niemand gewesen.

Eine Falle. Diese unglaublich langsame Tankanlage, eine Falle. Für ihn. Er durfte nicht mehr aussteigen. Er mußte hier weg.

Er kurbelte das hintere Seitenfenster herunter, drehte sich ruckartig um. Niemand war hinter ihm. Er lehnte sich aus dem Fenster, zuckte zurück. Keine Hand, die ins Innere griff. Er steckte den Kopf wieder hinaus. Fuhr herum. Niemand hinter ihm. Kein fremdes Wesen, kein Wolfsvieh. Obwohl er es *sah*. In den Sekundenbruchteilen, die er aus dem Fenster blickte, saß etwas hinter ihm. *Saß etwas hinter ihm und betrachtete seinen Rücken.*

Er langte aus dem Fenster, löste die Klemme des Zapfhahns, ließ diesen auf den Boden fallen. Den Tankdeckel drückte er zu, ohne den Verschluß zuzuschrauben. Er kurbelte das Fenster hinauf, kletterte auf den Fahrersitz, gab Gas.

Er blickte in den Rückspiegel.

Niemand.

Er schaltete die Innenbeleuchtung ein, wandte sich um.

Fleckiger Bezug. Müll. Eine CD.

Er schaltete das Licht ab. Blickte in den Rückspiegel.

Wischte sich die Stirn.

Horchte.

Acht Uhr morgens. Smalltown.

Die Sonne stand am Himmel, aber Jonas hatte das Gefühl, es sei eine Filmsonne, eine Attrappe. Als sei das Firmament eine bemalte Plane, wie in einem Filmstudio. Er spürte die Sonnenstrahlen nicht. Er spürte keinen Wind.

Er betrachtete das Haus, die Hausnummer, den Zaun. Auf einer Plakatwand warb eine junge Frau für ein Produkt, von dem er noch nie gehört hatte.

Ohne sich darüber Rechenschaft abzulegen, schluckte er eine weitere Tablette. Mit einemmal fragte er sich, wie er hierhergekommen war. Nicht, daß er sich an die Fahrt nicht erinnern konnte. Doch alles war so unwirklich geworden. Nichts erschien real, die Fahrt nicht, das Auto nicht, seine Umgebung nicht. Diese Tabletten. Stark.

Er legte die Hände auf das Lenkrad. Du. Das bist du. Jetzt und hier.

Smalltown. Hier lebten Maries Schwester, die einen Küster geheiratet hatte, und ihre Mutter, die nach dem Tod ihres Mannes zu ihrer jüngeren Tochter gezogen war. Hier hatte Marie zweimal im Jahr einen Kurzurlaub verbracht. Er war nie mitgekommen. Hatte Arbeit vorgeschützt. In Wahrheit fühlte er seit jeher Abneigung dagegen, die Eltern seiner Freundinnen kennenzulernen.

Das war das Haus. Die Nummer stimmte, und die Beschreibung entsprach jener, die ihm Marie geliefert hatte. Ein zweistöckiger Backsteinbau in einem Vorort.

Mit einem Fußtritt öffnete Jonas die Wagentür, stieg jedoch nicht aus. Er musterte die Frau auf dem Plakat. Sie erinnerte ihn an eine Schauspielerin, die er sehr verehrt hatte. Ihretwegen hatte er in der Zeit, als er noch keinen Videorekorder besessen hatte, Termine verschoben und Verabredungen abgesagt. Er war stets von einem Gefühl der Dankbarkeit erfüllt gewesen, ihr Zeitgenosse sein zu dürfen.

Oft hatte er sich vorgestellt, was gewesen wäre, wenn er in

einer anderen Zeit geboren worden wäre, mit anderen Zeit-genossen. Im 15. Jahrhundert, oder um das Jahr 400, oder tausend Jahre vor Christus. In Afrika, oder in Asien. Ob er derselbe gewesen wäre.

Es war Zufall, mit wem zusammen man lebte. Der Kellner im Lokal, der Kohlenhändler, die Lehrerin, der Autoverkäu-fer, die Schwiegertochter. Sie waren die Zeitgenossen, die man hatte. Die Sängerin, der Präsident, der Wissenschaftler, der Vorstandsvorsitzende, das waren die Menschen, mit de-nen man zu seiner Zeit den Planeten teilte. Die Menschen in hundert Jahren würden anders sein und andere Zeitgenossen haben. Im Grunde waren Zeitgenossen, selbst wenn sie auf einem anderen Erdteil lebten, etwas geradezu Privates. Ge-nausogut hätten sie vor fünfhundert Jahren leben können oder erst in fünfhundert Jahren. Aber sie taten es jetzt, mit ihm. So hatte er es empfunden, und manchen Zeitgenossen war er schlicht dankbar dafür gewesen, daß sie zur selben Zeit lebten wie er, daß sie die gleiche Luft atmeten, daß sie den-selben Morgen sahen wie er, denselben Sonnenuntergang. Und gern hätte er es ihnen gesagt.

So manche Minute hatte er spekuliert: War Marie die Frau, der er bestimmt gewesen war? Wäre er ihr auf alle Fälle begegnet? Hätten sie sich vielleicht auch erst zehn Jahre später treffen können? Und hätte es dasselbe Resultat erge-ben? Existierte vielleicht irgendwo auf der Welt jemand, der ihm bestimmt gewesen war? Und hatte er diesen Menschen vielleicht einmal nur knapp versäumt? War mit ihm zusam-men im Bus gestanden? Womöglich hatten sich ihre Blicke sogar gekreuzt, und dann hatten sie einander nie wieder ge-sehen? Hieß sie Tanja, lebte sie zusammen mit Paul, war sie unglücklich mit Paul, hatte sie Kinder mit Paul, überlegte sie, ob es jemand anderen gegeben hätte?

Oder lebte in anderen Zeiten eine Frau, mit der er ver-bunden sein sollte? Hatte sie vielleicht schon gelebt, war

Zeitgenossin von Haydn gewesen oder von Schönberg? Oder sollte sie erst geboren werden, und er war zu früh da? Er hatte nichts von all diesen Überlegungen ausgeschlossen. Im Grunde war es ihm weniger um die Antwort als um die Frage gegangen.

Er holte tief Luft und stieg aus. Ging zur Haustür, wo er an der Gegensprechanlage die Namen der Bewohner las.

T. Gane / L. Sadier

P. Harvey

R. M. Hall

Rosy Labouche

Peter Kaventmann

F. Ibanez-Talaverá

Hunter Stockton

Oscar Kliuna-ai

P. Malachias

Das war der Name. Malachias. So hieß der Mann, der Maries Schwester geheiratet hatte. Der Küster.

Noch einmal atmete Jonas tief durch, dann drückte er die Tür auf. Daran, sich eine Waffe zu suchen, dachte er nicht. Obwohl es dunkel war und das Licht im Treppenhaus nur trüb brannte, fühlte er keine Furcht. Was ihn bewegte, war halb Sehnsucht, halb Verzweiflung, jedoch nichts, was ihn hätte umkehren lassen, mochte er nun auch auf Unliebsames treffen.

Die Wohnung lag im zweiten Stock. Er drückte die Klinke. Es war offen.

Er schaltete Licht an. Das erste, worauf sein Blick fiel, waren ihre Schuhe. Im selben Moment erinnerte er sich, wie sie sie gemeinsam gekauft hatten, in einem Laden in der Judengasse. Er rieb sich die Augen.

Als er wieder aufschaute, sah er ihre Jacke an der Garderobe hängen. Er griff danach. Strich über den Stoff. Vergrub das Gesicht darin, sog ihren Duft ein.

»Hi«, sagte er tonlos.

Er mußte an den Rest ihrer Kleider denken. An die, die in diesem Augenblick in der Brigittenauer Lände lagen. Wie weit entfernt sie waren. Tausende Kilometer.

Es war eine geräumige Wohnung. Von der Küche gelangte er ins Wohnzimmer. Von dort in ein Schlafzimmer, das wohl Maries Schwester mit ihrem Mann gehört hatte. Der nächste Raum wurde offenkundig von einer älteren Frau bewohnt. Es war an verschiedenen Gegenständen zu merken, aber auch an der Ordnung und am Geruch.

Das letzte Zimmer lag am Ende des Ganges. Ein Blick genügte ihm, um Gewißheit zu haben. Maries Koffer an der Wand. Ihre Kosmetiktasche auf der Kommode. Ihre Hausschuhe, die sie überallhin mitnahm, vor dem Bett. Darauf ihr Nachthemd. Ihre Jeans, ihre Bluse, ihr Schmuck, ihr Büstenhalter, ihr Parfüm. Ihr Mobiltelefon. Das er so oft angerufen hatte. Auf dessen Voice-box er Nachrichten gesprochen hatte. Der Akku des Geräts war leer. Und er wußte Maries PIN-Code nicht.

Er warf den Koffer aufs Bett, riß die Schränke auf, packte alles ein, was er zu fassen bekam. Auf Bügelfalten achtete er dabei ebensowenig wie darauf, ob die Schuhsohlen die Hemden verschmutzten.

Er machte einen Rundgang. Fand nichts mehr. Kniete sich auf den Koffer, zog den Reißverschluß zu.

Er lag auf ihrem Bett, sein Kopf auf ihrem Kissen. Ihn wärmte ihre Decke. Ihr Duft war um ihn. Er fand es merkwürdig, daß sie hier viel gegenwärtiger war als in der Wohnung, in der sie zusammen gelebt hatten. Womöglich lag es daran, daß es sie hier zuletzt gegeben hatte.

Er hörte ein Geräusch. Er wußte nicht, woher es drang. Er fürchtete sich nicht.

Er hatte nicht auf die Uhr gesehen, und so konnte er nicht sagen, wie lange er gelegen hatte. Es war nach Mittag. Er trug den Koffer hinaus ins Auto, kehrte ein letztes Mal zurück, suchte nach etwas, das er übersehen hatte. Im Papierkorb fand er eine handgeschriebene Einkaufsliste. Es war Maries Schrift. Er strich den Zettel glatt und steckte ihn ein.

Er fuhr, gleichmäßig, gleichgültig. Ab und zu drehte er sich um, aber nicht aus Sorge, jemand könnte hinter ihm sitzen, sondern um sich zu vergewissern, daß der Koffer wirklich dalag. Er hielt, um zu essen und zu trinken, und stapelte auf dem Beifahrersitz Mineralwasserflaschen. Seit dem Morgen plagte ihn ein kaum stillbarer Durst, vermutlich eine weitere Nebenwirkung der Tabletten. Als er urinierte, hatte der Strahl eine rötliche Farbe. Kopfschüttelnd drückte Jonas noch eine Tablette aus der Verpackung. Seine Schultern fühlten sich taub an.

Bald wußte er nicht mehr, wie lange er schon fuhr. Entfernungen schienen relativ zu sein. Was auf den Hinweistafeln stand, hatte keine Bedeutung. Gerade war er an Lancaster vorbeigekommen, und kurz darauf war die Ausfahrt nach Coventry gefolgt. Dagegen schien er für die Strecke zwischen Northampton und Luton Stunden zu benötigen. Er blickte auf seine Füße, die die Pedale traten.

Als er jung war, hatten ihn Selbstmorde von Stars aus Musik und Film vor Rätsel gestellt. Wieso tötete sich jemand, der alles hatte? Wieso brachten sich Menschen um, die Millionen zur Bank trugen, die mit anderen Berühmtheiten Cocktailpartys feierten, die mit den bekanntesten und begehrtesten Menschen des Planeten ins Bett gingen? Weil sie einsam waren, lautete die Antwort, einsam und unglücklich. Wie dumm, hatte er gedacht, deswegen brachte man sich nicht um. Diese Sängerin damals, sie hätte sich nicht die

Adern aufschneiden, sondern ihn anrufen sollen. Er wäre ihr ein guter Freund geworden. Er hätte ihr zugehört, er hätte sie getröstet, er wäre mit ihr in Urlaub geflogen. Sie hätte einen Freund gehabt, den sie bei ihren Starkollegen nicht hätte finden können. Er wäre über diesen Dingen gestanden, er hätte ihr den Kopf zurechtgerückt, bei ihm hätte sie Boden unter den Füßen gefühlt.

So hatte er gedacht. Erst später hatte er begriffen, warum sich diese Menschen töteten. Nämlich aus demselben Grund wie die Unberühmten und Armen. Sie konnten sich an sich selbst nicht festhalten. Sie ertrugen es nicht, mit sich allein zu sein, und hatten erkannt, daß das Zusammensein mit anderen das Problem nur leiser drehte, in den Hintergrund rückte, nicht aber löste. Vierundzwanzig Stunden am Tag man selbst zu sein, nie ein anderer, das war in manchen Fällen eine Gnade, in anderen ein Urteil.

In Sevenoaks südlich von London tauschte er den Wagen gegen einen Motorroller ein. Dieser bot genug Platz, den Koffer zwischen Beine und Lenker zu klemmen. Ob er auf diese Weise fünfzig Kilometer durchhielt, war eine andere Frage. Aber er brauchte ein Zweirad, er hatte keine Lust, zu Fuß durch den Tunnel zu gehen. Und noch unterstützte das Licht der Abendsonne seine Suche. In der Dunkelheit durch Dover zu fahren hatte er sich ersparen wollen.

Während er auf dem Roller mit achtzig, neunzig Stundenkilometern über die Autobahn fuhr, versuchte er alle paar Minuten, eine bequemere Haltung für die Beine zu finden. Er zog sie zur Brust und stellte die Füße vorsichtig auf den Koffer, er legte die Schenkel über den Koffer und ließ die Füße baumeln, er schlug sogar ein Bein unter. Eine entspannte Haltung fand er nicht. Als es dunkel wurde, zwängte er die Beine zwischen Koffer und Sitz. Dabei beließ er es.

Es war, als ob der Fahrtwind seinen Verstand erfrischen würde. Bald schon fühlte er sich klarer, hatte er nicht mehr das Gefühl, sich unter Wasser zu bewegen. Er konnte darüber nachdenken, was ihm bevorstand. Erst durch den Tunnel, dann durch Frankreich, durch Deutschland. Die Kameras einsammeln. All dies mit Tabletten. Mit brennender Zündschnur.

Und er würde nie mehr schlafen.

Kurz vor dem Ziel erkannte er trotz der Finsternis ein Getreidesilo wieder. Von hier aus waren es zum Tunnelportal knapp zwei Kilometer. Bog er aber nach rechts ab, gelangte er zu jener Wiese, auf der er übernachtet hatte.

Er wußte nicht, warum er es tat. Etwas in ihm ließ ihn abbiegen. Automatisch spannte er alle Muskeln an, als der Lichtkegel des Rollers vor ihm über die Wiese strich. Der Wind wurde stärker. Die Stille schien natürlicher zu werden, und genau das empfand Jonas als unangenehm. Dennoch kehrte er nicht um. Etwas zog ihn an. Zugleich wußte er, daß er unvernünftig handelte, daß es keinen Grund für diese Eskapade gab.

Vor dem Zelt stellte er den Motor ab. Das Licht ließ er brennen. Er stieg ab.

Das Motorrad mit den aufgestochenen Reifen. Das Vorzelt. Matten, die herumlagen, eine Luftmatratze ohne Luft, eine zerrissene Straßenkarte. Zwei Müllsäcke. Und seine Kleidung, die er hiergelassen hatte. Er faßte danach, sie war beinahe trocken. Er befreite sich von den fremden Sachen und streifte Hose und T-Shirt über. Nur seine Schuhe waren nicht mehr zu gebrauchen. Die Nässe hatte das Leder verzogen, er kam nicht einmal hinein.

Er schaltete das Licht des Rollers aus, um nicht ohne Batterie hier festzusitzen.

Obwohl sich alles in ihm sträubte, setzte er sich ins Zelt. Mit der Hand ertastete er die Taschenlampe. Er knipste sie an. Zwei Rucksäcke. Konservendosen. Der Gaskocher. Der Discman und die CDs. Die Tageszeitung. Das Sexmagazin.

Hier hatte er vor fünf Tagen übernachtet.

Dieser Schlafsack hatte fünf Tage allein hier gelegen. Und davor, ehe er zum erstenmal gekommen war, über einen Monat. Der Schlafsack. Allein. Und würde von nun an allein hier liegen.

Etwas strich über das Außenzelt.

»He!«

Er hörte ein schabendes Geräusch. Es klang, als suche jemand an der falschen Seite den Eingang. Jonas strengte die Augen an, doch er konnte nichts erkennen, keine Gestalt, keine Umrisse. Er wußte, daß es der Wind war, daß es nur der Wind sein konnte. Dennoch mußte er schlucken. Er hustete.

Vor allem, was eine Stimme hat, muß man sich nicht fürchten, sagte er vor sich hin.

Bemüht, sich gleichmäßig zu bewegen, kroch er aus dem Zelt. Die Luft draußen war klar. Er atmete tief ein und aus. Ohne sich umzusehen, startete er den Roller. Er streckte den Arm zu einem Gruß empor.

Nie wieder. Nie wieder in seinem Leben würde er an diesen Ort zurückkehren.

Dies beschäftigte seine Gedanken auf dem Weg zum Tunnel, und es beschäftigte ihn, als er in die schwarze Röhre eintauchte, als plötzlich das heisere Summen des Motors den Raum um ihn erfüllte. Dieses Zelt, diese Schlafsäcke, diese CDs hatte er zum letztenmal gesehen, würde er nie wiedersehen, es war vorbei, vorbei, etwas hatte ein Ende. Ihm war bewußt, daß es sich um willkürlich ausgewählte, unwichtige Dinge handelte. Für ihn hatten sie dennoch Bedeutung, und war es nur jene, die ihnen der Umstand verlieh, daß er sich an sie besser erinnerte als an andere. Es waren Gegenstände, die er berührt hatte. Deren Berührung er noch immer fühlte, an die er sich erinnern konnte, so lebendig, als seien sie vor ihm. Und die er nie wieder fühlen würde. Ende. Vorbei.

Er zwängte sich zwischen Zug und Tunnelwand hindurch. Hinter dem letzten Waggon ruderte er mit den Armen. Er bekam den Lenker der DS zu fassen. Als er sich setzte, wich wie gewöhnlich mit einem Zischen Luft aus dem Sitz. Ein wohlvertrautes Geräusch. Er lächelte.

»Hallo«, raunte er.

Dieses Moped wartete hier, seit er es abgestellt hatte. Es hatte an dieser Stelle unter dem Meer gestanden, als er in England unterwegs gewesen war. Hatte nichts gehört und nichts gesehen, hatte hier hinter dem Zug gestanden. Es hatte hier in der Dunkelheit gestanden, als er in Smalltown angekommen war. Es hatte gestanden. Hier. Mit diesem Griff und diesem Sitz und diesem Fußraster. Klack-klack. Dieser Gangschaltung. Hier. Während er weit weg gewesen war.

Und auf der anderen Seite des Zugs stand jetzt der Motorroller. Und der würde lange Zeit dort stehen. Bis er durch Materialabnützung zusammenbrach. Oder bis die Tunneldecke einstürzte. Viele Jahre. Allein in der Dunkelheit.

Er klemmte den Koffer zwischen sich und den Lenker. Beim Roller hatte er mehr Platz gehabt, doch um in einem Tunnel geradeaus zu fahren, genügte es. Er trat auf die Kurbel. Der Motor sprang an, Licht flammte auf.

»Ah«, sagte Jonas leise.

Als er die andere Seite erreichte, funkelten über ihm die Sterne, und er hatte das Gefühl, jeden einzeln begrüßen zu müssen. Der Mond schien, die Luft war lau. Es herrschte Stille.

Er fand den Lkw, wo er ihn abgestellt hatte. Mit der Faust schlug er gegen die Wand. Drinnen rührte sich nichts. Er wartete eine Minute. Vorsichtig öffnete er die Heckklappe. Er spähte hinein. Dunkelheit.

Er kroch auf die Ladefläche. Ungefähr wußte er, wo eine Taschenlampe zu finden war. Während er danach tastete, sang er aus vollem Hals ein Kriegslied, das er von seinem Vater gelernt hatte. Wo er sich an den Text nicht mehr erinnerte, improvisierte er mit martialischen Kraftausdrücken.

Er knipste die Lampe an. In allen Winkeln des Laderaums suchte er, sogar den Boden unter den Sitzmöbeln leuchtete er ab. Es hätte ihn nicht gewundert, auf ein Paket Sprengstoff zu stoßen oder in ein Säurebad zu langen. Er entdeckte jedoch nichts. Nichts, was ihm verdächtig vorkam.

Er rollte die DS in den Laderaum. Als er sie an die Stange ketten wollte, schien der Boden unter seinen Füßen zu schwanken. Gleichzeitig hörte er ein Klirren.

Mit einem Satz stand er unten auf der Erde. Hier fühlte er das Schwanken noch stärker. Ihm wurde schwindlig. Er legte sich hin.

Ein Erdbeben.

Gerade als er dies dachte, war es auch schon wieder vorbei. Dennoch verharrte er, alle viere von sich gestreckt, auf dem Boden. Minutenlang wartete er.

Ein Erdbeben. Ein leichtes nur. Aber ein Erdbeben in einer Welt, in der nur ein Mensch existierte, regte diesen zum Nachdenken an. War es ein gewöhnliches Naturereignis, das einem Prozeß folgte, der noch in Jahrmillionen nicht abgeschlossen sein würde? Der Verschiebung der Kontinentalplatten nämlich? Oder war es eine Botschaft?

Nachdem er zehn Minuten auf dem nackten Boden gelegen und seine Kleidung in der Wiese wieder feucht geworden war, wagte er sich zurück in den Lkw. Sogleich ließ er die Heckklappe emporsummen. Er drehte alle Lichter an. Er zog die nassen Sachen aus. Einem Schrank entnahm er Hosen und Schuhe.

Während er sich umzog, ging ihm durch den Kopf, was vor Jahren über ein anderes Beben berichtet worden war. Nicht auf der Erde hatte es stattgefunden, sondern auf der Sonne. Seine Stärke war mit 12 nach Richter angegeben worden. Das stärkste auf der Erde je gemessene Beben hatte 9,5 erreicht. Weil sich unter Stärke 12 trotzdem niemand etwas vorstellen konnte, hatten die Wissenschaftler hinzugefügt, das Sonnenbeben sei vergleichbar mit jenem, das entstünde, wenn man alle Kontinente der Erde einen Meter hoch mit Dynamit bedeckte und diesen Sprengstoff zur gleichen Zeit zur Explosion brachte.

Einen Meter hoch Dynamit. Weltweit. Gleichzeitig explodiert. Das war Stärke 12. Es klang gewaltig. Aber wer konnte sich schon wirklich ausmalen, welche Verwüstungen die Explosion von knapp 150 Millionen Kubikkilometern Dynamit anrichtete?

Er hatte sich dieses Beben vorgestellt, auf der Sonne. Niemand war dagewesen, es mitzuerleben. Die Sonne hatte für sich allein gebebt. Mit Stärke 12. Ohne ihn. Ohne alle. Niemand hatte dieses Beben gesehen, ebenso wie niemand den Roboter auf dem Mars hatte landen sehen. Passiert war es dennoch. Die Sonne hatte gebebt, der Marsroboter war zur Oberfläche des Planeten geschwebt. Es war geschehen. Hatte andere Dinge beeinflußt.

Bei Metz holte er im Morgengrauen die erste Kamera ab. Frohlockend überzeugte er sich, daß es nicht geregnet hatte und das Gerät funktionierte. Er spulte zurück. Aufgenommen schien es zu haben. Am liebsten hätte er sich das Band gleich angesehen, doch dazu war keine Zeit.

Obwohl seine Augen immer stärker brannten, fuhr er weiter. Auf eine weitere Tablette verzichtete er einstweilen. Er war nicht müde, es waren mechanische Probleme, mit denen sein Körper kämpfte. Die Augen. Die Gelenke. Es war, als habe man ihm das Mark aus den Knochen gezapft. Er schluckte eine Parkemed.

Er starrte auf das graue Band vor sich. Das war er, Jonas. Hier auf der Autobahn unterwegs nach Wien. Nach Hause. Mit Maries Koffer. Mit Rätseln.

Seine Eltern fielen ihm ein. Ob sie ihn jetzt sahen? Ob sie traurig waren?

Ihm war es stets so ergangen, wenn er jemanden hatte leiden sehen: Er hatte an die Eltern des Betreffenden gedacht. Sich vorgestellt, was sie fühlen würden, wenn sie ihr Kind so sahen.

Wenn er eine Putzfrau bei der Arbeit beobachtete, fragte er sich, ob sich ihre Mutter grämte, weil die Tochter einer so niederen Tätigkeit nachgehen mußte. Oder wenn er die schmutzigen, löchrigen Strümpfe eines Stadtstreichers sah, der auf einer Bank seinen Rausch ausschlief. Auch der hatte eine Mutter, einen Vater gehabt, und beide hatten sich die Zukunft ihres Sohnes mit Sicherheit anders erträumt. Oder der Arbeiter, der mit dem Preßlufthammer auf der Straße den Asphalt aufbrach. Oder eine schüchterne junge Frau, die ängstlich im Warteraum eines Arztes saß und auf die Diagnose wartete. Die Eltern waren nicht dabei. Aber könnten sie sehen, wie es ihrem Kind erging, müßte es sie doch vor Mitgefühl zerreißen. Es handelte sich um einen Teil von ihnen. Um den Menschen, den sie aufgezogen hatten, dem sie die Windeln gewechselt, den sie zu sprechen und zu gehen gelehrt, mit dem sie Kinderkrankheiten durchgestanden, den sie zur Schule begleitet hatten. Dessen Leben sie vom ersten Tag an mitgeführt hatten und den sie liebten von der ersten bis zur letzten Sekunde. Dieser Mensch war nun in Not. Er führte nicht das Leben, das sie ihm wünschten.

Immer hatte er an die Eltern denken müssen, wenn er einen Jungen im Sandkasten gesehen hatte, der von einem Größeren schikaniert wurde. Wenn er die Arbeiter mit den abgezehrten Gesichtern und den schmutzigen Nägeln gesehen hatte, mit dem Husten. Die verbrauchten Körper, die abgestumpften Geister. Wenn er die Gescheiterten gesehen hatte. Die Leidenden. Die Ängstlichen. Die Verzweifelten. Der Gram ihrer Eltern war ihnen abzulesen, nicht nur der eigene.

Ob ihn seine Eltern in diesem Moment sahen?

Nachdem er bei Saarbrücken eine weitere Kamera abgeholt hatte, nahm er die nächste Tablette. Er hörte einen Wasserfall rauschen, der nur in seinem Kopf existierte. Er blickte sich um. Er saß am Rand des Laderaums und ließ die Beine baumeln. Eine Mineralwasserflasche war neben ihm umgefallen, das Wasser auf die Straße geflossen. Er trank und schraubte den Verschluß zu.

Er fuhr, lud Kameras ein. Zuweilen dachte er bewußt über bevorstehende Schwierigkeiten nach, dann ließ er wieder die Gedanken treiben. Auf diese Weise schlitterte er manchmal in eine Welt, die ihm unbehaglich war, und er mußte sich mit Gewalt herausreißen, indem er seinem Geist Bilder und Motive zuwarf, die sich bewährt hatten. Bilder aus einer Eiswüste. Bilder vom Strand.

Er fuhr mit Höchstgeschwindigkeit. Ihm war klar, daß er die auf der Straße abgestellten Kameras bei Nacht nicht leicht finden würde. Doch er mußte dreimal halten: einmal, weil er zur Toilette mußte, einmal weil er Hunger hatte, und einmal, weil er das Sitzen nicht mehr ertrug und das Gefühl hatte, wahnsinnig zu werden, wenn er nicht sofort ausstieg und ein paar Schritte lief.

Er kam bis Regensburg. Er lud die Kamera ein. In der Raststation, in der er bei der Hinfahrt gegessen hatte, schlenderte er durch den Tankstellenshop und betrachtete die mit Süßigkeiten und Erfrischungen gefüllten Regale. Auf nichts davon hatte er Lust, er wollte nur gehen und den Geist treiben lassen.

Er blätterte in Sportzeitungen. Er versuchte, in einem Artikel einer türkischen Zeitung zu verstehen, was sein Inhalt war. Er spielte mit den Knöpfen an der Lichtschaltzentrale. Er schob einen Metallkorb voller Motorölflaschen vor die Tankstelle und betrachtete ihn auf dem Bildschirm der Überwachungskamera. Er stellte sich vor die Kamera und schnitt Grimassen. Er kehrte zum Monitor zurück. Sah den Korb mit den Flaschen.

Noch ehe die Morgendämmerung zu erahnen war, zog er sich wieder in den Führerstand des Lkws zurück. Nahe Passau war es so hell, daß er mit Glück das Lager der Straßenmeisterei erkannte, als er direkt daran vorbeifuhr.

An der österreichischen Grenze fühlte er sich von einer Last befreit. Früher hatte er dies auch oft erlebt, aber nur, wenn er in die andere Richtung gefahren war. Nun war er fast fertig. Zwei Kameras noch. Dann nach Wien. Dann den Rest erledigen.

Er blickte zum Koffer, der hinter ihm in der Koje lag. Das war sie gewesen. Die, mit der er das Gefühl gehabt hatte, Teil von etwas Großem zu sein. Daß Marie die Richtige gewesen war, hätte ihm niemand bestätigen müssen. Aber für anderes hätte er sich ein solches Orakel gewünscht. Wann in seinem Leben war er in schlimmster Lebensgefahr gewesen, ohne es zu merken? Und die Antwort hätte etwa lauten sollen: Am 23. November 1987, ungesicherter Stromkasten, durch Zufall nicht geöffnet. Oder: 4. Juni 1992, schon etwas Aggressives zum frechen Mann in der Bar sagen wollen, Ärger letztlich doch hinuntergeschluckt, andernfalls in Schlägerei getötet worden. Auch Profaneres hätte ihn interessiert: Welchen Beruf hätte er ergreifen müssen, um reich zu werden? Welche

Frau wäre wann und wo sofort mit ihm nach Hause gegangen? Hatte er Marie schon vor ihrer ersten bewußten Begegnung einmal getroffen, ohne sich zu erinnern? Oder, gab es doch irgendwo auf der Welt eine Frau, die genau das, was er war, suchte? Antwort: Esther Kraut in der Soundsostraße in Amsterdam, sie hätte dich gesehen und wäre sofort über dich hergefallen.

Nein, das war zu billig. Die Antwort hätte wohl gelautet: Du hast sie bereits gefunden.

Frage: Welche berühmte Frau hätte sich in mich verliebt, wenn ich was getan hätte? Antwort: Die Malerin Mary Hansen, wenn du ihr am Abend des 26. April 1997 im Foyer des Hotel Orient in Brüssel spontan und wortlos einen Glücksbringer geschenkt hättest.

Frage: Wer wäre der beste Freund geworden, den ich je hätte haben können? Antwort: Oskar Schweda, Liechtensteinstraße 23, 1090 Wien.

Frage: Wie oft hat Marie mich betrogen? Antwort: Nie.

Frage: Mit wem hätte ich die nettesten Kinder gezeugt? Antwort: Mit deiner Masseurin, Lindsay, ihr hättet Benny und Anne bekommen.

Nun, was wußte er schon.

Er drückte sich eine weitere Tablette aus der Schachtel und spülte sie mit Bier hinunter.

28

Er ging durch die Wohnung. Veränderungen fielen ihm nicht auf. Es sah aus wie vor der Abreise. Er kehrte zum Lkw zurück.

Er setzte sich aufs Sofa, streckte die Füße aus, stand wieder auf. Es erschien ihm nicht real, daß seine Reise zu Ende war. Ihm war, als sei er vor Jahren gefahren. Als sei die Fahrt nach Smalltown etwas, das im eigentlichen Sinn gar nie stattgefunden hatte, sondern in ihm seit jeher lebte. Und doch wußte er, es war passiert. Diese Tasse mit seinem Namenszug war umgefallen, diese Möbel hatte er von Kaffee reinigen müssen. Doch es war, als hätten die Gegenstände etwas von ihrem Charakter verloren. Der Fauteuil in einem Lastwagen, der auf einer Autobahn in Frankreich stand, war etwas anderes als der Fauteuil, den er jetzt hier sah. Der Fernseher, in dem er das schreckliche Video angeschaut hatte, war zwar derselbe wie der, der dort drüben im Schrank stand. Doch er schien etwas eingebüßt zu haben. Wichtigkeit vielleicht, Bedeutung, Größe. Es war einfach bloß ein Fernseher. Und Jonas war nicht mehr unterwegs. Er war zurück.

Die Luft in der Brigittenauer Lände roch abgestanden. Ohne ein Wort ging er durch die Zimmer. Hier war niemand gewesen. Sogar die Gummipuppe lag noch immer in der mit Mörtel und Ziegelstaub verschmutzten Badewanne.

Er stellte eine Kamera vor den Wandspiegel im Schlafzimmer. Er prüfte die Lichtqualität, blickte durch die Linse. Sah die Kamera, die vor dem Spiegel stand, und seine gebeugte Gestalt dahinter. Er legte die Kassette ein und startete die Aufnahme.

Er schloß die Tür. Draußen postierte er die zweite Kamera direkt vor dem Schlüsselloch. Er schaute durch die Linse. Er mußte die Entfernung einstellen. Nun war die Kommode, über der das Bild der Wäscherin hing, gut zu erkennen. Er drückte die Record-Taste.

Er wollte bereits gehen, da sah er eine Videokassette auf dem Fernseher in der Wohnküche liegen. Es war das Band, auf dem seine Fahrt um den Donaukanal aufgezeichnet war. Er nahm es mit.

Er spazierte durch den Belvederegarten, um sich die von der Fahrt steifen Beine zu vertreten. Seine Gedanken wurden wieder wirr. Er klatschte sich die Hände ins Gesicht. Für die nächste Tablette war es noch zu früh. Er begann lieber mit der Arbeit.

Mit Hilfe des Schlittens schaffte er die zwölf Fernseher herbei, die er in einem Elektrogeschäft in der Nähe eingeladen hatte. In gleichbleibender Langsamkeit stellte er einen nach dem anderen nebeneinander auf den Kiesweg. Er wollte sich nicht beeilen. Er wollte nie wieder etwas schnell tun.

Das fünfte Gerät setzte er auf das erste, das sechste auf das zweite, das siebte auf das dritte. Das achte kam auf das fünfte, das neunte auf das sechste. Das zehnte auf das achte. Das elfte auf das zehnte. Das zwölfte stellte er gegenüber auf, um es als Sitzgelegenheit zu verwenden. Zur Probe ließ er sich vorsichtig nieder. Die Fernseher vor ihm ergaben eine hübsche Skulptur.

Er steckte Dutzende Verlängerungskabel zusammen, bis er die Fernseher mit den Steckdosen im Oberen Belvedere verbinden konnte. Er schaltete ein. Alle funktionierten. Elffaches Rauschen tönte über den Platz.

Er hängte die Videokameras an die TV-Geräte. Nacheinander wurden die Bildschirme blau. Die Kameras verband er mit Netzadaptern, die er ebenfalls im Belvedere ansteckte.

Kurz vor halb drei. Er programmierte alle elf Kameras so, daß sie um 14.45 Uhr auf Wiedergabe schalten würden. Obwohl er sich nicht beeilte, war er schon fünf Minuten nach halb fertig.

Mit beeindruckender Präzision schalteten sich die Kameras in derselben Sekunde ein. Ein einziges Klicken und Rattern war zu hören. Im nächsten Augenblick zeigten die elf Fernseher elf verschiedene Bilder.

St. Pölten, Regensburg, Nürnberg. Schwäbisch Hall, Heilbronn. Frankreich.

Elf Mal der 11. August, 16.00 Uhr. Elf Mal derselbe Moment, aufgenommen in verschiedenen Teilen der Welt. In St. Pölten waren Wolken aufgezogen, in Reims hatte starker Wind geweht. In Amstetten hatte die Luft vor Hitze geflimmert, in Passau hatte es genieselt.

Genau zu diesem Zeitpunkt hatte Jonas am Kanaltunnel auf dem Dach des Lkws gestanden und an die Kameras gedacht. An die in Ansbach. Diese dort, guten Tag. An die in Passau, diese dort. An die in Saarbrücken. An dieses Stück Saarbrücken, das er hier nun sah. An dieses Stück Amstetten. Das er hier nun sah.

Er schloß die Augen. Erinnerte sich an die Minuten auf dem Dach. Fühlte das Dach des Lkws unter sich. Spürte die Hitze. Roch den Geruch. Damals war

das hier

– er öffnete die Augen –

gewesen.

Das hier.

War damals

gewesen.

Und jetzt war es vorbei. Galt nur noch auf diesen Bändern. Aber da für immer. Ob es gezeigt wurde oder nicht.

Er schaltete alle elf Kameras auf Standbild.

In der Hollandstraße setzte er sich auf den Fußboden und klappte den Koffer auf. Er hatte Maries Sachen ungeordnet hineingeworfen, und der Inhalt quoll ihm entgegen. Er faßte in die weichen Stoffe. Zog ein ums andere Stück heraus, roch daran. Glatte, kühle Hemden. Ihr Duft. Sie.

Er wog ihr Mobiltelefon in der Hand. Keinen Gegenstand verband er stärker mit ihr, nicht ihre Schlüssel, nicht ihre Shirts, nicht ihre Slips, nicht ihren Lippenstift, nicht ihren Ausweis. Dieses Telefon hatte ihm ihre Nachrichten geschickt. Dieses Gerät hatte sie stets bei sich geführt. Und in diesem Gerät waren die Nachrichten enthalten, die er ihr gesandt hatte. Vor und nach dem 4. Juli.

Und er wußte den PIN-Code nicht.

Er räumte alles wieder ein. Den Koffer stellte er zur Tür.

Er setzte die Scheuklappenbrille auf. Die Computerstimme dirigierte ihn durch die Stadt. Mehrmals fühlte er einen Ruck und hörte zugleich ein schleifendes Geräusch.

Das Haus, vor dem er die Brille abnahm, war ein Neubau in der Krongasse, nur ein paar Straßen entfernt von der verlassenen Wohnung seines Vaters. Es machte einen freundlichen Eindruck. Die Tür stand offen, so daß er das Brecheisen im Kofferraum lassen konnte.

Er ging hinauf in den ersten Stock. Drückte die Klinken. Alles versperrt. Er ging weiter in den zweiten Stock. Tür Nummer 4 sprang auf. Er las das Namensschild.

Ilse-Heide Brzo / Christian Vidovic

Es zog. Vorne und hinten schienen Fenster geöffnet zu sein. Er ging nach links. Das Schlafzimmer. Ein zerwühltes Bett. An der Wand eine riesige Weltkarte. Jonas maß die Entfernung, die er bei seiner Reise nach England zurückgelegt hatte. Es war gar nicht so weit. Afrika, das war Weite. Australien, das war weit weg. Aber von Wien nach England, das war nur ein Ausflug.

Smalltown. Dort war er gewesen. An diesem Punkt.

Das Arbeitszimmer. Zwei Tische. Einer mit Computer. Einer, auf dem eine mechanische Schreibmaschine stand. Bücherregale an den Wänden. Die meisten Titel kannte er nicht. In einem der Regale standen je ein Dutzend Exemplare drei verschiedener Bücher. Jonas las die Titel. Ein Schachbuch, ein Krimi, ein Lebensratgeber.

Er wandte sich der Schreibmaschine zu. Eine Olivetti lettera 32. Daß jemand noch mit so einem mechanischen Monster geschrieben hatte, verblüffte ihn. Wozu war dann der Computer gut?

Er drückte die Tasten. Sah, wie die Typen nach vorn klappten.

Er spannte Papier ein. Schrieb den Satz:

Hier stehe ich und schreibe diesen Satz.

Eine Schreibmaschine. Alle Buchstaben waren da. In der richtigen Reihenfolge getippt, konnten sie alles bezeichnen. Mit ihnen konnten die erschreckendsten Romane geschrieben werden, die Weltformel, heilige Bücher, Liebesverse. Man mußte nur die richtige Reihenfolge wissen. Buchstabe an Buchstabe. Wort. Wort an Wort. Satz. Satz an Satz. Das Ganze.

Er erinnerte sich, was er sich in seiner Kindheit unter einer Fremdsprache vorgestellt hatte. Er war nicht auf den Gedanken gekommen, es könnte etwas wie Vokabel und unterschiedliche Grammatik geben, er hatte vielmehr gedacht, ein bestimmter Buchstabe im Deutschen entspreche einem bestimmten Buchstaben im Englischen und wiederum einem anderen im Französischen oder Italienischen. Vielleicht war ein deutsches E ein englisches K. Ein deutsches L ein französisches X. Ein deutsches R ein ungarisches M. Ein italienisches S ein japanisches F.

Und Jonas hieß in England Wilvt, in Spanien Ahbug, in Rußland Elowg.

Die Wohnküche. Sitzecke, Eßtisch, Küchenzeile. Bilder an den Wänden. Auf einem waren eine Frau und ein Mann mit einem kleinen Jungen zu sehen. Die Frau lächelte, der Junge lachte. Eine schöne Frau. Mit blauen Augen, wohlgeformtem Gesicht, guter Figur. Der Junge, ein Stück Brot in der Hand, auf etwas zeigend. Ein liebes Kind mit guten Augen. Dieser Vidovic hatte Glück gehabt mit seiner Familie. Er brauchte nicht so verkniffen zu schauen. Er lächelte, aber ganz im reinen schien er mit sich nicht zu sein.

Eine angenehme Wohnung. Hier hatte man in Harmonie gelebt.

Jonas setzte sich auf die Couch und legte die Beine hoch.

Im Stephansdom brannten nur noch wenige der Deckenlampen. Der Geruch nach Weihrauch hingegen war nicht mehr schwächer geworden. Jonas schritt die Gänge ab, warf einen Blick in die Sakristei, rief. Seine Stimme hallte an den Wänden wider. Starr blickten die Heiligenfiguren über ihn hinweg.

Er merkte, daß er allmählich müde wurde. Er nahm eine Tablette.

Er hatte Herzklopfen. Aufgeregt war er nicht, im Gegenteil, er fühlte eine entspannte Gleichgültigkeit. Das Herzklopfen kam von den Tabletten. Sie wirkten, er hatte den Eindruck, noch Tage auf den Beinen bleiben zu können, solange er regelmäßig die Pillen nahm. Der einzige Nachteil neben dem beschleunigten Herzschlag war das Gefühl, ihm würde der Kopf aufgepumpt, das er mal schwächer, mal stärker spürte.

Er sah sich um. Graue Mauern. Knackende alte Bänke. Statuen.

In der Brigittenauer Lände packte er die beiden Kameras ein. Einmal noch ging er durch die Wohnung. Alles, worauf

sein Blick fiel, betrachtete er im Bewußtsein, daß er diesen
Gegenstand nie wiedersehen würde.

Ihm wurde ein wenig übel. Er schob es auf die Pillen.

»Good-bye«, sagte er heiser.

Tausende Male hatte er von seinem Fenster aus zum *Kurier*-
Gebäude hinübergeschaut, betreten hatte er es jedoch nie.
Er schlug die Tür ein. Im Kämmerchen des Portiers suchte
er nach einem Hausplan. Den fand er nicht, wohl aber zwei
Schlüsselbunde. Er steckte sie ein.

Wie er vermutet hatte, lagerte ein Teil des Archivs hier im
Keller, und zu seinem Glück war es der ältere. Zeitungen
nach dem 1.1.1980 wurden außer Haus aufbewahrt.

Reihe um Reihe schritt er ab. Er stellte Rolleitern beiseite und zog massive Eisenschubladen heraus, die einem
Feuer mit Sicherheit eine Weile standhalten konnten. Viele
Aufschriften an den Karteikästen waren vergilbt, und er
mußte den Kasten herausziehen und eine Zeitung kontrollieren, um ihr Erscheinungsjahr festzustellen. Endlich stieß
er auf die Abteilung, in der die Zeitungen aus seinem Ge-
burtsjahr gelagert wurden. Er suchte den Monat. Öffnete
den entsprechenden Kasten. Er nahm die Zeitung von seinem Geburtstag sowie jene vom Tag danach.

»Dankeschön«, sagte er. »Gute Nacht!«

In der Hollandstraße holte er Maries Koffer ab. Ursprüng-
lich hatte er vorgehabt, gleich wieder zu verschwinden, aber
als er die vertraute Umgebung sah, blieb er.

Er ging umher. Berührte Gegenstände. Schloß die Augen,
erinnerte sich. An seine Eltern. An seine Kindheit. Hier.

Er ging ins Nebenzimmer, wo er die unausgeräumten
Schachteln verstaut hatte. Er griff in eine jener, in denen Fo-
tos lagerten, und zog eine Handvoll heraus. Auch die
Spieluhr nahm er mit.

Auf der Treppe fiel ihm die Truhe ein. Er stellte den Koffer ab und lief nach oben.

Mit verschränkten Armen starrte er auf die Truhe. Sollte er eine Axt holen? Oder sollte er mit dem verwünschten Ding kurzen Prozeß machen und es in die Luft sprengen?

Als er sie über den schmutzigen Speicherboden näher ans Licht rückte, glaubte er kurz ein Klappern zu hören. Er suchte alles ab. Fand nichts, was als Ursache des Geräusches in Frage kam.

Er setzte sich auf die Truhe. Legte die Hände vors Gesicht.

»Ah! Was bin ich dumm!«

Er stellte die Truhe auf den Kopf. Die Unterseite war die Oberseite, hier war der Griff. Er klappte den Deckel auf. Die Truhe war nicht einmal verriegelt.

Er sah Fotos, Hunderte Fotos. Dazu alte Holzteller, schmutzige Aquarelle ohne schützenden Rahmen, eine Garnitur Tabakpfeifen sowie ein Silberetui, das nichts enthielt. Was ihn elektrisierte, waren zwei Filmrollen. Bei diesem Anblick fiel sie ihm wieder ein. Die Super-8-Kamera, die Onkel Reinhard seinem Vater Ende der Siebziger geschenkt hatte. Einige Jahre war oft damit gefilmt worden, bei jedem ereignisreichen Anlaß, zu Weihnachten, beim Geburtstagsfest, beim Ausflug in die Wachau zum Weintrinken. Ohne die Kamera war sein Vater gar nicht mehr in Onkel Reinhards Auto gestiegen.

Jonas nahm eine der Rollen in die Hand. Er war überzeugt, daß auf diesen Bändern Familienausflüge zu sehen waren. Ausflüge ins Weinviertel. Filme, die seine Mutter und seine Großmutter zeigten. Filme, die vor 1982 aufgenommen waren. In denen seine Großmutter in die Kamera redete, ohne daß ein Ton zu hören war, eben weil diese Kamera keine Töne aufgezeichnet hatte. Er war sicher, daß er solche Aufnahmen finden würde. Aber er wollte sich gar nicht mehr vergewissern.

Er schob das Doppelbett auf den Rädern hinaus aus der Abholhalle des Möbelgeschäfts. In der Schweighoferstraße versetzte er ihm einen Stoß. Das Bett rollte hinunter in die Mariahilfer Straße, wo es mit sattem Klang gegen einen geparkten Wagen prallte. Mit dem Fuß stieß er es weiter in Richtung Ringstraße. Kurz vor dem Museumsplatz, als es bergab ging, schob er das Bett an wie einen Bob und sprang, als es Fahrt aufgenommen hatte, hinauf. Er erhob sich. Er stand. Auf einem Doppelbett mit Rollen surfte er durch die Babenberger Straße bis zum Burgring. Es war nicht ganz einfach, das Gleichgewicht zu halten.

Das Bett stellte er auf dem Heldenplatz auf, etwas entfernt von der Stelle, an der er vor anderthalb Monaten den Hilferuf auf den Boden gemalt hatte. Mit dem Vorsatz, ihn zu löschen, ging er hin. Die Arbeit war ihm vom Regen schon abgenommen worden. Ein heller Fleck zeigte gerade noch den Ort an, an dem die Buchstaben gestanden hatten.

Im Lkw transportierte er heran, was er in dieser Nacht für unverzichtbar hielt. In einem Kreis, fünf Meter vom Bett entfernt, stellte er einige Fackeln auf. An das Fußende rückte er zwei Fernseher. Er verband sie mit den Kameras, mit denen er am Vormittag in der Brigittenauer Lände gefilmt hatte, und schloß sie an den Stromakku an. Zur Sicherheit kontrollierte er die Leistung. Mit dem Speicher war alles in Ordnung. In dieser Nacht jedenfalls würde es zu keinem Ausfall kommen.

Auf dem gesamten Platz verteilte er ohne Ordnung Scheinwerfer, die er nach oben richtete. Er wollte nicht direkt bestrahlt werden. Bald schlängelten sich so viele Kabel durch die Wiese und über den Betonboden, daß er alle paar Meter strauchelte. Zumal es allmählich dunkel wurde.

Er stellte Maries Koffer neben das Bett. Die Fotos, die er aus der Hollandstraße mitgebracht hatte, klemmte er wie die Zeitungen in eine Seitentasche, damit sie der Wind nicht wegblasen konnte. Er warf das Kissen und die Decke hin, die er aus der Koje im Lkw mitgenommen hatte. Die Scheinwerfer tauchten den Platz in unwirkliches Licht. Es war, als stehe er in einem verwunschenen Park.

Dort war die Hofburg, da das Burgtor. Dahinter säumten Bäume die Ringstraße. Rechts ragte ein Denkmal auf. Zwei Basilisken, Kopf an Kopf, Knie an Knie, kämpften und drückten. Aber es sah auch aus, als stützten sie einander.

In der Mitte des Platzes sein Bett. Er fühlte sich wie in einer Filmkulisse. Sogar der Himmel wirkte unecht. In diesem orangenen Halblicht schien alles zwei Seiten zu haben. Die Bäume, die Gitter an den Toren, die Hofburg selbst, alles war natürlich und echt und zugleich von erbarmungsloser Glattheit.

Er steckte die Fackeln an und startete die Videos. Die Hände hinter dem Kopf verschränkt, legte er sich aufs Bett und blickte in den orange gefärbten Nachthimmel hoch.

Hier lag er nun.

Unbedrängt vom Wolfsvieh.

Von Gespenstern.

Unbedrängt.

Nur um ganz sicherzugehen, schluckte er noch eine Tablette, immerhin lag er auf einem Bett. Er betrachtete das Bild in den Fernsehern. Im einen das einer Kamera, an der ein rotes Licht blinkte, im Hintergrund ein Ausschnitt des Bettes, in dem er jahrelang geschlafen hatte. Im zweiten ein Stück Kommode und darüber eine Stickerei.

Vom roten Blinken abgesehen, waren beide Bilder starr.

Es war still auf dem Platz. Ab und zu übertönte ein Windstoß, der in die Bäume fuhr, das Summen der Kameras.

Gleich das erste Foto zeigte ihn als Junge, zusammen mit seinem Vater, dessen Kopf natürlich zur Hälfte fehlte. Den linken Arm hatte der Vater über Jonas' Schultern gelegt, mit der rechten Hand hielt er seine Handgelenke gepackt, als ob sie sich balgten. Jonas hatte den Mund geöffnet, als kreischte er.

Diese Hände, die Hände seines Vaters. Große Hände. Er erinnerte sich an sie. Oft hatte er sich in sie hineingeschmiegt. Große, rauhe Hände.

Er erinnerte sich. Er fühlte die Rauheit der Haut, der Kraft der Muskeln. Sogar den Geruch des Vaters nahm er für einen Moment wahr.

Diese Hände da auf dem Foto. Es hatte sie gegeben. Wo waren sie jetzt?

Das Bild, das er hier sah, war nicht nur einfach ein Foto, das seine Mutter aufgenommen hatte. Was er hier sah, war das, was seine Mutter in der Sekunde der Aufnahme gesehen hatte. Er blickte mit den Augen seiner Mutter. Er sah, was ein Mensch, der lange tot war, vor vielen Jahren in einer bestimmten Sekunde gesehen hatte.

Er erinnerte sich noch genau an den Anruf. Er war in der Brigittenauer Lände gesessen, wo er erst kurz zuvor eingezogen war. Er arbeitete sich durch ein kompliziertes Kreuzworträtsel, hatte ein Bier aufgemacht und sich auf einen beschaulichen Abend eingestellt, als das Telefon läutete. Sein Vater sagte in einer Klarheit, die für ihn ungewöhnlich war: »Wenn du sie noch einmal lebend sehen willst, mußt du kommen.«

Sie war schon lange krank gewesen, und daß es passieren würde, hatten sie alle drei gewußt. Dennoch klang dieser Satz in seinen Ohren wie ein Donnerschlag. Er ließ den Kugelschreiber fallen und fuhr in die Hollandstraße, wohin man sie vom Krankenhaus auf ihren Wunsch gebracht hatte.

Sprechen konnte sie nicht mehr. Er faßte ihre Hand, sie drückte sie. Die Augen öffnete sie nicht.

Er setzte sich auf einen Stuhl neben dem Bett. Sein Vater saß auf der anderen Seite. Jonas dachte daran, daß er hier in diesem Raum, in diesem Bett geboren worden war. Und nun lag in diesem Bett seine Mutter im Sterben.

In den frühen Morgenstunden war es soweit. Sie erlebten den Moment bewußt mit. Seine Mutter röchelte laut auf. Verstummte. Erstarrte.

Jonas dachte daran, daß sie, wenn man den Berichten von Menschen mit Nahtoderfahrungen Glauben schenken durfte, nun über ihnen war. Daß sie über ihnen emporschwebte. Auf sie hinunterblickte. Auf das, was sie zurückließ. Auf sich selbst.

Er blickte zur Decke.

Er wartete, bis der Amtsarzt kam und den Tod bestätigte. Er wartete auf die Träger von der Städtischen Bestattung. Beim Verladen des Leichnams ertönte ein dumpfes Geräusch, als sei der Kopf innen gegen den Blechsarg geprallt. Sein Vater und er zuckten zusammen. Die Bestattungsleute bewegten keine Miene. Schweigsamere, unnahbarere Menschen hatte er nie getroffen.

Er half seinem Vater bei den Behördenwegen, bei der Bestätigung des Totenscheins in einer düsteren Kanzlei und bei der Anmeldung für die Feuerbestattung. Dann fuhr er nach Hause.

An seinen Tisch in der Brigittenauer Lände zurückgekehrt, hatte er sich an den Vortag erinnert. Als sie noch gelebt hatte. Als er noch nichts gewußt hatte. Er ging umher, betrachtete die Gegenstände in den Räumen und dachte: Als ich dies das letztemal sah, lebte sie noch. Er dachte es vor der Kaffeemaschine, er dachte es am Herd, er dachte es vor der Nachttischlampe. Und er hatte es an der Zeitung gedacht. Er hatte das Kreuzworträtsel weitergelöst, auf die Buchstaben vom Vorabend geblickt und sich erinnert.

Ein Davor. Ein Jetzt.

Gegen Mitternacht bekam er Hunger. Im halbdunklen Gang eines Supermarkts schmierte er sich einige Vollkornbrote mit Marmelade.

Die Schirme zeigten das gewohnte Bild. Er hatte die Kameras auf automatische Wiederholung geschaltet, und so liefen die Aufnahmen von der Kamera im Spiegel und jener des Zimmers, in dem sich niemand befand, schon zum drittenmal durch. Er streckte den verspannten Rücken, er verzog vor Schmerz das Gesicht. Er legte sich aufs Bett und nahm die Zeitungen zur Hand.

An diese Schrift, an dieses Layout erinnerte er sich. So hatte der *Kurier* in seiner Kindheit ausgesehen.

Er las die Artikel in seiner Geburtstagszeitung. Ihr Inhalt drang nur unvollständig zu ihm durch. Ihn faszinierte, daß er las, was die Menschen an jenem Tag gelesen hatten, an dem ihn seine Mutter zur Welt gebracht hatte. Das hier hatten die Leute in der Hand gehabt, damals.

Die Zeitung vom nächsten Tag studierte er noch genauer. Immerhin las er hier, was sich an seinem Geburtstag ereignet hatte. So erfuhr er, daß in den USA gegen den Krieg in Asien protestiert worden war, daß in Österreich Wahlkampfstimmung herrschte, daß in der Brigittenau ein Betrunkener sein Auto in der Donau versenkt hatte, ohne jemanden zu verletzen, daß die Wiener Klubs im Fußball gewonnen hatten und daß die Menschen angesichts des strahlenden Wetters in die Freibäder geströmt waren.

Das war sein Geburtstag gewesen. Sein erster Tag auf der Erde.

Am Morgen schaltete er alle Scheinwerfer aus und steckte die Fackeln in einen Wassereimer. Es zischte, Dampf stieg auf. Den Videorekorder, den er auf dem Weg in einem Elektrogeschäft besorgt hatte, schloß er an den Fernseher an. Er legte die Kassette von der Fahrt zum Schwedenplatz ein, die er sich nach dem Schnitt nie angesehen hatte.

Er setzte sich aufs Bett, drückte auf Start.

Er sah den Spider auf sich zukommen. Der Wagen bog um die Kurve, fuhr auf die Brücke. Fuhr durch die Heiligenstädter Lände. Fuhr an der Roßauer Kaserne vorbei zum Schwedenplatz. Fuhr über die Brücke, die Augartenstraße entlang. Hatte einen Unfall am Gaußplatz.

Der Fahrer stieg aus, wankte nach hinten, steckte die Hand in den Kofferraum. Stieg wieder ein, fuhr weiter.

Jonas schaltete ab.

Er fand sich im Prater wieder. Es war kurz vor Mittag. Er hatte einen ausgedehnten Spaziergang hinter sich, an dessen Einzelheiten er sich jedoch nicht erinnerte. Er wußte nur noch, daß er einfach losmarschiert war. Er war in Gedanken versunken, die ihm längst entglitten waren.

Ein Bein zog er nach. Den Grund dafür kannte er nicht. Er versuchte, normal zu gehen. Mit etwas Mühe gelang es.

Er ging über die Jesuitenwiese. Er wußte nicht recht, was er hier verloren hatte, doch er ging weiter. Die Sonne stand fast senkrecht über ihm.

Ihm fiel ein, daß er die Gasthäuser noch einmal hatte besuchen wollen. Jene, in denen er eine Nachricht hinterlassen hatte. Um sich das betreffende Essen, den betreffenden Tag ins Gedächtnis zu rufen. Aber jetzt hatte er keine Lust mehr.

Er fühlte sich, als habe er eine lange Schlacht hinter sich. Die so lange gedauert hatte und in der es so wüst zugegangen war, daß es keine Rolle mehr spielte, wer gewonnen hatte.

Er schluckte eine Tablette. Er wechselte hinüber auf das Gelände des Wurstelpraters. Beim Fahrradverleih setzte er sich in eine Rikscha. Eines der überdachten Vierräder, mit denen Touristen gern durch den Prater gestrampelt waren. Etwas gab es für ihn noch zu erledigen.

In stetem Rhythmus die Pedale tretend, fuhr er über den Zentralfriedhof. Neben ihm klapperte der Spaten, den er bei der Friedhofsgärtnerei aufgepackt hatte, gegen das Gestänge der Rikscha. Sanfter Wind blies, und die Sonne hatte sich hinter eine kleine Wolkenbank verzogen, was die Fahrt noch angenehmer machte. Im Gegensatz zu jener in der Stadt empfand er die Stille dieses Ortes als beruhigend. Zumindest schüchterte sie ihn nicht ein.

Auf der Suche nach einem frisch aufgeschütteten Erdhaufen kam er an den Begräbnisstellen vieler Berühmtheiten vorbei. Manche davon erinnerten an die Prachtgräber von Fürsten. Andere waren schlicht, mit nichts als einer unscheinbaren Tafel, die den Namen des Toten verkündete.

Jonas staunte, wie viele berühmte Persönlichkeiten hier begraben lagen. Bei einigen Namen fragte er sich, wieso er sie in der Prominentenzeile las, denn er hatte nie von ihnen gehört. Bei anderen war er überrascht zu lesen, daß sie erst vor ein paar Jahren gestorben waren, er hatte sie seit Jahrzehnten tot gewähnt. Und bei anderen wiederum wunderte er sich, weil er von ihrem Tod nicht erfahren hatte.

So gut gefiel ihm die langsame Fahrt durch den Park, daß er zeitweise vergaß, weshalb er gekommen war. Er dachte an seine Kindheit zurück, in der er an der Seite seiner Großmutter öfters mit der Straßenbahn hergefahren war, um das Grab der Urgroßeltern zu pflegen. Und später hatte er seine Mutter zum Grab der Großmutter begleitet. Die Mutter hatte Lichter angezündet, Unkraut ausgerissen und Blumen eingesetzt, während er umherspaziert war und den Friedhofsduft eingesogen hatte, diesen typischen Duft nach Stein, Blumen, Erde und frisch gemähtem Gras.

An den Tod hatte er nicht gedacht, nicht einmal an die tote

Großmutter. Beim Anblick der Bäume hatte er sich ausgemalt, was für wunderbare Spiele er an diesem Ort mit seinen Freunden spielen könnte und wie lange es dauern würde, bis man beim Versteckspiel gefunden würde. Wenn ihn die Mutter gerufen hatte, damit er ihr die Gießkanne am Brunnen fülle, war er widerwillig in ihre Welt zurückgekehrt.

In gewisser Weise war er den Toten näher gewesen als den Lebenden ringsum. Die Verstorbenen unter seinen Füßen bezog er auf das selbstverständlichste in seine Tagträume ein, die Erwachsenen hingegen, die gebeugt ihre Taschen über die Pfade schleppten, blendete er aus. In seiner Phantasie war er mit seinen Freunden allein gewesen.

Mußte es denn wirklich ein frisches Grab sein? So viel lockerer war die Erde darauf auch nicht.

Ihm kam ein Gedanke.

Die Daten nach 1995 wurden im Computer gespeichert. In den Jahren davor waren schwere Folianten verwendet worden, die nach Moder rochen und deren Blätter zum Teil lose waren. In einem solchen Wälzer mußte Jonas suchen. Das Jahr wußte er genau, 1989. Beim Monat war er sich nicht so sicher. Er glaubte, es sei Mai gewesen, Mai oder Juni.

Erschwert wurde seine Suche durch die verschiedenen Handschriften der Beamten, die über die Gräberzuteilung Buch geführt hatten. Manche, besonders jene in Kurrent, waren kaum zu entziffern. Andere waren verblaßt. Und dazu kam noch, daß sich der Nebeneffekt der Tabletten allmählich verstärkte. Sein Kopf fühlte sich an wie in einem Schraubstock, und ihm tanzten die Zeilen vor Augen. Dennoch war er entschlossen weiterzusuchen, und mochte er bis zum nächsten Tag auf diesem ausgeleierten Drehstuhl sitzen.

Und dann fand er es. Sterbetag: 23. April. Begräbnis erfolgt am: 29. April.

Bei dem er nicht dabeigewesen war.

Er schrieb sich die Adresse des Grabes auf einen Zettel und stellte das Buch ordentlich zurück ins Regal. Vor dem Gebäude der Friedhofsaufsicht stand die Rikscha, er fuhr los. Der Spaten klapperte. Es roch schwer nach Gras.

Bender Ludwig, 1892-1944. ∞
Bender Juliane, 1898-1989.

Von einem Ehemann hatte die alte Frau nie etwas erzählt. Aber das war jetzt egal. Er packte den Spaten und begann zu schaufeln.

Nach einer Viertelstunde mußte er in die Grube steigen, um weiterarbeiten zu können. Nach einer Stunde hatte er offene Druckstellen an den Händen. Der Rücken tat ihm so weh, daß er immer wieder die Augen schloß und vor sich hin jammerte. Er grub weiter. Bis er, fast zwei Stunden nach dem ersten Spatenstich, auf etwas Hartes stieß. Zunächst dachte er, es sei ein Stein, wie er schon einige aus dem Grab geworfen hatte. Doch zu seiner Erleichterung legte er mit jeder Schaufel Erde, die er nach oben warf, ein Stück des Sarges frei.

Der Deckel war verrutscht. Durch einen Spalt glaubte Jonas einen Stoffetzen zu sehen, in dem etwas Graues schimmerte. Möglicherweise spielte ihm auch seine Phantasie übel mit.

Er richtete sich auf, atmete durch. Er wunderte sich, daß er nichts roch, nichts außer Erde.

Verzeihung, es muß sein.

Er schob den Deckel zur Seite. In einem verwitterten Holzkasten, der jede Farbe und Struktur verloren hatte, lag das in Lumpen gehüllte Skelett eines Menschen.

Guten Tag.

Das war das, was von Frau Bender geblieben war. Diese Hand hatte ihn gehalten, als sie noch von Fleisch bedeckt gewesen war. In dieses Gesicht hatte er geschaut. Als es noch ein Gesicht gewesen war.

Auf Wiedersehen.

Er legte den Deckel wieder auf, kletterte aus der Grube und schaufelte die aufgehäufte Erde wieder auf den Sarg hinunter. Er arbeitete mit gleichmäßiger Geschwindigkeit. Er fragte sich, ob es das wert gewesen war.

Ja. Denn jetzt wußte er, daß die Toten tot waren. Sie waren vor dem 4. Juli tot und unter der Erde gewesen, und sie waren es noch immer. Wohin die Lebenden gegangen waren, konnte er nicht wissen. In der Erde waren sie wohl nicht, und er konnte sich auch sonst keinen Ort denken, zu dem sie gegangen waren. Aber die Toten, sie waren geblieben. Und das war immerhin eine Erkenntnis.

Doch was war mit den Toten auf der Erde?

Was war mit Scott in seinem Zelt in der Antarktis? Das über ihm und seinen Kameraden zusammengestürzt war? Auf dem mittlerweile wohl ein Eispanzer lag? Galt er als Toter unter der Erde? War sein Leichnam noch da?

Was war mit Amundsen? Wenn seine Überreste die vergangenen achtzig Jahre auf einer Eisscholle verbracht hatten? Waren sie noch da?

Was war mit all den Menschen, die in den Bergen verunglückt und nie begraben worden waren? Hatte es sie davongetragen wie die Lebenden? Oder waren sie noch da?

Er mußte es nicht mehr wissen.

Maries Koffer und einen Klappstuhl in der Hand, betrat er den Stephansdom. Der Weihrauchgeruch war ähnlich schwach wie beim letztenmal. Es brannten nur noch zwei Deckenlampen.

Den Koffer und den Klappstuhl vor sich herbalancierend, machte er sich langsam, Schritt für Schritt, auf den Weg zum Lift. Er drehte sich noch einmal um. Horchte.

Es war still.

Er stellte Koffer und Stuhl in den Aufzug. Kehrte noch einmal zurück.

Es war still.

Er klappte den Stuhl auf und setzte sich. Den Koffer zog er zu sich heran. Er blickte hinunter auf die Stadt, die in der Abenddämmerung lag. Ab und zu fuhr ihm ein Windstoß ins Gesicht.

Hoffentlich erkälte ich mich nicht, dachte er.

Und lachte.

Er nahm einen Kieselstein in die Hand. Betrachtete ihn. Er fühlte den Staub, der an ihm haftete. Er sah die Rundungen des Steins, die Ecken, die Vertiefungen, die winzigen Risse. Es gab keinen zweiten Stein wie diesen. So wie es keine zwei Menschen gab, die einander in allen Details glichen, so gab es auch keine zwei Steine, die in Form, Farbe und Gewicht exakt übereinstimmten. Dieser Stein war ein Unikat. Ein zweiter wie dieser, den er gerade

jetzt

in der Hand hielt, existierte nicht.

Er warf ihn über die Brüstung.

Er wußte, er würde diesen Stein nie wiedersehen. Nie wieder. Selbst wenn er es wollte. Und würde er den ganzen Stephansplatz absuchen, er würde ihn nicht mehr finden. Und würde er einen finden, der dem weggeworfenen ähnlich sah, so würde er niemals Gewißheit erlangen, ob er tatsächlich den richtigen in der Hand hielt. Niemand würde es ihm sagen können. Keine Gewißheit. Nur Vagheit.

Er erinnerte sich daran, wie er ihn gehalten hatte. Daran, wie sich der Stein angefühlt hatte. Er erinnerte sich an den Moment, in dem er ihn gehalten hatte.

Der Schläfer kam ihm in den Sinn und damit etwas, was ihn früher beim Gedanken an Zweikämpfe beschäftigt hatte. Wenn zwei Menschen miteinander rangen, weil der eine den anderen erwürgen oder erstechen wollte, waren sie einander so nah, daß räumlich gesehen kaum noch ein Unterschied bestand zwischen dem einen und dem anderen, zwischen Angreifer und Opfer. Aber eben nur räumlich. Haut lag an Haut. Die eine Haut war Mörderhaut, die andere war Opferhaut. Das eine Ich griff an, das andere, zwei Millimeter entfernt, wurde getötet. So knapp, so nah, so groß der Unterschied, der eine zu sein oder eben der andere.

Nicht so in seinem Fall mit dem Schläfer.

Er begann damit, Tabletten über die Brüstung in die Tiefe zu schnippen.

Das Ich. Das Ich der anderen. Die anderen wahrnehmen. Wahrnehmen, was mit ihnen passiert.

Wieso war er am 4. Juli nicht schreiend erwacht?

Diese Frage hatte er sich schon früher oft gestellt. Wenn in irgendeinem Erdteil eine Unzahl Menschen durch ein Unglück, durch eine Naturkatastrophe, durch Bomben umkamen, und zwar zur selben Zeit, wieso spürte er nichts davon? Wie war es möglich, daß so viele vergingen, ohne daß er eine Nachricht von ihnen empfing? Wieso konnte es Hunderttausende Ichs zugleich in den Tod reißen, ohne daß sie eine Nachricht aussandten? Wie war es möglich, daß man in genau dieser Sekunde Brot aß oder fernsah oder sich die Nägel beschnitt, ohne daß einen ein Schauer überlief, ohne daß man einen elektrischen Schlag fühlte? So viel Leid? Und keine Signale?

Das konnte nur eines bedeuten: Das Prinzip zählte, nicht der einzelne. Entweder sie waren alle verurteilt. Oder keiner.

Oder keiner. Also was machte er dann hier? Wieso war er allein aufgewacht? Gab es im gesamten Universum etwa nichts, das ihn wollte?

Marie. Marie wollte ihn.

In einer Hand den Koffer, kletterte er über die Brüstung. Weit unter sich auf dem Stephansplatz sah er den Lkw stehen.

Er blickte über die Stadt. Er sah den Millennium-Tower, den Donauturm, die Kirchen, die Häuser. Das Riesenrad. Sein Mund war trocken, seine Hände waren feucht. Er roch nach Schweiß. Er setzte sich wieder.

Ob er es bewußt machen sollte? Oder ob er besser einem Impuls gehorchte?

In seinem Notizheft blätternd, kam er zu der Stelle, an der er sich selbst aufforderte, am 4. September an den Tag zu denken, an dem er diese Zeilen geschrieben hatte. Es war der 4. August gewesen, er hatte es in seinem Zimmer in Kanzelstein notiert. Und nun war der 20. August.

Er dachte an den 4. September. An jenen in zwei Wochen. Und an jenen in tausend Jahren. Es würde kein Unterschied zwischen den beiden Tagen bestehen, kein nennenswerter jedenfalls. Er hatte einmal gelesen, wenn es der Menschheit glückte, sich selbst auszurotten, würden nur hundert Jahre verstreichen, bis keine Spur ihrer Zivilisation mehr vorhanden sei. Am 4. September in tausend Jahren würde also all das vor ihm verschwunden sein. Aber schon am 4. September in zwei Wochen würde es niemanden geben, der ein Betrachter sein konnte. Welcher Unterschied bestand demnach zwischen den beiden Tagen?

Marie. Er sah ihr Gesicht. Ihr Wesen.

Er klemmte sich den Koffer zwischen die Beine. Er holte die alte Spieluhr aus der Tasche. Maries Mobiltelefon nahm er in die Hand.

Er zog die Spieluhr auf.

Er dachte an Marie.

Er kippte.

Nach vorne.

Langsam.

Immer langsamer.

Kippte er.

Das Geräusch, das in weiter Entfernung anschwoll, kannte er schon. Nur daß es diesmal in ihm selbst aufzusteigen schien. In ihm und doch weit entfernt. Zugleich umfing ihn eine Helligkeit, die ihn zu tragen schien. Er fühlte sich ergriffen und umfaßt, und er meinte alles, was ihm begegnete, in sich aufnehmen zu können.

Ein Leben. Man war nur ein oder zwei oder drei Jahre derselbe, dann hatte man mit der früheren Persönlichkeit, mit der vor vier Jahren, immer weniger gemein. Es war wie auf einem Seil hoch oben in der Luft oder wie auf einer Hängebrücke. Wo man gerade ging, bog sich das Seil durch, da lastete das Hauptgewicht. Einen Schritt davor und danach bog es sich schon weniger durch. Und in einiger Entfernung war die Wirkung des Gewichts auf das Seil nur noch schwach zu sehen. Das war die Zeit, das war die Persönlichkeit in der Zeit. Er hatte einmal Briefe gefunden, die er zehn Jahre zuvor einer Freundin geschrieben, aber nie abgeschickt hatte. Der da schrieb, war ein ganz anderer. Eine andere Persönlichkeit. Nicht ein anderes Ich. Denn das blieb zu allen Zeiten gleich.

Er sah Maries Gesicht vor sich. Es wurde größer und größer, bis es sich über ihn legte, über seinen Kopf breitete, in ihn hineinschlüpfte. Fiel er schon? Fiel er?

Das Dröhnen in ihm schien flüssig zu werden. Er roch und schmeckte die Nähe eines Geräusches. Er sah ein Buch vor sich, es kam auf ihn zu. Drang in ihn ein. Er nahm es auf.

Ein Buch. Wurde geschrieben, wurde gedruckt. Wurde in die Buchhandlung gebracht. Wurde ins Regal gestellt. Wurde von Zeit zu Zeit herausgezogen und betrachtet. Nach einigen Wochen zwischen anderen Büchern, zwischen James und Marcel oder zwischen Emma und Virginia, wurde es gekauft. Vom Käufer nach Hause getragen. Gelesen und ins Regal gestellt. Und dort stand es dann. Vielleicht wurde es nach Jahren ein zweites und drittes Mal gelesen. Doch es stand, stand im Regal. Fünf Jahre, zehn Jahre, zwölf, fünfzehn. Dann wurde es verschenkt oder verkauft. Kam in andere Hände. Wurde einmal gelesen und wieder ins Regal geschoben. Stand da tagsüber, wenn es hell war, und abends, wenn die Lichter ausgingen, und nachts im Dunkeln. Und wenn der nächste Tag anbrach, stand es noch immer im Regal. Fünf Jahre. Dreißig Jahre. Und wurde wieder verkauft. Oder verschenkt. Das war es. Ein Buch. Ein Leben im Regal, Leben in sich bergend.

Er fiel. Und schien sich doch nicht zu bewegen.

Er hatte nicht gewußt, daß Zeit so zäh war.

Ihm war, als würden rings um ihn Hunderte Helikopter starten. Er wollte sich an den Kopf fassen, doch er konnte die Bewegung seiner Hand nicht sehen, so langsam war sie.

Alt zu sterben oder jung. Er hatte sich oft gedacht, welche Tragik in einem frühen Tod lag. Doch in gewisser Weise wurde diese Tragik gemindert, je mehr Zeit verging. Zwei Männer, geboren um 1900. Der eine fiel im Ersten Weltkrieg. Der andere lebte weiter, wurde zwanzig, dreißig, fünfzig, achtzig. Im Jahr 2000 war auch er tot. Und dann spielte es keine Rolle mehr, daß der Ältere viele Sommer mehr gesehen hatte als der jung Gestorbene, daß er dies und jenes erlebt hatte, das dem Jungen nicht widerfahren war, weil diesen eine russische oder französische oder deutsche Kugel getroffen hatte. Denn nun galt nichts mehr davon. All die Frühlingstage, die Sonnenaufgänge, die Feste, die Liebschaften, die Winterlandschaften, sie waren weg. Alles war weg.

Zwei Menschen, beide geboren 1755. Der eine gestorben 1790, der andere 1832. Zweiundvierzig Jahre Unterschied. Damals viel. Zweihundert Jahre später Statistik. Alles weit weg. Alles klein.

In ihm, um ihn Heulen. Starres Heulen.

Er sah einen Baum auf sich zufliegen. Er nahm den Baum auf. Er kannte den Baum.

In der Erde wurde Atommüll gelagert. Radioaktive Stäbe steckten an vielen Orten der Welt in der Erde. Sie würden lange strahlen, zweiunddreißigtausend Jahre. Er hatte sich oft ausgemalt, was die Menschen in sechzehntausend Jahren über die Verursacher dieses Problems sagen würden. Sie würden denken, damals, vor sechzehntausend Jahren, hatten Menschen gelebt, die nicht verstanden, was Zeit war. Zweiunddreißigtausend Jahre. Tausend Generationen. Jede einzelne würde tüfteln und arbeiten und bezahlen für das, was zwei oder drei oder zehn Generationen für ihren kurzfristigen Vorteil angerichtet hatten. Zeit war kein Nacheinander, Zeit war ein Nebeneinander. Generationen waren Nachbarn. In tausend Jahren würden alle Hausbewohner über den geistig zurückgebliebenen Rowdy im Keller schimpfen, der ihnen das Leben vergällte.

So hatte Jonas gedacht. Doch zu alldem würde es nun nicht kommen. Die Stäbe würden weiterstrahlen, und eines Tages würden sie erlöschen, und es würde dennoch erst seit einem Fingerschnippen Stille auf dem Planeten geherrscht haben.

Immer langsamer fiel er. Sein Körper schien ein Teil dessen zu sein, was noch vor ihm lag, so wie er ein Teil des Augenblicks wurde und wie das Brausen in ihm und um ihn zu ihm gehörte.

Himmel und Hölle, hatte man gesagt. Den Himmel den Guten, die Hölle für die Schlechten. Es stimmte, auf der Erde gab es Gutes und Böses. Vielleicht hatten sie recht, vielleicht gab es den Himmel und die Hölle. Doch man mußte nirgends Harfe spielen, und man wurde nicht von Gehörnten in Kesseln gebraten. Himmel und Hölle, so hatte er es verstanden, waren subjektive Ausdrucksformen des vergangenen Ichs. Jemand, der mit sich und der Welt im reinen war, würde sich wohler fühlen. Würde Frieden finden. In der langen, langen Sekunde. Das war himmlisch. Jemand, der von unreinem Geist war, würde sich selbst verbrennen. Das war die Hölle.

Von hier oben sah er alles so klar.

Glück, das war ein Sommertag in der Kindheit, an dem die Erwachsenen im Fernsehen Fußballweltmeisterschaft schauten und an dem im Schwimmbad Reifen ausgegeben wurden. An dem es heiß war und es Eis und Limonade gab. Laute Schreie. Lachen.

Glück, das war ein Tag im Winter, an dem man in der Schule sein sollte, an dem man jedoch mit den Eltern im Nachtzug in Italien saß. Schnee und Nebel und ein imposanter Bahnhof, ein Zugabteil und ein Comic-Heft. Draußen Kälte. Drinnen warm.

Er sah einen Spiegel auf sich zufliegen. Er sah sich. Er ging in sich hinein.

Er sah die eingewickelte Sezession. Den Donauturm. Das Riesenrad. Er sah das Bett auf dem Heldenplatz, winzig klein. Er sah die Skulptur aus Fernsehern im Belvederegarten, kaum noch zu erkennen.

Glück, das war auch, als kleines Kind im Kinderwagen umhergeschoben zu werden. Den Erwachsenen zuzusehen, ihren Stimmen zu lauschen, viele neue Dinge zu bestaunen, begrüßt und angelächelt zu werden von fremden Gesichtern. Dazusitzen und zugleich zu fahren, etwas Süßes in der Hand, und die Beine von der Sonne gewärmt zu bekommen. Und vielleicht einem anderen Kinderwagen zu begegnen, dem Mädchen mit Locken, und aneinander vorbeigeschoben zu werden und sich zuzuwinken und zu wissen, das ist sie, das ist sie, das ist die, die man lieben wird.

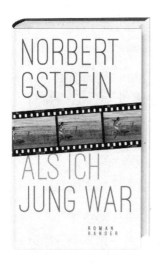

»Alex Capus ist ein wunderbarer
Erzähler, für den alles eine Geschichte
hat, für den die Welt lesbar ist.«
Süddeutsche Zeitung

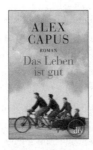

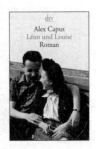

ALLE LIEFERBAREN TITEL, INFORMATIONEN UND SPECIALS
FINDEN SIE ONLINE

www.dtv.de dtv